La visiteuse du passé

Dangereux sauvetage

MARIE FERRARELLA

La visiteuse du passé

Traduction française de
CHRISTINE BOYER

BLACK ROSE

HARLEQUIN

Collection : BLACK ROSE

Titre original :
COLTON COWBOY STANDOFF

HARPERCOLLINS FRANCE
83-85, boulevard Vincent-Auriol, 75646 PARIS CEDEX 13
Service Lectrices — Tél. : 01 45 82 47 47

www.harlequin.fr

ISBN 978-2-2804-1529-3 — ISSN 1950-2753

1

— Bonjour, Wyatt. Comment vas-tu ?

La voix de la femme était basse et mélodieuse. Elle s'insinua sous la peau de Wyatt Colton tel un sortilège.

Figé dans l'entrée de sa maison du Crooked C Ranch, il fut incapable de prononcer un mot. Était-il possible qu'il se soit soûlé la veille sans en avoir gardé le souvenir ?

Mais il savait que non.

Il avait éliminé ce vice trois ans plus tôt, alors qu'il avait commencé à délaisser le travail pour noyer dans l'alcool la douleur qui l'avait terrassé lorsqu'elle l'avait quitté. La veille, comme tant d'autres soirs, il s'était effondré dans son lit, mort de fatigue, sans même avoir pris la peine d'ôter ses boots.

À son réveil, elles étaient toujours à ses pieds.

Mais il devait halluciner. C'était la seule explication à la présence soudaine de Bailey sur le pas de sa porte, grande, belle, les cheveux châtain doré, et qui lui parlait comme s'il s'agissait d'un jour ordinaire.

Comme si elle ne lui avait pas arraché le cœur de la poitrine, le brisant en un million de morceaux, le jour où elle les avait abandonnés, lui et leur mariage, sans donner au préalable la moindre indication sur ses intentions.

Et quand les papiers du divorce étaient arrivés dans le courrier, c'est comme s'il avait pris un puissant coup de massue sur la tête.

— Je suis abasourdi, parvint-il enfin à répondre à la question de son ex-femme, lorsqu'il recouvra l'usage de sa langue.

Celle-ci s'était peut-être remise à fonctionner, mais pour son cerveau, c'était une autre histoire.

La première année après son départ, il n'avait cessé de fantasmer sur des situations telles que celle-ci, des scénarios où il ouvrait sa porte – celle du corps de ranch dont ils avaient entrepris la construction ensemble – et trouvait Bailey devant lui. Tantôt repentante et contrite, tantôt souriant à travers ses larmes, mais lui disant toujours qu'elle avait eu tort de le quitter. Ils se terminaient toujours de la même façon : elle jetait les bras autour de son cou, et il lui pardonnait avant de se perdre dans le nectar suave de ses lèvres.

Avec le temps, ces fantasmes s'étaient peu à peu espacés, jusqu'à ce qu'il parvienne à tenir un mois entier sans que son souvenir vienne le tourmenter.

Enfin, presque.

La douleur, néanmoins, s'était amenuisée au fil des jours, et il s'était senti graduellement redevenir presque humain...

À présent Bailey était là, sur son perron, en chair et en os, et il se retrouva brutalement catapulté dans le passé, vers la coquille ébranlée de l'homme qu'il avait été juste après son départ.

En la regardant, il ne put s'empêcher de lire une vague timidité dans son expression. Comme si elle ne savait pas l'effet que lui faisait son apparition à sa porte.

— Puis-je entrer ? demanda-t-elle d'une voix calme, qui cachait son trouble intérieur.

À dire vrai, elle se sentait un peu gênée de se tenir ainsi devant lui.

Le bout de ses doigts était froid, plus froid que ce que l'air de janvier dans le Colorado le laissait présumer. Wyatt lui paraissait presque étranger, très différent en tout cas de l'homme qu'elle avait aimé et dont elle partageait la vie, six ans plus tôt. Ses cheveux bruns en désordre commençaient à s'orner de fils gris sur les tempes, et le regard de ses yeux bleus semblait s'être un peu assombri.

Avait-elle commis une erreur en revenant ? Allait-il la renvoyer, finalement ?

L'espace d'un moment, elle crut que Wyatt n'allait pas répondre à sa question. Lorsqu'il ouvrit enfin la bouche, son cœur se serra d'appréhension. Il allait lui dire non et lui fermer la porte au nez.

Mais ce fut le contraire qui se produisit.

— Bien sûr, répondit-il en reculant pour la laisser passer.

Bailey sentit ses yeux piquer.

Luttant pour contenir ses larmes, elle s'avança dans le vaste séjour, chaud et accueillant.

— J'aime ce que tu as fait de cette pièce, déclara-t-elle après un battement de cœur.

Lentement, elle promena son regard autour d'elle pour en avoir un aperçu global.

Au début, ils avaient travaillé ensemble à cet espace, mais il était encore en chantier lorsqu'elle avait soudain pris le large, se rappela Wyatt.

Tout lui revint tel un raz-de-marée, chaque détail, chaque émotion, comme si c'était la veille.

— Ça manquait de mobilier, observa-t-il avec un haussement d'épaules indifférent.

Bailey fit un nouveau tour d'horizon, s'imprégnant de chaque élément. Ils en étaient à peine à la moitié de la construction de la maison lorsqu'elle avait pris la décision de partir.

— Eh bien, c'est magnifique, Wyatt, murmura-t-elle.

Puis, pour le cas où il penserait qu'il s'agissait de mots en l'air, elle ajouta :

— Vraiment…

Wyatt fronça les sourcils, Il avait beau être sur ses gardes, elle réussissait à le toucher de façon intime.

Comme elle avait toujours su le faire.

Sa résolution grimpa en flèche. Il ne se laisserait pas emporter dans un nouvel et abrutissant tourbillon de déception, s'intima-t-il avec férocité. La dernière fois avait été terrible, et il venait seulement d'arriver au point où il pouvait respirer normalement.

Il ne voulait pas revivre cela.

Il n'y survivrait pas.

Ses yeux se plissèrent sur la femme dont il avait cru qu'elle serait à jamais à ses côtés. *Cette bonne blague !* songea-t-il avec amertume.

Au début, ç'avait été comme si le destin les avait jetés dans les bras l'un de l'autre quand il avait tourné le dos à sa famille et entrepris d'exister par lui-même, hors de la sphère d'influence des Colton.

Toute sa vie, il avait été dans l'ombre du clan et de son nom de famille. Son père, Russ, ne l'autorisait pas à faire ce qu'il voulait, mais tenait à tout prix à ce que son fils aîné décroche un diplôme de gestion pour pouvoir un jour lui succéder à la tête de l'entreprise familiale. C'est donc sans prévenir que Wyatt avait abandonné ses études, quitté sa famille et pris la route.

Son père était entré dans une rage noire lorsqu'il avait appris que son héritier légitime était entré dans le circuit des rodéos.

C'était dans ce même circuit que Wyatt avait rencontré Bailey-Ann Norton.

Véritable mascotte que son père emmenait de ville en ville, suivant le calendrier des rodéos, Bailey ne connaissait pas d'autre vie.

Leur attirance avait été forte et immédiate, mais Bailey n'avait pas pensé que Wyatt prenait les choses au sérieux. Et jusqu'à ce que la grand-mère adorée de ce dernier décède en lui léguant une importante superficie de terrain à la sortie de Roaring Springs, Colorado, il ne s'était rien passé de déterminant entre eux.

Ce legs, il l'avait interprété comme un signe, l'étape suivante dans son désir de s'accomplir loin de la toute-puissance de son père. Lassé des douleurs et contusions accumulées au cours de sa carrière de monteur de taureaux, il avait décidé de changer de projet. Encore. Il avait demandé à Bailey de l'épouser, et de l'aider à créer à la fois un foyer et un ranch.

Il se rappela qu'elle n'avait jamais été aussi belle que lorsqu'elle lui avait souri et s'était écriée : « Oui ! »

Ils étaient donc revenus à Roaring Springs et s'étaient lancés dans la construction de leur maison et du ranch qu'il avait en tête.

Tout se passait bien, avait-il pensé. À l'évidence, il s'était trompé. Après quelques années de mariage, Bailey l'avait soudain quitté.

Et Wyatt avait eu l'impression de recevoir une balle dans le ventre.

Il lui avait fallu tout ce temps pour surmonter le choc et aller de l'avant dans sa vie.

Et à présent elle était de retour !

Pourquoi était-elle là ?

Ça n'avait aucun sens.

Il voulait savoir.

— Tu es revenue juste pour voir ce qu'est devenue la maison ? demanda-t-il, une note glacée dans la voix.

Bailey sentit presque son courage l'abandonner. Mais elle n'avait pas fait toute cette route pour se dérober maintenant. Elle devait lui dire pourquoi elle avait accompli cette démarche après tout ce temps.

— Non, répondit-elle d'un ton posé. Ce n'est pas pour cela que je suis revenue.

— Alors pourquoi es-tu ici, Bailey ?

Elle prit une profonde inspiration, et pria pour que sa voix ne se brise pas. Haussant légèrement la tête, elle fit de son mieux pour paraître maîtresse d'elle-même, maîtresse du moment. Elle savait que son ex-mari n'aimait pas les démonstrations de faiblesse. Il admirait la bravoure, même chez l'ennemi – qu'il voyait sans doute en elle en cet instant précis. Ensuite, on verrait bien.

De ses yeux sombres, elle affronta son regard.

Tu l'as voulu, Bailey.

Sa voix sembla résonner à l'intérieur de son crâne tandis qu'elle répondait à sa question.

— Je suis ici parce que je veux un enfant, et que je veux que tu en sois le père.

2

Sa vue ne lui jouait peut-être pas de tours, mais son ouïe certainement, songea Wyatt. Il ne pouvait pas avoir entendu ce qu'il *pensait* avoir entendu.

Il la fixa sans ciller.

— Tu peux répéter ? demanda-t-il sans se laisser ébranler.

Il se souvint vaguement d'une discussion qu'ils avaient eue au tout début de leur mariage, au sujet de leurs futurs enfants. Ils avaient décidé que le mieux était d'attendre quelques années. À ce moment-là, ils avaient jugé que leur énergie devait se concentrer sur la création du ranch. Ils auraient tout le temps plus tard…

Le sujet n'était jamais revenu sur le tapis. Au début, ils avaient été trop pris par la maison et le ranch. Ensuite, lorsque les circonstances étaient devenues favorables à la fondation d'une famille, Bailey s'était envolée.

— Un enfant, répéta-t-elle, les yeux dans les yeux. Je veux avoir un enfant. Quelles que soient nos différences, je continue à penser que tu es le meilleur homme que j'aie jamais rencontré, et je veux que le père, ce soit toi.

Wyatt avait le plus grand mal à intégrer le sens de ces paroles. Se déplaçant tel un homme qui ne sent plus ses jambes, il traversa le vaste séjour et se laissa choir dans le confortable canapé de cuir usé. Puis il fit signe à Bailey de l'y rejoindre.

Il attendit qu'elle soit installée avant de lui répondre.

— Comme ça ? demanda-t-il, abasourdi. Je n'ai pas de nouvelles de toi pendant six ans, et voilà que tu reviens dans ma vie pour me dire que tu veux que je sois le père du bébé que tu veux avoir ?

Quand bien même il prononçait ces mots à voix haute, il ne parvenait pas à croire à ce qui se passait. Bailey avait toujours été si posée, si réfléchie, et cette requête était en tout point déraisonnable.

— Pourquoi ? voulut-il savoir. N'y a-t-il personne d'autre parmi tes connaissances ?

— Je ne veux pas que ce soit n'importe qui, répondit-elle avec douceur. C'est toi que je veux, Wyatt.

Ce ne pouvait pas être aussi simple. Il devait y avoir autre chose, supposa-t-il. Quelque chose qu'elle ne lui disait pas.

Il fronça les sourcils.

— En admettant que je te croie…

— Tu *dois* me croire, l'interrompit-elle.

Pourquoi s'imaginerait-il qu'elle lui mentait ? Elle ne lui avait jamais menti auparavant, songea-t-elle, sur la défensive.

— En admettant que je te croie, répéta-t-il en détachant bien ses mots. Pourquoi un enfant maintenant, brusquement ?

Bailey prit une longue inspiration avant de lui répondre. Après tout, il avait le droit de savoir.

Rien de tout cela, y compris venir jusqu'ici, n'avait été facile pour elle. Elle n'était pas du genre à solliciter faveurs ou services. Au contraire, elle n'avait jamais compté que sur elle-même pour satisfaire ses désirs et ses besoins.

Mais cette fois, c'était différent. Cette fois, elle ne pouvait plus être cette louve solitaire. Elle avait besoin d'aide.

— Parce que le temps m'est compté, avoua-t-elle.

C'était la deuxième fois qu'elle le prenait par surprise en moins de dix minutes.

— Tu… vas mourir ? s'enquit Wyatt d'une voix blanche, tout en la dévisageant d'un air incrédule.

Bailey avait toujours été si dynamique, si débordante de vie. Qu'elle puisse être en phase terminale de Dieu sait quelle maladie incurable lui était inconcevable.

— Non, répondit-elle aussitôt, soucieuse de corriger cette erreur d'interprétation. Je ne vais pas mourir. Mais mes chances d'être enceinte s'amenuisent d'année en année.

Elle paraissait pourtant en parfaite santé, songea Wyatt, un peu perdu. Il secoua la tête.

— Je ne comprends pas.

Pourquoi ne pouvait-il pas juste dire oui à sa demande ? Pourquoi avait-il besoin qu'elle lui explique en détail ?

— Il m'est difficile d'en parler, reprit-elle.

Devait-elle le supplier pour qu'il ne l'oblige pas à lui servir un tableau fastidieux de ce qui la frappait ?

— Prends ton temps, dit-il. Si tu as fait tout ce chemin pour parler à un homme que tu as abandonné, c'est que c'est important pour toi, conclut-il.

Puis il se tut et attendit.

Bailey ne savait pas s'il était exagérément attentionné, ou s'il se moquait d'elle. Dans les deux cas, elle n'avait pas le choix : elle devait aller jusqu'au bout et répondre à sa question. Wyatt était son seul espoir. Elle devait réussir à lui faire comprendre, et obtenir qu'il accepte d'être le père de son enfant.

Elle inspira à fond, puis se lança dans l'explication technique dont elle redoutait qu'elle le désoriente.

— Continue, dit Wyatt, évitant de croiser son regard.

— J'ai découvert que c'était dû à une pathologie appelée « syndrome ovarien polykystique ».

— D'accord, répondit-il, uniquement parce qu'il désirait en finir au plus vite avec cette conversation.

Il était éleveur de chevaux et, confronté à un vocabulaire qui ne se rapportait pas directement aux soins et méthodes d'élevage de son troupeau, il était perdu. À la façon dont il avait prononcé « d'accord », elle sut qu'il ne comprenait rien à ce qu'elle disait.

Elle ajouta :

— Avec l'âge, mes chances de tomber enceinte seront de plus en plus faibles.

— Mais tu n'as que trente-cinq ans, lui fit-il remarquer.

Bien. Apparemment, elle avait enfin atteint son objectif, et il commençait à saisir son dilemme.

— Exactement, confirma-t-elle en hochant la tête. Autrement dit, c'est maintenant ou jamais.

Bailey scruta son visage pour voir s'il la suivait toujours ou si elle avait perdu son attention. Mais il avait l'air d'attendre qu'elle poursuive. Alors, s'armant de courage, elle continua et tâcha de faire vibrer du mieux qu'elle put sa fibre émotionnelle.

— Depuis très jeune, je veux un enfant à moi. Un enfant que je puisse aimer. Un enfant à qui je pourrai donner tout le soutien affectif et matériel que je n'ai pas eu moi-même en grandissant.

Elle marqua une pause, se tourna vers lui et riva son regard au sien. Afin de le gagner à sa cause.

— Mais pour que cela arrive, j'ai besoin de toi.

Wyatt était incapable d'appréhender dans toute sa dimension ce qu'elle lui disait. Il ne cessait d'en revenir au fait que c'était elle qui l'avait quitté, et non l'inverse. Elle qui lui avait fait parvenir les papiers du divorce. Elle ne voulait alors plus rien avoir à faire avec lui, c'était clair. Et maintenant elle était là, lui demandant de lui faire un enfant.

Ça n'obéissait à aucune logique.

Il pesa avec soin ce qu'il lui dit ensuite.

— Qu'est-ce qui t'a fait changer d'avis ?

Elle parut tomber des nues.

— Je ne comprends pas, répondit-elle.

— Eh bien, il y a six ans, de toute évidence, tu ne

voulais pas rester avec moi, lui rappela-t-il. Alors qu'est-ce qui a changé ?

— Rien.

C'était la stricte vérité, songea-t-elle, avant de préciser sa pensée.

— Du moins, pas mon opinion sur toi.

Bailey voyait bien que tout ce qu'elle avait réussi à faire, c'était de l'embrouiller davantage.

Elle fit une nouvelle tentative.

— Je ne t'ai pas épousé parce que tu étais un Colton ni parce que tu avais tout à coup hérité de ton propre ranch. Je t'ai épousé parce que tu étais un homme bien, pétri de qualités.

Elle attendit que ces mots fassent leur chemin dans son esprit. Ce ne fut pas le cas.

— Si c'est vrai, répliqua-t-il, pourquoi es-tu partie ?

Bailey secoua la tête. Était-il besoin de remuer tout ce passé ? Elle n'était pas venue pour réparer un mariage brisé avec un homme qu'elle ne pouvait oublier. Elle était venue pour tenter de sauver une partie cruciale de sa vie future.

— C'est compliqué.

— Et pourtant tu as pensé que ça valait la peine de revenir, observa-t-il, décontenancé.

Elle comprit alors pourquoi il était si dérouté, pourquoi il demeurait tant en retrait.

— Si je suis venue, c'est juste pour tomber enceinte, expliqua-t-elle. Je n'ai pas l'intention de rester lorsque ce sera fait, assura-t-elle.

Il craignait sans doute de se retrouver « collé » avec elle, même après la fin de sa grossesse.

— Tu n'as aucun souci à te faire, reprit-elle. Dès que j'aurai l'assurance que tu as rempli avec succès ta tâche de géniteur, je disparaîtrai de ta vie.

— Même élever des chevaux implique plus de sentiment, souligna-t-il.

— Je n'attends rien de toi, à part un don, répliqua Bailey, essayant de le convaincre tout en luttant pour résister à l'attraction de son regard sexy. Tu ne seras tenu à aucun engagement financier, ni pour l'entretien du bébé ni pour quoi que ce soit d'autre. Je te le promets, ajouta-t-elle avec emphase.

Wyatt semblait douter de ce qu'il venait d'entendre.

— Si tu dis vrai, comment feras-tu pour élever cet enfant, en supposant que je te donne mon accord et que tu tombes enceinte ?

— Ce n'est pas un problème, répondit-elle.

— Je te repose néanmoins la question, insista-t-il, attendant toujours une réponse de sa part.

Elle n'avait pas prévu d'étaler une fois de plus sa vie devant lui, mais elle semblait ne pas avoir le choix… Elle refusait cependant de le laisser lui briser de nouveau le cœur.

— Te rappelles-tu quand je t'ai annoncé que je voulais devenir vétérinaire ?

C'était l'une des raisons pour lesquelles elle l'avait quitté. Parce que être vétérinaire avait toujours été son rêve, un rêve qu'il lui avait demandé de mettre en attente jusqu'à ce que le ranch – son ranch – soit terminé et pleinement opérationnel.

Comme il voulait qu'ils attendent avant de faire des enfants. Ce qu'elle désirait le plus, ses vœux les plus chers, il lui avait demandé de les mettre en stand-by. Jusqu'au jour où elle avait eu le sentiment de s'être mise elle-même en stand-by par considération pour lui.

— À voir ton expression, je devine que non, conclut Bailey. Eh bien, je l'ai fait.

Elle le vit hausser un sourcil perplexe. Il ne la suivait toujours pas.

— Je suis devenue vétérinaire, précisa-t-elle. Et je me suis constitué une petite clientèle. Ce qui signifie que je serai en mesure de payer pour le bébé lorsqu'il arrivera, fille ou garçon.

Elle prit une brève inspiration, avant de continuer :

— Donc, comme je l'ai dit, tout ce que j'attends de toi, c'est un don.

Elle retint son souffle et sonda son regard, nerveuse.

— Que réponds-tu ?

Wyatt observa un long silence, comme s'il réfléchissait sérieusement à la question. Mais lorsqu'il ouvrit la bouche, ce ne fut pas pour lui donner une réponse, positive ou négative.

— Je ne sais pas, Bailey. C'est une lourde décision.

— Pas tant que cela, minimisa-t-elle, essayant de ne pas montrer sa frustration.

Elle n'avait pas fait toute cette route pour voir sa demande rejetée.

— Pour les hommes, les coups d'un soir arrivent tout le temps. Penses-y de cette manière. Tu peux aussi voir cela comme faire l'amour avec une ancienne copine, en souvenir du bon vieux temps.

— Mais tu n'es pas une ancienne copine, dit-il, tu étais ma femme.

Bailey haussa les épaules, étouffant les émotions qui menaçaient de la submerger.

— C'est la même chose.

Wyatt secoua la tête.

— Pas du tout. Il y a une grande différence.

Elle redressa les épaules et s'arma de courage pour affronter la réponse qu'elle ne *voulait pas* de la part de l'homme qu'elle n'avait jamais oublié.

— Alors c'est non ? demanda-t-elle, déçue, et incapable de le dissimuler sur son visage.

— Non, ce n'est pas non…, commença-t-il.

— Donc c'est oui ? s'écria-t-elle, tout excitée.

— Ce n'est pas ça non plus.

Il détesta voir s'éteindre cette lumière soudainement apparue dans ses yeux. Elle lui rappelait la façon dont les choses se passaient dans leur vie de jeunes mariés, quand tout semblait possible.

— J'ai déjà dit que j'avais besoin d'un peu de temps pour y réfléchir, objecta-t-il. Se mettre ensemble pour concevoir un bébé, c'est franchir un pas énorme.

— Je sais. C'est pourquoi je te le demande, insista-t-elle. Je te l'ai dit, tu es le meilleur des hommes que je connaisse.

L'un des deux devait raisonner avec sa tête, songea-t-il. Et manifestement, ce n'était pas elle. La tâche lui revenait donc.

— Aussi flatteur que cela soit, je ne serais pas le meilleur des hommes si je sautais à pieds joints sur cette idée sans en mesurer toutes les implications, déclara-t-il.

— Quelles implications ? demanda-t-elle d'un ton faussement étonné.

Bon sang, comment le gagner à sa cause ? Elle était désespérée. Il fallait qu'il dise oui.

— Quelles implications ? répéta-t-il. C'est un petit être vivant que nous ferions venir dans ce monde !

— Un petit être vivant pour lequel rien ne te serait demandé, lui rappela-t-elle de nouveau.

Peut-être, s'il abordait les choses sous un autre angle…

— C'est toi qui es venue à moi, n'est-ce pas ?

Bailey poussa un soupir.

— Je ne peux pas le nier.

— Pourquoi ?

Elle ferma les yeux, luttant pour garder ses émotions sous contrôle.

— Je te l'ai déjà dit. Je suis venue à toi parce que tu es la seule personne que je veux comme père de mon enfant.

Il opina du chef.

— On peut donc supposer que c'est lié à mon caractère.

— De toute évidence, convint-elle, se demandant où il voulait en venir.

— Eh bien *ça*, ça fait partie de mon caractère, l'informa-t-il. Je ne fonce pas bille en tête dans ce genre de choses. Il faut au préalable que je réfléchisse.

Bailey connaissait bien ce regard. Il signifiait qu'il n'y avait aucun moyen de le faire changer d'avis. Sa décision était prise. Avec un soupir résigné, elle rendit les armes.

— Très bien, dit-elle. Combien de temps penses-tu que prendra cette réflexion ?

— Le temps nécessaire, répondit-il, évasif.

Quand elle lui avait dit que c'était lui qu'elle voulait comme père de son enfant, elle le pensait vraiment. Cela signifiait qu'à tous égards elle devait tenir compte de son point de vue dans cette affaire.

— On dirait que je suis ici pour un bon moment, dans ce cas, lâcha-t-elle avec fatalisme.

Cela, elle ne l'avait pas du tout prévu.

— Il semble que j'aurais dû réserver ma chambre au Lodge pour un séjour plus long, reprit-elle, faisant allusion à l'une des entreprises de la famille Colton. Je ne l'ai prise que pour quarante-huit heures.

Ça n'allait pas être simple, songea Wyatt. Mais il était sérieux lorsqu'il lui avait dit qu'il avait besoin de temps pour ruminer la question.

Il ne lui restait plus qu'une option.

— Ce n'est pas la peine, dit-il. Si tu veux rester ici, pas de problème.

— Ici ? répéta Bailey, stupéfaite.

Elle regarda autour d'elle, puis reposa les yeux sur lui.

— Avec toi ?

Il acquiesça.

— Si tu es ici, cela m'aidera à prendre une décision beaucoup plus vite, expliqua-t-il. Et nous pourrons en profiter pour nous raconter nos vies.

Il plissa un tout petit peu les yeux.

— À moins que tu n'aies quelque chose à cacher.

Elle le dévisagea, l'air totalement déconcerté.

— Pourquoi dis-tu cela ?

Fallait-il qu'elle le lui demande ?

— Parce que en six ans je n'ai eu aucune nouvelle de toi.

Au début, il avait cherché le réconfort dans l'alcool, persuadé qu'il ne se remettrait jamais de cet abandon brutal. Remonter la pente avait été beaucoup plus lent qu'il ne l'aurait cru possible. Mais il avait fini par y arriver et ne voulait pas risquer une rechute.

— Pas même un coup de fil ou une carte postale. Et tout à coup voilà que tu tombes du ciel et me demandes de te faire un bébé. Admets qu'il y a de quoi rendre n'importe qui méfiant.

— Quelqu'un qui ne me connaîtrait pas, précisa-t-elle. Mais toi, tu me connais.

— Vraiment ? Je le croyais, rétorqua-t-il. Mais la femme que je connaissais ne se serait pas envolée comme tu l'as fait, sans un mot d'explication.

Bailey soupira de nouveau. Peut-être devait-elle lui tendre un rameau d'olivier et se montrer plus explicite. L'homme qu'elle avait aimé le méritait bien.

— Je suis partie parce que je perdais mon identité, déclara-t-elle sans détour.

Il fronça les sourcils.

— Je ne comprends pas. Que veux-tu dire ?

— Je veux dire qu'en ce qui me concernait, tu renvoyais tout à plus tard. Je voulais devenir vétérinaire. Tu m'as dit d'attendre que le ranch soit terminé et en activité. Très bien, ai-je répondu, et j'ai attendu. Je voulais des enfants. Tu m'as dit d'accord, mais tu voulais d'abord attendre que la maison soit terminée. Cette fois encore, j'ai dit OK. Mais ce n'était pas OK. Pas pour moi. Je cédais l'un après l'autre des morceaux de moi-même, jusqu'au point où je ne me suis plus reconnue.

Le visage de Wyatt s'assombrit.

— Alors tu es partie.

Que pouvait-elle dire à cela ?

— Je n'avais pas le choix.

— Et ces vœux que tu as prononcés ? De m'aimer et de me chérir jusqu'à ce que la mort nous sépare ? Ils ne signifiaient rien pour toi ? Ou du moins pas assez pour te faire rester ? demanda-t-il d'un ton acerbe.

Sa réponse, si tant est qu'elle était sincère, le surprit.

— Ils signifiaient *tout* pour moi, asséna-t-elle.

— Mais tu es partie quand même.

— Je suis partie à cause d'eux. Tu ne saisis donc pas ?

Sidéré, Wyatt secoua la tête.

— Non.

— Si j'étais restée, j'en serais venue à t'en vouloir parce que tu m'écrasais, reprit-elle. Pas de façon intentionnelle, j'en conviens, mais le résultat était le même. Je perdais conscience de qui j'étais, en dehors de la femme à tes côtés, celle qui t'aidait à bâtir cette grande maison en même temps qu'elle se délitait peu à peu. J'aurais fini par te détester pour ce qui m'arrivait, je le savais.

— Donc tu m'as quitté.

— Il le fallait. Le seul moyen de préserver les sentiments qui nous unissaient était de sacrifier notre mariage, expliqua-t-elle d'un ton définitif.

Cela n'avait absolument aucun sens pour lui.

— Je ne comprends toujours pas.

Elle le gratifia d'un sourire mélancolique.

— Je ne m'attendais pas à ce que tu comprennes, répondit-elle. Sache simplement que je t'ai toujours aimé, et que je t'aimerai toujours.

3

Depuis qu'il lui avait ouvert sa porte ce matin, Wyatt avait perdu le compte des fois où Bailey l'avait pris au dépourvu.

« Sache simplement que je t'ai toujours aimé, et que je t'aimerai toujours ».

Ces mots tournaient en boucle sous son crâne. Il fronça les sourcils. Son ex-épouse se fichait-elle de lui en affirmant que c'était à cause de ses sentiments pour lui qu'elle avait mis fin à leur union ?

— Ne dis pas des choses que tu ne penses pas, répliqua-t-il, sentant la colère monter en lui. Cela n'accélérera pas ma prise de décision.

Bailey tâcha de ne pas s'offusquer de sa brusquerie à son encontre. Elle l'avait blessé, il méritait donc une certaine indulgence. Mais il aurait dû éviter les conclusions à l'emporte-pièce.

— D'abord je ne l'ai pas fait pour cette raison, ensuite je ne dis jamais des choses que je ne pense pas, lui rappela-t-elle avec froideur.

Elle se leva du canapé et se dirigea vers la porte.

Wyatt fut aussitôt sur ses talons.

— Où vas-tu ?

— Je vais conduire pour m'aérer un peu la tête, et annuler ma réservation au Lodge, répondit-elle.

Aussi rapidement qu'elle s'était enflammée, l'humeur de Wyatt se radoucit et sa voix s'apaisa.

— Je reviens plus tard. Tu ne verrouilles toujours pas tes portes ?

— Non.

Roaring Springs était une communauté assez réduite, et la confiance y était de mise. D'une manière générale, les gens veillaient les uns sur les autres.

Bailey hocha la tête. Elle s'en doutait.

— Bien. Alors je n'aurai pas à frapper à mon retour.

Elle était sur le point d'ouvrir la porte lorsqu'une pensée inopinée lui vint à l'esprit. Elle s'immobilisa et se tourna vers Wyatt.

— Tu n'es pas avec quelqu'un, n'est-ce pas ? demanda-t-elle. Je veux dire, je ne voudrais pas tomber sur une petite amie ou une maîtresse ou quelqu'un d'autre quand je reviendrai au ranch.

Elle scruta son visage, cherchant une réponse.

— Un peu tard pour poser la question, tu ne penses pas ?

Wyatt ne put retenir un petit sourire. Au cours des six dernières années, aucune femme n'avait retenu son intérêt, même de loin, et encore moins comme Bailey avait su le faire. Pour ce qui le concernait, cette partie de sa vie appartenait au passé.

Bailey se sentit rougir. Il avait raison. Jusqu'à cet instant, il ne lui était pas venu à l'esprit qu'il avait pu refaire sa vie. Comme ce n'était pas son cas, elle avait pensé qu'il en était de même pour lui. Se moquait-il d'elle ? Ou était-ce de sa part une façon subtile de lui faire comprendre qu'il avait quelqu'un dans sa vie ?

Elle détourna les yeux, évitant son regard.

— Je n'ai pas fait de répétition avant de venir, confia-t-elle, mi-figue, mi-raisin.

— C'est évident, observa-t-il.

Puis il eut pitié d'elle. Embarrasser Bailey ne le ferait pas se sentir mieux.

— Et non, poursuivit-il, il n'y a ni petite amie, ni maîtresse, ni aucune autre femme dont tu aurais lieu de t'inquiéter.

— Personne ? insista Bailey.

La note de suspicion dans sa voix ne lui échappa pas.

— Pourquoi ? demanda-t-il. Tu te sentirais mieux dans le cas contraire ?

Peut-être craignait-elle qu'une fois qu'elle aurait eu ce qu'elle était venue chercher, il tente de la faire rester. Mais il n'avait aucune intention de cet ordre. Il n'était ni masochiste ni obtus. Avoir été largué une fois sans cérémonie lui suffisait amplement, merci. Il n'avait pas envie de revivre cela. Son cœur n'avait pas besoin d'être arraché à sa cage thoracique une seconde fois.

— Non ! s'empressa de répondre Bailey. Je voulais juste être sûre de ne pas semer accidentellement la zizanie dans ton couple.

Il plongea son regard dans le sien.

— Une fois me suffit, déclara-t-il, glacial.

Bailey ne savait pas du tout que répondre. Six ans plus tôt, elle n'avait pas pensé que cela comptait tellement pour lui. Elle s'était même dit qu'il n'avait pas dû se rendre compte tout de suite de son départ, tant il était focalisé sur la construction du ranch à l'exclusion de tout le reste. En dehors de représenter une main-d'œuvre utile, elle aurait pu être n'importe qui.

L'espace d'un instant, elle songea à lui demander pardon. Mais elle ne regrettait rien. Parce que si elle n'était pas partie, jamais elle ne serait devenue vétérinaire, jamais elle ne se serait accomplie en tant que personne.

Elle décida donc de laisser le sujet de côté pour le moment.

— À tout à l'heure, dit-elle en se dirigeant de nouveau

vers la porte. Et merci d'avoir eu la patience de m'écouter, ajouta-t-elle après un temps de pause.

— Je n'ai pas dit oui, lui rappela-t-il en la suivant.

— Je sais. Une étape à la fois.

Sortant de la maison, elle se retrouva nez à nez avec un cow-boy grand, svelte et musclé, qui remontait l'allée. Leurs regards se croisèrent une demi-seconde, puis Bailey baissa les yeux et se hâta vers l'endroit où elle avait garé sa voiture.

La mâchoire de Foxworth Colton se décrocha tandis que l'identité de la femme se rappelait à sa mémoire. Tel un personnage de dessin animé, le frère adoptif et cousin de Wyatt se retourna lentement pour regarder celle qu'il avait failli télescoper grimper dans sa voiture et s'éloigner.

Encore stupéfait, il pivota de nouveau et interrogea Wyatt du regard.

Harrison Colton, le père de Fox, était mort des suites d'un accident où il avait effectué une sortie de route volontaire. Dana, sa mère, qui occupait le siège passager, avait survécu assez longtemps pour demander à sa sœur Mara de prendre en charge ses deux enfants. Les parents de Wyatt avaient tous deux accepté d'accueillir chez eux Fox et Sloane.

Ils avaient toujours été très proches, c'est pourquoi lorsque Wyatt avait reçu de sa grand-mère le Crooked C en héritage, il avait offert à son cousin une surface de seize hectares dans la partie sud de la propriété, afin qu'il puisse y élever des chevaux. En retour, Fox travaillait en étroite collaboration avec Wyatt, qui pouvait toujours compter sur son aide quand il en avait besoin.

Lorsqu'il s'était marié, personne n'avait été plus heureux pour lui que Fox. Ce dernier avait aussi été présent le jour où, sans prévenir, Bailey s'était envolée pour Dieu sait où.

C'était lui qui, progressivement, avait aidé Wyatt à sortir de l'alcool où il s'était réfugié pour noyer sa douleur, au risque de se détruire.

La patience et les efforts de Fox avaient payé. Wyatt était redevenu l'homme qu'il était auparavant, bien que plus fermé d'un point de vue émotionnel, plus replié sur lui-même.

Maintenant, avec le retour de Bailey, songea Fox, les choses pouvaient de nouveau changer.

Mais peut-être s'était-il trompé. Peut-être la personne qu'il venait de croiser était-elle juste une femme qui lui ressemblait. Après tout, pourquoi serait-elle revenue après toutes ces années ?

— Hey ! lança-t-il avec une fausse jovialité. N'est-ce pas…

— Bailey ? termina Wyatt.

Il tourna les talons et regagna l'intérieur de la maison.

— Si, c'est elle, répondit-il d'un ton plat.

À la fois choqué et incrédule, Fox le suivit. Il regarda une dernière fois par-dessus son épaule l'endroit où se trouvaient la voiture et son occupante quelques secondes plus tôt.

— Tu plaisantes.

— Ce n'est pas un sujet qui me donne envie de plaisanter, répliqua Wyatt.

Fox ferma la porte derrière lui et mit immédiatement le cap sur la cafetière électrique, dans la cuisine. Il avait besoin d'une sérieuse dose de caféine.

— Que fait-elle ici ?

Sortant un mug du placard, il l'emplit presque à ras bord d'un breuvage fumant couleur d'ébène.

— A-t-elle retrouvé tout son bon sens ? demanda-t-il, quand bien même il doutait que ce soit la raison qui l'avait amenée jusqu'au ranch.

— Ce n'est pas ce que je dirais.

Fox le considéra par-dessus le rebord de sa tasse.

— Alors pourquoi est-elle venue ?

Il se brûla la langue et étouffa un juron. Soufflant sur son café, il attendit quelques secondes avant de prendre une nouvelle lampée, lentement cette fois.

— Elle est venue pour me demander de lui faire un bébé.

Fox s'étrangla et faillit recracher le liquide. Il parvint néanmoins à l'avaler in extremis. Puis il reposa le mug sur le comptoir et fixa son cousin.

— Excuse-moi. J'ai cru t'entendre dire qu'elle…

— Tu as bien entendu, confirma Wyatt, impassible.

Oubliant son café, Fox concentra son attention sur lui. Il ne voulait pas voir l'homme qu'il considérait comme son frère souffrir de nouveau.

— Quand est-ce arrivé ?

Wyatt hocha le menton en direction de la porte.

— Là, tout de suite.

Non, ce n'était pas possible, songea Fox.

— Elle ne t'a rien dit avant ?

Wyatt secoua la tête tout en gagnant le séjour.

— Non.

Fox lui emboîta le pas.

— Tu veux dire qu'à aucun moment Bailey ne t'a appelé pour connaître ton état d'esprit à ce sujet ?

Se sentant soudain vidé de ses forces, Wyatt s'affaissa sur le canapé. Ce même canapé où Bailey était assise à ses côtés quelques instants plus tôt. Il avait dû rêver.

— Exactement.

Fox tenta de tout récapituler dans sa tête.

— Et tu n'avais pas eu de nouvelles d'elle depuis six ans, c'est bien cela ?

Wyatt tourna lentement les yeux vers lui.

— Pas un mot.

Fox émit un sifflement bas.

— Nom de Dieu, Wyatt. Que vas-tu faire ?

Wyatt éclata de rire, même si la situation n'avait rien de drôle.

— Que je sois damné si je le sais.

L'esprit de Fox tournait à présent à toute vitesse.

— Elle ne loge pas en ville, n'est-ce pas ?

Les commissures des lèvres de Wyatt s'étirèrent en un sourire ironique.

— À dire vrai, non.

Fox dévisagea son cousin, l'air suspicieux.

— Je n'aime pas la façon dont tu dis cela…

Puis la réalité le frappa de plein fouet.

— Une seconde. Elle ne loge pas ici, au moins ? S'il te plaît, dis-moi qu'elle ne loge pas ici.

— Je pourrais, répliqua Wyatt. Sauf que je me suis fixé comme règle de ne jamais te mentir.

Fox sentit toutes ses certitudes s'ébranler comme un château de cartes.

— Elle va loger ici, conclut-il avec stupéfaction.

Il fouilla le regard de Wyatt, incapable de croire à ce qu'il lui disait. Il devait y avoir une erreur quelque part.

— En fait, tu réfléchis à la requête qu'elle t'a présentée, je me trompe ?

— Eh bien, je…

— Wyatt, as-tu perdu la tête ? le coupa Fox. Cette femme a dansé des claquettes sur ton cœur, t'a laissé tomber comme un malpropre sans avoir la décence de te dire pourquoi en face, et à présent la voilà qui débarque de nulle part et te demande de dormir avec elle…

Peut-être était-ce la tension nerveuse, toujours est-il que Wyatt éclata de rire à la façon dont Fox formulait ses arguments.

— Dormir n'est pas exactement le terme qui convient…

Mais Fox n'était pas du tout d'humeur à rire.

— Tu sais très bien ce que je veux dire. Peut-être ne te rappelles-tu pas dans quel état tu étais quand elle t'a quitté, parce que la plupart du temps tu étais si assommé par le whisky que tu ne savais même plus comment tu t'appelais. Mais moi je me souviens de tout. Avec clarté, ajouta-t-il en insistant sur ces mots. Elle t'a quasiment détruit. Et je ne lui laisserai pas la possibilité de le faire une seconde fois.

La colère vibrait dans sa voix.

Wyatt savait qu'il ne voulait que son bien, mais ce qui se passait était *son* problème, et c'était à lui de le gérer.

— Cette affaire ne te concerne pas, lança-t-il.

— Bien sûr que si ! rétorqua Fox. Pour le meilleur et pour le pire, tu es mon frère, et je t'aime. Maintenant, si tu n'es pas capable de dire non à cette femme, moi je le suis, conclut-il d'un ton tranchant.

Wyatt souleva un point fondamental.

— Ce n'est pas à toi qu'elle a demandé de lui faire un bébé, Fox. C'est à moi.

Fox le fusilla du regard. Il était à cran et n'aimait pas être piégé par de simples mots.

— Tu sais ce que je veux dire, grogna-t-il.

— Oui, répondit Wyatt. Et je sais que tu ne veux que mon bien, ajouta-t-il d'une voix radoucie. Mais au final c'est à moi de prendre une décision.

— Donc, tu envisages vraiment de le faire.

— J'y réfléchis, corrigea Wyatt.

Pour lui, réfléchir passait avant envisager, et il avait besoin d'y réfléchir à fond, de mesurer toutes les implications mais aussi de prendre en compte les circonstances atténuantes, autant qu'il lui était possible.

— Écoute, c'est moi qui l'ai amenée ici, et elle a consenti beaucoup de sacrifices pour m'aider à bâtir et faire tourner ce ranch. J'ai une dette envers elle.

— C'est ce qu'elle t'a dit ? le rabroua Fox. Que tu as une dette envers elle ?

— Non. C'est ce que je pense. Et c'est vrai. Bailey voulait faire l'école vétérinaire et je l'en ai empêchée, en lui disant qu'elle pouvait reporter cela à plus tard, parce que j'avais constamment besoin de ses bras. Je lui ai dit la même chose quand elle m'a parlé de son désir d'avoir des enfants.

Il s'en souvenait comme si c'était la veille.

— J'ai prétendu qu'avoir des enfants devrait attendre, que nous avions besoin d'investir toute notre énergie dans le ranch et la constitution d'un troupeau.

Fox refusa de laisser Wyatt se culpabiliser.

— Bref, tu voulais construire quelque chose et tu l'as fait. Était-ce une mauvaise chose ?

— Non, convint Wyatt. Mais c'était ma décision, pas la sienne, précisa-t-il en s'efforçant de considérer l'entreprise de son point de vue à elle. C'était *mon* projet. Bailey n'a pas pu accomplir ce qu'elle voulait, n'a pas eu les enfants qu'elle voulait.

— Donc elle est ici pour toucher son dû, c'est cela ? demanda Fox, abasourdi. C'est cela que tu es en train de me dire ?

Wyatt fronça les sourcils et soupira. Tant de sentiments contradictoires se bousculaient en lui.

— Plus ou moins.

La logique de l'affaire échappait toujours à Fox.

— Bailey est encore jeune, releva-t-il, refusant de rendre les armes. Elle a quoi ? Trente, trente-cinq ans ?

— Trente-cinq.

— Trente-cinq ans, répéta Fox en hochant la tête avec circonspection. Ce n'est pas exactement l'âge de la retraite. Il lui reste plein de temps pour avoir un enfant.

Il marqua une pause et dévisagea son cousin.

— Sans vouloir t'offenser, pourquoi toi ? Cela fait maintenant six ans. Elle aurait dû passer à autre chose.

Wyatt haussa les épaules.

— Je ne sais pas, répondit-il. Elle m'a dit que j'étais le meilleur homme qu'elle connaissait.

— Est-elle entrée au couvent après t'avoir quitté ? demanda Fox, pince-sans-rire.

— Très drôle, répliqua Wyatt. Non, apparemment elle a pris une décision plus avisée.

Fox recouvra tout son sérieux.

— Toute plaisanterie mise à part, Wyatt, tu es le meilleur homme qu'il m'a été donné de rencontrer, mais ça ne change rien. Tu pourrais en prendre plein la gueule, là.

Il demeura pensif un moment, avant d'observer :

— Elle a peut-être un but inavoué, pour venir te voir après tout ce temps.

Wyatt avait accompli un long chemin personnel depuis six ans. L'homme qu'il était alors avait des choses à prouver à ses parents en réussissant dans ses projets. Aujourd'hui il n'était plus habité par une telle motivation. Malgré cela, il avait toujours le sentiment d'un manque dans sa vie. Peut-être était-ce cela. Il n'en savait rien, mais ça valait la peine d'y réfléchir.

— Comme quoi ? demanda-t-il.

— Pour l'état civil, tu es un Colton, lui rappela Fox. En portant ton enfant, elle gagne un droit de regard sur l'argent des Colton.

Wyatt secoua la tête.

— Non, elle a dit qu'elle ne voulait rien de moi en dehors de mon ADN.

— Les femmes sont capables de dire toutes sortes de choses pour obtenir ce qu'elles veulent, fit remarquer Fox.

C'était peut-être vrai dans certains cas, mais Wyatt croyait Bailey quand elle disait qu'elle ne voulait rien de lui.

— Dans les papiers du divorce, que j'ai trouvés dans mon courrier peu de temps après, elle ne me demandait rien d'autre que de les signer. Ils ne comprenaient aucune clause en sa faveur, aucune demande de pension alimentaire. Et je m'appelais déjà Colton, plaisanta Wyatt.

Mais son cousin n'était pas totalement convaincu.

— Peut-être entre-temps s'est-elle rendu compte qu'elle passait à côté d'une énorme occasion.

— Fox, tu l'as rencontrée. Par certains côtés, tu la connaissais presque aussi bien que moi, protesta Wyatt. Cette femme-là correspond-elle à celle que tu connaissais ?

Fox reconnut qu'il marquait un point. Mais il persistait à penser que Wyatt devait refuser. Juste au cas où.

— Les gens changent, Wyatt.

— « Les gens », répéta-t-il avec emphase. Mais pas Bailey. Et elle est retournée à l'école juste comme elle le voulait. Elle a obtenu son diplôme, et maintenant elle est vétérinaire.

Il eut conscience qu'une note de fierté s'était glissée dans sa voix tandis qu'il parlait à son cousin de la réussite de son ex-épouse.

Pendant près d'une minute, Fox étudia le visage de Wyatt. Puis il hocha la tête, non pas en réponse à ce que ce dernier venait de lui dire, mais en réponse à une pensée qui venait de surgir dans son esprit.

— Tu as arrêté ta décision, n'est-ce pas ? demanda-t-il. Tu vas lui dire oui.

Mais Wyatt ne se précipita pas pour confirmer ce que venait de dire son cousin.

— Je penche dans ce sens, se contenta-t-il de répondre.

— Pèse bien le pour et le contre, Wyatt, conseilla Fox. Pour être franc, jusqu'à ce qu'elle te marche sur le cœur, j'aimais beaucoup Bailey. Je pensais qu'elle était bonne pour toi. Mais réfléchis à ceci… Si tu dis oui et qu'elle a ce bébé, que ressentiras-tu lorsqu'elle l'emmènera ? Parce que c'est ce qu'elle a dit, n'est-ce pas ? La seule chose qu'elle veut, c'est ton ADN. Ensuite elle s'en ira.

Il marqua une pause, le temps que la question fasse son chemin.

— Je te connais, Wyatt, reprit-il. Si tu fais cet enfant, tu voudras faire partie de sa vie. Mais Bailey ne le voudra sans doute pas. Peut-être te refera-t-elle le coup de la disparition inopinée, mais cette fois ce sera avec ton fils ou ta fille. Comment te sentiras-tu alors ?

— Tu poses trop de questions, répliqua Wyatt d'un ton las.

— Et toi, tu n'en poses pas assez. Tu as peut-être un cœur grand comme ça et te transformes en guimauve dès qu'il est question de Bailey, mais je suis là pour m'assurer que tu ne t'en prennes pas de nouveau plein la poire.

Wyatt considéra son cousin d'un air impatient.

— Je suis capable de prendre soin de moi.

Fox n'était pas du même avis.

— À l'évidence, non.

— Je n'ai pas encore dit oui, fit remarquer Wyatt, espérant obtenir qu'il se taise pour le moment.

— Mais tu vas le faire, pas vrai ? demanda Fox.

La question était de pure rhétorique.

Wyatt pencha la tête et fit mine d'écouter quelque chose au loin.

— Je crois que j'entends les chevaux qui t'appellent.

Fox laissa tomber. Pour l'instant. Ils avaient tous deux besoin d'un peu d'espace pour laisser les choses se décanter.

— Cette conversation n'est pas finie, loin de là, indiqua-t-il. En attendant, je vais confisquer tout l'alcool que tu gardes dans tes placards.

Wyatt savait à quoi il faisait allusion. C'était une période de sa vie dont il n'était pas fier.

— Tu n'as pas de souci à te faire, répondit-il. Je ne ferai pas deux fois la même erreur.

La main sur la poignée de la porte, Fox le regarda par-dessus son épaule.

— Je te conseille de t'en souvenir, répliqua-t-il, avant de sortir.

4

Tout en travaillant ce jour-là aux côtés de Fox, Wyatt se rendit compte qu'il avait passé le plus clair de son temps à prendre la défense de Bailey. Il n'avait pas imaginé que Fox nourrirait tant d'inquiétudes quant à la réapparition soudaine de son ex-épouse. Plus, apparemment, que lui-même.

Wyatt savait très bien d'où venait son frère, et il était probable qu'à sa place il aurait réagi de la même façon. Mais tout au fond de lui, il sentait frémir quelque chose qui ressemblait à un instinct de protection. À tort ou à raison, il se sentait tenu de faire en sorte que Fox change d'idée, ou tout au moins de l'empêcher de porter des jugements définitifs sur Bailey tant qu'elle n'aurait pas eu la chance de se racheter.

Mais après avoir pesé le pour et le contre pendant le reste de la journée, ils étaient toujours dans l'impasse et Wyatt laissa les choses en l'état. D'autant plus qu'il ne s'était pas encore décidé quant à la requête de Bailey.

Absorbé par ses préoccupations, Wyatt ne remarqua la voiture garée sur le côté de la maison qu'une fois à l'intérieur de la maison, tandis que les effluves combinés de poulet en train de frire et du parfum de Bailey délicat et raffiné, se frayaient un chemin dans sa conscience.

Elle était revenue.

Instantanément, toutes ses vieilles colères lui revinrent

avec une force brutale, telle une rivière en crue sortant de son lit, le submergeant presque.

Il oublia toutes les choses positives qu'il avait dites à Fox pour la défendre, au profit du souvenir cuisant, nauséeux, de l'instant où il avait réalisé qu'elle était vraiment partie.

Il s'avança dans la cuisine. Le dos tourné, Bailey s'affairait entre le comptoir et le fourneau. L'espace d'une seconde, il songea à se retourner et ressortir en trombe de la maison, mais cela n'aurait rien résolu. Elle était là, et il allait devoir s'en accommoder.

— Tu as fait à dîner, observa-t-il en arrivant derrière elle.

Surprise, Bailey manqua de laisser tomber la poêle qu'elle venait d'ôter du feu. À la dernière seconde, elle parvint à la rattraper et à la poser sur un feu éteint.

Retenant son souffle, elle tordit le cou et regarda Wyatt par-dessus son épaule.

— Eh bien, répondit-elle, je me suis dit que tu aurais faim au retour de ton travail dehors, alors j'ai exploré le frigo pour voir s'il contenait de quoi nous préparer quelque chose.

Elle se retourna tout à fait et lui sourit.

— Si ma mémoire est bonne, tu as un faible pour le poulet frit, n'est-ce pas ?

Jadis, il avait aussi un faible pour elle, songea-t-il.

— Oui, j'aime bien.

Il y avait dans sa réponse une note d'indifférence qui refroidit Bailey sur-le champ.

S'efforçant de ne rien montrer de sa déception, elle sourit de nouveau et se remit à la tâche.

— Parfait, parce que le dîner est bientôt prêt.

La scène, si familière, encore si fraîche dans sa mémoire, le transporta aux premiers jours de leur mariage, quand après avoir travaillé côte à côte ils prenaient leurs repas ensemble.

— Tu n'avais pas besoin de cuisiner, dit-il d'un ton bourru.

À voir sa tête, il regrettait qu'elle l'ait fait, mais elle choisit de l'ignorer.

— Tu n'avais pas besoin de me laisser seule ici, répliqua-t-elle, saisissant la balle au bond.

Sur ce, elle versa le contenu des casseroles d'accompagnement dans deux petits saladiers – ceux-là mêmes qu'ils utilisaient quand ils étaient ensemble, nota-t-elle. Rien n'avait changé.

Sauf que tout avait changé.

Ouvrant le premier tiroir du placard bas, Bailey chercha la pince de cuisine qu'elle s'attendait à y trouver. Mais elle n'était pas là.

Elle en ouvrit un autre, sans plus de résultat. Elle leva les yeux vers Wyatt.

— Où est la pince ? demanda-t-elle.

Il s'approcha dans son dos et, par-dessus son épaule, regarda dans le tiroir comme si l'ustensile allait y réapparaître par magie. Constatant son absence, il demeura songeur un moment.

— Je crois qu'elle est à l'écurie, dit-il.

— L'écurie ?

Curieux endroit pour une pince de cuisine. Ses sourcils se froncèrent sous les mèches qui lui retombaient sur le front.

— Que fait-elle là-bas ?

Wyatt haussa les épaules.

— J'ai dû en avoir besoin pour quelque chose.

C'est tout ce qu'il fut capable de répondre. Il avait oublié la raison originelle pour laquelle cette maudite pince avait quitté la cuisine pour se retrouver dans l'écurie.

Plutôt que de s'engager dans un débat qui n'en valait pas la peine, Bailey se contenta d'acquiescer. Elle avait appris depuis longtemps à choisir ses batailles.

— OK.

Oubliant la pince, elle se servit d'une fourchette pour déposer deux morceaux de poulet dans l'assiette de Wyatt, puis un seul dans la sienne. Puis elle les apporta à la table, posa la première devant lui et la seconde à la place qu'elle occupait jadis, en face de lui. Après quoi elle apporta les deux saladiers, l'un contenant de la purée, l'autre des haricots verts, qu'elle déposa à proximité des deux assiettes.

Son travail terminé, elle s'assit à la table.

Wyatt s'installa et jeta un œil critique sur le contenu de l'assiette qu'elle s'était servie.

— Tu ne prends qu'un morceau de poulet ?

Il entreprit de détacher une partie de blanc du sien pour le transférer dans son assiette, mais elle l'écarta aussitôt.

— Je n'ai jamais été une grande mangeuse, lui rappela-t-elle.

Puis elle attendit que l'information suive son chemin dans sa mémoire et fasse tinter une petite cloche.

— C'est vrai, dit-il, je me souviens. Rosa avait une idée fixe : te faire grossir. Elle disait que tu étais trop maigre et que tu allais dépérir si elle ne t'obligeait pas à manger davantage.

Rosa était l'ancienne gouvernante de Wyatt. Sa grand-mère la lui avait léguée avec le reste de l'héritage. Pendant quelques instants, une note de nostalgie perça dans sa voix au souvenir de leurs premiers jours au Crooked C.

— Tu te rappelles sa colère quand il s'est mis à pleuvoir dans la cuisine ? s'esclaffa Bailey. C'est alors que nous nous sommes aperçus que le toit que nous venions de finir d'installer fuyait. À seaux. Rosa voulait que tu sortes immédiatement sous l'averse pour le colmater.

Oui, il se souvenait de cette anecdote.

— J'avais parfois l'impression que dans sa tête c'était nous qui travaillions pour elle.

Bailey hocha la tête et rit de nouveau.

— Il est clair qu'elle avait un petit côté sergent.

À son retour dans l'après-midi, elle s'était très vite rendu compte que la gouvernante n'habitait plus la maison.

— Au fait, qu'est-elle devenue ?

— Rosa a pris sa retraite il y a trois ans, répondit Wyatt sans s'interrompre dans son repas. Sa fille avait perdu son mari dans un accident de tracteur, et elle avait besoin d'elle pour l'aider à élever ses trois enfants. En conséquence de quoi Rosa m'a quitté pour être grand-mère à plein temps.

La vieille dame s'était répandue en excuses pour l'avoir laissé tomber ainsi, presque du jour au lendemain. À l'époque, Wyatt avait compris qu'elle pensait à la désertion de Bailey, trois ans plus tôt. Il lui avait assuré qu'il ne lui en voulait pas, et l'avait même gratifiée d'une prime généreuse pour l'aider dans les tâches qui l'attendaient avec ses petits-enfants.

— C'est dommage, soupira Bailey, sincèrement désolée d'apprendre que la vieille dame était partie. Je l'aimais bien. Qui prépare tes repas, à présent ?

— Moi, répondit-il tout de go.

Bailey s'arrêta de manger et le dévisagea. Lorsqu'ils étaient mariés, il ne savait même pas faire bouillir de l'eau. Lorsqu'il était cow-boy de rodéo, se rappela-t-elle, il prenait ses repas dans la première gargote venue, le premier bar gril rencontré sur le circuit.

— Tu cuisines ? demanda-t-elle sans chercher à dissimuler sa surprise.

— Je me débrouille, répondit-il.

En dire davantage aurait confiné au mensonge.

— Bon, je me nourris surtout de conserves, admit-il. Mais je sais faire des omelettes.

Un lumineux sourire se propagea des yeux de Bailey à ses lèvres.

— Comme quoi les miracles, ça arrive, observa-t-elle, amusée.

Tétanisé par son sourire, Wyatt considéra un long moment son ex-femme.

— Parfois, peut-être…, marmonna-t-il, avant de détourner les yeux.

Il se repliait de nouveau sur lui-même, songea Bailey avec tristesse. Elle le voyait.

Elle se mordit la lèvre inférieure. Elle n'allait jamais réussir à obtenir son accord s'il se fermait ainsi. Il n'avait jamais été du style joyeux et expansif, même quand les choses allaient bien entre eux, mais au moins avaient-ils connu quelques moments de franche gaieté.

Maintenant, elle sentait chez lui une amertume qui n'y était pas auparavant.

Était-ce elle qui lui avait fait ça ?

Qui voulait-elle abuser ? se tança-t-elle aussitôt. Bien sûr que c'était elle ! À présent, il lui appartenait de faire tout son possible pour inverser la vapeur, pour le pousser à s'ouvrir de nouveau et être l'homme qu'elle avait jadis connu. Elle ne voulait pas qu'il se transforme en vieil homme aigri, pas quand il avait tant à offrir.

— Hum, je suis impatiente de goûter à ta cuisine, lança-t-elle après une courte hésitation, ne sachant que dire d'autre.

Les échanges étaient tendus, entre eux. C'était également sa faute, songea-t-elle.

— Nous verrons, fut tout ce que Wyatt trouva à lui répondre.

Quelques instants plus tard, il baissa les yeux sur son assiette vide et se rendit compte que, malgré la tension entre eux, il s'était régalé. Si cette femme possédait une qualité, décida-t-il, c'était bien celle d'être bonne cuisinière. Mais elle l'avait toujours été.

Le fait d'être assis face à elle lui procura un petit mais

douloureux pincement au cœur. Cela lui rappela combien elle lui avait manqué toutes ces années, ainsi que la colère qui s'était emparée de lui quand elle l'avait quitté. Même s'il en comprenait maintenant la raison, du moins en théorie.

La voix de Bailey l'arracha soudain à ses ruminations.

— Euh, quoi ?

— Tu fais la grimace, lui fit-elle remarquer. Le poulet n'était pas bon ?

— Si, si, il était même excellent, répondit-il. Tu as toujours eu des mains magiques avec le poulet.

Elle n'y avait jamais pensé comme à un accomplissement culinaire, mais une nécessité.

— Il le fallait, observa-t-elle avec détachement.

Lorsqu'ils étaient ensemble, elle lui avait très peu parlé de sa mère – susciter sa pitié était la dernière chose qu'elle souhaitait – mais aujourd'hui cela n'avait plus d'importance.

— Maman m'a abandonnée quand j'étais toute petite, et mon père était encore plus nul que toi en cuisine.

— Si tu cherches à me vexer, c'est réussi, répliqua-t-il avec une esquisse de sourire.

— Ce n'était pas une insulte, juste une observation, précisa-t-elle, ne voulant pas qu'il pense qu'elle disait cela pour le rabaisser. En ce qui me concerne, j'ai appris à cuisiner parce que je le devais. « Le Vieux Chien de Prairie » ne m'aurait pas laissé la bride sur le cou, ajouta-t-elle.

C'était le surnom attribué à son père par ses collègues du circuit de rodéos. Patrick Norton était un homme dur, peu porté sur les démonstrations d'affection. Mais elle l'avait aimé parce qu'il était son père, et pendant longtemps sa seule famille. Dès son plus jeune âge, c'est elle qui avait veillé sur lui, et non l'inverse. Et il l'avait remerciée de son dévouement en trouvant sans cesse de nouvelles façons de la déprécier, parce que, au fur et à mesure qu'elle grandissait, elle ressemblait de plus en plus à la femme qui l'avait laissé choir, le laissant seul avec une enfant à élever.

Et même après qu'elle eut délaissé le milieu des rodéos pour épouser Wyatt, Bailey entendait toujours la voix de son père lui disant qu'elle ne serait jamais assez bonne pour être acceptée dans l'univers de son mari. Elle avait une conscience aiguë de l'image dévalorisante que son père avait d'elle.

Dans son esprit, son père portait une responsabilité dans sa décision de quitter Wyatt. Elle avait éprouvé le besoin de faire quelque chose d'elle-même afin de pouvoir se respecter. Parce que personne ne l'aurait soutenue dans cette démarche, surtout pas Wyatt.

— De toute façon, poursuivit-elle en refermant le chapitre de ces souvenirs amers, je suis sûre que tu es devenu un vrai cordon-bleu.

Il laissa échapper un petit rire sec.

— Peut-être devrais-tu réserver ton jugement jusqu'à ce que tu aies eu l'occasion de tester mes talents.

Voilà qui était encourageant. À plus d'un égard. Pour qu'elle teste ses talents, songea-t-elle, il devait les mettre à contribution pour elle. Ce qui signifiait qu'elle devait être là. D'une façon détournée, il lui faisait comprendre qu'elle restait.

— J'en ai déjà l'eau à la bouche, dit-elle.

— Hum, murmura-t-il en repoussant sa chaise.

Voyant qu'il s'apprêtait à déposer son assiette dans l'évier, elle se leva pour le prendre de vitesse et tendit la main vers son assiette.

— Je vais le faire, déclara-t-elle.

— Non, répliqua-t-il d'un ton sec.

Bailey laissa retomber sa main.

— Tu as préparé le repas, reprit-il avec simplicité. Je fais la vaisselle.

Ça ressemblait plus à un accord entre partenaires commerciaux qu'à un arrangement entre amis. Sauf qu'ils ne s'étaient pas séparés de façon amicale, se rappela-t-elle. Pour lui, ce devait même être tout l'inverse.

— Tu es chez toi, observa-t-elle à mi-voix, se pliant à sa volonté.

Leurs regards se croisèrent. Il n'y avait aucune douceur dans celui de Wyatt.

— Oui, je suis chez moi.

Elle était de nouveau là, se dit-elle. La note froide dans sa voix. Si froide qu'elle aurait pu geler tout un lac en quelques minutes sans le moindre effort.

Son sentiment de culpabilité se réveilla aussitôt. Elle savait que rien de ce qu'elle pouvait dire n'était à même de changer le passé. Tout ce qu'elle pouvait faire, c'était essayer de retrouver grâce à ses yeux en se rendant utile, en se décarcassant pour trouver un moyen de le ramener à de meilleures dispositions à son endroit.

Elle tenta de le toucher en lui parlant d'un sujet qui lui était cher.

— Le ranch semble bien marcher, dit-elle. Tu dois en être fier.

Il n'était pas du genre à se livrer facilement.

— Je suis content, admit-il, évasif, avant d'ajouter : il requiert beaucoup de travail, mais ça en vaut la peine.

Décidément, les choses ne progressaient pas beaucoup.

— Ce matin j'ai vu Fox en partant, reprit-elle, cherchant de nouveau de quoi meubler la conversation. Il occupe toujours ces quelques hectares de ta propriété ?

— Il me les a achetés, lui rappela-t-il. Il y est donc chez lui.

— Oups, au temps pour moi, s'excusa-t-elle.

Cette cession de terrain à son frère adoptif lui était sortie de la tête.

— Mais vous travaillez toujours ensemble, n'est-ce pas ?

Wyatt haussa les épaules.

— Façon de parler. Il élève des chevaux, et certains sont à moi.

— Il a toujours été très doué avec ces bêtes, se souvint Bailey.

Avoir été quelque temps membre d'une famille lui manquait, même si ce n'était pas vraiment la sienne. Elle songea à la petite sœur de Fox, qui avait également été adoptée par Russ et Mara Colton.

— Comment va Sloane ?

Wyatt repensa à ce que Fox lui avait dit concernant sa sœur.

— Beaucoup mieux, maintenant qu'elle est enfin parvenue à perdre les kilos qui l'alourdissaient.

Bailey écarquilla les yeux.

— Quoi ?

Non, c'était impossible. Lorsqu'elle était partie, Sloane était une jeune femme mince et svelte.

Wyatt lui fournit l'explication.

— Elle a divorcé de son propre à rien de mari et, d'après ce que m'a dit Fox, elle devrait bientôt revenir s'installer ici avec Chloe.

Bailey plissa le front, intriguée.

— Chloe ?

Ce nom était nouveau pour elle.

— Oui, sa fille de deux ans.

— Sloane a une fille ?

La nouvelle la laissait pantoise. Elle avait l'impression que tout le monde faisait des enfants, sauf elle.

— Si tu n'avais pas dit qu'elle avait divorcé, je n'aurais jamais su qu'elle avait été mariée.

— Oui, elle l'a été. Et dans son cas, le divorce a été une bonne chose.

Il marqua une pause et la regarda d'un air solennel.

— C'est devenu fréquent par les temps qui courent, ajouta-t-il.

Tu l'as mérité, se dit Bailey.

— Quand compte-t-elle revenir ici ?

Elle espérait de tout son cœur revoir Sloane avant de devoir partir.

Au moins était-ce une question facile, songea Wyatt.

— Fox m'a dit qu'elle allait tenter de revenir à temps pour la célébration des quatre-vingt-quatorze ans de Grand Pa Earl.

— Quand a-t-elle lieu ?

— Ce week-end, répondit-il avant d'ajouter avec gravité : Mes parents veulent que cela se passe exclusivement au sein de la famille. Ces derniers temps, Grand Pa est très affaibli, tant physiquement que mentalement, et ils ne veulent pas le fatiguer plus que nécessaire.

Ce qui signifiait que la présence de Bailey était exclue.

— Oh.

Wyatt perçut la déception dans sa voix et préféra l'ignorer. Après tout, elle lui avait donné les verges pour se faire battre.

Mais se dire cela ne faisait pas avancer les choses. Elle était là, et il se voyait très mal la laisser à l'écart.

— Ça te plairait de venir ? lui demanda-t-il. Ça se passe au Manoir Colton.

Le Manoir n'était pas exactement un endroit chaleureux et accueillant, malgré son intérieur opulent.

— Tu te souviens de cette grande demeure, n'est-ce pas ?

— Je me souviens surtout que tu ne l'aimais pas beaucoup, répondit-elle. C'est un lieu magnifique, cela dit.

Il haussa les épaules avec fatalisme.

— Eh bien, si tu te sens prête à affronter le pompeux décorum, ainsi que mes parents, tu peux m'y accompagner si tu le souhaites.

Bailey voulut bondir sur l'occasion, mais elle avait une question à lui poser au préalable. Elle ne voulait pas le mettre plus mal à l'aise qu'elle ne l'avait déjà fait.

— Ça ne te gêne pas que tes parents sachent que je suis ici ? demanda-t-elle.

— Ils ne font pas vraiment partie de mon quotidien, indiqua Wyatt. Donc, si tu veux venir avec moi souhaiter un bon anniversaire à Grand Pa, je n'y vois aucun obstacle. Alors ? Qu'en dis-tu ?

— Merci, dit-elle avec un large sourire. Je viendrai.

Il se rendit compte qu'il était incapable d'arracher d'elle son regard. Dieu lui vienne en aide, il avait beau vouloir le nier, il était toujours le plus grand des nigauds face à ce sourire.

5

C'était étrange d'être de retour ici après toutes ces années, songea Bailey. Et encore plus étrange de passer la nuit dans la chambre d'amis plutôt que dans la chambre principale, aux côtés de Wyatt. Mais c'était elle qui était partie, et non l'inverse, par conséquent elle ne pouvait pas vraiment s'attendre à autre chose.

Au cours des années écoulées, il avait apporté de remarquables changements à cette maison, au point que Bailey peinait à la reconnaître. Aujourd'hui, elle avait résolument son cachet personnel. Solide, puissante, à l'image de l'homme lui-même. Le mobilier était entièrement en bois, et elle soupçonnait Wyatt d'en avoir fabriqué chaque élément de ses propres mains, tout comme la véranda qui entourait le rez-de-chaussée.

La seule touche non masculine était une petite collection de paysages peints à l'huile, œuvres de sa cousine Bree, qui ornaient chaque mur de la maison.

S'approchant de la fenêtre de la chambre, Bailey baissa les yeux sur la pelouse de devant. Cela aussi la surprenait. Wyatt avait agrémenté la bâtisse de nombreuses fenêtres, comme s'il détestait se sentir enfermé et coupé du reste du monde, du moins le supposa-t-elle.

Cette nuit, c'était la pleine lune, et elle éclairait les restes de neige qui s'accrochaient obstinément au paysage. On était en janvier dans le Colorado, et il fallait s'attendre à d'autres chutes avant que le printemps vienne s'installer pour de bon.

Et peut-être même *après*, ajouta-t-elle pour elle-même, avec un sourire. Elle se souvenait d'autres printemps qui avaient eu plus que leur lot de tempêtes neigeuses.

Pivotant sur elle-même, elle jeta un nouveau regard sur la chambre d'amis. Elle avait été parfaitement sincère lorsqu'elle avait complimenté Wyatt sur ce qu'il avait fait du ranch. C'était à tous points de vue un endroit exceptionnel, situé juste à l'ouest de Roaring Springs. Il y élevait du bétail sur deux cents hectares de riches pâturages, traversés de cours d'eau cristallins.

L'ensemble de la propriété était un véritable paysage de carte postale, avec en toile de fond une ligne de montagnes majestueuses.

Personne n'aurait pu comprendre pourquoi elle était partie. Mais certaines choses étaient plus importantes que l'argent ou la beauté pittoresque d'un cadre de vie. Ici, elle n'était pas elle-même, elle était l'épouse de Wyatt Colton. Au mieux, un personnage secondaire plein de bonne volonté. À la fin, Bailey avait eu le sentiment que Wyatt ne la remarquait plus. La faute lui en incombait. Parce qu'elle était devenue un être inconsistant. Pour être gentil, une ancienne groupie de rodéo qui avait fait un bon mariage. Rien de passionnant sur un CV, songea-t-elle avec un pincement au cœur rétrospectif.

En outre, Wyatt et elle avaient peut-être débuté comme partenaires lorsqu'ils étaient arrivés sur la terre héritée de sa grand-mère, mais au fil des ans ce partenariat s'était effiloché. Au lieu de cela, elle avait eu le sentiment croissant de passer en second dans l'affection de son mari, d'avoir une rivale.

Cette rivale n'était pas une maîtresse de chair et de sang, mais le ranch lui-même. Le Crooked C accaparait tout le temps, toutes les pensées de Wyatt.

Son rôle initial s'était réduit comme une peau de chagrin, et elle avait fini par se sentir pareille à n'importe quel ouvrier, une paire de bras, rien de plus.

Elle n'avait aucun but personnel pour la motiver, rien sur quoi construire son identité.

Elle avait donc pris la décision de partir, et il lui avait fallu tout son courage pour le faire.

Sa première année d'indépendance avait été compliquée. Elle avait dû soigner un cœur brisé. Même si elle savait que quitter Wyatt était la juste chose à faire, il lui avait terriblement manqué. Mais elle était parvenue à se réaliser en tant qu'individu. Elle avait décroché son diplôme de l'école vétérinaire et commencé à pratiquer.

L'un dans l'autre, elle était fière d'elle-même. Elle était enfin parvenue à se sentir quelqu'un.

Hélas, ce quelqu'un était toujours seul, songea-t-elle en déambulant dans la chambre sombre. Quand bien même elle rencontrait beaucoup de monde en tant que vétérinaire, à la fin de la journée, elle était toujours seule.

Et elle n'était toujours pas mère…

Cela la rongeait plus que tout au monde. Elle aurait donné avec joie tout ce qu'elle avait réussi à accomplir ces six dernières années pour pouvoir tenir son propre bébé dans ses bras.

C'est la raison pour laquelle elle avait ravalé sa fierté et choisi de revenir au ranch pour solliciter de Wyatt cette faveur suprême.

Une faveur à laquelle il n'avait toujours pas répondu, se rappela-t-elle en s'asseyant sur le lit avec un soupir.

Mais il accepterait, se promit-elle en silence. D'une manière ou d'une autre, il accepterait. Un échec n'était pas envisageable. Pas à ce stade de sa vie.

Elle ne pouvait pas se le permettre. En dépit de tout ce qui était arrivé, elle l'aimait toujours…

***

Il n'avait pas été question d'une fête quand Bailey avait fait ses bagages pour retrouver son ex-mari et elle n'avait rien à se mettre pour la célébration de l'anniversaire du grand-père de celui-ci. Aussi, le lendemain, profitant de ce que Wyatt travaillait sur le ranch, elle se rendit seule dans le centre-ville de Roaring Springs.

En six ans, la zone avait également changé. Il y avait plus de magasins et de restaurants que dans son souvenir, mais à dire vrai, à l'époque elle n'était pas une acheteuse compulsive. Au ranch, sa tenue habituelle était le jean et la chemise de travail. Elle n'avait jamais eu besoin de vêtements chics, sauf pour sa rencontre avec la famille de Wyatt.

Mais elle avait découvert que la plupart de ses membres n'attachaient guère d'importance à ce qu'elle portait. C'est avec bonheur qu'elle avait constaté que les frères, sœur, cousins, cousines de Wyatt étaient des gens très simples, en dépit de la fortune familiale. Et elle avait adoré son grand-père.

Quant à ses parents, c'était une tout autre histoire. L'un et l'autre étaient hautains et distants, chacun à sa manière.

Mara Colton était une maniaque de l'apparence. Peu importait qu'elle prenne le déjeuner en famille ou assiste à un gala de levée de fonds avec les plus riches familles de l'État, il fallait qu'elle soit impeccablement vêtue. Mais en tant que mère, elle n'avait pas sa pareille comme directrice des opérations. Ce qui était sa position officielle au Château. Petit hôtel à l'origine, il avait été transformé peu à peu, doté de spas et de tout le luxe imaginable pour être aujourd'hui considéré comme un établissement cinq-étoiles couru par les célébrités internationales.

Prototype même du P-DG, Russ Colton, lui, était beaucoup plus intéressé par le fait de gagner de l'argent que par ses liens avec les membres de sa propre famille.

Ce qui, fondamentalement, avait douché les espoirs de Bailey de trouver un jour sa place chez les Colton. En fait, après son mariage avec Wyatt, ses deux parents n'avaient pas fait mystère du fait qu'ils la voyaient au pire comme une aventurière, au mieux comme une intruse. Et aujourd'hui ? Eh bien, elle doutait fort que les choses aient changé en six ans. D'autant qu'elle avait commis un péché capital en quittant leur fils aîné, rejetant par là même le « cadeau » qu'il lui avait fait en lui donnant le nom de Colton.

Maintenant, songea-t-elle en examinant une robe après l'autre sur le portant des articles en solde, ce qui était en jeu n'était pas elle, ni le couple parental, aussi intimidant soit-il. Non, c'était Grand Pa Earl. Un délicieux vieillard qui lui avait ouvert grand les bras lorsqu'elle était arrivée pour la première fois à Roaring Springs en compagnie de son petit-fils.

Après avoir exploré les deux boutiques les moins sélect du secteur, Bailey jeta son dévolu sur une élégante robe bleu marine qui lui tombait juste au-dessus des genoux, et mettait ses formes suffisamment en valeur pour la rendre séduisante.

Dans une troisième boutique, elle trouva la paire de chaussures parfaite pour aller avec la robe. Les talons la faisaient paraître plus grande qu'elle ne l'était en réalité, mais elles étaient confortables et lui faisaient de jolis mollets. Cela bouclait sa liste en ce qui la concernait.

Une fois le dernier article payé, Bailey se sentit tout à fait présentable pour cette nouvelle rencontre avec la famille Colton. Du moins l'espérait-elle.

Elle en fut un peu moins sûre lorsque Wyatt les conduisit au Manoir, un peu plus tard dans l'après-midi. Son cœur battait de plus en plus vite à chaque kilomètre.

Nichée – si ce mot pouvait être utilisé pour décrire

une construction de plus de 1 600 m^2, valant au bas mot 55 millions de dollars – dans les montagnes surplombant la vallée, la demeure était plus connue dans la région sous le nom de Manoir Colton. Merveille de minutie architecturale et de décoration, la demeure de sept chambres, onze salles de bains, et pourvue d'une cave à vins d'exception, possédait toute la chaleur d'un blizzard d'hiver, rude, âpre, isolant du monde.

Russ appelait l'endroit son « chez-soi », mais il était bien le seul. Le Manoir avait été construit dix ans plus tôt, et lorsqu'il avait été achevé et prêt à être habité, la plupart des enfants Colton avaient tracé leur propre chemin et établi ailleurs leur foyer.

Bailey changea de position sur son siège, s'efforçant de ne pas gigoter ni se tortiller. Elle était impatiente que cette réunion de famille soit derrière eux, et en même temps anxieuse pour la même raison.

— Nerveuse ? demanda Wyatt tandis qu'ils s'approchaient de leur destination.

La construction massive s'élevait droit devant eux.

Bailey s'humecta les lèvres avant de parler.

— Qu'est-ce qui te fait dire ça ?

Wyatt désigna du menton le panier de fruits qu'elle tenait sur ses cuisses, un cadeau dont il avait décidé à la dernière minute qu'il était leur idée commune.

— Si tu continues à le serrer aussi fort, ce ne sera plus qu'un panier de jus de fruits lorsque nous arriverons au Manoir, fit-il observer.

Bailey desserra ses mains.

— D'accord, peut-être suis-je un peu nerveuse, reconnut-elle. Je suis sûre qu'ils me haïssent encore, ajouta-t-elle, parlant de sa famille.

— Si c'est ce que tu penses, pourquoi as-tu accepté de venir ? demanda-t-il.

La réponse était simple.

— Parce que ce n'est pas tous les jours qu'un homme arrive à quatre-vingt-quatorze ans, et que Grand Pa Earl n'a pas un seul gramme de haine en lui, dit-elle d'un ton sentencieux.

Wyatt plissa les yeux et fit mine de réfléchir.

— D'un point de vue physiologique, j'ai des doutes.

— D'accord, concéda-t-elle, amusée. C'était juste une façon de parler. En tout cas ton grand-père est un homme merveilleux.

Wyatt sourit au souvenir d'une chose que son aïeul lui avait dite.

— Il t'a toujours aimée, tu sais ?

— C'est réciproque, s'empressa-t-elle d'assurer. Il m'a beaucoup manqué quand je suis partie. Il était le grand-père que je n'ai jamais eu.

Elle sourit pour elle-même plus que pour Wyatt, mais ce sourire ne lui échappa pas.

— Je pourrais en dire autant de ta fratrie, ajouta-t-elle. Je veux dire, je sais que j'étais une « pièce rapportée », mais ils ne me l'ont jamais fait sentir, précisa-t-elle.

Wyatt comprit ce que ces mots laissaient entendre.

— Je suppose que l'on ne peut pas dire la même chose de mes parents.

Mais il n'avait pas besoin de supposer. Il savait. Bailey n'était pas la femme que Russ Colton aurait choisie pour son fils aîné. Et sa mère ? Eh bien, sa mère était beaucoup trop accaparée par la gestion du Château pour prêter la moindre attention à ce qui n'y était pas lié. Et cela incluait son fils et sa belle-fille.

Bailey haussa négligemment les épaules, tout en évitant son regard.

— Non, pas vraiment, admit-elle.

— Ne te frappe pas, répliqua-t-il avec le plus grand sérieux. Moi non plus je ne me suis jamais senti accepté par eux. Mes parents étaient trop occupés à bâtir leurs carrières pour établir de vraies relations avec n'importe lequel de leurs enfants. J'ai l'impression que ma mère le regrette aujourd'hui, mais elle ignorait totalement comment montrer son affection ou comment se racheter de sa froideur durant nos prétendues années de formation.

Il marqua un silence avant de souligner :

— Mon père n'a jamais eu de tels états d'âme…

Wyatt laissa échapper un rire sans joie.

— Le seul domaine dans lequel Russ Colton excelle, poursuivit-il, en dehors de gagner de l'argent et de se voir comme une sorte de Genghis Khan à la tête d'un empire, c'est montrer sa désapprobation.

Bailey savait exactement à quoi il faisait allusion. Elle avait eu un aperçu de ce comportement à leur premier retour en ville, quand Wyatt était venu signer l'acte de propriété des terres que sa grand-mère lui avait léguées.

Elle sentit soudain frémir en elle une certaine loyauté à son endroit.

— Il voulait que tu fasses ce qu'il te disait, confirma-t-elle. Si tu refusais, il se mettait en colère. Tu as toujours été un être indépendant, et cela allait contre ce qu'il voulait pour toi.

Wyatt ne cacha pas sa surprise.

— Tu te souviens encore de cela ?

Elle le regarda, se demandant pourquoi il paraissait à ce point interloqué. Cela ne faisait que six ans, pas soixante. Et quand bien même, certaines choses laissaient une impression indélébile.

— Bien sûr que je m'en souviens. Que je ne sois pas restée ne veut pas dire que ma mémoire a été effacée, fit-elle remarquer.

Wyatt était très calme tandis qu'ils grimpaient la longue route sinueuse qui les rapprochait du Manoir. Il entendit Bailey prendre une longue inspiration, comme si elle s'armait de courage pour l'échafaud.

— Ils ne te haïssent pas, dit-il soudain, sans préambule.

Elle était perdue dans ses pensées, absorbée par un discours intérieur d'encouragement. Elle se tourna vers lui et cligna des yeux.

— Je te demande pardon ?

— Tu as dit que tu pensais que mes frères et sœurs te haïssaient sans doute. Ce n'est pas le cas. Ils ont été stupéfaits quand tu es partie, tout comme moi, ne put-il s'empêcher d'ajouter. Mais ils ne t'ont jamais haïe. Et ils ne te haïssent toujours pas aujourd'hui.

Quelque chose dans sa formulation toucha une corde sensible.

— Et toi ? s'enquit-elle.

La question le prit au dépourvu. Et il ne se faisait pas assez confiance pour lui fournir une réponse acceptable.

— Pourquoi ne laisserions-nous pas les choses où elles sont pour le moment ? suggéra-t-il.

— OK. C'est de bonne guerre, acquiesça Bailey.

Non, ça ne l'était pas. Mais comme elle avait le sentiment de s'en être tirée à bon compte, elle décida de tirer pour le moment le rideau sur la question. Si elle était revenue, c'était pour une raison bien précise, qui n'était pas de remuer le passé. C'était d'abord et avant tout pour concevoir un bébé.

Wyatt rangea sa voiture devant la maison. Presque aussitôt, un domestique d'un certain âge émergea de sa guérite près du garage pour huit véhicules, vêtu d'une veste trois-quarts en fourrure, coiffé d'une casquette de laine et portant des gants de cuir.

Il semblait quand même avoir froid, jugea Bailey.

La neige, qui avait en grande partie fondu aux abords du Crooked C Ranch, était toujours très présente ici, au Manoir.

Un nuage de buée sortit de son nez et de sa bouche lorsqu'il leur parla.

— Tous les autres sont à l'intérieur, monsieur Colton, annonça-t-il, attendant qu'ils sortent de la voiture pour la conduire à son emplacement dans le garage.

Wyatt en descendit le premier.

— Le reste de la famille est rassemblé, précisa le domestique en se glissant derrière le volant.

Laissant la ceinture détachée, il relança le moteur.

— Vous avez un voiturier au Manoir, maintenant ? s'étonna Bailey, tandis que Wyatt s'avançait vers sa portière ouverte.

Il tendit les mains vers le panier de fruits, mais elle secoua la tête. Le porter jusqu'à l'intérieur était le moins qu'elle puisse faire.

Bailey quitta le véhicule, et ils se dirigèrent côte à côte vers la maison.

— Je crois que ma mère l'a emprunté au Château.

— Elle dirige encore ce palace ? s'enquit Bailey, la mine curieuse. Je me disais qu'elle avait dû prendre sa retraite.

Wyatt lui saisit le coude pour la guider dans la bâtisse et lui épargner une chute. Même si les allées avaient été déneigées, il restait quelques plaques ici et là.

— Pour faire quoi ? rétorqua-t-il. Mon père n'est quasiment jamais à la maison. Ses affaires lui prennent la majeure partie de son temps, et ma mère n'y a pas sa place. Mara est une femme qui aime commander et diriger, ce qu'elle ne peut évidemment pas faire avec lui. Russ ne le permettrait pas.

Wyatt ouvrit la majestueuse porte de chêne, s'écarta pour la laisser entrer, puis la suivit à l'intérieur.

— Elle a besoin de régner sur son propre domaine. Dans le cas présent, ce domaine est le Château.

Ils étaient à présent dans le vestibule. Une fois de plus, aux yeux de Bailey, la demeure était beaucoup trop grande et fastueuse pour être vraiment accueillante. Après avoir déposé le panier de fruits sur une longue table chargée d'autres présents de toute nature, Bailey commença à se défaire de son manteau. Tout à coup, elle sentit dans son dos les mains de Wyatt qui le faisaient glisser de ses épaules.

Un petit chatouillement lui parcourut l'échine, mais elle tâcha de n'en rien laisser paraître.

— Oh ! merci.

— Ne fais pas cette tête-là, dit-il, amusé par sa réaction. J'ai encore de bonnes manières.

— Je n'ai jamais dit le contraire, protesta-t-elle. Je pensais juste que tu me laisserais me débrouiller seule pendant que tu irais rejoindre les autres.

Alors que Wyatt se débarrassait de sa veste, une jeune domestique s'avança vers eux. Les yeux baissés, elle se chargea des deux vêtements.

— Votre mère m'a dit de vous dire que tout le monde était réuni dans le grand salon, monsieur, l'informa-t-elle.

— Voilà pourquoi je ne viens ici que si j'y suis obligé, grogna-t-il entre ses dents.

Saisissant le coude de Bailey, il la dirigea vers la pièce mentionnée par la jeune femme.

Bailey savait qu'elle ne devait pas poser plus de questions qu'il n'était nécessaire, mais l'attitude de Wyatt piquait sa curiosité. Depuis leur arrivée, il était peu loquace, et s'il manifestait le désir de lui confier quelque chose, elle ne devait pas laisser passer l'occasion.

— Pourquoi ?

— Je ne veux pas être traité comme si je valais mieux que les gens qui travaillent pour mes parents, répondit-il à voix basse. Et ma mère tient à ce que ce soit le cas, ajouta-t-il tandis qu'ils pénétraient dans l'immense pièce.

Dans la seconde qui suivit, Bailey vit la mère de Wyatt lui lancer un regard perçant depuis l'autre côté du salon. Elle s'arrêta de parler, et le sourire gêné de Bailey s'évanouit totalement lorsque son ex-belle-mère planta les yeux dans les siens.

Elle se redressa. Elle avait prévu que les choses ne seraient pas faciles et ne s'était pas trompée. *Mais avoir un enfant valait tous les sacrifices*, décida-t-elle.

Même si cela signifiait devoir subir l'acrimonie de Mara Colton.

Sans en avoir conscience, Bailey resserra la main sur le bras de son ex-mari.

Surpris, Wyatt couvrit celle-ci de son autre main pour lui signifier son soutien.

Le cœur de Bailey se mit à cogner comme un tambour dans sa poitrine.

6

Bailey survola rapidement des yeux la vaste pièce. Les membres de la famille Colton étaient disséminés à droite et à gauche, aussi lui fallut-il un moment pour dresser la liste des personnes présentes.

— On dirait que tout le monde est là, murmura-t-elle à celui qui avait été son mari.

— Presque, corrigea-t-il. Fox n'est pas encore arrivé. Il a parlé d'aller chercher Sloane et sa fille à l'aéroport et de les amener ici, l'informa-t-il.

Bailey l'entendit à peine. Elle avait commis l'erreur de regarder de nouveau dans la direction de Mara Colton et se retrouvait captive de son regard acéré. Cela lui fit penser à l'histoire du cobra et de la mangouste.

Si elle avait eu envie de changer d'avis au dernier moment et de déserter à la fois la pièce et la célébration d'anniversaire, l'occasion était passée. Mara choisit ce moment pour traverser d'un pas altier le grand salon, telle une reine honorant de son attention une roturière.

En dehors de la servante et d'un barman, la pièce accueillait treize autres personnes. Mais pour le moment ils auraient très bien pu ne pas être là. La seule qui captait l'attention de Bailey était Mara. La mère de Wyatt se dirigeait droit sur elle.

Puis, comme par magie, il n'y eut plus de distance entre les deux femmes.

Plutôt que de s'adresser à Bailey, Mara se tourna vers son fils aîné et posa sur lui un regard désapprobateur.

— Wyatt, l'invitation spécifiait que la fête à l'intention de ton grand-père était exclusivement familiale.

Elle jeta un coup d'œil furtif et dédaigneux à Bailey.

— Tu n'as jamais dit que tu amenais une invitée de dernière minute, mon chéri, ajouta-t-elle, d'un ton aussi glacial que l'était son sourire.

Sa mère se livrait à un jeu pervers, songea Wyatt. Et il n'était pas, mais pas du tout, d'humeur à jouer.

— Ce n'est pas une invitée, mère. C'est Bailey. Tu te souviens de Bailey, n'est-ce pas ? demanda-t-il de sa voix la plus sirupeuse.

Les yeux bleu sombre de la blonde matriarche se réduisirent à des fentes tandis qu'elle les posait sur l'ex-épouse de son fils.

— Bien entendu, répondit-elle d'un ton chargé de sous-entendus.

— Elle n'est pas venue pour toi, mère, précisa-t-il avec détachement. Elle est venue pour Grand Pa.

— Pourquoi ? fit-elle mine de s'étonner. Il n'a pas demandé à la voir.

Son sourire se crispa à l'extrême.

C'est alors que surgirent les deux sœurs de Wyatt, Skye et Phoebe, des jumelles dont les cheveux étaient aussi longs et roux que ceux de leur mère étaient courts et blonds, coupant court à la réponse que Mara s'apprêtait à servir à son fils.

Même si leur surprise de voir Bailey était manifeste, elles s'étaient approchées du trio avec l'intention visible de désamorcer une situation qui, même observée de loin, était assez électrique.

— Bailey, nous ignorions que tu étais de retour ! s'écria Skye en serrant dans ses bras son ancienne belle-sœur.

Elle rompit son étreinte aussi brusquement qu'elle l'avait offerte.

— Ça ne te gêne pas que je te serre contre moi, n'est-ce pas ? demanda-t-elle à Bailey avec un chaleureux sourire.

Voir des visages amicaux procura à Bailey un profond soulagement.

— Je me sentirais blessée que tu ne le fasses pas, répliqua-t-elle.

— À moi, maintenant, dit Phoebe, les bras tendus.

D'un tempérament moins extraverti que sa sœur, la gérante du Château n'en était pas moins, à sa grande surprise, très heureuse de revoir Bailey. Elle l'étreignit à son tour tandis que Skye s'écartait d'un pas.

— En parlant d'être blessée..., commença Mara d'une voix crispée, refusant manifestement d'abandonner le sujet.

Mais elle ne put aller plus loin.

— C'est bon, mère, intervint poliment Decker, se joignant au petit groupe qui s'était formé autour de Wyatt et de celle qui avait un jour été sa femme.

Le directeur du Lodge adressa un franc sourire à son ancienne belle-sœur et prit son tour dans la succession d'embrassades.

— Alors, que deviens-tu, Bailey ?

Mara se tint en retrait, posant un regard aigri sur ces épanchements, visiblement contrariée que ses enfants accueillent le retour de cette étrangère avec un tel enthousiasme.

— Je vais bien, merci. Je travaille beaucoup, ajouta-t-elle.

— Pour vous, c'est *docteur* Bailey, dit Wyatt à son frère cadet.

OK, il lui en voulait toujours de l'avoir quitté six ans plus tôt, mais il était fier de ce qu'elle avait accompli, il ne pouvait que le reconnaître.

— Docteur ? répéta Decker.

Son expression passa de la surprise à une admiration mêlée de respect.

— Hé, docteur, lança-t-il. J'ai une douleur ici…

Il posa une main sur ses reins, grimaçant comme s'il avait vraiment mal alors qu'il ne faisait que plaisanter.

Wyatt lui donna une tape sur l'arrière du crâne.

— Pas cette sorte de docteur, idiot. Elle est vétérinaire.

— Laisse tomber, dit Skye. Tout le monde sait que Decker se comporte comme un bronco mal dressé quand il pique sa crise.

— Ha, ha ! Très drôle répondit celui-ci.

Puis il se tourna vers Bailey, le regard brillant de curiosité.

— Vétérinaire, vraiment ? Tu es revenue à Roaring Springs pour ouvrir un cabinet ? Car je ne te cache pas qu'avoir un ou une véto à proximité ne serait pas un luxe. Le plus proche que nous ayons aujourd'hui se trouve dans la ville voisine.

Dépitée, Mara considéra ses enfants l'un après l'autre.

— Que vous arrive-t-il donc à tous ? Auriez-vous oublié qu'elle nous a abandonnés sans donner la moindre explication ?

Sa voix était basse, mais son ton aussi dur que de l'acier.

— On ne traite pas les Colton de cette façon, reprit-elle, cinglante.

— Non, nous ne l'avons pas oublié, répondit Decker, se faisant le porte-parole des autres. Mais si Wyatt a pu s'en arranger, nous le pouvons aussi. Et puis elle nous a manqué, ajouta-t-il avec un chaleureux sourire à l'adresse de son ex-belle-sœur.

— Qui nous a manqué ? voulut savoir Calvin, l'oncle de Wyatt, en se joignant au groupe.

Élément le plus petit et le plus mince du trio des aînés Colton, Calvin était celui qui avait le plus les pieds sur terre. Il plissa les yeux sur le petit aréopage qui s'était formé autour de la redoutable épouse de son frère. Ses yeux s'éclairèrent soudain.

— Bailey ? C'est toi ?

Chaque trait de son visage trahissait son plaisir de la voir.

— Personne ne m'a dit que tu étais revenue. Audrey ! lança-t-il à sa femme en lui faisant signe de s'approcher. Regarde qui est là. C'est Bailey.

L'annonce attira non seulement celle-ci, mais leurs deux enfants à présent adultes, Trey et Bree.

Nés à neuf ans d'intervalle, le shérif du comté et l'artiste-peintre étaient la combinaison parfaite des gènes caucasiens de leur père et afro-américains de leur mère, avec une peau café au lait et des iris brun doré. Si Trey se montra un peu réservé devant Bailey, c'était habituel chez lui. Il avait toujours été un homme strict et à cheval sur les règles. Bree aussi était réservée, mais passionnée par son art.

— Quand es-tu arrivée en ville ? demanda-t-elle à Bailey, visiblement ravie et excitée de la voir.

Au grand dépit de Mara.

Chacun, dans ce petit cercle familial, la dévisagea, en attente de sa réponse.

— Il y a juste deux jours.

— Elle est véto maintenant, expliqua avec fierté Skye à ses cousins, comme si la réussite de Bailey était aussi la leur.

— Oh ! s'exclama Bree d'un ton surpris.

Puis elle lui demanda la même chose que Decker.

— Tu vas ouvrir un cabinet à Roaring Springs ?

— Rien n'est décidé pour le moment, indiqua Wyatt à sa cousine, venant à la rescousse de Bailey.

Il savait qu'elle ne voulait pas divulguer la véritable raison pour laquelle elle était revenue, et il voulait les préserver l'un comme l'autre de ce qui était d'ordre privé.

— Si elle est là, précisa-t-il, c'est pour l'anniversaire de Grand Pa.

— Quelle chance nous avons ! grinça Mara, caustique.

Pivotant sur ses escarpins hors de prix, elle mit le cap sur le petit bar placé à côté de l'armoire à spiritueux. Le barman lui versa un verre de vin blanc avant même qu'elle ait avancé la main.

— Ne fais pas attention, souffla Audrey à Bailey. Elle a du mal à concevoir que l'on puisse ne pas penser comme elle.

Avec perfidie, elle ajouta :

— Malgré sa philanthropie connue de tous.

Tout le monde savait qu'Audrey parlait d'expérience : Mara ne l'avait pas exactement accueillie avec chaleur à son arrivée dans la famille.

— Combien de temps comptes-tu rester, si l'ouverture d'un cabinet n'est pas à l'ordre du jour ? demanda Phoebe.

— Ça dépend de beaucoup de choses, Phoebe, répondit à sa place Wyatt, espérant que la conversation s'orienterait vers un autre sujet.

Mais ses sœurs étaient des personnes tenaces.

— De quel genre ? insista Skye.

— Cela ne te regarde pas, l'informa Wyatt, d'un ton amical mais distant.

Plutôt que de rendre les armes, Skye se tourna vers son ancienne belle-sœur.

— Bailey ? demanda-t-elle, sachant qu'elle ne tirerait rien de son frère.

— En toute franchise, je ne sais pas encore, répondit Bailey.

Et c'était vrai. Tout était suspendu à la décision de Wyatt.

Elle se tourna vers lui. OK, c'était sans doute injuste, mais vu la situation présente, elle comptait sur son soutien. Changeant tout à coup de sujet, elle lança d'un ton jovial :

— À propos, je ne suis pas encore allée présenter mes respects à l'homme du jour !

— Qu'à cela ne tienne ! déclara Decker. Allons de ce pas réparer cet oubli.

Sur ce, il lui saisit le bras et le glissa sous le sien.

Pour une raison qu'il ne put tout à fait s'expliquer, cela ne plut pas à Wyatt.

— Je m'en charge, décréta-t-il.

D'autorité, il récupéra le bras de Bailey et le fit passer sous *le sien.*

Bailey le regarda avec perplexité. Elle pensait que Wyatt faisait juste bonne figure pour sa famille, mais cette démonstration d'affection allait certainement au-delà de son sens du devoir.

— Allons voir Grand Pa avant que ma mère trouve une nouvelle raison de te lancer ses piques, lui confia Wyatt à l'oreille.

— Je suis impatiente de le voir, répondit-elle, se réjouissant à l'avance de saluer Earl Colton.

Le vieil homme était assis, légèrement voûté, dans son fauteuil roulant. Même s'il était encore capable de faire un pas ou deux sans aide, cet accessoire était de loin son préféré pour se déplacer.

Bailey eut le cœur serré de le voir ainsi. Le grand-père de Wyatt portait chacune de ses quatre-vingt-quatorze années, et cela se voyait. Il survolait la pièce d'un regard absent.

Tout en marchant à ses côtés vers le vénérable patriarche, Bailey vit Wyatt redevenir l'homme jeune et souriant dont elle avait été profondément amoureuse, en dépit de la promesse qu'elle s'était faite de ne jamais craquer pour un cow-boy de rodéos.

Son cœur flotta dans sa poitrine.

— Bonjour, Grand Pa, dit-il d'une voix forte pour qu'il l'entende. J'ai amené quelqu'un qui veut te voir.

Il poussa doucement Bailey vers lui afin que l'homme puisse mieux la découvrir. Comme son ouïe, la vue d'Earl était quelque peu défaillante. Il ne voyait bien les gens et les choses que s'ils étaient près de lui.

Earl Colton, en smoking pour l'occasion, leva la tête et posa les yeux sur Bailey. Il inclina légèrement sa tête chenue, mais son expression demeura lointaine. Il ne semblait pas la reconnaître.

Bailey le salua d'une voix claire.

— Bonjour, Grand Pa Earl.

Le vieil homme demeura immobile dans son fauteuil roulant. Il la fixa un long moment comme s'il cherchait à la situer.

Apparemment sans succès.

— Est-ce que je vous connais ?

Elle approcha sa tête de la sienne.

— C'est moi. Bailey.

Voyant que cela ne semblait faire tinter aucune cloche dans son esprit, elle précisa :

— Bailey Norton.

Toujours rien.

— La femme de Wyatt.

C'était drôle comme cela sonnait juste alors que ce n'était plus vrai depuis des années…

Elle jeta un regard de biais à Wyatt pour voir si cela l'ennuyait qu'elle se soit présentée comme sa femme, si elle n'avait pas réveillé des sentiments douloureux.

Non seulement il ne sembla pas s'en formaliser, mais de toute évidence c'était l'état de son grand-père qui le préoccupait.

— Ses capacités diminuent de jour en jour, lui confia-t-il à voix basse.

Visiblement, Earl ne l'entendait pas.

— Il n'a pas la maladie d'Alzheimer, mais sa mémoire va et vient, et depuis quelques mois il ne reconnaît plus les gens, même ses proches, ajouta-t-il avec tristesse.

Nous voulons fêter le mieux possible son anniversaire, car… Eh bien…

Sa phrase mourut sur ses lèvres. Il ne pouvait se résoudre à évoquer la cruelle réalité qui avait commencé à s'imposer à lui. La formuler à voix haute n'y changerait rien, au contraire. Cela ne ferait qu'en souligner la dureté.

Les choses étaient ainsi, songea-t-il avec philosophie. Mais qu'il soit damné s'il ne faisait pas de son mieux pour rendre cette célébration aussi mémorable que possible pour le plus âgé des Colton.

Pendant qu'il réfléchissait, Bailey s'était accroupie devant ce dernier pour être aussi proche de lui que possible. Saisissant la main de Wyatt, elle sourit au vieil homme.

— J'espère que pour vous c'est une merveilleuse journée d'anniversaire, Grand Pa. Et je suis très heureuse d'être là pour la partager.

Les yeux d'Earl croisèrent les siens. Ici encore, elle n'y lut aucun signe de reconnaissance, mais sa main, elle l'aurait juré, serra imperceptiblement la sienne. Signe que, quelque part au fond de lui, l'âme de l'homme qu'elle avait connu n'était pas éteinte.

Elle lui rendit sa pression.

Au même instant, un claquement de porte se fit entendre du côté du vestibule. Mara fronça les sourcils. Puis un martèlement de petits pieds résonna sur le sol de marbre de la riche demeure.

Fox fit irruption dans la pièce, escorté de près par sa sœur Sloane.

— Nous sommes arrivés ! lança-t-il, triomphant, à ses cousins. Tout droit de l'aéroport !

Il rayonnait de fierté en regardant sa sœur et sa nièce.

— Elles ne voulaient pas perdre une seule minute de l'anniversaire de Grand Pa.

— Fox, je peux le leur dire moi-même, tu sais, protesta Sloane.

Petite, brune, avocate de profession, celle-ci savait en effet se faire entendre. Son regard survola Bailey, pour se fixer directement sur Wyatt. Elle scruta son visage d'un air inquisiteur, comme si elle voulait savoir si elle devait montrer qu'elle avait vu son ex-femme, ou feindre de ne pas avoir remarqué sa présence.

Wyatt lui répondit par un discret hochement de la tête, avant de la gratifier d'une étreinte.

— C'est génial de te voir sourire de nouveau, Sloane.

Il la relâcha et s'écarta d'un pas.

— Comment vas-tu ?

— Mieux, maintenant que je suis avec ma famille, répondit-elle sans détour.

Il percevait en elle les blessures émotionnelles, mais elle guérirait. Elle avait juste besoin de temps.

Sloane haussa légèrement les sourcils, toujours incertaine quant à l'attitude à adopter vis-à-vis de celle qui avait déserté.

— Tout va bien, assura Wyatt d'une voix calme.

Après tout, Sloane tirerait les conclusions qu'elle voulait de cette affirmation.

Apparemment satisfaite, sa cousine se tourna vers Bailey et lui sourit.

— Ça fait longtemps, pas vrai ? dit-elle en guise de salutations.

— Euh, en effet, répondit Bailey, avant d'éclater de rire et de la serrer contre elle avec chaleur.

Alors qu'elle étreignait Sloane, elle sentit contre elle, à hauteur de sa taille, une petite présence se faufiler entre elle et la sœur de Fox comme si elle ne voulait pas être laissée de côté. Baissant les yeux, Bailey vit une réplique miniature de Sloane qui lui souriait. Son cœur se serra aussitôt, et elle lui rendit son sourire.

— Hello, dit-elle. Comment t'appelles-tu ?

— Clo-oué, répondit la gamine en posant son petit pouce sur son cœur.

La joie pétillait dans ses yeux, à croire qu'elle était heureuse d'avoir réussi à se présenter toute seule.

— Eh bien, Chloe, dit Bailey à la fille de Sloane. Tu es adorable.

La petite fille opina d'un air solennel.

— Je sais, répondit-elle comme si être adorable était pour elle une qualité innée dont elle était consciente.

Sloane ne put s'empêcher de rire.

— Je suis désolée, dit-elle en ébouriffant ses fins cheveux blonds. Elle n'a pas encore appris la modestie.

— Elle a tout le temps pour cela, assura Bailey. Mais en attendant, elle est bel et bien adorable.

Elles entendirent soudain Earl glousser. Lorsqu'elles se tournèrent vers ce dernier, elles découvrirent que Chloe s'était précipitée vers son arrière-grand-père et s'était mise à danser devant lui, remuant avec jubilation ses petites hanches.

Grand Pa Earl était clairement enchanté par le spectacle.

7

— Ma parole, votre petite fille est une enfant prodige ! observa Whit Colton, s'approchant de sa nièce et de son neveu.

À soixante ans, Whit était le plus jeune des trois aînés Colton, en même temps que le plus soucieux de son apparence. Il était aussi considéré comme le play-boy international de la famille. Il possédait un pied-à-terre en France, un autre à New York. Bel homme, sûr de lui, doté d'un charme incroyable, Whit n'avait jamais été marié. Quelques minutes en sa compagnie suffisaient pour savoir ce qui comptait le plus dans son existence.

Son fils Remy, directeur des relations publiques à l'Empire, était également présent au Château. Le séducteur impénitent qu'était Whit avait jadis eu une liaison avec le mannequin Cordelia Ripley. Un enfant était né, que sa mère avait abandonné aux mains des Colton à l'âge de cinq ans. Ses grands-parents l'adoraient, mais son demi-frère plus jeune, issu d'une autre aventure de Cordelia, n'avait pas eu cette chance. Cependant, après un début difficile dans la vie, Seth Harris avait été accueilli dans le giron des Colton comme un membre à part entière de la famille, y compris en cette célébration d'anniversaire de l'aïeul.

Sloane et Fox se tournèrent vers leur oncle, tandis que ce dernier désignait son vieux père du doigt. Au lieu de se tenir coi dans son fauteuil roulant, le regard vide, non seulement Earl Colton riait en regardant danser son arrière-petite-fille devant lui, mais il fit soudain ce qu'il faisait dans le passé, quand ses petits-enfants avaient l'âge de Chloe : agiter de façon comique ses sourcils broussailleux telles deux chenilles en période d'accouplement.

Subjuguée, la fillette s'immobilisa d'un coup devant ce spectacle inattendu. Une main sur sa bouche, elle éclata de rire en regardant son arrière-grand-père bouger ses sourcils d'abord séparément, puis les faire danser ensemble sur un tempo qui n'existait que dans sa tête.

Ravie, Chloe frappa en rythme dans ses menottes.

— Encore ! Papinou, s'écria-t-elle. Encore !

— Papinou ? répéta Wyatt.

Il se tourna vers la mère de Chloe, l'œil interrogateur.

Sloane rit de bon cœur.

— Comme je n'ai pas réussi à lui faire dire Arrière-Grand-Pa, je me suis dit que ce serait plus facile pour elle.

— C'est parfait, opina Bailey, enchantée par la joie de la gamine.

Comme elle l'était de voir le grand-père de Wyatt se comporter comme il le faisait avant que ses neurones commencent à montrer des signes de fatigue.

Parfait.

Le mot résonna dans la tête de Wyatt, presque moqueur. Il venait de jeter un coup d'œil en direction de Bailey et avait vu ce sourire sur ses lèvres, ce sourire parfait, frais, innocent, qui l'avait toujours tant troublé. Il dut lutter de toutes ses forces pour ne pas tomber dans le piège que représentait sa présence ici.

Sans avoir à faire le moindre effort, il se vit écarter les barrières qu'il avait lui-même érigées. Et même, Dieu le protège, réintégrer en douceur la vie qu'il aurait dû partager avec elle.

Tout était là.

Prêt pour elle.

Toujours valide.

Il fallait juste qu'elle revienne y prendre sa place.

Allons, qui pensait-il abuser ? se reprocha-t-il en silence.

Ce ne serait pas aussi facile. Même si Bailey décidait de rester. Or rien dans son attitude ni ses paroles ne permettait de penser qu'elle l'envisageait, il jetterait sans cesse un regard derrière lui, s'attendant à ce qu'elle prenne de nouveau le large pour une nouvelle raison dont il ignorait tout. Avec cette fois la possibilité qu'elle emmène leur enfant si le scénario qu'elle avait échafaudé se concrétisait.

Non, il s'en sortirait mieux en s'en tenant à la règle qu'il s'était fixée lorsqu'elle l'avait abandonné.

Enferme ton cœur à double tour. Ne fais confiance à personne. De cette façon tu ne risqueras rien.

C'était une règle solide et fiable, songea-t-il. Même si c'était un choix de solitude.

— Hé, Wyatt, reviens sur terre, lui disait Fox, penché sur son visage.

Wyatt se redressa, cligna des yeux et considéra son frère.

— Quoi ?

— Où es-tu, mec ? Notre mère vient d'annoncer que nous sommes tous attendus dans la grande salle à manger pour le dîner et le gâteau d'anniversaire de Grand Pa.

Un sourire désinvolte étirait les lèvres de Fox.

— Je me suis dit que tu allais nous servir de guide, ajouta-t-il, sinon Sloane et moi allons nous perdre. Je n'arrive toujours pas à m'habituer à cet endroit, confia-t-il. C'est la maison la plus gigantesque que j'aie jamais vue.

— Ce n'est pourtant pas la première fois que tu y mets les pieds, observa Wyatt en ouvrant le chemin vers leur destination.

— Non, mais même après cinquante fois je ne m'y retrouverais pas.

Tout en marchant, Fox regarda autour de lui.

— Loin de moi l'idée de médire, reprit-il à voix basse, mais qui a besoin d'un tel espace ?

— Notre père, apparemment, répondit Wyatt. Il s'y sent même à l'étroit, ajouta-t-il, non sans perfidie.

Au détour d'un couloir, il nota que Bailey, Sloane et son frère avaient réglé leur pas sur le sien. À quelques mètres devant eux, un autre groupe pénétrait dans la grande salle à manger. Whit poussait son père dans son fauteuil roulant tandis que, assise sur les genoux de ce dernier, Chloe gloussait de bonheur.

— C'est vrai que c'est étroit… pour un manoir, ironisa Fox, que rien ne semblait pouvoir arrêter.

Pour sa part, Bailey adhérait totalement à son point de vue, mais elle préféra garder ses pensées pour elle. Elle ne voulait rien dire qui puisse aggraver l'humeur de Mara.

Wyatt, elle le savait, n'avait pas besoin de l'approbation de ses parents et se fichait sans doute comme d'une guigne de leur opinion, mais cela n'enlevait rien au fait qu'il les aimait. Émettre des commentaires négatifs, même vagues, ne lui vaudrait aucune sympathie de leur part.

« Dans le doute, abstiens-toi », conseillait le dicton.

Elle garda donc le silence.

La célébration de l'anniversaire d'Earl Colton dura au moins trois heures. Même lorsqu'on lui apporta ses cadeaux, le vieil homme n'y prêta guère attention, pas plus qu'il ne réagit quand Russ les déballa pour les disposer autour de lui.

Seule la petite fille de deux ans, qui n'avait pratiquement pas quitté ses genoux, semblait susciter chez lui une véritable attention.

Chloe le faisait rire, et c'était réciproque. Bailey remarqua qu'Earl ne paraissait jamais aussi heureux que lorsque s'élevait le rire limpide de la fillette. Le lien qui s'était créé entre eux au-delà des générations avait quelque chose d'extrêmement émouvant.

Mais de temps en temps, le vieil homme s'assoupissait dans son fauteuil, fatigué des festivités et du trop grand nombre de personnes autour de lui. C'était le cas à présent.

Edwin, l'assistant médical payé par la famille, qui depuis cinq ans veillait sur lui vingt-quatre heures sur vingt-quatre, cinq jours par semaine, jeta un regard attendri au nonagénaire et hocha la tête.

— Je vois qu'on est épuisé, monsieur Colton, dit-il à son patient comme s'il parlait à un petit enfant. Il est temps d'aller au lit, n'est-ce pas ?

Après avoir desserré les deux freins à l'arrière du fauteuil, il commença à le faire rouler vers le couloir.

Le mouvement eut pour effet de réveiller Earl.

Il battit des paupières, regarda autour de lui, puis chercha à voir, par-dessus son épaule, qui poussait son fauteuil.

— Eddie ? s'enquit-il, hésitant.

Edwin avança la tête sur le côté afin que le vieil homme puisse le voir.

— Oui, c'est moi, monsieur Colton. Je crois qu'il est temps d'aller vous coucher, répéta-t-il.

— Déjà ? demanda Earl avec une moue déçue.

— J'en ai bien peur. Ç'a été une longue journée pour vous.

Le vieil homme étouffa un bâillement.

— En effet, marmonna-t-il, se rendant à l'évidence.

Puis sa tête tomba un peu, comme pour ponctuer sa réponse.

Avant que l'assistant médical l'ait sorti de la pièce, le doyen des Colton dormait.

— Eh bien, on dirait que c'est le signal du départ, dit Wyatt à Bailey.

Autour d'eux, les membres de la famille se préparaient également à partir.

Bailey tendit le cou, cherchant Sloane des yeux. Celle-ci avait pris Chloe dans ses bras et l'emmenait hors de la pièce. Bailey les regarda avec envie. La fillette avait la tête appuyée contre son épaule. Elle avait les yeux clos et sa poitrine se soulevait et s'affaissait avec régularité.

Une image de paradis, songea Bailey.

— Apparemment, Grand Pa n'est pas le seul à s'être endormi, observa-t-elle à voix basse, soucieuse de ne pas réveiller Chloe.

Sur une brusque impulsion, elle se faufila jusqu'à Sloane.

— Je peux ? demanda-t-elle en hochant la tête en direction de la fillette.

D'abord, Sloane ne réagit pas, et Bailey craignit d'avoir été trop présomptueuse. Mais Sloane finit par acquiescer.

— Bien sûr, répondit-elle.

Avec une grande prudence, elle transféra l'enfant endormie entre les bras ouverts de Bailey. Dès que ce fut fait, celle-ci les referma lentement sur Chloe. Le fait de sentir son petit cœur battre contre le sien l'émut au-delà de tout.

Voilà à quoi cela ressemblerait d'avoir mon propre enfant, songea Bailey, sentant son désir de maternité multiplié par cent. Elle inspira à fond. Il lui sembla humer un parfum de nourrisson, Mais c'était impossible : Chloe avait deux ans, pas deux mois.

La tenir ainsi contre elle était une sensation divine. Bailey ferma les yeux et, l'espace d'un instant furtif, fit comme si Chloe était réellement sa fille.

La sienne et celle de Wyatt.

De tout son cœur, elle pria pour que le rêve devienne réalité.

— Rends-lui sa fille, murmura Wyatt.

Aussitôt, le fantasme qui avait envahi Bailey s'effondra pour se dissoudre dans le présent.

— Elle doit s'en aller, et nous aussi, ajouta Wyatt d'un ton détaché.

Jetant aux oubliettes toutes les émotions qu'elle venait de ressentir, Bailey s'efforça de revenir à la raison.

— Bien sûr, répondit-elle à contrecœur.

Elle tendit à Sloane la fillette endormie.

— Merci, dit-elle, la voix un peu crispée.

— Pas de problème, assura Sloane avec un chaleureux sourire. Tu étais belle, avec Chloé dans les bras. Tu n'as jamais songé à avoir un bébé ?

Pour Bailey, la question fut comme un couteau planté en plein cœur.

À chaque seconde de chaque jour, répondit-elle en son for intérieur.

Mais plutôt que d'exprimer à haute voix cette pensée, elle préféra demeurer évasive.

— Un jour, peut-être…

À cet instant-là, elle fut certaine de sentir les yeux de Wyatt se poser sur elle. Mais lorsqu'elle tourna la tête de son côté, son ex-mari regardait droit devant lui tout en la dirigeant vers l'imposante porte de chêne de Colton Manoir.

Bailey refoula ses larmes et jugea préférable de rester silencieuse.

Mara se tenait dans le vestibule, attendant apparemment de renvoyer tout un chacun dans ses foyers. Sauf Whit, qui avait pris la direction opposée pour se perdre dans l'intérieur de la vaste demeure. Chaque fois qu'il venait dans le Colorado, Whit logeait au Manoir.

— Merci à tous d'être venus, dit Mara à l'adresse de ses enfants, neveux et nièces. Votre grand-père est très touché que vous ayez délaissé vos obligations et pris la peine d'effectuer ce déplacement en son honneur.

Il y avait quelque chose de raide, d'emprunté, dans son petit discours. C'était à l'évidence une corvée pour elle, mais

Mara était de la vieille école, et une certaine civilité était de mise de la part de l'autorité matriarcale de la famille.

— Sauf quand Chloe l'a fait rire avec sa petite danse improvisée, je suis sûr qu'il n'a même pas remarqué que nous étions là, répliqua Trey à sa tante.

Le visage de Mara se pinça de contrariété à cette remarque acerbe. Le semblant de sourire qu'elle arborait jusque-là disparut de ses lèvres au rouge impeccable.

— Il le savait, sois en sûre, déclara-t-elle d'un ton qui ne souffrait aucune contradiction.

Trey préféra ne pas insister – ce dont Wyatt se réjouit. Il ne pouvait se déclencher qu'une vaine dispute si son cousin choisissait de s'opposer à ce qu'elle disait.

— Oui, peut-être, concéda-t-il avec un haussement d'épaules indifférent.

Comme par un accord tacite, les autres membres de la famille quittèrent lentement le Manoir l'un après l'autre. C'est avec un empressement et une célérité dignes d'éloges que les deux domestiques recrutés pour l'occasion allèrent chercher les voitures dans le garage, le tout sous l'œil acéré de Mara.

— Arrive-t-il à ta mère de se laisser aller ? demanda Bailey à Wyatt lorsqu'ils s'installèrent dans son véhicule et purent enfin s'éloigner de la grande bâtisse couverte de neige.

Elle avait le sentiment que c'était seulement maintenant qu'elle-même pouvait se détendre. Comme si son ex-belle-mère n'avait cessé de la surveiller durant ces trois heures.

— Cela, je ne l'ai jamais vu, avoua Wyatt, l'œil rivé à la route. Si elle baisse sa garde ne serait-ce que deux secondes, l'un de ses cheveux pourrait reprendre sa liberté et gâcher la perfection de sa coiffure. Une apparence parfaite et l'absence de tout grain de sable dans ses affaires semblent être les deux seules choses qui comptent dans sa vie.

— Dommage qu'elle n'attache pas autant d'importance

au fait d'être mère, observa Bailey, plus pour elle-même que pour lui.

Elle ne savait pas trop quelle serait sa réaction à une critique de sa mère par une tierce personne – elle, surtout.

Wyatt haussa les épaules.

— Ce n'était pas son but premier, indiqua-t-il. Maintenant, comme je l'ai dit, j'ai l'impression qu'à ce stade de sa vie elle nourrit quelques vagues regrets à ce sujet. Peut-être n'aurait-elle pas dû faire l'erreur d'abandonner à une armée de nurses et à des grands-parents attentionnés le soin d'élever sa progéniture.

Bailey secoua la tête.

— Tu en parles comme s'il s'agissait d'une question purement technique.

— Pour elle, ça l'était, acquiesça-t-il.

Pendant quelques instants un épais silence emplit l'habitacle de la voiture, puis Wyatt le brisa.

— Eh bien ! s'exclama-t-il. On dirait que tu as survécu sans trop de problèmes à cette soirée d'anniversaire.

En effet, songea Bailey, plutôt contente de la façon dont les choses s'étaient passées, du moins en grande partie. Elle s'était fait du mauvais sang pour rien.

— C'est parce que ta famille ne m'a pas accueillie avec l'hostilité que je redoutais, avoua-t-elle.

— Ce sont tous mes frères, sœurs, cousins et cousines, lui fit-il remarquer. Pas une horde de loups sauvages.

— C'est vrai, convint Bailey. Mais je ne savais absolument pas à quoi m'attendre. Sauf en ce qui concerne ta mère, bien entendu. Je savais que ma venue susciterait sa colère.

Il laissa échapper un rire bref. Bailey voyait les choses autrement qu'elles l'étaient en réalité.

— La colère de ma mère vient du fait que tu as insulté le nom des Colton, précisa-t-il. Même lorsqu'elle amenait ce point sur le tapis, c'était juste pour enfoncer le clou de l'insulte envers ma famille, pas par égard pour moi. Je crois que l'idée qu'une personne puisse en faire souffrir une autre de cette façon échappe totalement à son entendement.

Bailey se sentit soudain mal par rapport à ce qu'il avait traversé à cause d'elle.

— Du fond du cœur je te demande pardon pour t'avoir fait souffrir ainsi, Wyatt. Et je suis peinée que ta mère n'ait rien éprouvé de plus pour toi. Tu méritais mieux, ajouta-t-elle.

Sa voix avait l'accent de la sincérité.

— Qu'entends-tu par là ? Une meilleure mère, ou une meilleure…

— Les deux, répondit-elle très vite, sans attendre qu'il ait fini sa question.

Elle ne voulait pas entendre le reste.

S'il prononçait les mots, croyait-elle, cela la blesserait beaucoup plus que lui. Elle avait l'impression qu'il avait tourné la page depuis très longtemps. Raison pour laquelle elle avait été aussi surprise lorsqu'il avait dit qu'il réfléchissait à sa requête, et plus surprise encore qu'il l'ait amenée avec lui pour cette célébration familiale.

Elle se rendit compte soudain qu'elle ne lui avait pas vraiment exprimé sa gratitude.

— Merci de m'avoir invitée à l'anniversaire de ton grand-père, dit-elle.

Wyatt haussa les épaules. Il ne voulait pas y donner trop d'importance, d'autant que c'était maintenant derrière eux.

— J'avais de la place dans la voiture, répondit-il avec une apparente indifférence.

Bailey secoua la tête.

— Ne fais pas ça, le pria-t-elle d'une voix douce.

Il lui jeta un bref regard.

— Faire quoi ?

— Éluder avec désinvolture les remerciements que quelqu'un t'adresse pour avoir fait quelque chose de bien. Que *je* t'adresse pour avoir fait quelque chose de bien.

Il retomba dans le mutisme, et elle songea que le reste du trajet se passerait ainsi : dans un silence oppressant. À sa grande surprise, il se tourna soudain vers elle et annonça :

— J'ai pris ma décision pour ta requête.

Tout l'intérieur de son corps se crispa tandis qu'elle attendait le mot qu'elle redoutait. Il allait dire non. Autant mettre fin tout de suite au suspense, conclut-elle, malheureuse comme les pierres.

— Et qu'as-tu décidé ?

Elle avait eu le plus grand mal à prononcer ces mots.

— C'est oui.

8

Bailey sentit son cœur bondir de joie. Elle serra les lèvres, craignant de sauter trop vite aux conclusions. Puis elle se tourna lentement vers Wyatt tandis qu'ils s'approchaient de la maison.

Leur maison. Du moins, elle l'avait été.

Il avait dit oui.

Mais peut-être avait-il répondu à un autre point de leur conversation, étranger au sujet qui lui tenait tellement à cœur depuis plusieurs semaines, et avait suscité en elle une âpre bataille intérieure.

— Pardon ? demanda-t-elle d'une voix à peine audible.

Wyatt n'ôta pas les yeux de la route. Ils étaient presque arrivés.

— J'ai dit : c'est oui.

Pendant un instant, elle peina à respirer.

— Oui à…

Cette fois, il lui adressa un autre regard.

— Je ne me souviens pas t'avoir vue boire de l'alcool ce soir.

— Je n'ai bu que de la limonade.

Prononce les mots, Wyatt. Dis-moi ce que je veux entendre pour qu'il n'y ait pas d'erreur. S'il te plaît.

Il rangea sa voiture dans le garage à côté de la maison, et elle l'entendit pousser ce qui ressemblait à un soupir d'exaspération.

— Tu es beaucoup trop jeune pour être atteinte de démence sénile, commença-t-il. Alors pourquoi as-tu autant de mal à comprendre ce que je te dis ?

Bailey descendit du véhicule et tenta de rassembler ses esprits avant de répondre.

— Peut-être parce que c'est une chose à laquelle je pense et que j'espère depuis très, très longtemps. Et t'entendre donner ton accord ne me semble pas encore réel, répondit-elle, sincère. Au risque de te faire changer d'avis, qu'est-ce qui t'a décidé ?

Il referma sa portière, sortit du garage, et tout en se dirigeant vers la maison haussa les épaules en réponse à sa question.

— Je t'ai observée avec la fille de Sloane, tout à l'heure, avant que nous partions. Tu la tenais dans tes bras avec l'expression d'une femme qui vient de franchir les portes du paradis. J'ai pensé qu'il était injuste que tu passes le reste de ta vie sans avoir un enfant à toi, si cela te procure tant de bonheur. Et comme le facteur temps est crucial, m'as-tu dit, j'ai compris que cette mission m'incombait.

Les yeux de Bailey s'emplirent de larmes.

— Merci, murmura-t-elle, faisant de son mieux pour ne pas s'étouffer ni pleurer.

Wyatt lâcha un petit rire, et elle se rendit compte que la tournure prise par la conversation le gênait.

— Ce n'est pas exactement le genre de choses pour lequel on m'a remercié jusqu'ici, dit-il en ouvrant la porte de la maison.

Il s'écarta pour la laisser entrer, puis la suivit à l'intérieur.

— La situation n'est pas ordinaire non plus, reconnut-elle, sentant ses joues s'empourprer.

Elle paraissait si vulnérable en cet instant précis, songea Wyatt…

Non sans un gros effort sur lui-même, il garda ses pulsions sous contrôle. Aborder les choses de la mauvaise façon serait une grave erreur, aussi bien pour elle que pour lui. Elle n'était pas ici parce qu'il lui avait manqué, ou parce qu'elle avait le sentiment de s'être mal conduite avec lui. Les raisons de sa présence étaient d'ordre purement pratique, et il n'avait pas le droit de se laisser aller.

Il toussota, dans une tentative dérisoire de chasser des pensées malvenues.

— Écoute, dit-il, il est tard et il faut que j'aille tôt au travail demain matin.

— Si je peux me rendre utile…

Ce qu'il avait ressenti à son retour à la maison ce soir-là, six ans plus tôt, lui revint avec la force d'un boomerang. Il se raidit.

— Je croyais que l'origine de tout cela était que tu en avais assez du ranch, lui rappela-t-il avec froideur.

— Non, ce n'est pas du tout ça, répondit-elle.

Comme il l'avait souligné, il était tard, et elle n'avait aucune envie d'entrer dans ce débat. Il venait d'accepter d'exaucer son vœu le plus cher, et elle ne voulait pas se l'aliéner, surtout maintenant.

— Ah bon.

À la façon dont il avait prononcé ces mots, Bailey comprit qu'il ne la croyait pas. Il fallait qu'elle se taise. Elle ne tenait pas à l'agacer plus qu'il n'était souhaitable en disant certaines choses.

— Comme je te l'ai dit, il est tard, reprit-il. Pourquoi ne pas remettre cette conversation à demain ?

Elle ne s'était pas trompée. Wyatt redevenait distant. Il se repliait de nouveau sur lui-même. Cet instant spécial qu'ils avaient brièvement partagé s'était envolé.

— D'accord. Ce qui te convient me convient.

Ayant dit cela, elle le précéda à travers la maison pour gagner la chambre qui lui était destinée, en proie à un mélange de frustration et de colère. Elle referma la porte derrière elle et tira le loquet. D'un geste brutal.

Elle s'enjoignit de ne pas pleurer.

Peine perdue.

Elle ne dormit pas beaucoup cette nuit-là.

Le lendemain, elle se leva avant l'aube. Mais Wyatt était déjà debout et habillé. Elle le trouva dans la cuisine, un grand mug de café fumant entre les mains.

Dire qu'il ne pouvait pas commencer sa journée de travail sans avoir pris un solide petit déjeuner, se rappela-t-elle. Il ne pouvait pas avoir changé à ce point.

— Tu n'as rien dans l'estomac, n'est-ce pas ? demanda-t-elle en jetant un coup d'œil à l'évier.

Pas d'assiette, ni de poêle, rien qui indique qu'il avait mangé quelque chose.

En guise de réponse, Wyatt leva son mug, comme pour lui signifier que cela lui suffisait. Puis il avala une nouvelle longue gorgée de son café brûlant.

Bailey secoua la tête. À ce régime-là, il ne pourrait pas tenir bien longtemps.

— Donne-moi cinq minutes et je te prépare un vrai petit déjeuner, décida-t-elle.

Il fronça les sourcils et posa son mug sur le comptoir.

— Rien ne t'y oblige.

— Qui a parlé d'obligation ? rétorqua-t-elle avec bonne humeur.

Du frigo, elle sortit assez d'œufs pour deux, du pain et du beurre. Sur la grille du bas, tout au fond, elle trouva deux tranches de jambon qui, manifestement, devaient être consommées assez vite ou jetées à la poubelle.

— Je n'ai pas le temps d'attendre que tout soit prêt, objecta-t-il avec brusquerie.

Il avait accepté ce qu'elle lui avait demandé, mais cela ne signifiait pas qu'il voulait instaurer ce genre d'intimité entre eux.

— C'est toi le patron, non ? demanda-t-elle en s'activant. Tu peux bien avoir quelques minutes de retard. Le ranch et le bétail ne s'envoleront pas. Et puis, si ma mémoire est bonne, tu es beaucoup plus sympa avec le ventre plein qu'avec le ventre vide. Fais ça au moins pour tes hommes.

Elle s'activa avec efficacité jusqu'à ce que le petit déjeuner soit prêt, et il ne put s'empêcher de penser à un général cravachant ses troupes.

Pour y avoir été confronté lorsqu'ils vivaient ensemble, il connaissait cet état d'esprit chez elle. L'arrêter était impossible. Mieux valait éviter la bagarre et manger son petit déjeuner.

— Bon, je peux bien m'accorder quelques minutes, admit-il à contrecœur.

Elle le regarda par-dessus son épaule.

— Merci.

— Tu me traites avec condescendance, l'accusa-t-il.

Sa tâche achevée, elle se retourna.

— Jamais je ne me le permettrais, répondit-elle d'un air tout à fait innocent, avant de faire glisser l'omelette sur son assiette. Et voilà ! déclara-t-elle avec fierté.

Elle en coupa un petit morceau pour elle-même, qu'elle plaça sur la sienne.

— Même si tu prends la peine de la mâcher et non de l'engloutir comme un affamé, tu ne devrais pas perdre trop de temps pour arriver là-bas, ajouta-t-elle.

Prenant place à la table, il secoua la tête.

— Toujours aussi « petit chef », hein ?

— Je ne l'ai jamais été, ne t'en déplaise ! Je suis plus intelligente que ça.

Wyatt ricana, mais un sourire flotta sur ses lèvres. Il évita néanmoins de contester l'affirmation de son ex-femme. Pour le moment.

Après avoir siroté une première lampée de son café, Bailey reposa son mug et grimaça.

— Ton café a toujours un goût de goudron, observa-t-elle.

Elle en avait bu un peu pour se réchauffer, mais le regrettait amèrement.

— Je l'aime comme ça.

— Et moi je suis la reine d'Angleterre.

Il haussa un sourcil perplexe.

— Ce n'est pas dans ton caractère de reconnaître quand j'ai raison, précisa-t-elle, implacable.

Il se contenta de lui adresser un regard sombre, avant de finir sans traîner le reste de son omelette.

Son petit déjeuner terminé, Wyatt tendait la main vers sa veste lorsque Hank Wilson, l'un des ouvriers du ranch, entra dans la cuisine. À voir l'expression qu'affichait son visage juvénile, il était clair qu'il se passait quelque chose.

— Il faut que vous veniez, patron, lança-t-il. Vite !

Aussitôt en alerte, Wyatt enfila sa veste.

— Pourquoi ? Qu'y a-t-il ?

— Il y a un problème avec Annabelle, bafouilla Hank. Ça ne se passe pas comme la dernière fois. Je crois que le veau ne se présente pas bien. Elle a besoin d'assistance, ajouta-t-il, d'une voix hachée.

— Sois plus clair, Hank. De quoi parles-tu ? le pressa Wyatt en se hâtant vers la porte de la maison.

Bailey fut immédiatement sur ses pieds.

— Elle est à terme ?

L'ouvrier se tourna vers elle, l'air égaré. Elle reformula donc sa question.

— Annabelle est en train d'accoucher ?

Wyatt ne lui répondit pas. Il poussa Hank dehors et le suivit, ne songeant qu'à sauver sa vache laitière.

Ravalant un juron bien salé, Bailey se précipita à sa suite, décrochant au passage sa propre veste du portemanteau près de la porte.

Sans ralentir, elle l'enfila.

— Wyatt, attends-moi ! lança-t-elle à son ex-époux.

Elle ne s'arrêta que le temps de sortir sa sacoche noire, rangée dans le placard de l'entrée.

— Je n'ai pas le temps de répondre à tes questions, aboya-t-il sans même jeter un coup d'œil derrière lui.

— Je te rappelle que je suis vétérinaire, Wyatt ! cria-t-elle dans son dos. Je pourrais aider cette pauvre bête.

Le conditionnel n'était pas de mise. Elle était *certaine* de pouvoir l'aider. Mais le moment était mal choisi pour vanter ses compétences. Si l'accouchement se présentait mal pour Annabelle, l'heure n'était pas aux disputes. Et si elle se fiait à la panique du jeune vacher, c'était le cas.

— J'ai ma sacoche avec moi, l'informa-t-elle.

Elle la tenait en hauteur pour qu'il la voie.

Il se retourna et haussa les sourcils.

— Tu as apporté ta sacoche ? s'étonna-t-il.

— Exactement, répondit-elle en le rattrapant. Il m'a fallu beaucoup de temps pour avoir ce diplôme. Je n'allais pas laisser derrière moi les outils de ma profession.

Pendant un court instant, Bailey crut voir une lueur spéciale dans les yeux de Wyatt.

De l'admiration ? Du respect ?

Mais avant qu'elle puisse l'identifier, elle avait disparu. Peut-être prenait-elle ses désirs pour la réalité…

L'étable principale n'était pas située très loin de la maison du ranch. Dès qu'ils y entrèrent, Bailey vit que la vache laitière n'allait pas bien. Annabelle fit deux pas incertains, se mit sur les genoux, puis se coucha tout à fait. Le ventre gonflé, elle était visiblement en détresse.

Jetant sa veste de côté, Bailey s'accroupit devant elle. À chaque seconde qui passait, elle s'agitait un peu plus. Soucieuse, Bailey se mit à lui parler d'une voix douce, rassurante. Mais il était clair qu'elle souffrait. La vache s'écarta avec des gémissements lugubres. Bailey insista. Elle continua à lui parler, fit de son mieux pour l'apaiser.

— Qu'est-ce qui ne va pas, ma chérie ? Ton bébé refuse de sortir ?

De sa sacoche, Bailey sortit une paire de longs gants et les enfila. Ils lui remontaient jusqu'au-dessus des coudes.

— OK, beauté, susurra-t-elle. Voyons quelle est la nature du problème.

Avec des mouvements lents et contrôlés, de sorte à ne pas effrayer l'animal et éviter qu'il recule, Bailey plongea les mains dans son ventre et étudia avec le plus grand soin, lentement, ce qui s'y déroulait.

— C'est bien ce que je pensais, dit-elle, plus pour elle-même que pour l'homme penché au-dessus d'elle.

— Alors ? s'enquit-il. Que se passe-t-il ?

Bailey leva les yeux vers lui.

— Le veau se présente en mauvaise position.

— De nombreux veaux naissent en mauvaise position, fit-il remarquer. Mais je suppose que celle-ci est problématique, n'est-ce pas ?

Bailey approuva d'un mouvement de la tête.

— On dirait que la tête vient en premier, au lieu des pattes.

Et ce n'était pas bon.

— Est-ce que je vais la perdre ? demanda-t-il, se préparant au pire. Est-ce que je vais perdre Annabelle ?

— Pas si je peux l'empêcher, répondit-elle avec détermination. Maintenant, je veux que tu la cajoles et que tu lui parles. Elle connaît mieux ta voix que la mienne.

Elle se tourna vers le jeune ouvrier, qui faisait plus penser à un père inquiet qu'à un rancher.

— Hank, apporte-moi une bassine d'eau chaude et des serviettes, commanda-t-elle.

Il fut parti avant même qu'elle ait terminé sa phrase.

Wyatt se mit à genoux et commença à prodiguer à la vache laitière caresses et paroles d'encouragement, comme indiqué par Bailey.

— Que comptes-tu faire ? lui demanda-t-il.

— Je vais faire de mon mieux pour retourner le veau, afin qu'il puisse sortir sans causer de dommages à sa mère ou à lui-même.

Wyatt la dévisagea d'un air sceptique. C'était là un aspect tout à fait inédit de Bailey, et il ne put s'empêcher de nourrir quelques doutes.

— Tu as déjà fait cela ? voulut-il savoir.

Bailey évita son regard.

— Ne pose pas de questions dont tu ne veux pas connaître les réponses, répliqua-t-elle.

— Donc tu ne l'as jamais fait, conclut-il, loin d'être rassuré. Écoute, je peux appeler de Dr Elroy, de la ville voisine. Il peut être ici dans…

— Nous n'avons pas le temps, le coupa-t-elle. Et pour répondre à ta question, j'ai assisté *de visu* à l'opération. Ne crains rien, ajouta-t-elle. Je peux le faire. Nous n'avons guère de temps.

Elle considéra la pauvre vache. Annabelle souffrait le martyre, et les choses ne pouvaient qu'empirer s'ils n'agissaient pas très vite.

— Ça va me faire mal plus qu'à toi, Annabelle.

— Mais pas au même endroit, murmura Wyatt, avec un humour pour le moins douteux.

Bailey lui lança un regard noir, tandis que Hank déboulait avec la bassine d'eau chaude et les serviettes qu'elle l'avait envoyé chercher.

— Contente-toi de la rassurer, ordonna-t-elle à Wyatt.

Elle replongea les mains dans les entrailles de l'animal. Le veau pouvait se trouver dans différentes mauvaises positions, et le replacer dans la bonne n'allait pas être une tâche facile.

Bailey procéda par une série de gestes précis, lents, précautionneux, veillant à n'infliger aucune douleur à la mère ni à son bébé, à ne pas effrayer Annabelle. Pour réussir l'intervention, il fallait qu'elle soit parfaitement calme.

Wyatt et Hank joignirent leurs efforts pour la maintenir à peu près immobile le temps de l'opération.

Pour Bailey, ce fut comme si le temps s'était arrêté. Le silence de l'étable n'était meublé que par la respiration laborieuse de la bête, tandis qu'un filet de sueur lui coulait désagréablement dans le dos.

Trois battements de cœur se superposaient en une sorte d'harmonie irréelle : le sien, celui de la vache, et celui, fragile et émouvant, du veau sur le point de naître.

Retenant son souffle, Bailey repoussa le bébé dans l'utérus, puis attrapa la patte supérieure et la poussa juste assez pour amener l'articulation vers l'avant. Une fois celle-ci légèrement ployée, elle l'enveloppa de sa main et replaça – avec douceur mais fermeté – la patte en position normale.

— Allez, ma chérie. Plus qu'un petit effort. Tu peux y arriver.

Soudain, après ce qui lui parut une éternité, elle eut enfin les quatre membres du veau dans la position idéale.

— Et maintenant, l'heure de vérité ! dit Bailey à la mère. Voyons ce joli petit museau ! Ooh, le voilà ! s'écria-t-elle, soulagée et émerveillée au premier signe de l'apparition du sac de placenta. Juste une dernière poussée, et tu pourras te reposer. Allez, tu peux le faire. Du courage, Annabelle.

Bailey se surprit à dire une prière, l'une de celles qu'elle récitait dans son enfance et qu'elle croyait avoir oubliées. À l'évidence, ce n'était pas le cas.

C'est alors qu'elle fut enfin récompensée par un meuglement bas.

Le bébé d'Annabelle était né.

Était-ce la sueur ou les larmes qui lui inondaient les joues ? Elle n'aurait su le dire. De toute façon, elle était trop épuisée pour s'en soucier. C'était comme si elle avait couru trois marathons dans le laps de temps qu'il lui avait fallu pour faire éclore en ce monde cette nouvelle vie, solide et en bonne santé.

— On dirait que c'est une fille, annonça-t-elle en riant à la maman.

Annabelle tourna la tête vers la petite génisse qui venait de les rejoindre et commença à la lécher pour la laver.

— Elle est vivante ! s'exclama Wyatt avec une joie mêlée de soulagement.

Bailey poussa un gros soupir.

— En tout cas, c'est ce qu'il semble, approuva-t-elle.

Elle se leva, vacillant d'épuisement, et essuya du dos de la main la sueur sur son front. Elle ne se rappelait pas avoir jamais éprouvé un tel sentiment de satisfaction et de réussite.

Elle ne pouvait pas s'arrêter de sourire.

— Bravo, Bailey, la félicita Wyatt d'un ton bourru.

À présent que son travail était terminé, elle pouvait de nouveau respirer.

— C'est Annabelle qui a tout fait, déclara-t-elle. J'étais juste là pour superviser les choses.

La seconde suivante, étourdie de reconnaissance, elle eut envie de se laisser tomber comme une masse à côté de la vache. Mais elle s'obligea à rester debout, même si ce n'était pas aisé.

Elle sentit alors les bras de Wyatt se glisser par-derrière autour de ses épaules et la serrer contre lui avec gratitude.

— Tu as vraiment fait du bon boulot, dit-il.

Il n'allait pas la laisser sous-estimer l'exploit qu'elle venait d'accomplir.

— Sans toi, ajouta-t-il, Annabelle serait peut-être morte. De même que son bébé.

Il avait vu cela arriver plus d'une fois.

— Nous ne le saurons jamais, murmura-t-elle. Dieu merci.

Elle s'affaissa un peu contre son torse, essayant de retrouver ses forces. Puis, avec un long soupir, elle se ressaisit et tourna la tête vers lui.

— Eh bien, maintenant que la mère et l'enfant sont hors de danger et se portent bien, je ferais mieux de rentrer faire la vaisselle que j'ai laissée dans l'évier.

— Elle peut attendre, décréta Wyatt.

— Très bien, convint-elle. Y a-t-il autre chose que tu voudrais que je fasse pour toi ?

Plutôt que de lui répondre, il la fit pivoter entre ses bras.

Et l'embrassa.

9

Le baiser prit Bailey totalement par surprise. Sa propre réaction également.

Le temps sembla se figer.

Elle avait toujours su qu'elle n'avait pas cessé d'aimer Wyatt, même après l'avoir quitté. Même après lui avoir envoyé les papiers du divorce qui marquaient de façon formelle la fin de leur mariage.

Mais l'intensité de ce qu'elle ressentit sous son baiser la laissa interloquée. C'était le moins qu'on puisse dire.

C'était comme si une bordée de fusées éclairantes avait été tirée dans un ciel jusque-là noir de suie.

Elle avait conscience de tout, même du plus infime détail. Conscience que Wyatt avait saisi son visage entre ses mains, avec cette délicatesse qu'elle avait toujours adorée, juste avant de l'embrasser. Conscience de la sensation que lui procurait le contact de ses lèvres sur les siennes.

Conscience de son goût sensuel, d'une séduction indicible, et de la manière dont sa tête s'était mise à tourner comme une toupie devenue folle.

Et – oh, mon Dieu ! – du rush effréné de son sang dans ses veines telle de la lave en fusion prête à jaillir d'un volcan.

Sombrant sans retenue dans son baiser, Bailey saisit ses bras puissants et s'y accrocha avec une frénésie presque désespérée pour ne pas s'affaisser sur le sol comme une poupée de chiffon et se couvrir de honte devant Wyatt et les ouvriers du ranch.

Elle savait que ça ne lui plairait pas.

Au dernier moment, elle l'embrassa à son tour. Avec une ardeur dont sa vie était dépourvue depuis plus de six ans, parce qu'à la fin ils étaient devenus deux étrangers vivant dans la même maison non terminée.

Bailey prit une profonde inspiration pour se remettre les idées en place, de peur que ce qui se passait entre eux n'échappe à tout contrôle. Puis, s'obligeant à s'écarter, elle leva les yeux vers Wyatt et fouilla son regard à la recherche d'une explication à ce qui venait de se produire.

En ce qui le concernait, l'embrasser avait été un acte impétueux, momentané, effectué sans réfléchir. Il avait juste laissé parler ses tripes, et en subissait à présent les conséquences. Parce que embrasser Bailey avait fait resurgir un flot d'émotions dont il était persuadé qu'il les avait enterrées si profondément qu'il n'existait aucun moyen de les ressusciter.

Il s'était trompé.

Il inspira deux, trois fois pour s'éclaircir les idées, puis chercha une façon intelligente d'expliquer son geste.

— Je crois que tu es vraiment vétérinaire, n'est-ce pas ? murmura-t-il.

— C'est ce qui est indiqué sur mon diplôme, répliqua-t-elle d'un ton qui se voulait détaché.

Car elle ne s'était pas attendue à ce qu'il l'ébranle à ce point. En cet instant précis, elle avait l'impression ridicule d'être une adolescente écervelée. Sauf qu'elle n'était ni l'une ni l'autre.

Un peu inquiète, elle jeta un coup d'œil autour d'elle pour voir si les autres les avaient observés. Mais l'équipe des ouvriers du ranch avait eu le tact de faire semblant de regarder ailleurs, nota-t-elle, reconnaissante.

— Tu es sûr de ne plus avoir besoin de moi ici ? demanda-t-elle.

L'idée de regagner la maison, pour y être seule avec ses pensées et tous les sentiments que Wyatt était parvenu à déterrer, ne l'emballait pas. Elle voulait, avait besoin de s'occuper les mains et la tête.

Ce fut Hank Wilson qui vint à son secours.

— Patron, intervint-il, Peters est toujours couché avec une intoxication alimentaire et nous manquons de bras. Une personne supplémentaire serait la bienvenue, conclut-il.

Bailey sauta aussitôt sur l'occasion.

— Tu vois, je peux être utile, déclara-t-elle en hochant la tête en direction de Wilson.

Wyatt jeta un regard circonspect à son ex.

— Tu es sûre que tu veux faire ça ?

Bailey était enthousiaste à l'idée de rester à l'extérieur, sur le ranch, et de se joindre au reste de l'équipe.

— Le travail ne m'a jamais fait peur, lui rappela-t-elle.

Même quand ils n'étaient que tous les deux. D'une certaine façon, ces circonstances avaient resserré leur couple, à l'époque – jusqu'à ce que le succès du ranch devienne la préoccupation numéro un.

Wyatt demeura un moment silencieux. Il n'était pas sûr de la vouloir près de lui. Le baiser était de son fait, mais les émotions que Bailey avait suscitées en lui étaient, en cet instant, beaucoup trop fraîches, beaucoup trop près de la surface pour qu'il puisse les gérer comme il fallait.

Mais il savait que ses ouvriers avaient tous les yeux tournés vers lui. Accepter que Bailey leur donne un coup de main était la bonne décision à prendre. S'il ne le faisait pas, ils voudraient savoir pourquoi et cela risquait de le discréditer à leurs yeux. Il n'avait donc pas le choix.

— Pourquoi pas, après tout ? répondit-il avec un haussement d'épaules insouciant. Il faut jeter un œil au reste du troupeau. S'assurer que des bêtes ne se sont pas égarées pendant que nous nous occupions d'Annabelle.

Elle sourit, soulagée.

— Indique-moi juste la direction.

La direction qu'il voulait vraiment lui indiquer était celle du corps d'habitation. Ou mieux, celle de la ville d'où elle venait quand elle s'était présentée sur le pas de sa porte. Mais il ne pouvait s'autoriser ni l'une ni l'autre.

— Tu viens avec moi, dit-il, en désespoir de cause.

Puis il ouvrit la marche vers les dépendances. Bailey le suivit d'un pas vif pour ne pas se laisser distancer. Soudain elle comprit où ils allaient.

— Nous y allons à cheval ?

Il opina du chef.

— C'est encore le meilleur moyen de contrôler le bétail étant donné la nature du terrain.

Il vint alors à l'esprit de Wyatt qu'elle n'était peut-être pas tout à fait à l'aise avec cette idée.

— Quand as-tu monté pour la dernière fois ?

Bailey écarta ses inquiétudes du revers de la main.

— Ne te fais pas de souci pour moi. J'ai grandi sur une selle, au cas où tu l'aurais oublié. Ce n'est pas parce que j'ai été un moment coupée des chevaux que j'ai tout oublié.

— Combien de temps ?

— Qu'importe. Je peux encore te battre à la course, l'informa-t-elle, éludant sa question.

Bailey, il le savait, n'était pas une vantarde. Si elle se montrait aussi confiante, c'était qu'elle avait une bonne raison pour cela. Il devait concentrer ses pensées sur le ranch.

— OK. Direction la sellerie.

— Je ne suis pas sûre du nombre, mais ce que je sais c'est que chacun des os de mon corps me fait mal, marmonna Bailey huit heures plus tard, lorsqu'ils eurent regagné l'écurie, leur journée enfin terminée.

Seuls dans la bâtisse, ils entreprirent de libérer leurs montures de leurs selle et harnachement.

— Et si ma tête pesait un gramme de plus, reprit-elle, mon cou ne pourrait plus la soutenir.

Wyatt accrocha au mur la bride de son cheval.

— Là, tu exagères ! s'esclaffa-t-il en retirant la couverture du dos de l'animal.

— Non, je n'exagère pas, répliqua-t-elle.

Il lui coûtait de l'admettre, mais elle ne pouvait pratiquement plus lever les bras. Elle était au-delà de l'épuisement.

— Je manque de pratique, avoua-t-elle en ôtant sa selle de la bête qu'elle avait chevauchée la majeure partie du temps.

— D'après ce que j'ai vu, tu assurais, affirma-t-il.

— Merci, opina-t-elle.

Saisissant une brosse, elle commença le long et fastidieux travail de pansage.

Wyatt fronça les sourcils. Il ne s'était pas attendu à ce qu'elle étrille l'animal après cette journée bien remplie.

— Rien ne t'oblige à faire ça.

Elle se tourna vers lui, l'air étonné.

— N'est-ce pas toi qui faisais toujours remarquer que nous ne pouvions pas nous contenter de laisser là nos chevaux après être sortis des heures avec eux, sans les avoir auparavant nourris et bouchonnés ?

Wyatt ne cacha pas sa surprise.

— Tu te souviens de cela ?

— Comment aurais-je pu oublier ? Tu ne cessais de me le rabâcher même quand je le faisais.

— Eh bien, pour aujourd'hui, disons que la corvée est levée, répliqua-t-il avec un sourire malicieux. Rentrons à la maison.

— D'accord, soupira Bailey, résignée.

La question de savoir qui allait s'occuper du cheval qu'elle avait monté aujourd'hui lui brûlait la langue, mais avant qu'elle puisse la poser, Wyatt y répondit en appelant un ouvrier qui venait d'entrer dans l'écurie.

— Hé, Matt, rends-moi service et occupe-toi du cheval de ma…

Il avait failli dire « femme », mais s'arrêta juste à temps.

— Du cheval de Bailey, s'il te plaît.

— Bien sûr, patron.

Le rancher lui sourit en passant devant elle.

— Ce que vous avez fait aujourd'hui, ça valait la peine d'être vu, m'dame, ajouta-t-il.

Il y avait une admiration sincère dans sa voix.

— Matt ne sort pas beaucoup, ironisa Wyatt.

Il tenta de garder un air sérieux, mais au final ne put retenir un petit rire moqueur.

— Tout le monde n'est pas un abonné de la ville, patron, rétorqua Matt, avant de reporter son attention sur la monture de Bailey.

Les mots de l'homme intriguèrent Bailey de façon tout à fait inattendue.

Était-ce une simple taquinerie, ou y avait-il quelqu'un d'autre dans la vie de Wyatt ? Matt avait dit cela comme si ce n'était pas le cas, mais peut-être avait-il intentionnellement glissé sur ce point, préférant le garder pour lui.

Mais après tout ce temps, se raisonna-t-elle, Wyatt ne lui devait aucune explication. S'il avait repris le cours de sa vie après leur divorce, c'était son droit le plus strict. Que de son côté elle ne l'ait pas fait était *son* choix. En aucune façon cela le contraignait à l'imiter.

Pourtant, cette pensée la dérangeait. Elle ne parvenait pas à se l'ôter de la tête.

— Qu'est-ce qui ne va pas ? demanda Wyatt.

Son soudain mutisme, tandis qu'ils marchaient ensemble vers la maison, l'intriguait.

— Rien.

— Ne me fais pas cela, répliqua-t-il.

Il s'arrêta et la regarda.

— Je connais cette tête. Quelque chose te contrarie. Alors je te repose ma question : qu'est-ce qui ne va pas ?

Son ton indiquait qu'il n'était pas décidé à laisser tomber.

Elle était tiraillée entre s'en tenir à son mensonge et lui avouer la vérité. La seconde option pouvait conduire à une dispute, et s'il se mettait en colère elle risquait de tout perdre.

Mais elle n'avait jamais été très douée pour mentir, et il était trop tard pour commencer.

— Je ne veux pas te causer de problèmes, lâcha-t-elle.

— De quels problèmes parles-tu ? demanda-t-il, déconcerté par son choix de mots. À quel genre de problèmes fais-tu allusion ?

Il ne serait content que lorsqu'elle aurait satisfait sa curiosité, comprit-elle. De gré ou de force. Elle rendit donc les armes.

— Je ne veux pas interférer entre toi et la personne que tu vois.

Cette explication n'avait pour lui aucun sens. Il se sentait totalement perdu.

— Et qui est cette personne que je suis censé voir, selon toi ?

— Je ne sais pas ! s'écria-t-elle, énervée.

Wyatt la dévisagea comme si elle avait soudain perdu la tête.

— Alors pourquoi m'as-tu dit cela ?

Il voulait à tout prix savoir.

— Parce que Matt vient de t'appeler un « abonné de la ville », répondit-elle. Pour n'importe qui, cela a une signification bien précise.

Wyatt fronça les sourcils.

— Il m'a appelé ainsi pour me renvoyer la balle, parce

que j'ai dit qu'il ne sortait pas beaucoup, qu'il était un bouseux, en quelque sorte. Écoute, s'il y avait quelqu'un d'autre, crois-tu que je t'aurais embrassée ? Crois-tu que j'aurais accepté de te servir de mâle reproducteur ?

— Ce n'est pas la façon dont je t'en ai parlé, protesta-t-elle, exaspérée.

Il réprima un soupir las.

— Là n'est pas la question. La question, c'est que tu penses que je suis capable de tromper une femme avec qui je sors. Me juges-tu vraiment aussi mal ?

Il avait raison. Ce n'était pas le Wyatt qu'elle connaissait.

— Les gens changent, argua-t-elle, sur la défensive.

— Pas moi, rétorqua-t-il.

Elle se rendit compte qu'elle l'avait insulté sans le vouloir.

— Je te demande pardon, s'excusa-t-elle. Je suis sans doute trop nerveuse.

La nuit était tombée lorsqu'ils atteignirent la maison du ranch. Wyatt tourna la poignée de la porte et l'ouvrit, sans cesser de la regarder. Entre ce que Bailey venait de lui avouer et l'image que lui-même avait de l'un et de l'autre, il lui était difficile de s'y retrouver.

— À cause de moi ? demanda-t-il.

Bailey haussa les épaules.

— Oui.

Elle avait beau savoir que c'était absurde, que ça allait à l'encontre de toute logique, c'était toujours vrai. Au début, quand elle avait pris sa décision de venir à Roaring Springs pour demander à Wyatt d'être le père de son enfant, elle était convaincue que c'était la juste chose à faire. Mais elle avait oublié de prendre en compte certains détails qui faisaient aujourd'hui surface. Oublié de prendre en compte le facteur émotionnel.

Wyatt secoua la tête.

— C'est moi qui devrais être nerveux, objecta-t-il.

Bailey était stupéfaite.

— Toi ? Mais pourquoi le serais-tu ?

Cela avait encore moins de sens pour elle que ce qu'elle venait d'avouer.

Wyatt se figea dans l'entrée. Il lui coûtait de le reconnaître, mais puisqu'ils avaient décidé d'être honnêtes l'un vis-à-vis de l'autre, il se lança.

— Parce que tu as été meilleure que moi. Je t'ai observée aujourd'hui. Tu avais une telle assurance, une telle maîtrise des choses… À l'inverse de ce que tu étais quand nous avons débarqué ici la première fois. Tu n'as pas hésité une seconde avec Annabelle, même si tu n'avais jamais procédé toi-même à une telle opération sur une vache laitière, tu me l'as dit.

— Meilleure que toi ? répéta-t-elle, incrédule.

Comment pouvait-il penser cela ?

— Tu es un Colton. Tout ce que tu décides, tu l'accomplis. En outre, tu es beau, intelligent et gentil.

Même plus qu'avant, songea-t-elle, se gardant bien de le lui dire.

— Je suis surprise qu'aucune femme ne t'ait mis le grappin dessus à la seconde où tu es redevenu un homme libre.

Wyatt fronça les sourcils.

— Un homme libre, répéta-t-il.

C'était risible.

— Ce n'est pas exactement ainsi que je me suis vu après le divorce. Et la raison pour laquelle aucune femme ne m'a mis le grappin dessus, c'est que je ne ressentais aucun désir d'avoir une autre femme dans ma vie après ton départ.

Il lui sourit tandis qu'une nouvelle vague d'émotions lui nouait les tripes.

— Tu n'es pas facile à comprendre, tu sais ?

Il ne disait cela que parce qu'elle avait sauvé la vie de sa vache laitière, et que ce geste lui faisait voir temporairement les choses du bon côté, songea Bailey. Elle n'attendait rien de lui en retour. Mais surtout, elle ne s'autoriserait pas à le croire, même si elle le souhaitait de toutes ses forces.

Bailey serra les lèvres. Il se tenait beaucoup trop près d'elle. Se détournant de façon discrète, elle sut qu'elle devait instaurer une certaine distance entre eux avant de commettre quelque chose de stupide qu'elle regretterait ensuite. OK, il avait accepté de lui faire un enfant. Mais si elle ne parvenait pas à instaurer cette distance, elle finirait par faire l'amour avec lui.

Et cela ne ferait que compliquer davantage une situation déjà délicate, songea-t-elle à regret.

Elle prit soudain conscience du fait que le silence entre eux s'intensifiait, et cela la déstabilisa encore plus.

— Euh, je devrais peut-être te préparer à dîner, dit-elle en tournant les talons.

Elle avait la ferme intention de se rendre dans la cuisine et de mettre ce projet à exécution.

Wyatt lui attrapa le poignet, la stoppant net dans sa fuite. Lorsqu'elle l'interrogea du regard par-dessus son épaule, il la fit lentement pivoter vers lui.

— C'est vraiment ce que tu veux faire ? demanda-t-il d'une voix grave, sensuelle.

Ses yeux bleu sombre la tenaient prisonnière. Bailey peina à respirer.

C'était ridicule. Ils avaient été mariés, pour l'amour du ciel ! Elle savait ce que c'était de faire l'amour avec lui. Alors pourquoi ressentait-elle tout à coup ces émois d'adolescente qui ricochaient dans sa poitrine ?

Une fois, c'était juste le hasard. Deux fois, il y avait déjà de quoi s'inquiéter… Elle ne devait surtout pas flancher.

Mais elle ne pouvait pas lui mentir.

— Non, reconnut-elle.

Elle le regarda, tétanisée. Son sourire se propagea à ses yeux.

— Bien, répondit-il. Le dîner est officiellement suspendu.

Sans qu'elle puisse réagir, Bailey sentit ses larges et puissantes mains se poser sur ses joues, encadrant son visage comme s'il voulait l'examiner de près.

Son cœur se mit à battre à tout rompre.

Elle n'aurait pas pu bouger même si elle l'avait voulu.

Mais elle ne le voulait pas.

Ce qu'elle voulait, c'était voir où se dirigeaient les choses.

Si Wyatt allait faire ce qu'elle voulait si désespérément qu'il fasse.

Puis elle n'eut plus besoin de se poser la question, parce qu'il le fit.

Il l'embrassa.

Et le monde s'évanouit autour d'elle.

10

Ce n'était pas, même de loin, la façon dont elle avait envisagé que Wyatt l'aiderait à concevoir leur enfant.

En toute honnêteté, dans l'optique d'obtenir de Wyatt un accord à sa demande de paternité, elle s'était dit que selon toute probabilité ils opéreraient de la façon la plus impersonnelle qui soit. Autrement dit, il déposerait son sperme dans une fiole qu'elle emporterait chez un spécialiste de la fertilité pour une insémination artificielle. Tout serait accompli dans une procédure froide et clinique.

Or, c'était tout sauf ça.

Cette explosion de désir, d'émotion et de passion. La secousse tellurique qui la traversa commença dans sa tête et lui descendit jusqu'à la pointe des orteils.

Elle se sentit *vivante* !

Six ans, c'était une durée exceptionnelle pour quelqu'un qui n'a pas le sentiment d'être vivant. Mais il ne lui avait fallu que quelques instants pour reconnaître cette sensation spéciale, merveilleusement familière, qui prenait possession d'elle.

Wyatt l'embrassait avec une ardeur sans cesse renouvelée. Il mettait le feu à chaque parcelle de son être, insufflant dans son corps un désir brûlant, impétueux, qui accentuait les battements de son cœur.

Bailey se surprit à vouloir arracher brutalement les vêtements de son corps ferme et viril. Mais ce n'était pas du tout de cette manière qu'elle voulait rallumer cette partie de leur relation, en se comportant comme une sauvage surexcitée. Ce n'était pas censé faire partie de l'équation.

Peut-être, juste cette fois, s'autoriserait-elle à en profiter, à faire l'amour avec Wyatt pour le plaisir, et non se cantonner à son seul projet de faire un enfant. D'après ce que son gynécologue lui avait expliqué avant qu'elle entreprenne ce voyage pour reprendre contact avec son ex-mari, elle savait que ça n'allait pas forcément réussir du premier coup.

Wyatt n'arrivait pas à croire à ce qui était en train de se passer. La tenir entre ses bras était une sensation divine. Cela lui rappelait pourquoi, à l'époque, il lui avait demandé de l'épouser. Même alors, il avait su que Bailey n'était pas une femme que l'on met dans son lit pour la quitter ensuite et l'oublier. Ce qui s'était révélé à lui était aux antipodes de cela. Plus il lui faisait l'amour, plus il la voulait, et plus il l'aimait.

Mais lorsqu'il avait découvert qu'elle l'avait quitté, la morsure du regret était venue le tenailler, lui arrachant une grosse partie de lui-même.

Cet épisode n'avait plus d'importance. Les choses étaient aujourd'hui différentes. Certes, il avait dû faire de gros efforts sur lui-même pour pouvoir lui pardonner, mais qu'elle soit ici avec lui en cet instant était tout ce qui comptait.

Wyatt la souleva entre ses bras et se dirigea vers l'escalier.

— Que fais-tu ? s'étrangla Bailey, luttant pour recouvrer son souffle.

— Je t'emmène au lit, répondit-il. Comme il convient, ajouta-t-il en gravissant les marches vers sa chambre.

Vers *leur* chambre.

— Comme il convient ? répéta-t-elle.

Elle rit doucement.

— J'espère que non. J'espère qu'il n'y aura rien de

convenable, murmura-t-elle en refermant les bras dans son cou pour lever les lèvres vers les siennes.

Wyatt ralentit sa progression, entravé par la fougue avec laquelle il lui rendait son baiser.

La réponse de Bailey fut un gémissement explicite qui l'excita encore plus.

Wyatt n'eut pas le souvenir d'avoir atteint sa chambre, tant il se concentrait sur le fait de poser un pied devant l'autre, et de faire le maximum pour ne pas trébucher.

Puis il se vit étendre Bailey sur son lit, l'esprit rivé sur l'instant suivant.

En un battement de cœur, il fut à ses côtés et, sans que leur baiser se rompe, se réappropria chaque partie d'elle qu'il lui appartenait naguère d'aimer, de posséder.

Les vêtements s'envolèrent, remplacés par de longs baisers enfiévrés qui marquaient au fer rouge chaque centimètre carré d'elle, enflammaient chaque centimètre carré de lui-même.

Aucun mot, aucune expression, songea-t-il, n'aurait pu décrire combien tout cela lui avait manqué.

Combien *elle* lui avait manqué.

Wyatt ne pouvait se rassasier d'elle. Il se familiarisa de nouveau avec son corps, le toucha tel un homme dont le vieux rêve devenait soudain, sans prévenir, réalité.

Plus il la caressait, plus il l'embrassait, plus Bailey avait l'impression qu'un feu liquide coulait dans ses veines pour la consumer tout entière.

Elle se tordit et se tortilla sous son toucher, enivrée par la chaleur délicieuse de son haleine glissant sur sa peau. Elle avait envie de lui à en avoir mal, et de toutes ses forces voulait lui faire ressentir ce qu'elle-même ressentait.

Elle se déplaça soudain de telle sorte que Wyatt se retrouva sous elle, et elle l'emprisonna de ses jambes serrées autour de son torse. C'était une position qui, elle se le rappelait, lui procurait du plaisir et ce faisant aiguillonnait le sien vers des hauteurs insoupçonnables.

C'était comme si elle n'était jamais partie, songea-t-elle, et pourtant c'était mieux. Infiniment mieux. Pas seulement parce que ces délices lui avaient beaucoup manqué, mais parce qu'ils atteignaient un niveau encore plus gratifiant.

Lorsqu'elle sentit sa bouche se déplacer lentement sur son corps, traçant un chemin humide et pimenté jusqu'à l'endroit le plus sensible de son anatomie, elle eut le plus grand mal à retenir le cri d'extase qui menaçait de jaillir de ses lèvres.

Ça, c'est nouveau, lui souffla son cerveau. C'était au-delà du plaisir brut et sauvage. Elle était moite de sueur, et bien décidée à l'emmener jusqu'aux mêmes limites que celles où il venait de la conduire.

Bailey lui faisait perdre la tête, songea Wyatt. Elle le propulsait à un cheveu de la folie pure. Il ne se souvenait pas de l'avoir jamais désirée autant qu'en cet instant même.

Mais il ne pensait pas pouvoir tenir encore longtemps. Il était au bord de l'explosion.

Il scella sa bouche à la sienne, puis du genou lui écarta les jambes. Il la pénétra alors, se déplaçant avec une extrême lenteur pour exacerber son attente et faire durer la sienne. Mais jusque quand ?

Bientôt, l'appel primal du corps imposa sa loi.

Il se mit à bouger avec un sentiment croissant d'urgence, chaque plongée plus enthousiaste que la précédente.

De son côté, Bailey accéléra le tempo à chacun de ses coups de reins, jusqu'à ce qu'ils se retrouvent propulsés vers un pic vertigineux qui semblait s'être matérialisé pour eux seuls dans la brume de leurs sens.

Avec la précision d'amants de longue date, ils touchèrent les étoiles et c'est ensemble qu'ils éprouvèrent l'explosion qui secoua leur âme, accrochés l'un à l'autre dans le flot incandescent du plaisir.

Lentement, petit à petit, l'euphorie qui les possédait diminua, laissant dans son sillage une merveilleuse sensation de complétude.

Wyatt se sentit de nouveau *entier.* Durant ce moment unique, en cette seule occasion, il était de nouveau entier. Il tint Bailey contre lui comme un homme qui se refuse à vivre l'instant d'après – seulement le présent. Sauf que ce n'était pas possible. Parce que l'instant d'après viendrait. Puis le suivant. Et le suivant encore.

Il devait se résoudre à l'inévitable.

— Donc, j'imagine que tu vas repartir, dit-il avec résignation.

Sa voix faisait écho dans la pénombre de la chambre.

Un très mince rayon de lune tombait par la fenêtre, mais la lumière qu'il apportait était suffisante. Il vit Bailey redresser le buste et le regarder d'un air intrigué.

— Pardon ?

Pourquoi Wyatt pensait-il cela ? Devait-elle comprendre qu'il voulait qu'elle s'en aille ?

Il tenta de paraître indifférent, même si la perspective de son départ lui faisait beaucoup plus mal qu'il ne l'avait imaginé.

— Eh bien, comme tu as obtenu ce que tu étais venue chercher, je suppose que tu vas de nouveau t'en aller.

Et me laisser seul, encore une fois, ajouta-t-il en silence.

— Est-ce là ce que tu veux ? demanda-t-elle avec calme.

— Ce que je veux ne compte pas, répliqua-t-il.

Quand elle l'avait quitté la première fois, elle avait été très claire.

— Tu m'as demandé d'être le père de l'enfant que tu désires avoir, et puisque toi et moi venons de…

Elle se tourna vers lui, éberluée, mais en même temps soulagée. N'était-il pas en train de chercher à se débarrasser d'elle ?

— Parce que tu crois qu'une seule fois suffira ? demanda-t-elle, incrédule.

Elle secoua la tête, sans lui laisser le temps de répondre.

— En règle générale, il faut plus d'une fois pour concevoir un bébé.

Elle lui sourit.

— Non, tu ne te débarrasseras pas de moi aussi facilement, j'en ai peur.

En d'autres circonstances, Wyatt aurait émis un commentaire sarcastique sur cette affirmation pour le moins péremptoire, mais quelque chose le troublait dans ce qu'elle venait de dire.

— Quelle est au juste la gravité de ton mal ? voulut-il savoir.

Elle ne voulait pas entrer dans les détails médicaux, mais elle lui devait au moins quelques éclaircissements, supposa-t-elle.

— Tout dépend de ce que l'on entend par gravité. En bref, il rend très difficile pour une femme de concevoir un enfant.

— Ce n'est pas ce qui me tracasse, répondit-il.

Se redressant sur un coude, il fouilla son regard.

— Y a-t-il un risque pour toi que quelque chose tourne mal ?

— Le risque zéro n'existe pas, répliqua-t-elle avec un haussement d'épaules réticent. La vie est ainsi.

— Je voulais dire, si tu tombes enceinte, précisa-t-il pour éviter tout malentendu. Ta santé serait-elle en danger ?

— Pas plus qu'en temps normal.

Bailey ne voulait rien dire qui puisse pousser Wyatt à reconsidérer son accord quant à la paternité de son bébé.

— C'est très gentil à toi de t'en soucier, mais tu peux être tranquille, ajouta-t-elle.

Wyatt demeura un instant perplexe.

Croyait-elle *vraiment* qu'il s'en souciait ?

— Facile à dire, répondit-il.

Vu qu'ils étaient à présent – du moins momentanément – sur la même longueur d'onde, le sourire de Bailey se réchauffa.

— Je peux peut-être t'aider à penser à autre chose, suggéra-t-elle.

Ses yeux semblaient pétiller. Ou était-ce un effet de la maigre lumière dans la chambre ?

— Comment ? demanda-t-il.

Bailey leva la tête, posa quelques secondes ses lèvres sur les siennes, puis s'en écarta.

— Devine.

Bon Dieu. Voilà qu'elle ranimait en lui la flamme du désir.

Glissant sa main sur sa nuque, il amena sa bouche vers la sienne et se perdit dans la sensation qu'il venait ce soir de redécouvrir. À savoir faire l'amour avec la seule femme qu'il ait jamais aimée.

— J'ai droit à combien d'essais ? demanda-t-il en attirant son corps contre le sien.

— Autant qu'il t'en faudra pour parvenir à la bonne réponse, répondit-elle, le souffle court.

Wyatt avait bien l'intention de la prendre au mot.

Plus tard, cette nuit-là, tandis qu'allongés l'un à côté de l'autre, vidés de leurs forces au point qu'insuffler la moindre bouffée d'air dans leurs poumons leur demandait un gros cffort, Wyatt dcmanda :

— Donc, tu restes ici jusqu'à ce que tu sois enceinte ?

Elle devait laisser un peu d'espace entre eux, elle en était consciente, mais elle se sentait beaucoup trop bien là où elle était.

— C'était plus ou moins ce que j'espérais, répondit-elle d'un ton mitigé. À moins que tu ne préfères que je m'installe dans l'hôtel de la ville.

— Non. Étant donné la raison première pour laquelle tu es venue ici, il est plus logique que nous soyons sous le même toit. Et maintenant que je sais de quoi tu es capable… avec les animaux, s'empressa-t-il de préciser, conscient de ce que ces mots pouvaient avoir d'ambigu, tu peux nous aider pour les vaches laitières, vu qu'il n'y a pas de vétérinaire à proximité. Le plus proche se trouve à la ville voisine.

— Tu veux dire que, pour le moment, ce sera un moyen de gagner mon séjour ici ?

Son sourire amusé se propagea jusqu'à ses yeux.

— Je, euh, eh bien, ce n'est pas ainsi que je présenterais les choses, répondit-il, cherchant la formule la moins embarrassante.

Il ne voulait pas se montrer insultant ni laisser entendre qu'elle n'avait rien d'autre à offrir.

Trouvant son second souffle, Bailey se hâta d'intervenir avant que Wyatt ne s'enferre dans de plates excuses dont elle n'avait que faire. Tout ce qu'elle voulait, c'était qu'il reconnaisse qu'elle pouvait avoir un rôle à jouer sur le ranch.

— J'en serais ravie, approuva-t-elle. J'aime être utile. Surtout en faisant la seule chose qui l'ait jamais passionnée.

— Donc, tu étais sérieuse ?

Elle fronça les sourcils, déroutée par sa question.

— Je veux dire, quand tu disais que tu avais toujours voulu être vétérinaire…

— Mais oui ! s'écria-t-elle. J'ai toujours aimé les animaux.

Elle pensait pourtant qu'il le savait. Elle tenta de se rappeler si elle s'était un jour confiée à lui sur cette question. En vain.

— C'est la seule chose que j'ai acquise au cours de mes pérégrinations avec mon père.

Elle esquissa un sourire contrit.

— La plupart du temps, les animaux étaient plus gentils avec moi que lui ne l'était, ajouta-t-elle d'un ton désabusé.

— Tu ne m'as jamais beaucoup parlé de ton enfance, lui fit-il remarquer.

Lorsqu'ils étaient mariés, il s'était dit qu'il s'agissait de son jardin secret, et qu'il devait le respecter. Mais à présent il était curieux. Il y avait des blancs dans ce qu'il savait d'elle. Des blancs qu'il avait la ferme intention de remplir.

— Parce qu'il n'y a pas grand-chose à en dire, répondit-elle, évitant son regard.

Mais elle tourna finalement la tête et le regarda.

— Et puis je ne voulais pas que tu t'apitoies sur mon cas. Ce n'était pas ainsi que je souhaitais que tu penses à moi.

— Je ne me serais pas apitoyé sur toi, assura-t-il. Mais maintenant tu peux, non ? ajouta-t-il d'une voix douce. Pour que j'aie une image complète de la mère de ma future progéniture.

Mais elle était réticente.

— Savoir que j'ai une énorme tendresse pour les animaux devrait suffire.

— Et quand tu ne faisais pas des câlins à nos amies les bêtes, que faisais-tu ?

— Je veillais sur mon père, répondit-elle, évasive.

— Mais la figure parentale, c'était lui, souligna-t-il. N'est-ce pas lui qui aurait dû veiller sur toi ?

Le sourire de Bailey se chargea d'une telle tristesse qu'il en eut le cœur serré.

— Pas vraiment. Ma mère l'avait quitté et il ne s'en était jamais remis. Quand il n'essayait pas de monter des taureaux, il buvait jusqu'à l'étourdissement.

Elle soupira. Le souvenir de ces années-là lui était pénible.

— Il était plus doué dans la seconde activité que dans la première. Dommage que ce n'ait pas été une attraction de rodéo.

Wyatt tenta de réorienter la conversation vers des moments plus positifs.

— Et que fait-il aujourd'hui ?

— Pas grand-chose, soupira-t-elle.

— Il est retraité ?

— Décédé, répondit-elle après un battement de cœur.

Wyatt eut envie de se gifler pour son impardonnable maladresse.

— Mon Dieu. Je suis navré. Quand ?

— Il y aura cinq ans en juin, répondit-elle après quelques instants de réflexion. L'un des clowns du circuit l'a découvert allongé dans sa caravane. Il était mort.

Peut-être le fait d'en parler l'aiderait-elle enfin à faire son deuil, songea-t-elle. Ça valait le coup d'essayer.

— Que s'est-il passé ?

— Le cœur a lâché. Il avait encore une canette de bière à la main.

Le sourire qu'elle afficha n'était pas amer, mais résigné.

— J'imagine que c'était sa version à lui de « mourir les bottes aux pieds », ajouta-t-elle.

— Je suis navré, répéta-t-il en resserrant son bras autour d'elle.

Elle releva les yeux.

— Bah, je veux croire qu'il est plus heureux là où il est. Toutes ses cavalcades sont ses trophées, à présent.

— Non, je voulais dire que j'étais navré pour toi. Il était ta seule famille, n'est-ce pas ?

Que pouvait-elle répondre à cela ? Bill Norton ne s'était jamais considéré lui-même comme son « papa ».

— Il ne se voyait pas comme tel, rétorqua-t-elle avec honnêteté.

Wyatt déposa un tendre baiser sur le sommet de sa tête et pria pour pouvoir la protéger autant qu'il en était capable de toute cette souffrance qu'elle avait manifestement endurée.

— Il ne savait pas ce qu'il ratait, observa-t-il à mi-voix.

11

Le lendemain matin, un bref coup frappé à la porte interrompit le petit déjeuner de Wyatt et de Bailey. Hank Wilson apparut. Il semblait mal à l'aise mais il était difficile de savoir s'il était gêné de faire ainsi irruption ou si quelque chose l'ennuyait.

Le contremaître salua Bailey d'un timide hochement de tête avant de se tourner vers Wyatt :

— Désolé de vous déranger en plein repas, patron, dit-il. Mais j'aimerais que vous veniez voir quelque chose. Et vous aussi, doc, ajouta-t-il à l'attention de Bailey.

Depuis qu'ils avaient assisté au calvaire d'Annabelle, Hank comme tous les ouvriers agricoles appelaient Bailey « doc », ce qui n'était pas pour lui déplaire. Elle y voyait la preuve qu'elle avait trouvé sa place au sein du ranch.

— Que se passe-t-il ? voulut savoir Wyatt.

Hank n'était pas du genre à surgir ainsi sans crier gare. D'ailleurs, en général, il ne s'autorisait pas à entrer dans la maison sans y avoir été invité. Pour déroger ainsi à ses habitudes, il devait être confronté à un grave problème.

Visiblement embarrassé, Hank se balançait d'un pied sur l'autre.

— Mieux vaut que vous le découvriez par vous-même, patron. Venez, je vais vous montrer. Mais préparez-vous au pire, ajouta-t-il.

Wyatt s'était levé mais il restait devant sa chaise.

— Que racontes-tu, Hank ? demanda-il. Je ne vais nulle part tant que tu ne te seras pas expliqué.

Hank n'avait manifestement aucune envie de jouer les porteurs de mauvaises nouvelles, craignant sans doute de s'attirer la colère de Wyatt. Mais il n'avait pas le choix.

— Il s'agit de Brahma, patron, répondit-il d'un ton nerveux.

Wyatt fronça les sourcils. Brahma était son meilleur taureau reproducteur. Plusieurs fois primé, l'animal avait engendré des veaux de grande qualité depuis que Wyatt en avait fait l'acquisition, trois ans plus tôt.

Il planta les yeux dans ceux de Hank.

— Eh bien, quoi ? Que lui est-il arrivé ?

— Murphy et moi l'avons trouvé, ce matin, répondit Hank. Il n'avait pas l'air bien. Nous n'avons pas réussi à le bouger.

Le visage bouleversé, il regarda tour à tour Wyatt et Bailey, espérant que personne ne lui reprocherait le drame.

Wyatt s'assombrit. Il ne pensait plus à son petit déjeuner.

— Allons-y.

À bord du camion de Wyatt, ils suivirent le vieux pick-up de Hank jusqu'à l'endroit où gisait Brahma. Murphy se tenait près de lui telle une sentinelle désemparée, chassant les corbeaux qui tournaient autour de lui comme des vautours. Même de loin, Bailey remarqua tout de suite que le taureau était étendu de tout son long sur le sol, une position qui n'était pas naturelle pour un bovin. Dès que Wyatt arrêta le camion, elle sauta à terre et courut vers lui.

— Bailey, attends ! cria Wyatt avant de s'élancer à sa poursuite. S'il est malade, il risque de t'attaquer.

Ignorant l'avertissement de Wyatt, Bailey s'agenouilla près de l'énorme animal et elle l'examina rapidement. Très vite, elle obtint confirmation de ce qu'elle soupçonnait.

Elle se tourna vers son ex-mari pour lui asséner la terrible vérité.

— Il est mort, Wyatt.

— Mort ? répéta-t-il, incrédule. C'est impossible. Je l'ai vu hier. Il était en pleine forme !

— Eh bien, il ne l'est plus, répliqua-t-elle. Brahma s'est-il comporté de façon inhabituelle, ces derniers temps ? Refusait-il de se nourrir, par exemple ? s'enquit-elle.

Toujours accroupie près du taureau, elle passa la main sur ses flancs. Il était froid.

— Un comportement inhabituel ? répéta Wyatt, manifestement sidéré. Il n'était jamais malade. Depuis le jour où je l'ai acheté, il a toujours joui d'une santé de fer.

— Ce n'est plus le cas.

Devinant son désarroi, elle lui pressa l'épaule. Puis elle reporta son attention vers le pick-up de Hank.

— Penses-tu qu'en unissant nos efforts, tous les quatre, nous arriverions à transporter Brahma à l'arrière du camion de Hank ? demanda-t-elle à Wyatt.

— Certainement pas. Ce taureau pèse près d'une tonne. Pour réussir à le porter, il faudrait être beaucoup plus nombreux. Et d'ailleurs, pourquoi veux-tu le mettre dans le pick-up ? ajouta-t-il en se tournant vers elle, un peu perdu.

— S'il a toujours « joui d'une santé de fer » pour reprendre ton expression, sa mort subite n'a aucun sens. J'aimerais pratiquer une nécropsie afin de découvrir la cause de son décès et, plus important encore, afin de m'assurer qu'il ne souffrait pas d'une maladie contagieuse qui pourrait mettre le reste du cheptel en danger.

Hank parut déconcerté.

— Vous voulez pratiquer une nécro quoi, doc ? répéta-t-il, sonné.

— Une nécropsie, une autopsie sur un animal, si vous préférez. Pour comprendre de quoi il est mort, expliqua-t-elle au contremaître.

Reportant son attention sur le taureau, elle réfléchit un instant.

— Bon, dit-elle finalement. Puisque nous ne pouvons pas le transporter, j'effectuerai cet examen ici.

Wyatt avait visiblement du mal à digérer les événements. Il semblait à la fois désemparé et en colère.

Au-delà des circonstances, la mort de Brahma aurait de lourdes conséquences pour lui. Ce taureau lui avait coûté beaucoup d'argent.

— Comment ça ? Que veux-tu faire exactement ? demanda-t-il.

Bailey répondit avec patience :

— Je vais aller chercher mes instruments pour pratiquer l'autopsie ici.

— Vous voulez ouvrir Brahma ? intervint Murphy.

L'ouvrier agricole avait l'air étonné. Il travaillait dans les ranchs depuis l'âge de quinze ans et il n'avait encore jamais vu ce genre de choses.

— C'est le seul moyen de déterminer avec certitude les causes de sa mort, répliqua-t-elle d'un ton neutre.

Wyatt hocha la tête.

— Hank, ramène Bailey au ranch et aide-la à réunir tout ce dont elle aura besoin, dit-il au contremaître avant de retourner auprès du cadavre de son taureau.

Bailey compatissait pour Wyatt mais pour l'avoir bien connu, elle savait qu'il détestait que quiconque s'apitoie sur son sort. Pour l'aider de façon constructive, elle devait à tout prix découvrir ce qu'il était arrivé au taureau, ce qui l'avait tué. Plus vite, elle pratiquerait cet examen, plus vite elle aurait la possibilité d'apporter à Wyatt les réponses à ses questions.

— Allons-y, dit-elle à Hank.

Enfonçant son chapeau sur la tête, il grimpa au volant de son camion.

*
* *

— Alors ? demanda Wyatt avec impatience.

Il avait fallu plus de deux heures à Bailey pour effectuer cette laborieuse nécropsie. Pendant la plus grande partie de l'intervention, il avait gardé ses distances pour ne pas la gêner dans son travail mais il l'avait regardée faire avec attention. Il ne connaissait rien aux autopsies mais il était évident que Bailey, elle, savait ce qu'elle faisait. Tandis qu'elle s'activait sur le cadavre de Brahma, il ne surprit jamais le moindre signe de répulsion sur ses traits. Tout au long de l'examen, elle s'était montrée extrêmement professionnelle. À plusieurs reprises, il avait été tenté de lui poser des questions mais il n'avait pas envie de la déranger. Alors il s'était tu, il avait rongé son frein.

Maintenant, elle avait terminé. Il le voyait sur son visage. Et Wyatt voulait des réponses. Il avait besoin de savoir ce qu'il était arrivé à son taureau.

Quand Bailey leva les yeux vers lui, il comprit à son expression que son diagnostic serait sans appel. Elle n'avait pas l'ombre d'un doute.

— Brahma a été empoisonné.

Wyatt poussa un juron. Même si l'hypothèse d'un acte de malveillance l'avait traversé, même s'il avait deviné que le taureau n'avait pas succombé à une mort naturelle, les mots de Bailey l'ébranlèrent profondément. Il eut l'impression de se faire renverser par un camion.

Il la dévisagea avec gravité.

— En es-tu sûre ?

Bailey se releva. Elle enleva ses longs gants de caoutchouc et son tablier tachés de sang avant de remettre sa veste.

— Sûre et certaine, répondit-elle.

Comme elle lui expliquait comment elle était parvenue à cette conclusion, elle vit l'expression de Wyatt s'assombrir.

— Connais-tu quelqu'un capable de faire ce genre de

choses ? demanda-t-elle à son ex-mari. Quelqu'un qui voudrait vous nuire, à toi ou à ta famille.

Wyatt vit Hank et Murphy échanger un regard. Lui-même avait du mal à dire à voix haute les mots qui lui brûlaient les lèvres :

— Je pense à quelqu'un, oui.

Le sang lui montait au visage. Il serra les poings, imaginant ses mains sur la gorge de l'homme qui, il en était persuadé, était responsable de la mort de son taureau.

— Qui ? s'écria Bailey.

Elle connaissait encore bon nombre des personnes dans la région. Et elle aurait été incapable d'en désigner une susceptible de s'attaquer à un animal innocent.

Contrairement à Wyatt, Murphy n'eut aucune difficulté à nommer celui qu'ils soupçonnaient d'être le coupable.

— Everett Olson, répondit-il.

Bailey se rendit compte soudain que Wyatt regagnait déjà son camion.

— Wyatt, attends ! dit-elle.

Hâtant le pas, elle s'élança à sa poursuite. Lorsqu'elle rejoignit son véhicule, Wyatt mettait la clé dans le contact. Mais il ne démarra pas.

Au lieu de quoi, il se tourna vers elle.

— Reste ici, Bailey.

Mais elle n'avait pas l'intention d'obtempérer. Elle n'allait pas le laisser partir ainsi, sur un coup de tête.

— Il n'en est pas question, cria-t-elle. Tu as des envies de meurtre, je le vois dans tes yeux. Je viens avec toi.

Il la fusilla du regard.

— Descends de ce camion, Bailey.

— Non, répliqua-t-elle avec force. Soit *tu* en descends, soit je t'accompagne. À toi de choisir.

Avec un gros soupir, Wyatt réprima une bordée de jurons. Il démarra.

— Très bien, viens avec moi si tu y tiens. Mais tu ne m'arrêteras pas.

Elle préféra ne pas en discuter pour le moment.

— Qui est Everett Olson ? demanda-t-elle tout en attachant sa ceinture de sécurité.

— Le pauvre type qui possède le ranch à côté du mien.

À en juger à sa façon de serrer le volant, Wyatt faisait de son mieux pour se calmer.

— C'est un éleveur sans scrupule, aussi fourbe qu'un serpent, poursuivit-il. Plus fourbe encore.

Bailey hocha la tête, refusant, là encore, de commenter ce jugement.

— D'accord. Et pourquoi aurait-il voulu empoisonner Brahma ?

— C'est évident, non ? demanda Wyatt.

— Pas pour moi. Dis-le-moi, insista-t-elle.

— Par vengeance, répondit-il avec colère. Depuis quatre ans, Olson fait des pieds et des mains pour m'acheter des terres. Comme j'ai rejeté toutes ses offres, il n'est pas content et il a décidé de frapper un grand coup. Il veut me ruiner pour m'obliger à vendre et avoir ainsi la possibilité de prendre possession de tout le domaine.

Wyatt serra les mâchoires.

— La dernière fois que j'ai refusé de lui céder des terres, il m'a juré que je le regretterais. Voilà sans doute ce qu'il voulait dire. Tuer Brahma était sa façon de se venger.

Si l'hypothèse faisait partie des possibilités, Wyatt allait peut-être un peu vite en besogne, songea Bailey.

— Qu'en sais-tu ? lança-t-elle. À ce stade, rien ne te permet de l'affirmer.

— Mon intuition – mon instinct, si tu préfères – ne me trompe jamais, répliqua-t-il d'un ton mordant.

Wyatt lui jeta un bref coup d'œil de biais avant de reporter son attention sur la route.

— Écoute, il vaut mieux que tu ne viennes pas avec moi, ajouta-t-il. Je vais te déposer à la maison.

Bailey n'était pas disposée à être jetée du véhicule comme un excédent de bagage.

— Il n'en est pas question, rétorqua-t-elle avec feu. Si tu penses que ce type a tué ton taureau, tu n'as pas intérêt à régler le problème tout seul. D'ailleurs, peut-être devrais-tu en parler au shérif, ajouta-t-elle, pensant que ce dernier parviendrait sans doute à calmer les esprits. Trey est ton cousin et il va…

Wyatt serra les mâchoires.

— Je n'ai pas l'intention de me cacher derrière Trey, dit-il. Je suis tout à fait capable de régler cette histoire moi-même.

Elle reconnaissait ce ton froid, cet air buté. Wyatt refusait d'en discuter.

Avec un gros soupir, elle se renfonça dans son siège.

— Quoi que tu en dises, Wyatt, tu as besoin de moi et je t'accompagne.

Il essaya de deviner si elle plaisantait ou si elle était sérieuse. Il n'y parvint pas.

— Je me sentirais beaucoup mieux si je pouvais te déposer à la maison, répéta-t-il.

— Dommage pour toi. Je viens avec toi.

Cette fois, il n'eut aucune difficulté à décrypter son expression et son ton. Bailey n'avait pas l'intention de céder.

Un peu plus âgé que Wyatt, Everett Olson avait une tête de plus que lui et faisait deux fois son poids. Bailey le trouva grossier tant dans son apparence que dans ses manières.

Olson n'eut pas l'air ravi de les voir sur le seuil de sa porte. Lorsque Wyatt l'accusa de l'empoisonnement de Brahma, il secoua la tête en levant les yeux au ciel.

— Je ne sais rien des circonstances de la mort de ton

taureau, déclara-t-il. J'ai mieux à faire que de me soucier de ce qui se passe sur ton ranch.

Olson remarqua soudain la présence de Bailey. Ses yeux porcins prirent aussitôt une lueur lubrique et il la déshabilla du regard.

— Cela dit, certaines choses méritent que je m'y intéresse. Et qui est cette jolie jeune femme, Colton ? Présente-moi.

— Ne la reluque pas comme ça, grogna Wyatt.

— Comme quoi ? répliqua Olson d'une voix moqueuse, se concentrant exclusivement sur Bailey. J'apprécie le spectacle, c'est tout.

Agacée, Bailey poussa un gros soupir. Lorsqu'elle suivait le circuit de rodéo avec son père, elle avait côtoyé beaucoup de types comme Olson. Et les remettre à leur place ne lui avait jamais posé de problèmes.

— Le spectacle aimerait vous poser une question, dit-elle.

Il la dévisagea avec un regain d'intérêt.

— Je vous en prie, ma chère. Demandez-moi tout ce que vous voulez. Je ferai de mon mieux pour vous satisfaire.

— Pourriez-vous nous dire où vous vous trouviez, hier soir ?

Bailey avait déterminé que le taureau avait été empoisonné la veille au soir.

Olson fronça les sourcils.

— Je le pourrais, assura-t-il en se rapprochant d'elle. Mais j'aimerais plutôt vous demander ce que *vous*, vous faites *ce* soir, ma chère, répliqua-t-il avec un sourire qu'il croyait sans doute irrésistible.

Wyatt en avait assez. Attrapant Olson par le col de sa chemise, il l'écarta de Bailey.

— Elle t'a posé une question. Qu'as-tu fait, hier soir ? demanda-t-il.

Agacé, l'autre tira sur ses manches.

— J'ai passé la soirée au bar de la ville. Demande au

barman si tu ne me crois pas, ajouta-t-il avec un sourire narquois. Et à la veinarde que j'ai levée à la fin de la soirée.

Pour énerver Wyatt, il ne cessait de dévorer Bailey des yeux.

— Elle n'était pas aussi jolie que vous, ma chère, mais je me sentais l'âme généreuse à l'heure de la fermeture.

Bailey sentit que Wyatt allait le frapper. Après la mort de son taureau, le ton ironique d'Olson lui faisait perdre son sang-froid.

Attrapant Wyatt par le bras, elle dit :

— Il nous a répondu. Maintenant, partons. S'il te plaît, ajouta-t-elle.

Non sans mal – et parce qu'il ne voulait pas que Bailey se retrouve au milieu d'une bagarre –, Wyatt réprima son envie de casser la figure d'Olson. Il se laissa entraîner.

Une fois dans son camion, elle demanda :

— Y a-t-il quelqu'un d'autre qui aurait pu empoisonner Brahma ?

— Non. C'est Olson. Je sais que c'est Olson. Son alibi est forcément bidon.

— Alors, il nous faut absolument trouver des preuves de sa culpabilité, dit Bailey.

Wyatt la dévisagea avec surprise.

— Tu me crois ?

— Oui, bien sûr que je te crois.

La confiance que lui témoignait Bailey ne rendrait pas la vie à son taureau mais l'entendre dire qu'elle le croyait réconforta Wyatt à un point qu'il n'aurait pu imaginer.

— Il nous faut surtout redoubler de vigilance, dit-il. Parce que si Olson est derrière l'empoisonnement de Brahma, il ne s'arrêtera pas là. D'autres drames vont se produire. Nous avons intérêt à veiller de près sur le troupeau et sur les terres.

Elle ne saisit pas ce que ses terres avaient à craindre.

— Sur les terres ?

Wyatt hocha la tête.

— Il est capable de tout. J'ignore jusqu'où il ira mais je n'ai pas l'intention de rester assis, les bras croisés, à attendre qu'il détruise tout ce que je possède. Il faut l'avoir à l'œil.

— Tu n'y parviendras pas tout seul, dit-elle. Mais je t'aiderai. Je n'aime pas les gens qui font du mal aux animaux, ajouta-t-elle, au cas où il songerait à se disputer avec elle sur le sujet.

Mais Wyatt n'en avait aucune envie.

Il hocha la tête.

— Compris.

12

Bailey sentait les tensions dont Wyatt était la proie. Toute la journée, elles avaient été là, presque palpables. Elles s'étaient imposées à la table du déjeuner telles des convives indésirables, elles les avaient suivis comme des ombres alors qu'ils travaillaient au ranch, qu'ils s'occupaient du bétail. Et elles étaient toujours là, entre eux, maintenant, alors qu'ils se couchaient. Bailey et Wyatt partageaient le grand lit qui avait été autrefois leur lit conjugal mais plus rien d'autre.

Wyatt était tellement contrarié de ne pouvoir traduire Everett Olson en justice, d'avoir été incapable de lui faire avouer son crime, qu'il en perdait le sommeil. Et Bailey devinait qu'elle n'était pas près de parvenir à ses fins. Son ex-mari n'était pas d'humeur à se détendre et encore moins à s'intéresser à la conception d'un bébé. En réalité, son désir de se venger de son voisin, d'un homme qu'il considérait comme un criminel, le rongeait de l'intérieur.

Pourtant, conscient que l'assassinat de son taureau virait à l'obsession, Wyatt finit par éprouver le besoin de se justifier auprès de Bailey, allongée près de lui sous les couvertures.

— Écoute, je voulais te…

La simple intonation de sa voix suffit à Bailey pour percevoir toutes les émotions de Wyatt. Posant rapidement son doigt sur ses lèvres, elle murmura :

— Chut. La journée a été épuisante. Nous parlerons plus tard. Dormons, maintenant.

Sur ces mots, elle se roula sur le côté et ferma les yeux. Wyatt poussa un soupir de soulagement. En n'exigeant pas de lui de longues explications, Bailey lui retirait une belle épine du pied. Pourtant, il tenait à lui exprimer au moins sa gratitude. Ne pas le faire serait un tort.

— Merci de ta compréhension.

— Dors, répondit-elle, feignant un ton de reproche.

Wyatt sourit dans le noir. Cette femme ne cessait jamais de le surprendre.

— Bonne nuit, Bailey, dit-il en se tournant de côté.

— Bonne nuit, Wyatt.

Demain, tout ira mieux, se promit-elle.

Quand elle se réveilla, au petit matin, Wyatt était déjà debout.

— Bonjour, dit-il en lui caressant la joue. Comment te sens-tu ?

Bailey battit des paupières, s'étira et s'assit. La question de Wyatt lui parut un peu étrange.

— Bien, répondit-elle prudemment. Pourquoi ?

— Toute la nuit, tu n'as cessé de te tourner et te retourner dans le lit en gémissant.

Elle haussa les épaules.

— J'avais peur que celui qui a tué Brahma ne frappe à nouveau, répondit-elle.

En réalité, ce n'était pas la seule raison de son agitation. Même si elle s'efforçait de ne pas y penser, elle craignait de ne jamais devenir mère, de ne pas réussir à tomber enceinte. Bientôt, il serait trop tard. Cependant, elle refusait d'en parler à Wyatt, consciente qu'une telle confidence ne ferait qu'alourdir le fardeau qui pesait déjà sur ses épaules.

Ramassant ses vêtements sur la chaise où elle les avait laissés la veille au soir, elle se dirigea vers la salle de bains.

— Je vais préparer le petit déjeuner pendant que tu t'habilles, cria-t-elle derrière la porte fermée.

— J'ai un peu peur de devenir accro, répondit-il.

— Accro au petit déjeuner ? Ce serait une bonne chose. C'est le repas le plus important de la journée, lui rappela-t-elle en sortant, vêtue d'un jean et d'un gros pull.

— Je parlais de *tes* petits déjeuners, rectifia Wyatt.

Bailey sourit en enfilant ses bottes.

— Tu as toujours été le plus paresseux du couple, dit-elle en riant.

— Ou le plus malin, répliqua-t-il en lui emboîtant le pas.

Sans répondre, elle quitta la chambre pour se rendre à la cuisine. Wyatt se demandait si elle ne l'avait pas entendu ou si elle avait préféré ignorer son commentaire. Cette seconde hypothèse était sans doute la bonne et, pour la première fois depuis qu'il avait découvert le cadavre de Brahma, il se surprit à sourire. Cela dit, Bailey avait toujours eu cet effet sur lui.

— Comment ça, il manque un veau ? demanda Wyatt à Ron Jennings.

Grand et nerveux, son ouvrier agricole s'était approché de Wyatt et de Bailey, dès qu'ils étaient sortis de la maison, pour les mettre au courant de la disparition du jeune animal.

— Nous avons compté les bêtes, ce matin, patron, répondit Jennings. Et l'une des petites génisses manquait à l'appel.

Il s'interrompit, cherchant à se remémorer son nom.

— Daisy, dit-il enfin, content que la mémoire lui revienne.

Mais son sourire s'envola rapidement quand il vit le regard sombre de Wyatt.

— Nous avions rentré tous les veaux et leurs mères,

hier soir, poursuivit-il. Mais Daisy a sans doute échappé à notre vigilance avant que je referme l'étable.

Jennings semblait ennuyé en racontant ce qui s'était passé.

— Ce matin, Buttercup, sa mère, était très agitée et ne cessait de meugler, poursuivit-il. Ce n'était pas normal alors je suis allé la voir. Et je me suis aperçu que sa petite n'était plus là.

Wyatt soupira. Il n'y avait qu'une chose à faire.

— D'accord, j'aimerais que Lewis, Murphy et toi partiez à sa recherche. Commencez par le champ où était parqué le troupeau, hier.

— Tout de suite, patron, répondit Jennings, soulagé de ne pas se faire réprimander.

Comme il se dépêchait de transmettre les ordres aux deux autres cow-boys, Bailey se tourna vers Wyatt.

— Je vais la chercher, moi aussi, proposa-t-elle.

— Nous irons ensemble, répondit-il. Je préfère que tu n'y ailles pas seule, ajouta-t-il à la vue de ses sourcils froncés. Si Olson est quelque part sur mes terres, tu y es en danger.

— Je suis capable de me défendre, répliqua Bailey. Je l'ai fait des années durant, avant que tu entres dans ma vie. Contrairement à toi, la plupart des participants aux rodéos n'étaient pas des gentlemen et j'ai vite appris à les tenir à distance.

Wyatt n'était pas franchement convaincu mais il n'avait pas envie de se disputer avec elle. Le temps pressait. Un veau ne pouvait pas survivre très longtemps loin de sa mère.

— Allons-y ensemble, insista-t-il. Pour me faire plaisir, ajouta-t-il.

Bailey leva les yeux vers lui.

— J'ai consacré la plus grande partie de notre vie conjugale à te faire plaisir, dit-elle avec douceur.

Il soutint son regard un long moment avant de lancer avec désinvolture :

— Alors tu n'auras aucun mal à te rappeler comment il faut faire.

Bailey inclina la tête.

— D'accord, nous ferions mieux de partir sans tarder.

La zone de recherche étant accidentée, Wyatt estima qu'ils gagneraient du temps en s'y rendant à cheval plutôt qu'avec le camion. Et il leur serait alors plus facile d'aller partout.

Après plus d'une heure à galoper à travers champs et bois, ils entendirent enfin Daisy. La petite génisse beuglait de façon pathétique, déchirante. Elle appelait sa mère.

— Elle est par là, s'exclama Bailey en pointant la direction du doigt.

— Je serais arrivé à la même conclusion tout seul, dit-il, amusé qu'elle prenne les choses en main.

— Allons-y, répondit-elle en talonnant les flancs de sa jument.

Elle partit au galop, pressée d'atteindre le jeune animal, manifestement en détresse.

Wyatt l'imita. Quand ils découvrirent la petite Daisy, ils comprirent vite la raison de ses cris affreux. Elle était coincée dans des ronces.

Bailey se laissa glisser à terre pour s'approcher d'elle.

— Dans quoi t'es-tu fourrée, Daisy ? demanda-t-elle en l'examinant. Et pour commencer, pourquoi t'es-tu sauvée ?

— Tant de veaux sont nés cette saison, dit Wyatt, qu'elle a sans doute voulu attirer l'attention sur elle en s'enfuyant.

— Daisy ne tient pas ce genre de raisonnements. Elle n'est pas un être humain, répondit Bailey avec un petit rire.

Wyatt s'accroupit à côté d'elle.

— Les êtres humains ne devraient pas non plus tenir ce genre de raisonnements, dit-il avec douceur.

Il faisait allusion à la façon dont elle l'avait quitté, comprit Bailey. Mais en réalité, elle n'était pas partie dans l'espoir d'attirer son attention. Le fait qu'il ne se souciait pas beaucoup d'elle à l'époque n'avait été que la goutte qui avait fait déborder le vase. L'indifférence de Wyatt l'avait simplement aidée à prendre sa décision, à écouter son cœur.

Après avoir examiné avec soin l'animal, elle se tourna vers Wyatt.

— Elle n'a rien de cassé. Elle ne souffre que de quelques égratignures… et de la faim. À mon avis, elle a eu très peur.

Plantant les yeux dans ceux de Daisy, elle lui dit avec gravité :

— Ne recommence jamais ça, compris ? Ta maman et le troupeau te protègent. Tu es trop petite pour te défendre toute seule.

Comme si elle comprenait le message, Daisy beugla une fois de plus.

— Je vais la hisser sur ma selle pour la ramener, dit Wyatt à Bailey.

— Parfait, dit-elle en se levant.

Mais lorsque Wyatt voulut la prendre dans ses bras, Daisy se remit à s'agiter et à meugler.

Bailey lui parla d'une voix douce et apaisante :

— Ta maman est trop loin, elle ne peut pas t'entendre. Alors calme-toi.

— Je préfère l'attacher pour la sécuriser, dit Wyatt en déposant le veau à côté de son pommeau de selle.

En le regardant faire, Bailey fronça les sourcils.

— Nous aurions dû venir avec le camion, dit-elle. Il aurait été plus simple de la transporter.

— Nous ne l'aurions sans doute pas retrouvée, répliqua-t-il. Ne t'inquiète pas. Cela va prendre un peu plus de temps, voilà tout.

Chevaucher avec Daisy ne fut pas une mince affaire. Contrariée d'être ficelée comme un saucisson, la génisse n'arrêtait pas de gigoter en beuglant comme une perdue et Wyatt eut bien du mal à la tenir.

Ils étaient encore loin de l'étable du Crooked C quand Bailey tira brusquement sur ses rênes.

— Wyatt ! Arrête-toi ! cria-t-elle en le voyant continuer à galoper.

— Ne l'écoute pas, Bailey. Elle se calmera dès que nous arriverons et qu'elle retrouvera sa mère.

— Le problème n'est pas Daisy. Regarde !

Elle désignait du doigt quelque chose dans l'herbe au loin. De là où il se trouvait, Wyatt n'arrivait pas à distinguer de quoi il s'agissait.

— Regarde quoi ?

D'un coup de talon, Bailey fonça vers la forme qu'elle ne réussissait pas, elle non plus, à identifier. Mais lorsqu'elle y parvint, elle se sentit blêmir. Incapable d'en croire ses yeux, elle se laissa glisser de selle. C'était affreux.

— Wyatt, viens vite !

Le ton sur lequel elle le lui ordonna poussa Wyatt à galoper plus vite, au grand dam de Daisy qui se remit à meugler. Et soudain, Wyatt comprit ce qui bouleversait Bailey. Le corps à moitié dévêtu d'une jeune femme gisait par terre, dissimulé en partie par les herbes hautes. Elle portait une robe du soir bleue.

— Est-elle…

Bailey hocha la tête d'un air hébété.

— Oui, je crois qu'elle est morte, dit-elle, devançant la question de Wyatt.

Abasourdi, il se rapprocha.

— Bailey, peux-tu tenir le veau, un instant ? demanda-t-il en descendant de cheval.

Il garda une main sur Daisy jusqu'à ce que Bailey prenne le relais.

— Empêche-la de tomber. Je l'ai attachée mais si elle continue à s'agiter, elle glissera et se fera encore plus mal.

Bailey hocha la tête. Se forçant à détourner les yeux du cadavre, elle s'occupa de la génisse.

Agenouillé près de la jeune femme, Wyatt chercha son pouls. Elle avait déjà la peau grise, ce qui n'augurait rien de bon.

Elle était bien morte, constata-t-il, et probablement depuis plusieurs heures. Mais ce serait au légiste de le déterminer.

Comme il restait silencieux, Bailey lui lança :

— La reconnais-tu ?

Wyatt secoua la tête.

— Je ne l'avais jamais vue auparavant, j'en suis certain. Cela dit, elle est peut-être du coin mais je ne vois pas de sac à main ni rien qui permettrait de l'identifier.

Il se leva en s'époussetant.

Incapable de quitter la morte des yeux, Bailey demanda :

— Penses-tu que la même personne soit responsable ?

Wyatt ne comprit pas.

— Que veux-tu dire ?

Bailey fut surprise que l'hypothèse ne l'ait pas traversé.

— Il pourrait y avoir un lien entre cette inconnue assassinée et ce qui est arrivé à ton taureau.

— Pourquoi ? insista Wyatt qui ne voyait toujours pas le rapport entre les deux événements. J'ai déjà dit que je ne connaissais pas cette femme.

— Mais elle se trouve sur ta propriété… Quelqu'un essaie peut-être de te faire accuser du meurtre…

— Quoi ? C'est aberrant, rétorqua-t-il en rejetant cette hypothèse.

— Mais possible, lui rappela-t-elle.

Daisy se tortillait de plus en plus.

— Qu'allons-nous faire ? demanda Bailey. Il n'est pas possible de la laisser ici. Son meurtrier pourrait revenir et essayer de faire disparaître le corps. Ou des coyotes pourraient…

— C'est vrai mais il ne faut pas la déplacer nous-mêmes et risquer de polluer la scène de crime, de détruire d'éventuels indices… Sans compter qu'un tel geste nous impliquerait – en tout cas, moi – encore plus.

Avisant l'expression de Bailey, il poursuivit :

— Quoi ? Il m'arrive de regarder des séries policières et il est toujours déconseillé de bouger un cadavre avant l'intervention des autorités.

— Je suis étonnée que tu saches allumer ton poste, c'est tout. Autrefois, tu étais toujours trop fatigué pour suivre quoi que ce soit à la télévision, le soir, se souvient-elle.

— Oui, eh bien, quand tu n'as personne à qui parler, tu cherches parfois quelque chose pour combler le silence.

Se raclant la gorge, Wyatt reporta son attention sur la morte.

— Rentre à la maison avec le veau et appelle Trey, dit-il à Bailey. Demande-lui de venir ici.

Bailey le dévisagea avec scepticisme.

— Es-tu sûr de vouloir rester avec elle ?

Il ne comprit pas le sens de sa question.

— Pourquoi pas ?

Elle haussa les épaules.

— Je ne sais pas. Ta présence auprès du cadavre d'une femme assassinée pourrait donner aux gens de mauvaises idées.

Wyatt rejeta son inquiétude d'un haussement d'épaules.

— Tu es parano.

— Mieux vaut prévenir que guérir, répliqua-t-elle.

L'instinct de Bailey lui soufflait que la prudence était de mise.

— Pourquoi ne ramènerais-tu pas, toi, le veau à sa mère pendant que moi, je reste avec cette malheureuse ? poursuivit-elle.

Wyatt secoua la tête avec force.

— Et faire de toi une cible idéale au cas où l'assassin déciderait de revenir ? Non, très mauvaise idée. Pas question de te laisser ici avec le corps d'une inconnue.

Elle soupira. Wyatt avait toujours été très protecteur. Cela dit, dans ce cas précis, il n'avait sans doute pas tort. Et elle aimait le fait qu'il veille sur elle. Mais ils étaient dans l'impasse.

— Y a-t-il du réseau par ici ? demanda-t-elle soudain.

Préoccupé par la présence sur ses terres du cadavre d'une femme, Wyatt dévisagea Bailey sans comprendre.

— Un réseau ? Quel réseau ?

Elle sortit son smartphone et l'agita devant lui.

— Y a-t-il moyen de passer un coup de fil à partir d'un téléphone portable ?

— Je n'en sais rien. Je n'ai jamais essayé de me servir du mien par ici.

En réalité, il n'utilisait pratiquement jamais cet appareil qui avait permis trop longtemps à son père de le suivre à la trace, de le traquer.

Bailey secoua le téléphone devant lui avec un sourire triomphant.

— Heureusement, j'ai pensé à prendre le mien !

13

Le shérif Trey Colton tourna un long moment autour de la morte pour l'examiner sous tous les angles.

— Elle n'a manifestement pas été tuée ici, finit-il par lancer à Wyatt et à Bailey.

— Qu'est-ce qui te fait dire ça ? s'enquit Bailey, même si les paroles de Trey la rassuraient.

— Il n'y a aucune trace de lutte. Elle a été étranglée, fit-il remarquer en leur montrant les marques des doigts qui ornaient le cou de la malheureuse. Elle s'est probablement défendue et si elle avait été assassinée ici, il y aurait des empreintes sur le sol.

Trey les dévisagea l'un et l'autre avec gravité.

— Comment êtes-vous tombés sur elle ? demanda-t-il. Quelqu'un m'a dit au téléphone qu'un cadavre de femme avait été découvert sur tes terres, Wyatt. Mais sans me donner aucun détail.

— Un des veaux manquait à l'appel, ce matin. Nous avons pensé qu'il s'était échappé et, avec l'aide de trois de mes ouvriers agricoles, nous sommes partis à sa recherche.

— Et apparemment, vous n'avez pas trouvé que cet animal, murmura le shérif, notant les détails dans un petit calepin qu'il emportait toujours avec lui.

— C'est sûr, dit Bailey.

Deux heures plus tôt, elle avait non seulement prévenu les autorités de leur macabre découverte mais elle avait également appelé Fox pour lui demander de ramener le veau à sa mère.

Il était arrivé peu avant le shérif. Lui non plus n'avait jamais vu la morte. Il avait pris en charge Daisy et il venait de partir avec l'animal attaché à l'arrière de son camion lorsque Trey avait, à son tour, débarqué sur les lieux.

— Reconnais-tu cette femme ? demanda Bailey au shérif, dans l'espoir d'une réponse positive.

Elle ne pouvait s'empêcher de penser que, quelque part, une mère s'inquiétait de la disparition de sa fille.

Bailey s'exprimait comme s'il était évident pour elle qu'il connaissait la jeune morte.

— Non, répondit Trey d'un ton surpris. Pourquoi cette question ? Qui est-elle ?

— Nous n'en savons rien, dit Wyatt. Nous espérions que tu serais capable de l'identifier.

Trey posa les yeux sur son cousin.

— Tu ne l'avais jamais vue avant de tomber sur son cadavre ?

— Jamais, répondit Wyatt d'un ton sans réplique.

— Avez-vous, l'un ou l'autre, une idée de la façon dont elle est arrivée ici ? poursuivit Trey, regardant tour à tour Wyatt et Bailey.

Par nature, il était toujours très tatillon. Il ne les interrogeait pas ainsi parce qu'il les soupçonnait du meurtre ou qu'il voulait les mettre mal à l'aise. Mais Wyatt aurait vraiment préféré qu'il soit un peu plus détendu.

Il haussa les épaules.

— Je n'en ai pas la moindre idée. Tu devrais montrer sa photo au Lodge et au Château, suggéra-t-il. Peut-être y séjournait-elle avant le drame.

— Il s'agit peut-être d'une escorte, intervint Bailey, se demandant quel terme employer pour ne pas manquer de respect à une défunte.

Trey opina comme s'il avait déjà décidé de faire ce que

Wyatt lui conseillait. Les lèvres serrées, il reporta son attention sur ce dernier.

Devinant le malaise de son cousin, Wyatt se blinda intérieurement et l'encouragea d'un mouvement de tête à dire ce qu'il avait sur le cœur.

— Je suis désolé d'avoir à te poser cette question, Wyatt, mais il le faut. Où étais-tu hier entre midi et 9 heures ?

— Tu penses que c'est le moment où elle a été tuée ? demanda Bailey, interrompant la conversation.

— En effet, dit Trey. Nous ne connaîtrons l'heure exacte que lorsque le médecin légiste aura eu la possibilité de pratiquer une autopsie.

— J'étais sur mes terres, dans les champs, répondit Wyatt.

Trey griffonna dans son calepin.

— Seul ?

— La plupart du temps.

— Mais pas tout le temps, coupa Bailey. Écoute, Trey, tu es le cousin de Wyatt. Tu sais bien que la seule chose qu'il ait à se reprocher est de trop travailler. Il n'a tué personne, insista-t-elle.

À en juger à son expression, Trey était tout à fait d'accord.

— Je le sais. Malheureusement, mes convictions ne doivent pas entrer en ligne de compte. Un shérif s'attache aux faits, rien qu'aux faits. As-tu un alibi, Wyatt ? reprit-il.

— Moi, répondit Bailey. J'étais avec lui, je suis son alibi.

Mais Wyatt secoua la tête, démentant ce qu'elle venait d'affirmer.

— J'apprécie ton aide, Bailey. Mais non, ajouta-t-il en se tournant vers le shérif, nous n'avons pas été tout le temps ensemble. J'avais quelque chose à voir et j'y suis allé seul.

Il était retourné à l'endroit où ils avaient découvert le cadavre de Brahma. Il ne l'avait pas dit à Bailey et maintenant, il hésitait à en parler au shérif.

Trey opina et nota ces déclarations avec soin.

— Merci de ta sincérité, Wyatt. Je reviendrai vers toi dès que j'aurai une heure de décès plus précise, ajouta-t-il.

Glissant son calepin dans sa poche, Trey se dirigea vers l'adjoint qui photographiait le cadavre de la jeune femme ainsi que les environs immédiats.

— Mon taureau a été empoisonné, lança soudain Wyatt.

Surpris, Trey se retourna pour dévisager son cousin.

— Peux-tu répéter ce que tu viens de dire, s'il te plaît ?

— Brahma.

Bailey prononça le nom du taureau avant que Wyatt ait eu la possibilité de le faire.

— Le taureau dix fois primé de Wyatt a été tué avant-hier, ajouta-t-elle.

Trey revint vers eux.

— Que s'est-il passé ?

Ressortant son bloc-notes, il y trouva une feuille vierge et écrivit le résumé des événements que lui donna Wyatt.

— Hier matin, nous avons trouvé Brahma dans son champ. Il était mort. Bailey a fait une… Redis-moi le mot, je t'en prie, demanda Wyatt en se tournant vers elle.

— Une nécropsie. C'est une autopsie pratiquée sur un animal, ajouta-t-elle à la vue de la perplexité du shérif.

Trey hocha la tête, notant le terme.

— Continue. Je suppose que cet examen t'a appris quelque chose.

— La cause de sa mort, oui, confirma-t-elle. Il s'avère que le taureau a été empoisonné.

— En es-tu sûre ? demanda-t-il.

— Sûre et certaine, répondit-elle sans hésiter.

— Qui aurait pu faire une chose pareille ? s'enquit-il. En avez-vous une idée ?

Trey posait la question à l'un et à l'autre mais seul Wyatt répondit.

— J'ai mon idée et elle est très précise. Malheureusement, je n'ai rien pour le prouver.

— Qui ? voulut savoir Trey.

— Everett Olson, répondit Wyatt. Il essaie d'acheter mon ranch depuis que je l'ai. Et manifestement, il ignore le sens du mot « non », ajouta-t-il.

Trey ne répondit rien, se contentant de hocher la tête tout en écrivant.

— Est-il concevable que la personne qui a tué Brahma ait également assassiné cette femme ? s'enquit Bailey.

— Tout est possible, répondit le shérif sans s'engager. Pour le moment, nous ne pouvons exclure aucune hypothèse. Mais je garderai à l'esprit ce qu'il est arrivé à ton taureau lorsque j'interrogerai les gens.

Il consulta sa montre.

— Je me demande ce qui retarde le médecin légiste, dit-il. Ce n'est pas comme s'il était débordé par les découvertes de cadavres.

Bailey remarqua le regard sombre de Wyatt qui se détourna de son cousin.

Il s'attendait à des ennuis, devina-t-elle.

En chuchotant pour que Trey ne puisse l'entendre, elle demanda à Wyatt :

— Ça se présente mal pour toi, hein ?

— Le cadavre d'une femme a été retrouvé sur ma propriété, répondit-il. Elle a été assassinée. Alors, en effet, le pire est à craindre. Cette découverte va forcément provoquer des remous au sein de la population locale…

— Mais tu m'as dit que tu ne la connaissais pas, que tu ne l'avais jamais rencontrée, lui rappela-t-elle.

Elle l'avait évidemment cru. Wyatt ne lui avait jamais menti au cours de leur vie conjugale.

— Je ne l'avais jamais vue. Mais cela n'empêchera pas les gens du coin de spéculer, de faire courir des ragots. Et de m'accuser du crime.

Bailey fit de son mieux pour paraître optimiste.

— N'imagine pas tout de suite le pire. Ils te surprendront peut-être en bien, dit-elle.

Mais voilà longtemps que Wyatt avait perdu son optimisme.

— J'en doute fortement.

Il jeta un coup d'œil à son cousin qui s'entretenait avec l'un de ses adjoints.

— Maintenant, rentrons voir comment se porte Daisy. Ici, nous ne sommes d'aucune utilité, dit-il à Bailey.

Elle hocha la tête et ils se dirigèrent vers leurs chevaux.

L'expression peinte sur le visage de Wyatt lui brisait le cœur.

— Tout ira bien, dit-elle, s'efforçant de lui dissimuler ses propres inquiétudes.

Sans conviction, il lui adressa un sourire douloureux.

Bailey souffrait pour lui. Elle savait à quel point la mort du taureau l'affectait. Malheureusement, elle ne pouvait rien faire pour le réconforter.

Wyatt n'avait jamais été un boute-en-train mais autrefois, il ne se fermait pas comme une huître pour ruminer ses malheurs comme il le faisait actuellement.

Bailey ne put s'empêcher de se demander si elle n'était pas à l'origine de son changement de caractère.

Sa rupture avec Wyatt et son départ de Crooked C avaient-ils été le catalyseur qui avait poussé Wyatt à rentrer dans sa coquille ? Leur divorce l'avait-il transformé au point de faire de lui un homme sombre qui imaginait toujours le pire ?

Si elle était la cause de sa mélancolie, elle devait absolument tenter d'y remédier. Parce que voir Wyatt ainsi lui était insupportable. Il se comportait comme s'il était certain que tout irait de mal en pis, que le ciel deviendrait forcément de plus en plus noir.

Malheureusement, elle ne savait pas comment le sortir de cet état.

En revanche, elle se promit de ne pas repartir avant d'avoir trouvé, avant d'avoir ramené Wyatt dans un monde où le soleil brillait et où il était possible de croire aux lendemains qui chantent.

Il ne fallut pas longtemps pour que les habitants du coin apprennent que le cadavre d'une inconnue avait été découvert sur la propriété de Wyatt.

À peine le légiste avait-il emporté le corps à l'institut médico-légal de Roaring Springs pour l'autopsier que les gens se rassemblèrent pour en discuter et pour réclamer à cor et à cri la tête de Wyatt.

Wyatt, quant à lui, se rendit vite compte qu'il ne pouvait pas rester au ranch pour travailler en faisant comme si de rien n'était. Il avait besoin de savoir si les membres du bureau du shérif avaient progressé, s'ils avaient démasqué le meurtrier ou, au moins, identifié la femme assassinée.

Il décida d'aller aux nouvelles, de se rendre en ville. Avant de partir, il ordonna à Bailey de demeurer au ranch. Il voulait être sûr que rien ne lui arriverait en son absence. Mais elle refusa catégoriquement de rester à l'écart.

J'aurais dû m'en douter, pensa-t-il avec lassitude.

— Arrête, Bailey, dit-il. Je tiens seulement à m'assurer que tu seras en sécurité.

Mais elle n'avait pas l'intention d'obéir.

— Wyatt, nous ne sommes plus mariés, lui rappela-t-elle. L'époque où tu me donnais des ordres et où tu me disais ce que je devais faire est révolue.

Il eut un rire amer.

— Si ma mémoire est bonne, cette époque n'a jamais existé. Même quand nous étions mariés, tu n'en faisais qu'à ta tête.

— Eh bien, c'est encore plus vrai maintenant que nous

ne le sommes plus. Je t'accompagne, répéta-t-elle d'un ton sans réplique.

Wyatt soupira. Il n'avait aucune envie de se disputer avec elle. D'ailleurs, la présence de Bailey l'aiderait peut-être dans ses démarches, après tout.

— D'accord, viens avec moi mais si les gens deviennent agressifs, tu t'en iras. Promis ?

— Agressifs ? répéta-t-elle, amusée. S'ils se mettent à mordre, par exemple ?

Elle fut satisfaite de le voir esquisser un sourire.

Visiblement, il était contrarié mais, conscient qu'il avait peu de chances de sortir gagnant d'une discussion avec Bailey, il céda.

— Très bien, tu peux m'accompagner.

Comme s'il avait pu imaginer qu'elle le laisserait se rendre en ville sans elle, songea Bailey.

Tout en grimpant dans le camion, elle lui sourit.

— Bonne réponse.

La situation en ville était pire que tout ce qu'ils avaient imaginé. Dès que quelqu'un avait rapporté qu'une femme assassinée avait été découverte sur les terres de Wyatt, la presse s'était emparée de l'affaire pour en faire ses choux gras.

Chaque mot lu dans les journaux ou sur Internet avait attisé la colère des habitants de Roaring Springs et de ses environs. L'ennui et l'inactivité avaient préparé le terrain. Les articles publiés, tous orientés pour vendre le plus de papier possible, avaient jeté de l'huile sur le feu.

Maintenant, la foule voulait du sang.

Dès que Wyatt se gara devant le bureau du shérif, des gens commencèrent à converger vers eux en criant.

Les paroles lancées n'étaient peut-être pas très claires mais le ton comme l'ambiance l'étaient.

Wyatt se pencha vers Bailey pour lui murmurer à l'oreille :

— Ils semblent décidés à jouer les justiciers… Ils vont finir par nous lyncher, non ?

— Ce n'est pas drôle, répliqua Bailey.

Elle ne s'inquiétait pas pour elle mais Wyatt s'exprimait d'un ton combatif et elle craignait que la situation ne s'envenime.

— Je n'essayais pas d'être drôle, répondit-il, l'air sombre.

Au milieu d'une foule, la plupart des individus laissaient parler leurs pires instincts, pensa Wyatt. Cela avait toujours été le cas.

Protégeant Bailey de son corps, il la poussa dans le bureau du shérif. Une fois à l'intérieur, il claqua rapidement la porte pour empêcher les gens d'entrer. Ce n'est qu'alors qu'il promena les yeux autour de lui.

Trey s'approcha. Il tira le verrou avant que quelqu'un fasse irruption.

Il se tourna alors vers eux.

— Que faites-vous ici, tous les deux ? Je ne vous avais pas demandé de venir.

— Je n'avais pas besoin de ta permission, rétorqua Wyatt.

Bailey lui lança un regard désapprobateur et, comprenant le message, il baissa d'un ton.

— Je voulais savoir où en était l'enquête.

Trey fronça les sourcils, mécontent du peu de résultats de ses investigations.

— Au même point qu'hier. C'est-à-dire au point mort. Il y a cependant un petit élément nouveau.

— Lequel ? demanda Bailey, excitée.

Elle avait tellement hâte que l'enquête aboutisse et que Wyatt soit innocenté !

— J'ai estimé nécessaire de me récuser, leur annonça Trey.

Ce n'était pas ce qu'ils avaient espéré entendre.

— Pourquoi ? demanda-t-elle.

— En fait, expliqua Trey, j'ai compris qu'il était dans

l'intérêt de Wyatt que je me décharge de ce dossier. Les gens prétendent déjà que tu bénéficies d'un traitement de faveur sous prétexte que tu es un Colton. Inutile d'apporter de l'eau à leurs moulins.

— Un traitement de faveur ? répéta Bailey, exaspérée. En quoi bénéficie-t-il d'un traitement de faveur, j'aimerais bien le savoir.

— Parce qu'il n'est pas en prison, répondit Trey.

— Mais il n'a rien fait ! cria-t-elle.

— Les habitants de Roaring Springs pensent qu'il l'a tuée, dit Trey. En tout cas, l'enquête n'ira nulle part tant que j'en serai chargé. J'ai donc décidé de la confier à Daria Bloom, ajouta-t-il, désignant d'un mouvement de tête celle qu'il considérait comme son meilleur adjoint.

— Sans vouloir manquer de respect à Daria, dit Wyatt, à quoi vas-tu t'occuper, toi, alors ?

— Rassure-toi, je resterai à mon poste et je superviserai l'affaire, mais comme simple conseil. Pour ne pas contrarier les citoyens de Roaring Springs.

— Eh bien, s'ils sont contents, c'est l'essentiel, dit Wyatt sarcastiquement.

— Ne vous inquiétez pas, monsieur Colton, dit Daria de sa voix calme et rassurante. J'ai l'intention de mener une enquête approfondie et d'aller au fond des choses. Je suivrai toutes les pistes et je me fais fort de découvrir qui a tué cette jeune femme.

Protester ne servirait à rien, Wyatt le savait. Le mieux était sans doute de coopérer.

— N'hésitez pas à me demander tout ce que vous avez besoin de savoir pour aboutir.

Soulagée que le cousin du shérif n'aille pas lui mettre des bâtons dans les roues, elle hocha la tête.

— J'en avais bien l'intention.

14

Lorsque Wyatt et Bailey rentrèrent au ranch, plusieurs des ouvriers agricoles les attendaient. Fox leur avait appris que le cadavre d'une femme assassinée avait été découvert à l'extrémité nord du domaine.

Les hommes avaient l'air à la fois inquiets et remplis d'espoir.

Hank fut le premier à parler.

— Hé, de retour, patron ? Tout va bien ?

Il semblait retenir son souffle, dans l'attente d'une réponse positive.

Wyatt sauta à terre, Bailey l'imitant de son côté.

— Tout dépend de ta définition de « Tout va bien », répondit Wyatt. Cette malheureuse femme n'a toujours pas été identifiée, son meurtrier non plus.

Murphy fronça les sourcils. Depuis qu'ils avaient entendu parler du corps abandonné dans un coin de la propriété, les spéculations allaient bon train.

— Tant qu'ils ne vous mettent pas le crime sur le dos, c'est tout ce qui compte, déclara l'ouvrier agricole.

Ils ne m'ont pas encore accusé du crime mais tout pourrait changer bientôt, pensa Wyatt.

Il n'avait pas encore été innocenté.

Parce qu'il avait toujours été honnête avec ses hommes, Wyatt préféra leur dire la vérité.

— J'ai l'impression qu'ils me considèrent toujours comme le principal suspect.

Voyant l'inquiétude peinte sur le visage de certains, il essaya d'ajouter une note rassurante.

— Mais pour l'instant, même si son cadavre a été retrouvé sur mes terres, ils n'ont rien qui m'impliquerait dans le meurtre.

— Parce que tu ne l'as pas tuée, déclara Bailey.

— Que vas-tu faire ? demanda Fox.

Après avoir ramené Daisy à sa mère, Fox avait décidé d'attendre le retour de Wyatt et de Bailey au Crooked C.

Heureux de le voir, Wyatt le salua d'un mouvement de tête.

— Je vais travailler sur le ranch en attendant que l'enquête aboutisse, répondit-il.

— Ça me paraît bien, renchérit Bailey. Dis-moi seulement ce que tu veux que je fasse.

— Je vais te le dire. Mais si cela ne vous ennuie pas, ajouta Wyatt en se tournant vers ses hommes et vers Fox, j'aimerais un peu d'intimité, les gars.

— Bien sûr, répondit Hank.

— À plus tard, dit Murphy.

Jennings se contenta de hocher la tête avant de s'éloigner.

Fox lui fit un signe de la main.

— Je rentre chez moi, dit-il à Wyatt. Daisy est avec sa maman et elles ont l'air d'aller bien, l'une et l'autre.

— Merci, Fox. Merci pour tout ce que tu as fait pour moi.

Fox écarta d'un geste les remerciements de Wyatt.

— Tu aurais fait la même chose pour moi, j'en suis certain, répondit-il tout en rejoignant son véhicule.

Bailey attendit d'être seule avec Wyatt pour répéter :

— Bon, maintenant, dis-moi ce que tu attends de moi.

— Ce que je veux, dit Wyatt, pesant chacun de ses mots, c'est que tu quittes le ranch.

Ce n'était pas la réponse qu'elle attendait et, un bref

instant, Bailey accusa le coup. Mais très vite, elle redressa les épaules et se prépara au combat.

— Écoute, Wyatt, je…

Il leva la main pour l'empêcher de poursuivre.

— Non, Bailey, écoute-moi, toi. Maintenant que la presse de caniveau m'a désigné comme coupable et que toute la population de Roaring Springs fait chorus, tu n'es plus en sécurité au ranch. Je refuse de t'exposer au danger, poursuivit-il avec force, parlant vite pour ne pas lui laisser la possibilité de protester. Dès que le tueur aura été démasqué et arrêté, dès que tout sera fini, tu reviendras et nous reprendrons nos activités là où nous nous les avons laissées. Nous pourrons alors songer sérieusement à « faire un bébé », ajouta-t-il pour la rassurer, lui faire comprendre qu'il n'envisageait pas un avenir avec elle.

Tels des rayons laser, les yeux de Bailey figèrent Wyatt sur place.

— As-tu fini ? demanda-t-elle.

Estimant qu'il avait en effet dit ce qu'il avait à dire, il hocha la tête :

— Oui.

— Tant mieux, répondit-elle d'une voix nette. À mon tour de parler : je ne pars pas.

Wyatt lui prit le bras pour l'entraîner à l'écart, plus près de la maison et loin de ses hommes.

— Bailey, tu le sais, j'apprécie beaucoup ce que tu…

Elle se libéra de son emprise, son expression s'assombrit.

— Je me moque de ton appréciation, Wyatt. Je reste parce que je *sais* que tu ne ferais pas de mal à une mouche et que tu serais encore moins capable de tuer quelqu'un. Si je m'en allais, tout le monde penserait que j'ai peur que tu sois le tueur.

Le voyant ouvrir la bouche pour répliquer, elle secoua la tête. Elle n'avait pas terminé et elle tenait à ce qu'il entende tout ce qu'elle avait à dire.

— Je connais mieux les gens que tu le crois, Wyatt. Il suffit parfois d'un rien pour embraser une foule. Je refuse d'être l'étincelle qui mettra le feu à Roaring Springs, qui déclenchera la colère de ses habitants.

— Bailey, grommela Wyatt avec lassitude.

— Ne te fatigue pas. Tu peux me sortir tous les arguments de la terre, tu ne me feras pas changer d'avis. En outre, nous savons tous les deux qui si nous commençons à discuter, tu ne tiendras pas longtemps. Contrairement à moi. Sur ce terrain, je ne crains personne et je te battrai à plates coutures.

Elle prit une profonde inspiration avant de continuer.

— Maintenant, excuse-moi, je n'ai pas de temps à perdre en vaines palabres. J'ai une génisse à soigner. Je suppose que Fox l'a mise dans l'étable avec sa mère, ajouta-t-elle en se dirigeant vers ce bâtiment.

Wyatt secoua la tête.

— Bailey, j'ai à la fois envie de t'étrangler et de te prendre dans mes bras.

— Eh bien, si j'ai voix au chapitre, je vote pour cette seconde option, répliqua-t-elle.

Sachant aussi bien qu'elle qu'il n'y avait en réalité qu'un choix possible, Wyatt la prit dans ses bras.

— Je devrais t'obliger à partir.

Elle pencha la tête pour le regarder en face.

— Pour avoir une chance d'y parvenir, il te faudrait faire appel à l'armée.

Puis se hissant sur la pointe des pieds, elle murmura à son oreille :

— Tout ira bien, Wyatt. Je te le promets.

Il aurait voulu le croire.

— Que se passe-t-il ? demanda Russ Colton d'une voix tonitruante.

En entrant dans la maison, le vieux patriarche poussa si fort la porte qu'elle frappa violemment le mur. Russ n'y prêta aucune attention. Comme à son habitude, il fit irruption chez son fils comme s'il était chez lui.

Plus de vingt-quatre heures s'étaient écoulées depuis la découverte du cadavre. Wyatt et Bailey s'efforçaient d'oublier le drame en travaillant au ranch comme si rien d'autre ne comptait à leurs yeux.

Mais apparemment, tout conspirait à leur interdire de se retrancher loin du monde.

Sur le point de se lancer dans un des sermons culpabilisateurs dont il avait le secret, Russ s'interrompit brusquement en remarquant la présence de Bailey. Sans chercher à dissimuler sa contrariété, il la fusilla du regard.

— Vous êtes toujours là, vous ? lança-t-il.

Bailey s'apprêtait à lui répondre mais manifestement, le vieil homme se moquait bien de ce qu'elle avait à dire. Comme il voulait s'entretenir avec Wyatt en tête à tête, il espérait qu'elle le comprendrait et se retirerait.

Estimant que Russ n'avait pas lui à dicter sa conduite, Bailey répliqua gaiement :

— Oui, je suis toujours là.

Elle se doutait que sa joie affichée irriterait le vieillard mais, comme il n'avait jamais bien traité Wyatt, elle prenait un malin plaisir à l'agacer.

Lui tournant le dos avec dédain, Russ reporta son attention sur son fils.

— Tu ne m'as pas répondu, dit-il.

Wyatt poussa un gros soupir. Il était impossible d'avoir une conversation, un échange, avec son père, il en avait fait l'amère expérience depuis des années. Russ Colton ignorait le sens du mot « dialogue ». Wyatt savait qu'il lui faudrait subir un monologue teinté de conseils, de reproches et de réflexions culpabilisantes.

Pourtant, il tenta de s'expliquer :

— Une de mes vaches laitières est sur le point de mettre bas et…

Russ secoua la tête. Ses yeux lançaient des éclairs.

— Je me moque de tes vaches ! Il est temps de cesser de jouer au rancher. Rien de tout cela ne serait arrivé si tu étais resté à ta place, cria-t-il, les veines de son cou gonflées de colère.

— Et où est ma place, d'après toi, papa ? demanda cyniquement Wyatt.

Russ semblait sur le point d'exploser. Il n'était pas habitué à être défié. En général, les gens lui obéissaient sans discuter.

— Tu le sais très bien, hurla-t-il. Tu dois venir travailler avec moi ! Et te préparer à reprendre le flambeau, à gérer l'empire que j'ai bâti pour vous tous.

Ils avaient eu cette discussion des dizaines de fois. Son père lui avait déjà sorti les délires dont il se délectait. Russ Colton se plaisait à s'imaginer à la tête d'un empire industriel.

— Tu n'as pas créé d'empire, papa, rappela Wyatt. Mais une entreprise pour laquelle je n'ai aucune envie de travailler ou d'être associé. Ma place est dans mon ranch. C'est là que j'ai envie d'être et nulle part ailleurs, ajouta-t-il.

— En attendant d'être arrêté pour meurtre par un sous-fifre du bureau du shérif, c'est ça ? rétorqua Russ d'un ton moqueur. Maintenant, cesse de dire des bêtises et écoute-moi…

— Non, répondit Wyatt, élevant la voix pour se faire entendre.

Son père adorait terrifier son entourage en hurlant mais il refusait de se laisser faire.

— C'est toi qui vas m'écouter, papa. Ton arrogance, ta façon de te considérer au-dessus des hommes et des lois explique en grande partie la haine des habitants de

Roaring Springs envers les Colton. Et c'est la raison pour laquelle, par ricochet, les gens me suspectent de meurtre...

Russ écarquilla les yeux, incrédule.

— Oh ! alors maintenant, tout est ma faute ? lança-t-il.

— Oui, répondit Wyatt. Ton côté autoritaire, dominateur, te rend insupportable. Les jeux de pouvoir menés par des richards dans ton genre exaspèrent tout le monde. Ton comportement n'impressionne personne, papa. Il met en colère tous ceux qui le subissent. Tellement en colère qu'ils en viennent à chercher le moindre défaut, la moindre faille dans l'armure, pour avoir la possibilité d'abattre les petits chefs comme toi.

— Ne me dis pas que tu n'as pas d'autre ambition que d'élever du bétail sur ce lopin de terre, comme un péquenot borné ! s'exclama Russ. Pas toi, Wyatt ! Tu es trop intelligent pour te satisfaire d'une existence de minable !

— Non, je suis trop intelligent pour me laisser intimider par un tyran, papa. Il m'a fallu du temps pour comprendre ton désir d'écraser ceux qui ne se plient pas à tes quatre volontés. Mais maintenant, c'est fait et je refuse de me soumettre à tes diktats. Je suis seul maître de mon destin. Tu n'as plus d'ordre à me donner.

Les yeux de Russ étincelèrent d'une rage à peine contenue.

— Tu n'es qu'un imbécile !

— Peut-être. Mais c'est mon choix, répliqua Wyatt.

Russ Colton tourna les talons et se dirigea vers la porte.

— Tu n'as pas volé ce qui te tombe dessus, espèce d'ingrat ! lâcha-t-il.

— Je pourrais te dire la même chose, répliqua Wyatt.

Pour toute réponse, il entendit la porte d'entrée claquer. Avec force. Le bruit résonna dans tout le rez-de-chaussée de la maison.

Wyatt regarda Bailey.

— Ça va ? demanda-t-il, inquiet de la manière dont elle pourrait réagir à la brutalité de son père.

— L'ouragan Russ a frappé, mais apparemment, je suis toujours debout, répondit-elle avec un sourire. Et toi ? Il ne t'a pas ménagé.

Même dans ses pires moments, le père de Bailey n'avait jamais été odieux avec elle comme Russell Colton l'était avec son fils.

Wyatt se contenta de hausser les épaules.

— Je suis habitué à ses sorties, dit-il à Bailey. Il n'a jamais été quelqu'un sur qui je pouvais m'appuyer. La plupart du temps, il n'était même pas là, autrefois. Et les rares fois où il l'était, il était invivable. Mon père a toujours été persuadé que le monde tournait autour de lui et que sa progéniture devait se comporter comme lui. Pour nous terrifier, il passait son temps à hurler, à déverser sa colère sur nous. Pour nous dominer, il utilisait le dénigrement systématique, critiquant nos choix dès lors qu'ils n'étaient pas les siens.

Le sourire de Wyatt était amer alors qu'il ajoutait :

— À ses yeux, nous n'étions jamais à sa hauteur et ce que nous faisions n'était que le pâle reflet de son œuvre.

Le cœur de Bailey se serra.

— Je suis désolée.

— Ne le sois pas. Cela ne me dérange plus sauf quand quelqu'un me dit que je lui ressemble, répondit-il avec un zeste de sarcasme dans la voix.

— Tu n'as rien de commun avec lui, déclara Bailey avec sincérité. D'une part, tu ne postillonnes pas quand tu parles.

Cela fit rire Wyatt qui, soudain, se sentit merveilleusement bien.

Une douce chaleur l'envahit. Pour la première fois depuis qu'ils avaient découvert cette morte, les tensions dont il était la proie semblaient enfin s'apaiser.

— Et quoi d'autre ?

— Nous avons tous les deux des pères qui n'ont jamais vraiment fait partie de nos vies.

Comme il la dévisageait d'un air interrogateur, elle expliqua :

— La plupart du temps, le mien ne se rendait même pas compte que j'étais là. Il n'avait qu'un objectif, qu'une obsession dans l'existence : trouver de quoi acheter sa prochaine bouteille de whisky.

Wyatt partagea sa propre expérience avec elle.

— Enfant, quand mon père n'était pas là, je m'autorisais à respirer. Lorsqu'il était à la maison, il ne savait que me répéter que j'étais un bon à rien, que je n'arriverais jamais à diriger cet « empire » qu'il avait bâti pour nous. Quand il a fini par prendre conscience que je ne cherchais pas à lui plaire, il en a été profondément vexé. Je n'avais pas besoin de son approbation, ni même de lui. Il n'en revenait pas. Il ne s'en est toujours pas remis.

Bailey rit doucement. Quand Wyatt leva un sourcil, lui demandant de lui expliquer ce qu'elle trouvait si drôle, elle répondit :

— Mon père se moquait bien de mon approbation.

Elle secoua la tête.

— Pour tout te dire, Wyatt, je me demande encore comment, après tout ce qu'il avait bu, il parvenait à monter sur ces chevaux sauvages et à tenir sur leur dos.

— Très bien, tu as gagné, dit Wyatt.

— J'ai gagné ? demanda-t-elle. Et quoi ?

— Eh bien, il ne s'agit peut-être pas d'une « victoire » mais tu as certainement connu une enfance pire que la mienne, je le reconnais. Au moins, j'avais des frères et des cousins vers qui me tourner lorsque j'étais déprimé. Tu n'avais personne.

— Je n'avais besoin de personne, répondit Bailey.

Jusqu'à toi, ajouta-t-elle pour elle-même.

Elle hésita à le dire tout haut mais elle ne voulait pas imposer ses sentiments à Wyatt. Il devait penser que son retour n'était dû qu'à son désir de devenir mère. Elle refusait de lui laisser deviner son espoir de réussir également à vivre de nouveau avec lui.

Et même si, quelque part, elle était tentée de donner une nouvelle chance à leur histoire, sa fierté lui interdisait d'y faire la moindre allusion.

Voilà pourquoi, dans l'immédiat, elle préférait se contenter de le soutenir pendant cette période douloureuse jusqu'à ce que le meurtrier de cette pauvre femme soit appréhendé. Et faire traduire en justice la personne qui avait tué son taureau ne ferait de mal à personne.

— Alors je suppose que je ne peux pas t'obliger à partir ? demanda Wyatt, revenant à un sujet qui le souciait plus que tout.

— Non, en aucun cas. Alors cesse de perdre ton temps à essayer, dit Bailey.

Elle s'attendait à ce qu'il dise quelque chose de désinvolte ou à le voir hausser les épaules avec philosophie.

Il ne le fit pas.

Il ne dit rien du tout.

Il la prit dans ses bras et, alors qu'elle le dévisageait avec de grands yeux, muette de surprise, il baissa la tête et l'embrassa.

Il l'embrassa avec une telle intensité qu'elle sentit un long frisson lui parcourir l'échine.

Malgré tous ses efforts, Bailey fut incapable de jouer l'indifférente ou même de rester distante. Wyatt avait toujours su embraser son âme avec ses baisers.

Sans cesser de l'embrasser, elle se hissa sur la pointe des pieds, noua les bras à son cou et se rapprocha de lui.

Elle ne savait pas pourquoi il l'embrassait. Elle ignorait la raison qui l'avait poussé à la prendre dans ses bras. Mais elle s'en fichait.

Tout ce qu'elle voulait était qu'il l'embrasse encore et encore.

Elle prit alors conscience d'autre chose.

Elle était plus amoureuse de lui maintenant qu'elle l'avait jamais été.

Et cela, elle le devinait, pourrait devenir problématique.

15

— J'ai identifié la victime, Trey ! annonça triomphalement Daria en entrant dans son bureau.

Dès que le médecin légiste lui avait transmis les empreintes digitales de la femme assassinée, Daria les avait entrées dans les différentes bases de données dactyloscopiques à la disposition des services de police dans l'espoir de trouver une correspondance.

Sa déclaration éveilla aussitôt l'attention de Trey.

— Notre inconnue avait donc un casier judiciaire ? demanda-t-il en tournant son fauteuil dans sa direction.

— Apparemment, elle n'a été arrêtée qu'une seule fois. Cela dit, elle avait peut-être proposé ses « faveurs » pour qu'en échange, d'autres délits dont elle se serait rendue coupable ne soient pas inscrits sur son casier, répondit Daria, les yeux rivés sur l'écran de son ordinateur. Elle s'appelait Lucy Reese mais elle était plus connue sous le nom de Bianca Rouge. Et, plus important, elle était call-girl de luxe à Las Vegas.

— Son casier ne comporte qu'une seule arrestation ? répéta Trey avec surprise. Cela semble bizarre pour une femme vivant de ses charmes.

— D'après mes renseignements, elle les vendait à un prix très élevé.

Daria fit défiler le rapport sur l'écran et poursuivit :

— À en croire ce document, Heavenly Nights – l'agence

d'escortes pour laquelle travaillait Bianca – ne s'adresse qu'aux milliardaires.

Trey hocha la tête pensivement.

— Comme ceux qui séjournent au Lodge pendant la saison d'hiver, par exemple ?

Son adjointe lui sourit, heureuse de constater qu'ils étaient sur la même longueur d'onde.

— Exactement.

Comme Daria continuait sa lecture, elle constata vite que Lucy Reese alias Bianca avait eu une existence mouvementée.

— Il y a un portrait d'elle dans le dossier, dit-elle à Trey, contente de trouver quelque chose d'utile pour son enquête. Je vais l'imprimer et le montrer au Lodge pour voir si quelqu'un l'y a vue. Ou, plus important encore, ajouta-t-elle, si quelqu'un a vu avec qui elle y était.

— La photo est-elle récente ? demanda Trey.

Daria y jeta un autre coup d'œil.

— Non, reconnut-elle. Mais elle est plus présentable que celle prise à l'institut médico-légal. Les employés de la morgue ont certainement tenté de l'arranger un peu avant de la photographier mais il leur a été impossible de cacher que la malheureuse était morte. Je préférerais que cela ne saute pas aux yeux du personnel du Lodge quand je les interrogerai.

Trey hocha la tête.

— Cela vaut mieux, oui, dit-il en se replongeant dans les dossiers ouverts sur son bureau.

En tant que shérif, il se sentait frustré de ne pouvoir participer activement aux investigations. Mais il savait que tout ce qu'il découvrirait tendant à innocenter Wyatt serait considéré comme suspect par la population, en raison de leurs liens de parenté. De toute façon, il souhaitait d'abord et avant tout identifier le meurtrier… en espérant du même coup blanchir son cousin.

Mais dans l'immédiat, il devait laisser Daria mener l'enquête.

— Tenez-moi au courant de ce que vous trouverez, dit-il comme Daria se disposait à quitter son bureau.

— Promis, répondit-elle avant de prendre la porte.

— Avez-vous déjà vu cette femme ici ? demanda Daria au réceptionniste du Lodge – un dénommé Colin Wilcox, à en croire sa plaque signalétique –, en posant la photo de Lucy Reese devant lui.

L'employé en uniforme fronça les sourcils avant de dévisager l'adjointe au shérif comme si elle était simple d'esprit.

— Nos clients attachent beaucoup d'importance à leur vie privée, répliqua-t-il avec hauteur. Je ne suis pas autorisé à divulguer ce genre de renseignements. Voilà pourquoi je crains de ne pouvoir vous répondre.

Son ton suffisant indiquait qu'il ne le regrettait pas.

— Et avant que vous posiez la question, continua-t-il, nous n'avons pas installé de caméras de surveillance dans l'établissement pour la même raison.

Non sans mal, Daria réussit à dissimuler l'agacement que lui inspirait son interlocuteur et elle rapprocha encore la photo de lui.

— Seriez-vous plus à l'aise si je vous disais qu'elle est morte ?

Le réceptionniste pâlit un peu.

— Quoi ?

Daria remarqua avec satisfaction que Wilcox avait perdu de son arrogance. Une lueur craintive passa dans ses yeux. Manifestement, il était déstabilisé et elle décida d'en profiter.

— Cette femme a été étranglée et j'essaie de démasquer

son assassin. Maintenant, répondez-moi : l'avez-vous déjà vue au Lodge, oui ou non ? répéta-t-elle d'un ton lapidaire.

Wilcox s'éclaircit la gorge.

— Remontrez-moi la photo.

— Je vous en prie, prenez votre temps, dit-elle en lui tendant à nouveau le cliché. Alors ? demanda-t-elle lorsqu'il eut étudié un moment le portrait.

Il était évident que Wilcox se sentait sur un terrain miné. Au cours de sa formation, personne ne lui avait appris à répondre à ce genre d'interrogatoire.

— Il est possible qu'elle soit venue ici, dit-il enfin, sans trop se compromettre.

Il distillait des informations par bribes mais au moins il en livrait, songea Daria.

— D'accord, répondit-elle. Et dans cette hypothèse, avec qui était-elle au cours de son séjour ici ?

À présent, l'employé avait perdu toute morgue. Il semblait de plus en plus nerveux. Quand il leva les yeux vers l'adjointe, son regard trahissait sa détresse.

— Il faut que vous compreniez qu'il s'agit de l'un de nos meilleurs clients, dit-il.

— Je m'en fiche. J'ai besoin d'un nom, monsieur Wilcox, dit-elle sévèrement.

— C'est un milliardaire européen, insista le réceptionniste.

— Son nom, répéta-t-elle, les yeux dans les siens.

Wilcox frissonna, comme si révéler l'identité de son client lui causait une douleur physique. Daria continuait à le regarder fixement.

Il finit par craquer :

— George Stratton, elle était avec George Stratton.

— C'était donc si difficile ? demanda-t-elle. Ce George Stratton est-il toujours ici ? ajouta-t-elle sèchement.

Une expression horrifiée se peignit sur le visage de son interlocuteur.

— Oui mais…

— Quel est le numéro de sa chambre ?

Acculé, Wilcox tenta de gagner du temps :

— Il occupe une suite.

— Quel est le numéro de sa suite ? répéta Daria qui perdait patience.

Wilcox soupira, acceptant la défaite.

— La 420.

— Merci.

Sur le point de tourner les talons, elle s'aperçut soudain que le réceptionniste cherchait quelque chose sous le bureau.

— Je vous déconseille de l'appeler pour le prévenir de ma visite, monsieur Wilcox, dit-elle. À moins que vous ayez envie d'être arrêté pour entrave à la justice.

Wilcox retira prestement sa main du téléphone dissimulé sous son pupitre.

— Je ne l'appellerai pas, promit-il.

Les yeux de Daria se rétrécirent en le dévisageant.

— Cela vaut mieux pour vous.

George Stratton était un quinquagénaire d'une rare élégance, au physique impressionnant. Ses tempes argentées et son visage aux lignes parfaites mettaient en valeur son indéniable charisme. Visiblement, Stratton était un homme d'affaires riche et puissant qui avait l'habitude de diriger les autres et de maîtriser les événements.

Jamais Daria ne l'aurait imaginé payant pour obtenir les faveurs d'une femme. Cela dit, il était possible qu'il ait des appétits sexuels hors normes ou des goûts bizarres en la matière.

Lorsque l'assistant du milliardaire l'introduisit dans la suite, Stratton l'observa un moment.

— Vous me voyez à mon désavantage, j'en ai bien peur. Michaels et moi nous apprêtions à partir.

— Je n'abuserai pas de votre temps, promit Daria.

Elle lui présenta son insigne avant de lui montrer la photo de Lucy Reese.

— Connaissez-vous cette femme, monsieur Stratton ?

Plutôt que de lui répondre, il lui retourna une question.

— Pourquoi voulez-vous le savoir ?

Elle avait eu le temps de voir l'éclair de reconnaissance dans les yeux de son interlocuteur avant qu'il se referme. La jeune call-girl ne lui était pas inconnue, comprit Daria.

— Nous avons retrouvé son corps.

La surprise passa sur les traits du Stratton mais il la dissimula vite.

— Où ? demanda-t-il.

— Dans un champ, répondit-elle, sans le quitter des yeux. Mais je ne vous apprends rien, n'est-ce pas ? Vous le saviez.

Il perdit un peu de son calme apparent.

— Et comment le saurais-je ? répliqua-t-il d'un ton acerbe.

Refusant de se laisser impressionner, Daria lui résuma ce qui aurait pu se passer.

— Vous l'aviez payée pour une nuit de sexe violent, peut-être êtes-vous adepte des jeux SM, mais vous vous êtes laissé emporter par vos pulsions. Vous avez eu envie de jouer à l'étrangler mais, sans le vouloir, vous avez été trop loin et vous l'avez tuée.

— Quoi ? cria Stratton d'une voix indignée. J'ignore d'où vous tenez vos informations, jeune femme, mais quelqu'un vous a menti. Pourquoi aurais-je fait quelque chose d'aussi stupide après avoir pris la peine d'emmener Bianca ici ? demanda-t-il.

Prêt à intervenir, son garde du corps s'avança mais Stratton lui fit signe de rester à sa place.

— Oui, je connaissais Bianca. Oui, je l'appréciais beaucoup. Non, je ne l'ai pas tuée. Cela aurait été un horrible gâchis et, par principe, je ne jette rien de valeur par les fenêtres. Bianca et moi, nous nous comprenions, ce qui est rare dans mon monde. Je ne l'ai pas étranglée, répéta-t-il avec insistance. Maintenant, ajouta-t-il en se levant, si vous n'avez pas d'autres questions, je suis attendu.

D'instinct, Daria sut que le milliardaire lui disait la vérité. Il n'avait pas tué la prostituée. Bien sûr, elle aurait besoin de le prouver. Mais dans l'immédiat, rien ne justifiait une arrestation.

Malgré tout, elle préféra le prévenir :

— Ne quittez pas la ville, monsieur Stratton.

— Je comptais rester ici jusqu'à la semaine prochaine, répondit-il. Ensuite, si vous avez d'autres questions, vous devrez me joindre à Zürich. Je vous laisse mes coordonnées, ajouta-t-il en sortant une carte de visite de sa poche.

Son ton était dédaigneux. Manifestement, il estimait avoir assez perdu de temps avec elle. Le sujet ne l'intéressait plus. Consciente qu'elle ne pouvait pas arrêter un homme simplement parce que son attitude l'agaçait, Daria accepta le carton de bristol.

Peu après, elle regagna sa voiture. Daria n'appréciait pas le milliardaire mais elle ne le suspectait plus du meurtre. Stratton ne semblait pas du genre à tuer qui que ce soit. Il n'avait pas de temps à perdre.

Cependant, elle se promit de mener quelques investigations sur son garde du corps – au cas où. Il n'était pas exclu que Michael ait étranglé la call-girl à la demande de Stratton.

Tout en s'installant au volant, Daria poussa un gros soupir. Elle avait identifié la femme assassinée et l'endroit où avait séjourné Bianca avant sa mort mais elle n'avait rien d'autre.

Cela dit, c'était un début.

*
* *

Wyatt ne supportait plus de rester dans l'expectative. Il avait essayé de s'occuper, de penser à autre chose, mais il ne parvenait pas à s'intéresser à quoi que ce soit. L'éventualité d'une inculpation pour meurtre suspendue au-dessus de sa tête comme une épée de Damoclès le rendait fou.

Il finit par appeler Trey dans l'espoir d'apprendre du nouveau.

Wyatt n'avait jamais été doué pour tourner autour du pot, aussi, dès qu'il eut son cousin en ligne, il lui posa la question qui le tourmentait depuis vingt-quatre heures.

— Ton adjointe a-t-elle découvert quelque chose à propos de la morte ?

— Tu sais bien que je n'ai pas le droit d'en parler, commença Trey.

Wyatt n'était pas d'humeur à entendre ce genre d'arguments.

— Il s'agit de ma vie ! J'ai besoin de savoir.

Trey poussa un gros soupir mais il finit par céder.

— Daria l'a identifiée, répondit-il à contrecœur.

— Dis-moi qui était cette femme, supplia Wyatt.

Comme Trey ne disait plus rien, Wyatt sentit son impatience grimper en flèche.

— L'autre jour, les habitants de la ville étaient prêts à me lyncher en place publique. Je dois laver mon nom de tout soupçon avant qu'ils ne mettent leurs menaces à exécution. Or, maintenant que tu as décidé de te retirer de l'enquête, j'ai peur que ton adjointe prenne son temps sans se rendre compte de l'urgence – sans vouloir offenser Daria ni mettre en doute ses compétences.

Wyatt n'avait pas tort et Trey lâcha le morceau.

— D'accord. La morte s'appelait Lucy Reese mais elle était plus connue sous son pseudonyme : Bianca Rouge.

— Pourquoi avait-elle un pseudo ? s'enquit Wyatt. C'était une criminelle ? demanda-t-il, sortant la première hypothèse qui lui traversait l'esprit.

— Elle travaillait comme call-girl de luxe à Las Vegas et quelqu'un l'avait payée pour qu'elle l'accompagne par ici.

Maintenant, ils avaient du nouveau, ils pouvaient avancer, pensa Wyatt.

— Rien d'autre ?

— Daria est allée voir si quelqu'un au Lodge l'avait vue, mais elle n'est pas encore revenue… Wyatt ? Wyatt, es-tu toujours là ? demanda-t-il.

Mais Wyatt avait déjà raccroché. Il avait appris ce qu'il avait besoin de savoir : la victime du meurtre avait un nom et il avait un point de départ pour commencer son enquête.

Le Lodge.

En quittant la maison, il s'arrangea pour éviter Bailey. Il n'avait aucune idée de ce qu'il allait découvrir et il tenait à la préserver à tout prix de cette histoire sordide. Il avait l'intention de mener ses propres investigations sans lui en souffler mot.

Son frère Decker était le directeur du Lodge et Wyatt comptait bien obtenir de lui tous les renseignements possibles sur cette Lucy Reese alias Bianca Rouge.

En tout cas, maintenant, il n'était plus le seul suspect, pensa-t-il, soulagé. Si cette Bianca avait été call-girl, il y aurait au moins un client à interroger, sinon davantage.

Wyatt arrivait presque à son camion lorsque Bailey surgit de nulle part et lui lança d'un ton joyeux :

— Le veau est guéri !

Se rendant compte que Wyatt s'apprêtait à monter dans son véhicule, elle fronça les sourcils.

— Où vas-tu ?

Plusieurs prétextes traversèrent l'esprit de Wyatt mais il ne voulait pas commencer à lui raconter d'histoires. Quand ils vivaient ensemble comme mari et femme, il ne lui avait jamais menti et il n'avait vraiment pas envie de commencer maintenant.

Alors il lui avoua la vérité.

— Au Lodge.

Bailey comprit aussitôt pourquoi il souhaitait s'y rendre.

— As-tu appris du nouveau à propos de cette femme assassinée ? Était-elle cliente là-bas ? demanda Bailey.

Elle avait hâte que l'enquête aboutisse. À ses yeux, elle durait déjà depuis trop longtemps.

Wyatt la dévisagea avec surprise. Comment avait-elle deviné ?

— Qu'est ce qui te fait penser ça ?

— Tu n'irais pas au Lodge en plein milieu de la semaine sans raison, répondit-elle.

— Peut-être ai-je seulement besoin de voir Decker, répliqua-t-il, sortant la première excuse qui lui venait à l'esprit.

— Pour quoi faire ? Était-il lié à cette femme ? La connaissait-il ?

Bailey était comme un chien avec un os, pensa-t-il. Elle ne lâcherait pas l'affaire. Manifestement, il n'allait pas pouvoir partir sans lui avoir dit quelque chose.

— C'est ce que j'essaie de découvrir, répondit-il. J'ai appelé Trey pour savoir si son adjointe avait avancé. Il s'avère que les empreintes digitales de l'inconnue se trouvaient dans les banques de données judiciaires.

— Parce qu'elle était fonctionnaire ou parce qu'elle avait un jour été arrêtée pour une raison ou une autre ? s'enquit Bailey.

Il n'avait même pas envisagé la première hypothèse.

— Elle n'avait rien d'une fonctionnaire, dit-il. C'était une call-girl de luxe.

— Une call-girl, répéta Bailey.

Elle observa un instant Wyatt avant d'ajouter :

— Ce n'est pas tout. Il y a autre chose, non ?

— Elle travaillait pour une agence d'escortes à Las Vegas. L'un des clients de Decker l'avait payée pour qu'elle le rejoigne au Lodge.

— Alors qu'attendons-nous ? Allons-y, dit-elle en ouvrant la portière du camion côté passager.

— J'espérais y aller seul, dit-il sans détour.

— Et j'espérais avoir un troisième œil. Aucun de ces souhaits ne se concrétisera, et tu le sais aussi bien que moi, asséna-t-elle. Maintenant, assez perdu de temps. Allons voir ton frère, dit-elle en grimpant dans le camion.

Avec un soupir, il abandonna la partie et il s'installa au volant.

16

Un an séparait Wyatt et Decker Colton, Wyatt étant le plus âgé des deux, mais ils auraient tout aussi bien pu être jumeaux tant ils se ressemblaient. Tous deux étaient bruns, grands et bien bâtis. Decker avait coupé ses cheveux très courts alors que ceux de Wyatt étaient longs et ébouriffés. Mais leur seule différence notable résidait dans la couleur de leurs yeux. Ceux de Wyatt étaient bleu foncé, ceux de Decker, marron.

Les deux frères avaient un charmant sourire, remarqua Bailey. Mais, autre point commun, ils souriaient rarement, préférant arborer des visages sombres.

En voyant Wyatt traverser le hall du Lodge pour se diriger vers lui, Decker fronça les sourcils. Le fait que son frère soit accompagné de son ex-femme ne faisait qu'ajouter à sa confusion. Il n'avait pas le temps de gérer ce genre de situation.

Parvenu à sa hauteur, Wyatt demanda :

— Decker, aurais-tu un instant à m'accorder ?

— En fait, non. Excuse-moi mais je suis très occupé.

Il griffonna quelque chose dans un registre qu'un employé lui tendait et il ajouta :

— Écoute, Wyatt, si tu as quelque chose à me dire, pourquoi ne pas prendre rendez-vous ? En fin d'après-midi, par exemple ? Ou mieux, demain ?

Il hocha la tête en direction du grand livre qu'il venait de signer pour que le réceptionniste l'emporte ailleurs.

— Je suis vraiment débordé, en ce moment, ajouta-t-il. Voyons-nous plus tard, veux-tu ?

Decker offrit à Bailey ce qui aurait pu passer pour un sourire mais qui s'évanouit presque aussitôt.

Wyatt secoua la tête.

— Plus tard sera trop tard, Decker, répliqua-t-il. Je dois te parler maintenant.

Le visage déjà renfrogné de Decker s'assombrit davantage encore. Avec un soupir exaspéré, il fit signe à Wyatt et Bailey de le suivre jusqu'à son bureau.

Une fois sur place, Decker déclara à son frère :

— Fais vite. Comme je l'ai expliqué, je suis très occupé.

— Peut-être n'es-tu pas au courant de « l'affaire », commença Wyatt, une pointe de sarcasme dans la voix, mais le cadavre d'une femme a été retrouvé sur ma propriété, l'autre jour.

— Je l'ai entendu dire, répondit Decker.

Il s'interrompit pour regarder Wyatt.

— Ce n'est pas toi qui l'as tuée, n'est-ce pas ?

Ce n'était pas une question mais plutôt une déclaration pour la forme.

— Non, bien sûr que non ! cria Wyatt. Mais beaucoup de gens sont persuadés que je suis son meurtrier.

— Ça va s'arranger, répliqua Decker, ne s'intéressant visiblement pas plus au sujet qu'à des propos sur la météo.

Tout en parlant, il commençait à parcourir des dossiers posés sur son bureau, en les classant par ordre chronologique.

Wyatt posa sa main sur les chemises cartonnées, forçant son frère à ramener son attention sur le sujet qu'il venait de soulever.

Decker le regarda avec impatience, attendant la suite.

— Je t'écoute.

— L'adjointe de Trey a découvert que la victime

séjournait au Lodge avant sa mort. À en croire les rumeurs, elle aurait accompagné l'un de tes clients. Sais-tu quelque chose à ce sujet ?

Consterné, Decker fusilla son frère du regard.

— Parle moins fort, dit-il brusquement. Il y a beaucoup de gens connus et riches dans cet établissement. Si tu te mets à fureter partout en enquêtant sur les uns et les autres, nos clients vont prendre leurs cliques et leurs claques pour aller ailleurs. Nous ne sommes pas la seule station de sports d'hiver du Colorado, rappela-t-il à Wyatt. L'activité commence à ralentir, le chiffre d'affaires à baisser et papa va piquer une crise.

Wyatt le dévisagea avec incrédulité.

— Est-ce vraiment ce qui t'importe ? Que papa soit content ? Je rêve.

Decker baissa davantage encore la voix.

— Tu ne comprends pas. Je suis sous pression ici, Wyatt. Papa m'a confié le poste de directeur du Lodge. Mais il examine à la loupe tout ce que je fais, tu t'en doutes. Un scandale majeur risquerait de tout faire exploser. Un simple esclandre aussi, d'ailleurs.

Dans ce cas particulier, Wyatt n'avait aucune envie de s'apitoyer sur le sort de son frère.

— Depuis des années, papa s'efforce de nous contrôler, tous autant que nous sommes, Decker. Il fait pression sur nous pour que nous exécutions ses quatre volontés. Cela nourrit son ego.

— Je sais, je sais, répondit Decker. Mais…

Incapable de rester silencieuse plus longtemps, Bailey sentit qu'elle devait intervenir. Le sort de Wyatt était en jeu.

— Il ne devrait pas y avoir de « mais », lança-t-elle à son ex-beau-frère. Il ne s'agit pas seulement de la réputation de ton établissement. Mais de la vie de Wyatt. De plus, comment espérer que tes affaires prospèrent s'il est arrêté pour le meurtre de cette femme ? demanda-t-elle à Decker.

À mon avis, si le nom des Colton est traîné dans la boue, ce sera mauvais pour le tourisme. Une telle éventualité aurait évidemment des effets néfastes sur tes activités. Mais surtout, Wyatt est ton frère, Decker. Tu devrais faire tout ce qui est en ton pouvoir pour l'aider sans même penser aux conséquences d'une telle arrestation pour ton entreprise.

— Je vois que tu as amené ton pitbull, lança Decker à son frère.

Comme Wyatt s'apprêtait à riposter, il ajouta tout de suite pour empêcher la conversation de s'envenimer :

— Je plaisante, Wyatt. Bailey a raison et je suis désolé d'avoir réagi comme je viens de le faire, excuse-moi. Fréquenter papa quotidiennement finit par m'user les nerfs et par me faire perdre de vue l'essentiel. Laisse-moi regarder ce que je peux faire pour toi. Je te passerai un coup de fil plus tard dans la journée, promit-il. Et si j'oublie, rappelle-moi.

— Compte sur moi, dit Wyatt. Comme tu t'en doutes, j'ai peu de chances d'oublier, moi.

— Je sais.

Decker savait surtout que Wyatt n'avait pas l'habitude de parler pour ne rien dire et que ses inquiétudes étaient fondées.

— Et encore une fois, je suis désolé.

— Ne le sois pas, dit Wyatt. Trouve-moi tout ce que tu peux sur Bianca Rouge.

Le nom de la jeune femme assassinée fit sursauter Decker. Son esquisse de sourire s'envola.

— Comment m'as-tu dit qu'elle s'appelait ?

— Bianca Rouge, répéta Wyatt, observant la réaction de son frère. En tout cas, c'est le nom qu'elle utilisait.

— Merde, murmura Decker dans un souffle.

— Tu la connaissais, conclut Bailey.

— Pas personnellement et je ne l'ai jamais vue, expliqua Decker. Mais un de mes clients m'avait dit qu'il attendait une femme du nom de Bianca et que je devais veiller à ce qu'elle le rejoigne dans sa suite dès son arrivée. Elle venait de Las Vegas.

Ils parlaient de la même femme.

— Bingo, dit Wyatt.

— Qui était le client qui l'attendait ? demanda Bailey au frère de Wyatt.

Decker soupira.

— George Stratton. Wyatt, ce type n'est pas n'importe qui. Il pèse des millions de dollars. La moitié des personnes qui séjournent au Lodge ont jeté leur dévolu sur notre établissement parce que Stratton le leur avait recommandé. Tu ferais mieux d'y aller doucement avec lui, Wyatt.

— Je n'ai jamais eu l'intention de l'agresser, répondit Wyatt. Je comptais seulement lui poser quelques questions.

Son frère comprit que Wyatt ne céderait pas.

— D'accord, dit-il avec un soupir. Je t'accompagne.

— Non, répliqua fermement Wyatt. Il n'en est pas question. Tu restes ici.

Decker commença à protester mais Wyatt fut intraitable.

— Je ne peux pas lui poser de questions si tu es là et que tu te répands en excuses à chaque mot que je prononce…

— Mais…

— J'irai avec Wyatt, intervint Bailey, soutenant le regard de Decker.

— Tu vois, dit Wyatt à son frère, j'aurai mon pitbull avec moi. Elle est aussi capable de m'attaquer que de me protéger. Es-tu satisfait ?

— Pas vraiment, répondit Decker. Mais je suppose que je n'ai rien à dire. Essaie au moins de faire preuve d'un peu de diplomatie, d'un minimum de délicatesse, en interrogeant Stratton…

Wyatt fronça les sourcils.

— Comment demander avec délicatesse à un homme

s'il a tué quelqu'un ? répliqua-t-il. Je suis tout ouïe. Je suis ouvert aux suggestions.

Decker lui jeta un regard noir.

— Une dernière chose, ajouta Wyatt, s'apprêtant à sortir du bureau de son frère. Quel est le numéro de la suite de Stratton ?

Decker pianota sur le clavier de son ordinateur.

— La 420.

— Merci, dit Wyatt avant de quitter la pièce.

Tel un homme en mission, il se dirigea droit vers l'ascenseur.

Bailey lui emboîta le pas.

— Ton père aime mener son monde à la baguette, n'est-ce pas ? demanda-t-elle, pensant aux réflexions de Decker et aux commentaires de Wyatt concernant le vieux patriarche.

Wyatt hocha la tête. L'expression de son visage était dure.

— Cela lui donne un sentiment de puissance.

Mais pas d'amour, pensa Bailey. Elle se demandait si le vieil homme était conscient de ce que son goût pour l'autorité lui avait coûté.

— C'est triste, dit-elle.

Elle ne pouvait s'empêcher de songer à la façon dont la dureté de son père avait affecté Wyatt quand il était petit.

Tous les deux avaient des problèmes à surmonter, se dit-elle.

— Je sais.

Un petit sourire en coin se dessina sur les lèvres de Wyatt.

— Mes choix de vie l'ont profondément déçu.

L'ascenseur arriva et ils entrèrent dans la cabine.

— Ce qui prouve qu'il a un problème, dit Bailey. Tu es autonome, tu n'as pas besoin de lui pour vivre et tu peux en être fier. Il devrait l'être aussi.

Wyatt ne répondit pas, se contentant de sourire.

*
* *

— Alors ? Qu'en penses-tu ? demanda Wyatt à Bailey quarante minutes plus tard, alors qu'ils quittaient la suite du milliardaire.

Bailey se sentait surtout soulagée d'en être sortie. Le quinquagénaire n'avait cessé de la déshabiller du regard. Il n'a jamais rien dit d'inconvenant mais il n'avait pas eu à le faire. Ses yeux l'avaient fait pour lui.

— Je détesterais passer un après-midi avec lui. Mais, pour être honnête, je ne pense pas qu'il ait tué Bianca.

— Moi non plus, dit Wyatt.

Même s'il aurait aimé que Stratton soit coupable, il avait eu le sentiment que le milliardaire n'était pas homme à perdre son temps à tuer quelqu'un. S'il s'était lassé de la call-girl, il lui aurait simplement demandé de s'en aller en lui expliquant qu'une autre avait pris sa place. Pour Stratton, les gens étaient des entités interchangeables.

Les psychopathes tuaient ceux ou celles qui les énervaient ou leur déplaisaient pour des raisons réelles ou imaginaires. Stratton ne donnait pas l'impression d'en être un.

— Alors maintenant que fait-on ? s'enquit Bailey.

— Allons voir Daria pour lui demander si elle n'a rien appris d'autre, répondit-il.

Ce n'était pas très emballant mais, dans l'immédiat, il n'avait rien de mieux à proposer.

Daria n'était pas dans le bureau du shérif quand ils y arrivèrent.

— Un appel anonyme l'a tuyautée sur une éventuelle piste et elle est allée voir de quoi il retournait, dit Trey lorsque Wyatt demanda à s'entretenir avec elle.

— Un tuyau sérieux ? Lequel ? voulut savoir Bailey.

— Je n'en ai aucune idée, répondit honnêtement Trey.

Elle n'a pas voulu en parler au cas où il s'agirait d'une impasse. Et je n'ai pas insisté.

Il haussa les épaules.

— Chacun a son propre style quand il s'agit d'enquêter sur un crime et j'ai appris à faire confiance à mes adjoints.

Il regarda son cousin et Bailey qui semblait aussi inquiète que lui.

— Si Daria parvient à déterrer quelque chose qui vaille la peine, tu seras le premier informé, promit-il. Maintenant, rentre chez toi, Wyatt. Tu as un ranch à diriger, tu t'en souviens ?

Wyatt céda. Il devait en effet s'occuper de son troupeau et cette affaire finissait par le ronger. Il devait cesser d'y penser. Il avait déjà perdu trop de temps à le faire.

— Oui, oui.

Il s'arrêta près de la porte.

— Je serai le premier informé ? répéta-t-il, désireux d'entendre une dernière fois Trey le rassurer.

— Immédiatement.

Avec un gros soupir, Wyatt se résigna à partir.

— Je te fais confiance, dit-il avant d'entraîner Bailey hors du bureau du shérif.

Comme ils roulaient vers le Crooked C, Wyatt resta silencieux un moment. Puis, il jeta un coup d'œil de biais vers Bailey.

— Un pitbull, hein ? C'est vrai qu'il y a une petite ressemblance…

Bailey hésita à se vexer.

— Pardon ?

— Dans ta façon d'être, pas dans ton apparence, précisa-t-il rapidement.

Et puis il lui sourit, se détendant un peu.

— Tu as été très bien avec mon frère. Tu as su lui montrer ses erreurs. Je n'ai jamais réussi ce tour de force.

Elle en doutait sincèrement.

— Il serait arrivé à la même conclusion tout seul, Wyatt. Cela aurait peut-être pris plus de temps.

— Ne minimise pas ta contribution à ce résultat, Bailey. Et tu me permets aussi de garder les pieds sur terre, reconnut-il.

Sur le point de faire fi de ses louanges, elle changea d'avis et, inclinant la tête, un sourire chaleureux aux lèvres, elle répondit :

— Heureuse de t'être utile.

— Et je suis content que tu sois revenue, Bailey, reconnut-il, un peu gêné.

Il pensa à tout ce qui s'était passé ces deux dernières semaines.

— Si j'avais dû traverser ces épreuves tout seul, j'aurais vécu l'enfer.

— Mais tu n'es pas tout seul, dit-elle, surprise qu'il ait l'impression de l'être. Tu as Fox et Trey avec toi – et tes hommes.

Et elle se mit soudain à rire.

— Qu'y a-t-il de si drôle ?

— Il y a aussi ton père, dit-elle, faisant de son mieux pour essayer de garder son sérieux. Il semble prêt à affronter le monde entier pour te défendre.

— Autant vendre mon âme au diable, rétorqua Wyatt. Ne te laisse pas abuser par son apparence, prévint-il. Sous ses costumes sur mesure bat un cœur de pierre. Tout ce qui l'intéresse est de défendre le nom de Colton. Il prétend nous préparer à prendre la relève un jour mais, en réalité, il n'a pas l'intention de mourir et encore moins de nous laisser les rênes de l'entreprise. Il veut continuer *ad vitam* à nous dicter sa loi, à tirer les ficelles pour nous faire danser sur sa musique jusqu'à la mort. La nôtre. Lui se croit immortel.

— Tu as vraiment eu le papa que tous les enfants du monde rêvent d'avoir, dit Bailey.

La phrase prononcée d'un ton neutre fit rire Wyatt si fort qu'il dut ralentir car il craignait de finir dans le fossé. Il finit par s'arrêter et il tira le frein à main.

— Cela fait du bien, j'en avais besoin, dit-il honnêtement.

Ses yeux parcoururent le visage de Bailey comme s'il n'avait pas encore mémorisé chaque grain de sa peau.

— Et plus que tout, continua-t-il d'une voix plus rauque, j'avais besoin de toi. *J'ai* besoin de toi, corrigea-t-il.

Wyatt ne parlait pas sérieusement, songea Bailey en sentant son cœur s'emballer. Cette belle déclaration n'était qu'une réaction au stress, le contrecoup logique à tout ce qu'il endurait ces derniers temps. Une fois cette enquête terminée, Wyatt redeviendrait lui-même, un homme renfermé dans sa coquille qui n'avait besoin de personne.

Elle ne devait surtout pas l'oublier.

17

Si, en rentrant, Wyatt et Bailey avaient espéré profiter d'un moment de tranquillité, voire d'intimité, ils comprirent dès leur arrivée au ranch Crooked C qu'il n'en serait rien. À peine s'arrêtaient-ils devant la grange qu'ils virent Hank et Murphy s'approcher à grands pas du camion.

Hank avait l'air intensément soulagé de les voir. Ou plus précisément, de voir Bailey.

— Doc, Elvira ne va pas bien, lui annonça le contremaître avant même que Bailey ait eu le temps de descendre du véhicule.

— Et nous avons retrouvé un autre veau blessé, ajouta Murphy.

— Un autre veau s'est sauvé ? demanda Wyatt, surpris.

Il avait du mal à croire à une coïncidence. Le fait qu'un veau prenne un jour la poudre d'escampette pouvait être attribué à un manque de vigilance ou de chance. Mais deux fugues à si peu de temps d'intervalle faisaient craindre autre chose.

— Nous l'avons retrouvé loin de l'étable mais il n'était pas gravement blessé, dit Murphy. Quelques égratignures, rien de méchant.

— Quel est le problème avec Elvira ? s'enquit Bailey.

Elvira était une vache laitière et elle était pleine.

— Je crois qu'elle est en train de mettre bas, dit Hank.

— Ce n'est pas possible, protesta Wyatt. Elle n'est qu'à

huit mois à peine de gestation. Son petit ne doit pas naître avant le mois prochain.

— Eh bien, allez le lui expliquer, répliqua Murphy. Elle se comporte comme Annabelle, la semaine dernière. Elle semble très nerveuse, elle se déplace sans cesse et cherche à s'isoler. Nous l'avons rentrée dans l'étable. Peut-être a-t-elle envie d'imiter sa copine, je ne sais pas, ajouta-t-il.

Bailey en doutait fortement.

Elvira était dans son box, aussi agitée que l'avait été Annabelle, quelques jours plus tôt.

Après l'avoir rapidement examinée, Bailey fronça les sourcils.

— Vous avez raison, dit-elle à Murphy. Elle semble bel et bien en train de vêler. J'ignore si son petit survivra. Il sera prématuré.

— De quoi as-tu besoin ? s'enquit Wyatt, prêt à se rendre utile de toutes les manières possibles.

Bailey passa la main dans ses cheveux et ne répondit pas.

Puis elle commença à donner des ordres, demandant des serviettes et des bassines d'eau ainsi que tout ce qui lui venait à l'esprit. Elle voulait qu'Elvira soit calme et le mieux installée possible. Moins elle serait agitée, mieux cela vaudrait pour elle comme pour le veau à naître.

La mise bas fut longue et pénible, une véritable épreuve, du moins pour Bailey. Mais finalement Elvira donna naissance à son petit.

— Il ne bouge pas, constata Wyatt, incapable de dissimuler sa déception. Bailey ?

— Apportez-moi plus de serviettes ! ordonna Bailey.

Elle commença à frotter avec vigueur le veau humide, essayant de faire circuler son sang.

— Wyatt, prends le relais, dit-elle tout en s'emparant de sa sacoche médicale.

Wyatt se mit aussitôt à l'ouvrage. Il frictionna le petit animal tout collant, déterminé à le ranimer.

Du coin de l'œil, il vit Bailey farfouiller dans ses affaires.

— Que cherches-tu ? demanda-t-il sans cesser de s'activer.

— Ceci, répondit-elle en brandissant ce qui ressemblait à une grosse poire à jus.

— Que comptes-tu faire avec ce truc ? voulut savoir Wyatt.

— M'en servir pour libérer ses voies aériennes, répondit Bailey en insérant l'instrument dans les narines du veau puis dans sa gorge.

Elle parvint à extraire les mucus et autres déchets qui l'empêchaient de respirer.

Les hommes du ranch faisaient cercle autour d'eux. Ils regardaient Bailey pendant qu'elle travaillait. Personne ne bougeait. Ils semblaient tous retenir leur souffle.

Le veau bougea faiblement.

— Il remue ! cria Murphy avec enthousiasme. Il revient à la vie !

— Accroche-toi, mon gros, dit Bailey d'un ton encourageant. Tu t'en sors bien. Bientôt, tu vas pouvoir te lever et faire un gros câlin à ta maman.

Wyatt et Bailey se relayèrent pour le sécher et le réchauffer. Dès que le nouveau-né fut capable de tenir sur ses jambes, sa mère s'approcha de lui et le lécha avec soin. Bailey l'aida alors à téter. Lorsqu'il y parvint, elle poussa un soupir de soulagement. Elle avait réussi.

Satisfait du bon déroulement du vêlage et de sa fin heureuse, Wyatt se tourna vers Bailey en souriant. Mais à la vue de l'expression peinte sur son visage, son sourire s'envola.

— Hé, tu pleures ? Que se passe-t-il, Bailey ?

— Non, oui… Rien.

Avec un petit rire, elle essuya ses joues ruisselantes de larmes d'un revers de main.

— Je suis toujours émue quand un petit parvient à s'en sortir, à survivre envers et contre tout, voilà.

Wyatt lui enlaça les épaules et l'aida à se relever, la couvant d'un regard chaleureux.

— Tu dois être épuisée, ajouta-t-il.

En temps ordinaire, elle l'aurait nié mais elle se sentait tellement exténuée qu'elle aurait été incapable de prétendre le contraire. Elle hocha la tête.

— Pour tout te dire, je suis au-delà de l'épuisement. J'ai plutôt l'impression d'être sur le point de rendre mon dernier soupir.

— J'empêcherai la Grande Faucheuse de t'approcher, dit-il. Compte sur moi.

Il continuait de serrer Bailey contre lui, craignant qu'elle ne s'écroule s'il la lâchait.

Réprimant un bâillement, elle s'ordonna de rester debout. Elle avait passé beaucoup de temps agenouillée aux côtés d'Elvira et de son petit et, maintenant, elle souffrait de crampes dans les mollets.

Combien de temps avait-elle passé dans cette étable ? se demandait-elle. À ce stade, elle avait perdu toute notion du temps.

— Quelle heure est-il ? demanda-t-elle.

— L'heure de se coucher pour tout le monde.

Wyatt jeta un coup d'œil par la fenêtre. L'aube n'était pas loin.

— En fait, il est presque l'heure de se lever…

— Oh ! très bien, grommela-t-elle avec un soupir. Comme je suis déjà debout et habillée, la journée peut commencer.

Ignorant son commentaire, il secoua la tête.

— Allons nous coucher, dit-il.

Bailey le regarda, envahie de regrets. Elle aurait aimé jouer un rôle actif dans leur vie amoureuse, ne pas se contenter d'être un réceptacle.

— Oh ! Wyatt, excuse-moi mais je ne pense pas être en état de…

Il comprit à quoi elle faisait allusion et il rectifia rapidement ses propos pour qu'il n'y ait pas de malentendus.

— Allons dormir. Nous avons besoin de repos.

Il la regarda attentivement.

— Tu as l'air vraiment exténuée.

— Je le suis mais ne t'inquiète pas. Dès que j'aurai rechargé mes batteries, je me sentirai mieux. Je vais me reposer quelques heures et tout ira bien.

Les bras puissants de Wyatt la soulevèrent.

— Au moins huit heures, dit-il en se dirigeant vers la maison.

— C'est trop ! Trouvons un compromis, répliqua-t-elle, même si son corps entier n'aspirait qu'à se blottir contre son torse musclé et à dormir tout son soûl. Quatre heures.

— Six, déclara Wyatt.

— Cinq.

Il rit en secouant la tête. Ils étaient presque arrivés à la maison.

— D'accord. Cinq. Mais pas une minute de moins.

Bailey étouffa un nouveau bâillement.

— Ça marche.

Elle s'endormit avant même qu'ils atteignent la chambre.

— Tu es têtue comme une mule, Bailey Norton Colton, murmura Wyatt à la femme assoupie dans ses bras.

Il l'étendit sur le lit, veillant à ne pas la réveiller.

— C'est l'un des côtés de ton caractère que j'ai toujours aimés.

Il posa les couvertures sur elle, puis un tendre baiser sur sa joue avant de quitter la pièce sur la pointe des pieds.

Wyatt gagna la chambre d'amis. Lui aussi était fatigué. Quand il se glissa entre les draps, il découvrit qu'ils étaient toujours imprégnés du parfum de Bailey. Il prit une profonde inspiration, s'enivrant de ses fragrances.

Bailey fut la dernière image qui traversa son esprit alors qu'il sombrait dans le sommeil.

Au cours de son enquête pour retrouver le meurtrier de Bianca, Daria avait suivi plusieurs pistes qui toutes avaient abouti à des impasses. Aussi s'attendait-elle à tomber une nouvelle fois sur un os. Le tuyau – transmis de surcroît par un appel anonyme – se révélerait sans doute percé, lui aussi.

Pourtant, elle ne devait négliger aucune piste, se dit-elle en frappant à la porte de la chambre du motel indiquée par son mystérieux informateur.

L'établissement louait des chambres à la journée ou à la semaine, offrant un lieu de repos provisoire à tous ceux qui n'étaient que de passage dans la région.

Cet hôtel avait ainsi accueilli pour quelques jours Nolan Sharpe, un criminel de bas étage. Condamné à de multiples reprises pour vols et recels, il avait fait de nombreux séjours en prison. Il n'était pas un voleur très habile mais il était manifestement déterminé à s'améliorer, à en juger par l'importance de son casier judiciaire.

Comme il ne venait pas lui ouvrir, Daria frappa de nouveau. Pour toute réponse, elle perçut un faible gémissement à l'intérieur.

— Monsieur Sharpe, êtes-vous là ? cria-t-elle à travers la porte.

Cette fois, elle n'entendit rien mais elle était certaine de ne pas avoir rêvé.

Redescendant l'escalier, elle se rendit à la réception.

Howard Emerson, l'employé du motel, fut visiblement contrarié d'être obligé de s'arracher de l'écran de télévision sur lequel il suivait un match de football pour lui parler. Il n'avait aucune envie d'abandonner la partie au moment le plus crucial.

Compréhensive, Daria suggéra :

— Si vous préférez, donnez-moi la clé.

— La voici, dit Emerson, soulagé, en la lui tendant, les yeux toujours rivés au petit poste suspendu au-dessus de son bureau. Montez voir vous-même.

— Belle conscience professionnelle, murmura-t-elle entre ses dents.

Il ne l'entendit pas. En tout cas, il ne réagit pas.

Daria retourna devant la chambre de Sharpe. Des rais de lumière étaient visibles en bas de la porte. Les rideaux avaient été tirés, l'empêchant de regarder à l'intérieur par la fenêtre.

Elle frappa une dernière fois.

— Ouvrez-moi, monsieur Sharpe, ou je vais être obligée de forcer votre porte.

Elle compta mentalement jusqu'à dix. N'obtenant toujours aucune réponse, elle glissa la clé dans la serrure et la tourna lentement. Dans le même mouvement, elle sortit son arme de service, préférant ne pas être prise au dépourvu. Elle avait appris depuis longtemps à être parée à tout.

Il n'y avait qu'une seule lampe allumée à l'intérieur et la lumière qu'elle prodiguait était très faible, ce qui donnait à la pièce un aspect lugubre.

Nolan Sharpe gisait sur le sol moquetté dans une mare de sang. Un pistolet se trouvait dans sa main droite, une feuille manuscrite près de sa main gauche.

Et une balle s'était nichée dans sa tempe droite.

Apparemment, Nolan Sharpe s'était suicidé. De façon peu adroite, songea-t-elle. En principe, en se tirant une balle en pleine tête, il aurait dû mourir sur-le-champ… et donc être incapable de pousser un gémissement lorsqu'elle avait frappé à la porte.

Manifestement, il n'avait pas bien visé.

Daria inspecta en vitesse la salle de bains et le placard au cas où quelqu'un s'y serait caché. Mais tous deux étaient vides.

Selon toute vraisemblance, Nolan s'était bien donné la mort, pensa-t-elle tristement en revenant vers le cadavre. Mais pour quelle raison ?

Par désespoir ?

Par culpabilité ?

Daria se servit de son mouchoir pour s'emparer de la missive qu'il avait laissée près de lui. La prenant par un coin, elle la posa sur le bureau à côté de la lampe et elle la parcourut rapidement des yeux.

> *Je l'ai tuée. C'est moi qui ai étranglé cette fille avant de balancer son corps sur le ranch de Colton. Je ne supporte plus de vivre avec ce poids sur la conscience et je préfère en finir. Nolan Sharpe.*

La note avait été tapée à la machine. Daria la lut et la relut. Et une troisième fois. Cette lettre d'adieu lui laissait un goût amer dans la bouche.

Quelque chose clochait.

Qui tapait des aveux à la machine avant de se tirer une balle en pleine tête ? Sharpe ne semblait pas du genre à se servir d'un clavier. S'il avait voulu laisser un mot pour expliquer son geste et avouer son crime, il l'aurait rédigé à la main et son message aurait sans doute été illisible et bourré de fautes d'orthographe.

Et d'ailleurs, s'il avait vraiment tenu à taper sa lettre d'adieu, comment était-il arrivé à le faire ? s'interrogea-t-elle soudain en regardant autour d'elle. Il n'y avait ni machine à écrire, ni ordinateur, ni imprimante dans la pièce. Avait-il prémédité son geste ? S'était-il rendu à la bibliothèque municipale, qui mettait des ordinateurs à la disposition des personnes, pour y taper ses aveux et ses adieux ?

Quelqu'un l'avait-il vu le faire ?

Pour Daria, cette histoire ne tenait pas debout. Mais elle allait faire son rapport au shérif. Peut-être aurait-il une autre analyse des événements. Certes, Trey n'était pas censé s'occuper de cette enquête. Daria avait été chargée de mener les investigations. Mais elle avait besoin d'un avis extérieur. Et Trey était de loin le meilleur shérif qu'elle ait connu, pensa-t-elle en sortant son téléphone portable.

Elle chercha le nom de son supérieur dans sa liste de contacts et elle attendit qu'il décroche.

— Shérif Colton, répondit Trey d'une voix ensommeillée.

Elle l'avait réveillé, comprit-elle.

— Shérif, c'est Daria. Vous ne devinerez jamais ce que j'ai trouvé.

— Je dormais, Daria, et vous devriez rentrer vous coucher, vous aussi, ajouta-t-il en étouffant un bâillement. Cela peut attendre demain matin, non ?

— Non, j'ai bien peur que non.

— Et qu'avez-vous découvert ? s'enquit Trey avec lassitude.

Elle prit une profonde inspiration :

— Le cadavre de Nolan Sharpe.

Il y eut un silence.

— J'espère qu'il ne s'agit pas d'une plaisanterie, dit Trey.

— Non, bien sûr que non.

— Où êtes-vous ? reprit le shérif. Je vais prévenir le médecin légiste et faire envoyer quelqu'un.

— Au motel de Roaring Springs. Chambre 212.

— Que faisiez-vous là-bas ? demanda Trey.

Collant son appareil entre son oreille et son épaule, il enfila rapidement sa chemise puis il attrapa sa veste. Les températures avaient chuté et la nuit s'annonçait glaciale.

— Un appel anonyme m'y a envoyée, dit-elle d'un ton évasif. Toutes les pistes que j'avais suivies jusqu'ici ne m'avaient menée nulle part.

— Et celle-ci vous a conduite à un cadavre ? dit-il en s'emparant de ses clés.

— Qui, avant d'en finir, a pris le temps d'expliquer son

geste dans une lettre d'adieu intéressante, répondit-elle. Il y prétend qu'il ne pouvait plus supporter de vivre avec un tel poids sur la conscience et qu'il préférait se faire justice lui-même.

Après avoir verrouillé sa porte, Trey se dirigea vers son véhicule.

— À propos de quoi culpabilisait-il à ce point ?

— À en croire sa lettre, c'est lui qui a tué la fille que votre cousin a trouvée sur sa propriété. Bianca Rouge, ajouta-t-elle.

S'installant au volant, Trey inséra la clé dans le contact.

— Vous n'avez pas l'air convaincue, remarqua-t-il.

— Je ne le suis pas.

18

Trey arriva au motel quelques instants après le médecin légiste. Contrairement à Daria, ce dernier analysa la scène du crime sans se poser trop de questions et asséna ses conclusions sans tergiverser davantage.

— Pour moi, tout est clair et net, déclara-t-il. Il s'agit d'un suicide. Cela ne fait pas un pli.

— Donnez-nous un petit moment pour prendre quelques clichés, demanda Trey en tendant l'appareil photo à Daria.

Le légiste semblait pressé mais il les autorisa à faire des photos.

Après avoir examiné la scène du crime et l'avoir mitraillée sous tous les angles, Trey s'écarta pour permettre au médecin de procéder à l'enlèvement du corps.

— Pas trop tôt, grommela-t-il. Emportez-le, ordonna-t-il à son assistant en désignant le corps d'un mouvement de menton.

Trey se tourna vers son adjointe.

— Maintenant, Daria, dites-moi ce qui vous dérange dans cette affaire.

— Elle n'a aucun sens, répondit-elle. Quelque chose ne colle pas.

— Et quoi ?

Il n'y avait aucune impatience ni jugement dans sa voix. Il voulait seulement comprendre.

— Comment un voleur de seconde zone aurait-il pu

croiser le chemin d'une call-girl de luxe aux tarifs exorbitants ? Ils n'évoluaient pas dans les mêmes cercles, ils ne jouaient pas dans la même cour, ils n'avaient rien en commun. Je ne connais pas ce Nolan Sharpe, je ne l'ai jamais soupçonné du meurtre et sans cet appel anonyme, jamais je ne me serais intéressée à lui.

Trey haussa les épaules. Daria n'avait pas tort mais de nombreuses raisons étaient susceptibles d'expliquer des liens qui semblaient inconcevables à son adjointe.

— Peut-être se sont-ils connus, enfants. Peut-être vivaient-ils dans le même quartier ou fréquentaient-ils le même lycée, vous n'en savez rien, dit-il alors qu'ils sortaient de la pièce. En tout cas, grâce à ces aveux qui tombent à point nommé, il faut bien le dire, nous allons être débarrassés de Russ Colton et de ses demandes répétées de tout faire pour blanchir son fils. Ce n'est pas rien. Sans parler du fait que les autorités faisaient pression sur nous pour classer l'affaire sans suite. Vous avez fait du bon boulot, Daria.

— Je n'ai rien fait, protesta-t-elle, repoussant ses compliments. Je suis tombée sur un cadavre en entrant dans la chambre.

— Ce qui, du même coup, a clos l'enquête, souligna-t-il.

Peut-être, pensa-t-elle. Ou peut-être pas.

Trey comprit que Daria n'avait pas envie de se contenter des apparences. Lui aussi avait parfois été tourmenté par certaines enquêtes.

— Si cela peut vous aider à vous sentir mieux, dit-il, fouillez leurs passés et cherchez s'ils auraient pu se croiser quelque part, autrefois.

Son adjointe hocha la tête. Elle en avait bien l'intention, même s'il lui fallait y consacrer son temps libre. Mais avoir la bénédiction de Trey lui faciliterait la tâche.

Sans perdre de temps, Trey appela Wyatt pour lui parler de la lettre d'aveux de Nolan Sharpe.

— Apparemment, le coupable s'est dénoncé avant de se suicider. Tu vas pouvoir retrouver une vie normale.

— Je suis vraiment content d'apprendre que je ne suis plus suspecté du meurtre mais ma vie est encore loin d'être normale, dit Wyatt à son cousin.

— Pourquoi ?

— Non seulement mon taureau a été empoisonné, mais peu après l'assassinat de Brahma, deux de mes veaux se sont mystérieusement enfuis et ont été retrouvés blessés. Mes hommes viennent de me signaler la disparition d'une troisième bête. Quelqu'un s'attaque à mon troupeau.

— Crois-tu toujours qu'Everett Olson est derrière tout ça ? demanda Trey.

— J'en suis persuadé, répondit Wyatt. Je sais qu'il avait un alibi le soir où mon taureau a été tué mais personne d'autre que lui n'aurait quoi que ce soit à gagner à ce que je fasse faillite. Lui, en revanche, pourrait m'acheter mes terres si mon troupeau était décimé et si j'étais obligé de déposer le bilan.

Trey sentait que Wyatt était hors de lui.

— Calme-toi et ne fais rien de stupide, dit-il.

Même si Wyatt avait très envie de s'en prendre à son ennemi, il était conscient des conséquences de toute action irréfléchie.

— Ne t'inquiète pas, je ne donnerai pas à ce fils de pute la satisfaction de me voir arrêté quand il portera plainte contre moi. Je ne suis pas idiot. Mais je vais trouver le moyen de le faire avouer.

— Très bien, mais fais-le dans le respect des lois, Wyatt.

— Oui, oui, bien sûr. Merci de m'avoir prévenu, Trey. À bientôt, dit-il avant de raccrocher.

— Qui t'appelait ? demanda Bailey en descendant l'escalier.

Elle avait entendu la fin de l'échange téléphonique. Ce qui avait éveillé sa curiosité.

Wyatt se retourna.

— Bonjour, dit-il, est-ce que tu te sens reposée ? Tu as fait le tour du cadran, ajouta-t-il en souriant.

Elle sembla abasourdie pendant un moment avant de comprendre qu'il la taquinait.

— Je n'ai pas dormi si longtemps, protesta-t-elle.

— Non, c'est vrai, reconnut-il. Mais, en général, tu te lèves à 5 heures du matin et là, il est presque 9 heures. Tu t'es octroyé une vraie grasse matinée, ajouta-t-il sur le ton de la plaisanterie.

— Les vétérinaires en ont rarement l'occasion. Les vaches ont le chic pour mettre bas à l'aube.

— J'ai une bonne nouvelle. Trey vient de m'appeler pour m'annoncer qu'ils avaient identifié le type qui avait tué la femme que nous avons trouvée sur notre ranch.

Il a dit « notre » et non pas « mon », remarqua Bailey. S'agissait-il d'un simple lapsus ou le pensait-il réellement ?

Son cœur accéléra dans sa poitrine.

Considérait-il le Crooked C comme *leur* ranch, maintenant ?

Ne rêve pas. Peut-être s'embrouille-t-il un peu parce que, autrefois, vous en étiez tous les deux propriétaires.

Bailey s'efforça de se concentrer sur l'essentiel de ce que son ex-mari lui apprenait.

— C'est merveilleux, Wyatt ! Comment l'ont-ils démasqué ? L'ont-ils arrêté ?

— Cela n'a pas été nécessaire, répondit-il. Il est mort.

— A-t-il été abattu alors qu'il tentait de s'enfuir ?

— Non, répondit Wyatt. D'après Trey, il s'est suicidé parce qu'il ne supportait plus ce poids sur sa conscience.

— Il avait en effet de bonnes raisons de culpabiliser, dit-elle avec colère. Non seulement il a assassiné cette femme mais il a tenté de te faire porter le chapeau.

Un sourire aux lèvres, elle passa ses bras autour du cou de Wyatt. Il s'agissait d'une victoire importante pour lui. Elle n'avait pas d'énergie à perdre à déverser sa colère sur un mort.

— Tu vas retrouver ta vie, Wyatt.

La sentir contre lui provoqua une myriade de délicieuses sensations en Wyatt. Il lui rendit son sourire.

— Et je sais comment fêter ça, murmura-t-il, les yeux brillants.

Il était le seul homme à pouvoir l'exciter aussi vite et la rendre folle de désir d'un simple regard.

— Ah ? Et comment ? demanda innocemment Bailey.

S'il l'embrassait, il ne s'arrêterait pas là. Il le savait. Il devait se maîtriser. Ce n'était pas le moment de se laisser emporter par ses pulsions. Mais bientôt…

— Je te montrerai ce soir, promit-il, en lui caressant la joue. Mais pour l'instant, une journée de travail nous attend.

Bailey hocha la tête. Il avait raison. Ce soir, ils se retrouveraient dans l'intimité. Alors que là, ils risquaient d'être interrompus. À tout moment, l'un de ses hommes pouvait venir frapper à la porte pour lui demander quelque chose.

— Alors nous ferions mieux de nous y mettre sans tarder, dit-elle.

Se dégageant de ses bras, elle se dirigea vers la porte d'entrée.

— Attends, protesta Wyatt. Ne veux-tu pas prendre ton petit déjeuner ?

— Non, je grignoterai un morceau plus tard. Je ne me sens pas dans mon assiette, ce matin. J'ai un peu mal au cœur. Quelque chose est mal passé, sans doute.

Les sourcils froncés, Wyatt pensa immédiatement à son taureau. Personne n'avait été capable d'expliquer comment Brahma avait ingéré le poison qui l'avait tué.

— Tu n'as rien mangé d'inhabituel, n'est-ce pas ?

— Non. Pourquoi ?

Il hésita à hausser les épaules sans répondre et à changer

de sujet mais s'il lui arrivait quelque chose parce qu'il s'était tu, il ne se le pardonnerait jamais.

— Peut-être suis-je paranoïaque mais depuis que Brahma a été empoisonné…

Elle comprit où Wyatt voulait en venir et, d'un geste, elle l'empêcha de continuer.

— Tu as raison, dit-elle en l'embrassant rapidement. Tu es paranoïaque. Mais ta sollicitude me touche. Ne t'inquiète pas pour moi. Ce n'est rien. Maintenant, partons.

Peut-être avait-elle raison, pensa-t-il.

Avec un soupir, il renonça à discuter.

Pour l'instant.

Ce fut une journée de travail normale.

Les craintes dont Wyatt était la proie n'étaient pas uniquement liées à l'assassinat de son taureau. Elles remontaient à beaucoup plus loin. L'animosité entre Wyatt et Olson datait du jour où ce dernier avait essayé d'acheter son ranch, quand Wyatt avait refusé son offre. Olson lui avait alors promis qu'il le regretterait.

Pour Wyatt, il était tout à fait possible qu'Olson soit maintenant en train de mettre ses menaces à exécution.

Mais il avait trop à faire pour perdre du temps à spéculer sur un homme qu'il détestait.

En revanche, il remarqua que Bailey abattait autant de travail que n'importe lequel de ses ouvriers agricoles. Elle ne se contentait pas de rester à l'étable, de s'occuper des veaux et des vaches pleines. Elle allait partout où il y avait à faire.

La clôture du champ ouest devait être remplacée et Bailey s'activa à côté de lui, aussi à l'aise avec un marteau et des planches que Murphy ou Hank.

Et beaucoup plus douée de ses mains que cet empoté de Silas Jacobs, pensa Wyatt avec un sourire.

— Tu as la tête d'un enfant dont le poney vient de remporter le premier prix à la foire du comté, remarqua Bailey.

Ses yeux se promenèrent un instant sur elle.

— Peut-être est-ce le cas, dit-il avec un sourire énigmatique.

Bailey pencha la tête pour l'étudier.

— Me fais-tu un compliment, là ? demanda-t-elle. Je suis incapable de le dire.

Wyatt lui envoya un clin d'œil.

— Considère-le comme tel si tu veux.

Elle en avait très envie mais si elle s'emballait et commençait à prendre ses désirs pour la réalité, elle risquait d'être déçue, elle le savait. Imaginer un compliment là où il n'y en avait pas lui ferait très mal, au bout du compte.

— Ce n'est jamais une bonne idée de laisser son imagination galoper, répondit-elle avec gravité.

Wyatt le comprenait. Il fonctionnait de la même façon.

— Je respecte ça, répondit-il.

Il se promit de faire quelque chose à ce sujet, dès ce soir.

Ils travaillèrent jusqu'à la tombée de la nuit et ils firent un saut dans l'étable avant d'aller se coucher. Bailey voulait s'assurer que troupeau allait bien. Malgré leurs précautions, un autre veau s'était enfui, nul ne savait comment, et il avait réussi à se coincer dans des barbelés. Ces derniers se trouvant très loin du champ où il avait été parqué, personne ne comprenait comment il avait fini là. Mais dans l'immédiat, elle ne s'attardait pas sur cette question, se concentrant sur les plaies de l'animal.

Le veau n'avait pas envie de coopérer et le soigner prit plus de temps que prévu.

— Ça t'ennuie de remettre à plus tard les festivités que

tu avais en tête pour ce soir ? demanda Bailey à Wyatt quand ils regagnèrent enfin la maison.

Elle était tellement épuisée qu'elle pouvait à peine mettre un pied devant l'autre.

— Bien sûr, répondit-il. Je vais nous préparer un petit dîner en réchauffant quelques restes, ajouta-t-il.

— Je n'ai pas faim, dit-elle en l'arrêtant alors qu'il s'apprêtait à se rendre à la cuisine.

Se retournant, il lui lança un regard inquiet.

— Tu as déjà sauté le petit déjeuner, lui rappela-t-il. En fait, tu n'as rien mangé de la journée.

— Et je suis toujours debout, répliqua-t-elle d'un ton qu'elle voulait enjoué.

Son commentaire ne parut pas amuser Wyatt.

— Oui, mais pour combien de temps ?

— Assez longtemps pour me mettre au lit, dit Bailey, se dirigeant vers l'escalier.

Il s'avança vers elle et lui leva le menton pour planter les yeux dans les siens.

— Bailey, tu ne peux pas continuer comme ça.

— Je n'ai pas l'intention d'en faire une habitude, répondit-elle. Mais jeûner de temps en temps est très bon pour la santé. Certaines personnes le font régulièrement et s'en portent bien.

Il fronça les sourcils, pas convaincu.

— Et certaines personnes aiment sauter depuis des ponts accrochés à un élastique… Cela ne veut pas dire que tout le monde doit le faire.

Bailey n'était pas d'humeur à en débattre.

— Écoute, je suis fatiguée et je n'ai pas faim. Laisse-moi me mettre au lit, Wyatt. Je te promets que je serai plus drôle demain.

— Tu as été géniale aujourd'hui, dit-il pour lui faire comprendre qu'elle n'avait pas besoin d'être « plus drôle ».

Une partenaire à part entière, ajouta-t-il en rivant les yeux aux siens.

Elle sourit, touchée qu'il lui fasse ce genre de compliments.

S'il s'était montré aussi gentil lorsqu'ils étaient mariés, elle ne serait peut-être pas partie, elle ne l'aurait sans doute pas quitté.

Cela dit, elle ne regrettait rien, songeait Bailey tout en montant l'escalier. Si elle n'était pas partie, elle ne serait jamais devenue vétérinaire et il était très important pour elle d'exercer ce métier. Elle s'était prouvé qu'elle valait quelque chose. Et accessoirement, si elle n'avait pas fait ce choix, elle ne serait pas capable de soigner le troupeau de Wyatt comme elle le faisait.

Cela aurait été très dommage.

Il était beaucoup trop tôt pour faire un bilan, songea Bailey. Sa vie était sur la bonne voie, c'était l'essentiel. Wyatt et elle avaient au moins conclu une trêve. Plus important encore, elle devait tout faire pour tomber enceinte maintenant, avant qu'il ne soit trop tard, et il avait accepté de l'aider à atteindre son objectif. C'était la seule chose qui comptait.

Et le fait que Wyatt n'était plus soupçonné de meurtre.

Dès qu'elle eut mis la tête sur l'oreiller, elle s'endormit.

Un sourire aux lèvres.

Des éclats de voix la tirèrent des bras de Morphée et elle finit par s'asseoir. Son cerveau n'était pas encore totalement réveillé et elle se demanda si des gens hurlaient dans la cour ou si elle avait rêvé.

Sautant du lit, elle attrapa ses vêtements et s'habilla en vitesse, essayant de comprendre ce qui se disait.

Elle entendait des cris de colère, des vociférations.

Que se passait-il ?

Comme elle regardait par la fenêtre, elle fut stupéfaite

de voir au moins une vingtaine d'hommes, sinon plus, rassemblés devant la maison. Ils demandaient à Wyatt de venir s'expliquer avec eux au lieu de se planquer chez lui « comme un lâche ».

Elle quitta la chambre en courant et descendit l'escalier quatre à quatre, devinant d'instinct que, d'un instant à l'autre, Wyatt voudrait sortir pour affronter la foule. Et ces gens semblaient si remontés qu'il était impossible de prévoir leur réaction quand il viendrait à leur rencontre.

Elle devait à tout prix l'empêcher de se jeter dans la gueule du loup.

Comme elle arrivait en bas de l'escalier, elle vit Wyatt, la main sur la poignée de la porte. Il avait l'air furieux.

La peur envahit Bailey.

— Wyatt, non !

19

— Nous savons que c'est toi, Colton ! cria quelqu'un dans la foule. C'est toi qui as kidnappé Cynthia Gates ! Tu l'as tuée, elle aussi ?

Un autre homme hurla :

— Ton père t'a peut-être permis d'échapper à la justice pour l'autre, mais cette fois, tu n'y couperas pas ! Tu iras pourrir en prison si tu n'es pas condamné à mort.

Une troisième voix se joignit aux deux autres.

— Viens et montre-toi, espèce de lâche !

— La prison est trop bonne pour lui ! lança un autre, attisant davantage encore la colère de la foule.

L'expression peinte sur le visage de Wyatt prouvait sa détermination à sortir s'expliquer avec les habitants de Roaring Springs. Mais ces derniers étant hors de contrôle, Bailey craignait qu'ils ne le tuent.

Elle se jeta sur la porte, s'y adossa pour la bloquer et l'empêcher de descendre.

— N'y va pas, Wyatt !

— Je n'ai pas l'intention de me terrer chez moi comme un lâche, répliqua-t-il. Je veux leur parler.

Posant les mains sur les épaules de Bailey, il essaya de la pousser de côté mais, avec une force surprenante, elle tint bon et refusa de bouger.

— Wyatt, sois raisonnable, supplia-t-elle. Sortir serait du suicide. Ils vont te mettre en pièces. Appelle le shérif ou n'importe qui d'autre qui n'ait pas encore été emporté par cette hystérie collective. Un tiers doit maîtriser cette foule avant qu'elle ne fasse quelque chose d'irréparable.

Wyatt secoua la tête.

— Personne n'arrivera à temps pour faire quoi que ce soit, dit-il, rejetant son idée.

Bailey avait tiré son téléphone portable de sa poche et elle s'apprêtait visiblement à contacter quelqu'un.

— Range ça, Bailey, ordonna-t-il avec colère. Je suis capable de gérer la situation moi-même.

Mais elle refusa de se laisser intimider.

— J'appelle Fox pour lui demander de venir avec ses ouvriers agricoles.

Son ranch étant dans le prolongement de celui de Wyatt, ils pourraient venir rapidement sur place.

— Ils parviendront à retenir ces gens en attendant l'arrivée de Trey et de ses adjoints, ajouta-t-elle.

Wyatt soupira.

— D'accord, vas-y, dit-il, les dents serrées.

Elle lui jeta un regard noir.

— Je ne te demandais pas la permission, Wyatt.

Le téléphone sonna trois fois avant qu'elle entende enfin Fox décrocher.

— Fox ? cria-t-elle, faisant de son mieux pour ne pas paraître affolée, même si elle l'était.

— Qui est à l'appareil ? demanda-t-il.

Il était manifestement occupé. Elle eut la nette impression de le déranger.

— Fox, c'est Bailey. Beaucoup d'habitants de Roaring Springs se sont attroupés devant la porte de Wyatt et ils exigent qu'il sorte. Ils crient quelque chose à propos d'une femme disparue. Nous ne comprenons pas bien ce qui se passe mais apparemment, ils soupçonnent Wyatt de l'avoir kidnappée, peut-être tuée… Alors si tes hommes et toi pouviez venir nous prêter main-forte…

— J'arrive immédiatement, promit Fox. Dis à Wyatt de tenir bon, ordonna-t-il avant de raccrocher.

— Nous allons essayer, dit-elle dans le téléphone à présent silencieux.

Elle se remit à pianoter sur son smartphone.

— Maintenant, qui appelles-tu ? voulut savoir Wyatt.

La foule amassée devant la porte devenait de plus en plus bruyante, de plus en plus vindicative.

— Le shérif, répondit Bailey. Je vais… Shérif Colton ? dit-elle, reportant son attention sur son correspondant téléphonique.

— Bonjour, Bailey, dit Trey. Quoi de neuf ?

Son numéro avait dû apparaître sur son écran.

— Viens vite, je t'en prie. Plein de gens se sont rassemblés devant la maison et semblent très agités. Pourtant, Wyatt m'a dit que quelqu'un avait avoué avoir tué Bianca. S'est-il passé autre chose dont nous ne sommes pas au courant ?

Le téléphone lui fut arraché des mains par Wyatt.

— Trey, c'est Wyatt. Pourquoi une foule hors d'elle a-t-elle envahi ma cour pour réclamer ma tête ?

— Cynthia Gates a disparu. Certaines personnes pensent que tu l'as enlevée. Nous en parlerons quand j'arriverai. En attendant, garde tes portes verrouillées ! ordonna Trey. J'arrive aussi vite que possible – avec des renforts.

— Des renforts, répéta Wyatt, abasourdi par la gravité de la situation. Cela commence à ressembler à un épisode d'une série policière.

— Quoi que tu fasses, n'ouvre pas la porte. À tout de suite, ajouta-t-il avant de raccrocher.

— Alors ? Que se passe-t-il ? demanda Bailey, scrutant le visage de Wyatt. Que t'a-t-il dit ?

Ne voulant pas l'alarmer, il feignit de l'ignorer.

— Je n'en ai aucune idée. Trey a dit qu'il arrivait aussi vite que possible.

Dehors, les habitants de la ville reprenaient leurs invectives.

— Hé, Colton, tu finiras bien par sortir. Tu ne pourras pas te planquer éternellement et nous sommes prêts à t'attendre ! Toute la journée s'il le faut ! promit quelqu'un.

Bailey vit une veine dans le cou de Wyatt grossir, palpiter. Il essayait de contenir ses émotions mais, en tentant de les refouler, il ne faisait que les décupler. Il avait toujours préféré attaquer de front les événements mais cette fois-ci, s'il s'y risquait, il le paierait très cher.

Seuls des représentants de la loi comme Trey ou ses adjoints seraient en mesure de calmer cette foule devenue incontrôlable. Or Wyatt n'était qu'un citoyen ordinaire. Il aurait beau clamer son innocence, personne ne l'écouterait. S'il sortait de la maison maintenant, il finirait en bouillie.

Tous deux finiraient en bouillie, corrigea-t-elle pour elle-même, parce qu'elle ne laisserait pas Wyatt seul.

— Wyatt, je te préviens : si tu sors, je sors avec toi.

— Je te l'interdis, répliqua-t-il avec sévérité. Tu refermeras la porte derrière moi, tu la verrouilleras et tu resteras à l'intérieur.

Les jambes écartées, elle se redressa devant lui et elle secoua la tête.

— Il n'en est pas question. Je te le répète, Wyatt : si tu sors, je sors. Sois raisonnable. Le mieux est d'attendre ici l'arrivée de Fox, du shérif et de leurs hommes. Pour une fois dans ta vie, sers-toi de tes neurones et tu conviendras que c'est la seule chose à faire !

Il la fusilla du regard.

— Que viens-tu de dire ?

Il fut un temps où son expression l'aurait réduite au silence. Mais cette époque était révolue. Bailey n'avait pas l'intention de reculer, de céder. La situation était trop grave.

— Tu m'as très bien entendue, dit-elle. Nous commençons à peine à reconstruire quelque chose. Il n'est pas question pour moi de te regarder te faire lyncher, simplement parce que tu es trop bête pour rester en sécurité à l'intérieur !

Quand quelqu'un lança une pierre sur une fenêtre, brisant la vitre, Bailey sursauta, étouffant un cri. Manifestement, même dans la maison, ils n'étaient pas totalement en sécurité.

Wyatt serra les poings.

— Recule-toi ! cria-t-il.

Il voulut la pousser et sortir mais Bailey lui saisit le bras pour l'en empêcher. Si elle l'avait laissé faire, il se serait jeté dans la gueule du loup, elle en était certaine.

— Cette pierre a failli toucher ma femme, hurla-t-il à travers la vitre brisée.

— Alors sors, espèce de lâche ! C'est toi que nous voulons, pas elle ! riposta quelqu'un.

— Si tu ne viens pas t'expliquer avec nous, nous entrons ! menaça un autre. Et qui sait comment cela finira !

— Tu n'es qu'un planqué, Wyatt ! Tu n'as rien d'un homme !

Cette dernière insulte fut la goutte d'eau qui fit déborder le vase. Wyatt ne pouvait supporter que sa virilité soit mise en doute. Il se devait de réagir.

Tournant les talons, il se rendit dans le petit salon et il revint, un instant plus tard, avec son fusil et une boîte de cartouches. Lorsqu'il vit Bailey froncer les sourcils, il voulut la rassurer. Sans doute craignait-elle qu'il ne commence à tirer dans le tas. Bien entendu, il n'en avait pas l'intention.

— Je préfère assurer nos arrières, dit-il. Mais j'espère ne pas en arriver à cette extrémité. Je n'utiliserai cette arme qu'en dernier recours. Uniquement si cette foule devient dangereuse.

Mais Bailey n'avait pas froncé les sourcils pour cette raison.

— Où est le mien ?

Il eut un sourire sans joie.

— Là-bas, dans le petit salon, mais peut-être ne devrais-tu pas…

Elle avait déjà quitté la pièce. Elle n'allait pas écouter un sermon, les bras croisés, alors que leur sécurité était menacée.

— Je tire mieux que toi, lui rappela-t-elle, élevant la voix pour se faire entendre malgré le vacarme dans la cour. S'ils forcent la porte, nous tirerons au-dessus de leurs têtes pour leur faire peur. Espérons qu'ils reculeront, ajouta-t-elle en chargeant son arme.

Le bruit d'une fusillade à l'extérieur la figea dans son élan. Elle se tourna vers Wyatt d'un air interrogateur. Tous ces gens étaient-ils sur le point de faire irruption dans la maison ? Elle courut dans le salon pour s'emparer d'un autre fusil.

Une voix forte s'éleva alors, une voix qu'ils reconnurent.

— Tout le monde compte jusqu'à dix. Si ce que je vous demande est trop difficile pour certains d'entre vous, n'hésitez pas à vous servir de vos doigts. Maintenant, reculez tous de trois pas ! Tout de suite !

— Fox ! cria-t-elle.

Son soulagement se mua en peur lorsqu'elle vit Wyatt ouvrir la porte.

— Non, Wyatt, attends ! Ne…

Mais il était trop tard. Wyatt sortait déjà sur le porche, son fusil à la main.

Il sourit en s'apercevant que Fox n'était pas venu seul.

— Cela fait plaisir de voir ta sale tête, dit Wyatt.

Il ne s'adressait pas à Fox mais à l'un des hommes venus avec lui.

Liam Kastor, un grand blond musclé, était son meilleur ami et, accessoirement, inspecteur de police à Roaring Springs.

Fox, debout à l'arrière de la foule, hocha la tête.

— Quand Bailey m'a appelé, Liam était chez moi. Il

était passé m'acheter un de mes chevaux. Une chance. Je me suis dit que l'emmener ne te dérangerait pas.

— Assez de palabres ! gronda une voix grave dans la foule. Nous sommes ici pour conduire Colton en ville, devant un juge, afin qu'il assume les conséquences de ses actes. C'est un assassin, il mérite la peine de mort !

Sans laisser à Fox ou à Wyatt la possibilité de répondre, Liam, représentant la loi, prit la parole.

— Cesse de raconter n'importe quoi, McNutley. Manifestement, tu n'es pas encore au courant mais le type qui a tué la call-girl a été identifié.

Liam avait son revolver de service à la main et dès qu'il avait vu McNutley sortir son arme, il l'avait mis en joue.

Un autre intervint, refusant d'en démordre :

— C'est peut-être ce que prétend le shérif mais je n'en mettrais pas ma main au feu, rétorqua-t-il avec hargne. J'ai entendu dire que le soi-disant meurtrier de cette fille s'était suicidé. Ben voyons ! Il n'est donc plus là pour contredire ses accusateurs, c'est bien commode. Le paternel de Colton a probablement versé des pots-de-vin pour que le shérif et ses adjoints fassent porter le chapeau à ce gars !

Plusieurs hommes donnèrent de la voix pour dire qu'ils étaient bien d'accord, que l'affaire leur semblait cousue de fil blanc.

— Rends-toi, Wyatt. Il est temps d'avouer ce que tu as fait à Cynthia !

En dépit de la présence de Fox et de l'inspecteur de police, ces types semblaient décidés à s'emparer de Wyatt pour le conduire manu militari devant un juge.

Sans quitter ses accusateurs des yeux, Wyatt poussa instinctivement Bailey derrière lui.

— Rentre à la maison, ordonna-t-il.

Pendant une fraction de seconde, prise d'un brusque vertige, Bailey se sentit partir, comme si elle allait s'évanouir. Ce n'était pas le moment d'avoir des vapeurs. Elle prit une profonde inspiration et redressa les épaules, espérant que cet étrange malaise allait vite se dissiper.

— Non !

Elle pensait avoir crié le mot, mais à la vue de l'expression de Wyatt, elle se rendit compte qu'elle l'avait à peine chuchoté. Que lui arrivait-il ?

— Bailey ? demanda Wyatt avec inquiétude.

Une voix grave et ferme s'éleva soudain pour s'adresser aux hommes réunis dans la cour :

— Je ne me rappelle pas avoir mandaté aucun d'entre vous. De quel droit vous êtes-vous autoproclamés adjoints du shérif ? Qui vous a autorisés à jouer les justiciers ?

En le reconnaissant, Bailey faillit pleurer de soulagement.

La foule se retourna comme un seul homme et découvrit Trey, Daria et les autres adjoints autour de lui. Tous avaient l'arme au poing. Debout sur le capot de son 4×4, le shérif dominait l'assistance.

— Maintenant, lança Trey, si j'ai un bon conseil à vous donner, c'est de rentrer chez vous et en vitesse. Peut-être conclurai-je alors à un moment d'égarement et j'oublierai ce qui s'est passé.

Ce ne serait pas si facile.

— Il a enlevé une autre fille, shérif, protesta McNutley avec colère. Il a dû l'enfermer dans sa grange. Ou peut-être qu'il l'a déjà tuée comme l'autre avant de la jeter dans un coin pour que les coyotes la fassent disparaître, poursuivit-il, décrivant un scénario terrifiant.

Ses paroles déclenchèrent une autre réaction de colère.

Trey leva la main pour calmer la foule. Il secoua la tête.

— Vous avez raté votre vocation, McNutley. Vu votre imagination débordante, vous auriez dû écrire des romans policiers. Vous auriez fait fortune.

Jetant un coup d'œil par-dessus son épaule, il appela alors l'un de ses adjoints.

— Hé, Alejandro, pourquoi n'amènerais-tu pas notre invitée pour que tout le monde la voie bien ?

Des voix mécontentes se répondaient dans la cour tandis que les hommes spéculaient sur ce qui se passait.

— Tout le monde s'inquiète de ton sort, Cynthia, dit Trey à la jeune femme qu'Alejandro sortait du véhicule de patrouille. D'après ce que je comprends, de nombreux habitants de Roaring Springs sont certains que tu avais été kidnappée, voire tuée.

Il tendit la main pour la hisser sur le capot à côté de lui et lui demanda :

— Pourquoi ne pas leur raconter où tu étais ?

Comme elle ne répondait rien, Trey hocha la tête, comme s'il n'avait jamais pensé qu'elle le ferait.

— Cynthia avait décidé de s'enfuir avec l'homme de sa vie pour vivre avec lui d'amour et d'eau fraîche jusqu'à la fin des temps. Malheureusement, « l'homme de sa vie » ne partageait pas sa conception ni de l'Amour avec un grand A ni de l'éternité. Une fois parvenu à ses fins, il l'a abandonnée. L'un de mes adjoints l'a trouvée à une vingtaine de kilomètres de la ville, ivre et désorientée, mais bien vivante.

Il se retourna et son regard balaya la foule.

— Quant à Wyatt Colton, il ne l'a jamais touchée. Il ne l'avait même jamais rencontrée.

Trey s'exprimait toujours d'une voix unie mais sa colère à peine contenue était tout à fait perceptible tandis qu'il poursuivait :

— Vous vous apprêtiez à lui faire payer un crime qu'il n'a pas commis, uniquement parce que vous détestez son père. Pensez-y la prochaine fois que vous aurez envie de rendre justice vous-mêmes, ajouta-t-il, blanc de fureur. Et maintenant, foutez-moi le camp. Et que ça saute !

20

Dans un brouhaha de mécontentement frustré, les habitants de Roaring Springs qui avaient envahi la cour tournèrent les talons pour rentrer chez eux.

Le shérif sauta alors de son camion pour se rendre chez Wyatt. Il examina la vitre brisée et il se tourna vers son cousin.

— Veux-tu porter plainte, Wyatt ? demanda-t-il, désignant d'un geste les premiers rangs de la foule.

Wyatt secoua la tête.

— Pas encore, répondit-il. Je vais d'abord évaluer les dégâts que ces imbéciles ont causés sur mon ranch. Pour l'instant, j'ai seulement envie d'en finir.

Ses yeux balayèrent les hommes qui quittaient les lieux.

— Alors, partez ! ordonna-t-il avec colère.

— Vous avez entendu ? lança Trey à la cantonade. Partez avant que je vous verbalise pour violation de propriété privée !

Si certains bougonnaient encore, la plupart regagnèrent leur véhicule sans demander leur reste.

Satisfait d'avoir écarté le danger, du moins pour le moment, Trey se tourna vers Daria.

— Reconduisez Cynthia chez ses parents, dit-il.

Il jeta un coup d'œil à la fugueuse qui avait sans le vouloir déclenché la fureur de ce nid de frelons.

— Je suis sûr qu'après l'avoir couverte de baisers, ils auront quelques mots à dire à leur fille…

Daria prit Cynthia par le bras pour l'entraîner vers son véhicule.

— C'est comme si c'était fait, shérif.

Fox, Liam et Trey restèrent avec Wyatt et Bailey tandis que la foule se dispersait sous le regard vigilant des adjoints et des ouvriers agricoles venus au secours de Wyatt.

— Tout ira bien ? voulut savoir Fox, observant Wyatt et Bailey.

— Maintenant, oui, assura Wyatt. Merci à vous tous, ajouta-t-il.

— Ne nous remercie pas, dit Fox. C'est Bailey qui mérite ta reconnaissance éternelle. Tu lui dois une fière chandelle. Si elle ne m'avait pas téléphoné…

— C'est vrai et j'aurais tort de l'oublier.

Les événements s'étaient succédé si vite et il avait eu si peur que la foule s'en prenne à Bailey qu'il avait un peu perdu son sang-froid, mais en effet, sans elle, il se serait sans doute fait lyncher.

Un sourire en coin, il se tourna vers son ex-femme.

De nouveau, elle était très pâle, remarqua-t-il.

— Tu te sens bien, Bailey ? demanda-t-il. Tu veux t'allonger ?

Secouant la tête, elle repoussa ses inquiétudes.

— Tout va bien, assura-t-elle, même si elle avait l'impression d'être en bateau sur une mer agitée.

Wyatt ne semblait pas convaincu.

— Si tu le dis…

Puis il se tourna vers les hommes qui lui avaient apporté leur soutien.

— Pour vous remercier d'être venus à mon secours, je vous propose de nous retrouver tous en ville samedi soir. Je vous offrirai quelques verres. Je vous dois bien ça.

— Ce n'est pas de refus, répondit Fox en riant.

— Le programme me convient très bien, renchérit Liam.

— Tu peux compter sur moi aussi, ajouta Trey. J'espère seulement que Daria acceptera de me remplacer au bureau du shérif. Mais en attendant, et maintenant que le calme est revenu chez toi, je dois retourner à mon poste.

— Bien sûr, dit Wyatt.

— J'ai des veaux à soigner, dit Bailey.

Wyatt aussi avait beaucoup à faire.

Tout le monde s'en alla vaquer à ses occupations habituelles.

Ce n'est qu'après le départ du shérif et de ses adjoints que Murphy s'approcha.

— Patron…

Wyatt, qui se dirigeait déjà vers l'étable, s'arrêta net, et considéra son ouvrier agricole d'un œil interrogateur.

— Quelque chose te préoccupe ?

Que se passe-t-il encore ? se demandait Wyatt en jetant un coup d'œil à Bailey. Elle semblait aussi inquiète que lui.

Murphy hocha la tête.

— J'ai appris quelque chose qui vous intéressera sans doute.

— Et quoi ? demanda Wyatt.

— Hier soir, j'ai pris un verre avec mon ami Billy, commença Murphy. Depuis la mort de sa femme, il déteste rentrer chez lui et passer la soirée seul dans une maison vide. Voilà pourquoi il descend tous les soirs au bar du centre-ville.

— Et alors ? demanda Wyatt s'efforçant de ne pas perdre patience. C'est important ?

La hargne de la foule l'avait mis en retard et il voulait se remettre au travail le plus tôt possible. Il était certain qu'il devrait réparer les clôtures après cette visite impromptue des habitants de la ville.

Murphy opina.

— Selon lui, Olson n'était pas au bar le soir où il a dit qu'il l'était.

Wyatt fut tout de suite intéressé.

— En est-il sûr ?

— S'il passe ses nuits à boire, il confond peut-être, renchérit Bailey, d'un air sceptique.

— Billy ne se soûle pas, protesta Murphy. Il boit une bière avec les copains pour ne pas se sentir seul, voilà tout. Et il est certain de ce qu'il affirme.

— Cela signifie qu'Olson a payé le barman pour se fabriquer un alibi, cria Bailey, tout excitée.

— Oui, on le dirait bien, acquiesça Wyatt.

Il regarda Murphy.

— Hank et toi, pouvez-vous vous occuper des tâches habituelles ? J'aimerais faire un saut en ville pour dire deux mots au barman. Et si l'histoire de Billy se confirme, et que le mensonge d'Olson est avéré, je rendrai une petite visite à M. Olson.

Son expression devint dure.

— Je me fais fort de l'amener à retrouver la mémoire.

— Bien sûr, patron, répondit Murphy en souriant avant de se diriger vers l'étable. J'ai bien fait de parler à Billy, ajouta-t-il, ravi de la tournure des événements.

— Oui, une vraie chance, renchérit Wyatt en se hâtant de regagner son camion.

Quelqu'un avait cassé son pare-brise, nota-t-il en s'approchant du véhicule. L'un des habitants de la ville venus crier vengeance, sans doute.

Peut-être allait-il porter plainte, après tout, pensa-t-il.

Ce n'est qu'en montant dans la cabine du camion qu'il s'aperçut que Bailey l'avait suivi et qu'elle ouvrait la portière côté passager.

Il se renfrogna.

— Que fais-tu ?

— Je vais avec toi, bien sûr, répondit-elle en s'installant.

— Non, pas question. Tu restes ici, ordonna-t-il.

Bailey le regarda d'un air exaspéré.

— Tu n'as toujours rien compris, n'est-ce pas, Wyatt ? Tu n'as pas d'ordres à me donner.

Il n'était pas d'humeur pour un débat.

— Écoute, ce type a empoisonné mon taureau et il est sans aucun doute derrière les prétendues « fugues » des veaux.

— Raison de plus pour que je t'accompagne.

Elle a vraiment la tête dure, pensa Wyatt, réprimant un soupir agacé. Rien n'était jamais facile avec elle.

— Il est *dangereux*, Bailey.

— Et moi aussi. Démarre, Wyatt.

Il mit la clé dans le contact.

— Je ne veux pas qu'il t'arrive quelque chose.

— Moi non plus, je ne veux pas qu'il t'arrive quelque chose, répliqua-t-elle, l'imitant. Nous sommes donc sur la même longueur d'onde. Nous nous protégerons mutuellement afin que cette racaille ne fasse de mal à aucun de nous.

Parfois, comme à cet instant, Wyatt avait vraiment envie de l'étrangler. Mais comme il n'y avait pas moyen de la convaincre de rester à la maison et qu'ils perdaient du temps, il dut se résoudre à la laisser l'accompagner.

Il démarra tout en lui lançant un regard irrité.

— Personne ne réussit à m'énerver autant que toi, dit-il.

— C'est réciproque, Wyatt, répondit-elle.

Ils se rendirent au centre-ville. À cette heure matinale, il n'y avait pas grand monde dans les rues et Wyatt eut l'embarras du choix pour se garer. Il s'arrêta non loin du bar, bâti pour ressembler à une cabane en rondins, et il sortit du camion.

— Tu peux m'attendre ici, Bailey. Inutile d'y aller à deux, dit-il.

Bailey leva les yeux au ciel et sauta à terre.

— Bien essayé, répondit-elle. Je t'accompagne.

Ils entrèrent dans l'établissement plongé dans une semi-pénombre. Peu de lampes étaient allumées.

— Nous ne sommes pas encore ouverts, cria Ned Peters, le barman, du bout de la salle.

— Nous ne venons pas pour boire, répliqua Wyatt.

— Alors, partez, dit Peters.

Wyatt traversa la salle pour le rejoindre. De taille moyenne, le barman était maigre, chauve et barbu.

Il lança à Wyatt d'un ton agressif :

— Que voulez-vous ? C'est fermé. Dans quelle langue faut-il vous le dire ? Si vous ne dégagez pas tout de suite, j'appelle le shérif.

— Allez-y, Peters, appelez-le, rétorqua Wyatt. Vous pourrez alors lui expliquer pourquoi vous lui avez menti.

— Que racontez-vous ? demanda l'homme qui semblait soudain moins sûr de lui.

— Vous avez affirmé au shérif qu'Olson était ici la nuit où le taureau de Wyatt a été empoisonné, dit Bailey, incapable de rester silencieuse plus longtemps.

Peters se redressa.

— Il l'était.

— Non, il ne l'était pas, répliqua Wyatt. Un de vos habitués était ici, lui, et il est certain que Olson ne s'y trouvait pas.

Peters fit un pas en arrière. Ses yeux effrayés ne quittaient pas le visage de Wyatt qui le dominait de toute sa hauteur.

— Il se trompe.

— Ou vous avez menti, rétorqua Wyatt. Combien Olson vous a-t-il payé pour lui fournir un alibi ?

Le barman commençait à transpirer à grosses gouttes.

— Je…

— Combien ? demanda Wyatt.

— Tout serait plus simple si vous disiez la vérité, intervint Bailey. Wyatt est allergique aux menteurs.

Livide, Peters bégaya :

— Je… J'ai… Je suis couvert de… dettes. Si je ne les rembourse pas, je perdrai le bar… mon outil de travail.

— Olson vous a donc acheté, conclut Wyatt.

Ce n'était pas une supposition.

— N'y voyez rien de personnel, balbutia Peters. Je n'ai rien contre vous. Mais ce bar est tout ce que je possède. Je me suis battu toute ma vie pour m'en sortir, vous ne savez pas ce que c'est. Alors, tout perdre au moment où je pensais toucher au but…

Wyatt le dévisagea froidement.

— Vous ne savez rien de moi, répondit-il. Maintenant, vous allez me suivre chez le shérif et lui dire que vous avez menti, que vous avez fourni à Olson un alibi bidon.

— Mais Olson va me tuer si je le dénonce ! cria Peters.

— Les aveux soulagent les âmes tourmentées, répliqua Wyatt. Et je vous tuerai, moi, si vous ne dites pas la vérité !

— Que viens-tu faire chez moi ? demanda Olson.

Voir Wyatt et Bailey sur le seuil de sa maison ne lui faisait manifestement aucun plaisir, d'autant que Wyatt poussa avec violence la porte pour entrer sans attendre d'y être invité.

Un sourire cruel traversa soudain le visage de l'éleveur.

— T'es-tu enfin décidé à vendre ? lança-t-il sur un ton ironique.

— Non, répondit Wyatt. Je suis venu te donner une chance de te rendre à la police.

L'expression d'Olson devint moqueuse.

— Vraiment ! Et d'après ton esprit malade, pourquoi ferais-je une chose pareille ?

— Parce que votre alibi concernant la nuit où le taureau de Wyatt a été empoisonné ne tient plus, répondit Bailey.

Le visage d'Olson s'assombrit.

— De quoi parlez-vous ?

— Le barman s'est rétracté.

Olson ne connaissait pas ce mot.

— Il s'est quoi ? balbutia-t-il. Que signifie ce charabia ?

Wyatt répondit d'un ton étrangement calme :

— Cela signifie que tu vas être emprisonné pour avoir empoisonné mon taureau, pour avoir tenté de détruire mon troupeau et, circonstance aggravante, pour avoir menti au shérif. Voilà ce que cela signifie…

Olson devint rouge écarlate.

— Tu n'as aucune preuve ! cria-t-il avant de le traiter de tous les noms.

Imperturbable, Wyatt continua :

— Oh ! si, j'ai des preuves ! Comme je viens de te l'expliquer, Bailey et moi avons bavardé avec Peters au sujet de ton prétendu alibi. Il s'est rendu compte qu'il s'était trompé au sujet de l'heure et de la date. Tu n'étais pas dans son établissement ce soir-là.

Wyatt se rapprocha d'Olson, le toisant d'un air farouche.

— Et je parie que si nous interrogeons tes hommes un par un, l'un d'eux finira par avouer avoir fait le sale boulot pour toi. Avoir laissé échapper mes veaux. Et acheté le poison dont tu t'es servi pour tuer Brahma.

Olson avait de plus en plus de mal à paraître détendu.

— Tu bluffes !

— À ta place, je ne risquerais pas ma liberté sur cette hypothèse.

Il se tourna vers Bailey.

— Bailey, pourquoi ne pas appeler le shérif afin que nous puissions prouver à Olson que nous parlons très sérieusement ? Il est dehors.

Olson réagit comme un animal piégé.

— Fils de pute ! cria-t-il en lançant son poing au visage de Wyatt.

Wyatt para le coup et attrapa Olson par le col de sa chemise pour le plaquer brutalement contre le mur. Il dut faire appel à toute sa volonté pour s'interdire de le frapper.

— Je te conseille de surveiller tes paroles, prévint-il.

Bien que Olson soit plus grand que Wyatt, il recula. Comme la plupart des lâches, il craignait les conséquences de ses actes.

— Calme-toi, inutile d'en venir aux mains, Colton. Nous sommes adultes et respectueux des lois, cria-t-il, manifestement effrayé.

— Respectueux des lois ? contra Wyatt, exaspéré. Empoisonner mon taureau primé parce que je refusais de te vendre mon ranch, c'est respecter la loi, d'après toi ?

Olson avait vraiment l'air terrifié.

— Tu m'as dit que le shérif était dehors, dit-il à Wyatt. Tu lèves la main sur moi et je te fais arrêter, pigé ?

— Tu me menaces, maintenant ? demanda Wyatt, incrédule.

— Wyatt, ne le laisse pas te pousser à bout et à faire quelque chose que tu regretteras, intervint Bailey. Si les choses tournent mal, tu n'obtiendras peut-être pas les résultats escomptés.

Sans attendre la réponse de Wyatt, elle ouvrit rapidement la porte.

— Venez maintenant, Trey. Cela vaut mieux.

Trey entra et Olson se mit immédiatement à se justifier.

— Je ne sais pas ce que cet imbécile vous a raconté, shérif, mais il ment comme il respire. Jamais je ne…

— Économisez votre salive, Olson, ordonna Trey. Peters a avoué que vous l'aviez payé pour prétendre que vous étiez au bar la nuit où le taureau de Wyatt a été empoisonné.

Olson avait l'air désespéré.

— Cela ne prouve rien, protesta-t-il.

— Personne ne paie quelqu'un en échange d'un alibi sans avoir quelque chose à cacher, Olson, répliqua Trey avec calme. De plus, quelqu'un d'autre est venu témoigner vous avoir vu sur la propriété de Wyatt, la nuit où son taureau a été tué.

— Je venais faire une nouvelle offre à Colton, cria Olson qui transpirait de plus en plus.

— Alors pourquoi ne t'ai-je pas vu ? répliqua Wyatt.

— Parce que poser les yeux sur ton visage de minable était au-dessus de mes forces et j'ai finalement préféré rentrer chez moi, répondit Olson.

— Non, dit Bailey avec colère. Vous êtes rentré chez vous après avoir empoisonné ce taureau. Vous n'êtes qu'un lâche pour vous attaquer à des animaux sans défense dans l'espoir de vous emparer des terres de Wyatt. J'espère que vous paierez cher ce que vous avez fait à ce taureau et à ces veaux.

— Fermez-la, petite garce ! gronda Olson en s'avançant vers elle.

Wyatt lança son poing dans le nez d'Olson. Entendre Olson insulter Bailey l'avait poussé à bout.

Olson hurla de douleur.

— Il m'a cassé le nez ! cria-t-il à Trey. Je veux porter plainte.

Trey sortit ses menottes. Mais au lieu de les utiliser sur Wyatt, il attacha les mains d'Olson derrière son dos.

Celui-ci sortit de ses gonds.

— Vous allez le regretter, vous allez tous regretter de m'avoir traité ainsi, cria Olson.

Trey le poussa violemment vers l'extérieur.

— Surveillez vos propos, Olson. Menacer un shérif est un délit.

Olson suivit Trey jusqu'au 4×4 sans cesser de hurler et de jurer.

— Une fois que je l'aurai installé dans son nouveau logis, pourquoi ne viendrais-tu pas porter plainte contre Olson ?

— Très bien, répondit Wyatt. En attendant, je ramène Bailey à la maison, dit-il en l'enlaçant.

21

— Nous n'avions pas besoin de rentrer maintenant, Wyatt. Je tiens à t'accompagner lorsque tu iras porter plainte contre ce sale type.

— Non, Bailey, répondit-il tout en enfilant une chemise propre. Tu restes à la maison, compris ?

Bailey poussa un soupir exaspéré. Ils avaient enfin la preuve qu'Olson était derrière l'empoisonnement du taureau et les mésaventures des veaux. Wyatt avait hâte d'engager enfin des poursuites contre l'homme qui convoitait ses terres depuis des mois. Elle partageait son état d'esprit. Mais elle ne comprenait pas pourquoi il refusait qu'elle se rende avec lui au bureau du shérif.

— Pourquoi ne puis-je pas venir avec toi ?

Bailey avait l'impression qu'ils avaient déjà eu cette conversation des dizaines de fois dans le passé. Chaque fois qu'il avait tenté de la laisser en arrière, elle s'était battue – et elle avait toujours fini par obtenir gain de cause.

Alors, pourquoi remettre encore le sujet sur le tapis ?

— Parce que je m'inquiète pour toi. Tu n'as vraiment pas l'air bien depuis quelque temps. Tu as une sale tête.

— Merci. Tu sais parler aux femmes, toi ! répliqua-t-elle avec ironie.

— Bailey, je suis sérieux. Je veux que tu te reposes, tu comprends ?

Wyatt passa ses bras autour d'elle, pas pour l'emprisonner, mais pour lui offrir son réconfort et son soutien.

— Tu travailles trop et tu ne te reposes pas suffisamment. J'apprécie tout ce que tu fais pour moi mais si tu tombes malade, tu ne pourras plus m'aider. Alors va t'allonger. Je reviendrai vite.

— Suis-je autorisée à te regarder partir ? demanda-t-elle, sarcastique.

— Bien sûr. Mais ensuite, monte te coucher, répondit-il.

Par la fenêtre, Bailey le suivit des yeux.

Une fois assis au volant, il lui fit signe. Elle lui rendit son salut puis se détourna vers l'intérieur de la maison. Derrière elle, elle l'entendit démarrer et s'éloigner. Elle n'aimait pas être laissée de côté, rester en arrière.

De plus, elle n'était pas d'humeur à s'allonger pour attendre le retour de Wyatt. Elle décida donc de sortir par l'arrière.

Une petite mare se trouvait à proximité de la maison. Une communauté de canards y avait élu domicile. En général, les regarder s'ébattre sur l'eau l'apaisait. Mais cette fois, ce spectacle ne fit qu'accroître sa frustration et son agitation.

En lui ordonnant de se reposer, Wyatt pensait bien faire, elle le savait. Il ne cherchait pas à la réduire au silence ni à la surveiller. Mais elle n'avait pas besoin d'être dorlotée. Elle n'était pas en sucre.

Certes, il était agréable de savoir que Wyatt se souciait de sa santé mais elle allait bien. D'ailleurs, sa fatigue s'était envolée. Lorsqu'il la traitait comme un petit être fragile, il lui donnait envie de lui prouver qu'elle ne l'était pas.

Pas question pour elle de rester à la maison. Elle avait la ferme intention de se rendre au bureau du shérif et rien ne l'en empêcherait.

Que Wyatt soit prêt à le reconnaître ou non, il avait besoin d'elle là-bas.

La presse allait sans doute s'emparer de l'affaire et en faire ses choux gras. Les journalistes ne feraient qu'une bouchée de Wyatt.

Elle devait l'aider à se défendre, lui prêter main-forte.

Bailey se dirigea à grands pas vers le garage. Murphy la vit monter dans sa voiture et sortir. Il s'approcha et il lui fit signe de baisser la vitre.

— Il ne sera pas seul, doc, dit-il. Le shérif sera avec lui. Vous n'avez rien à craindre.

Bailey secoua la tête. Murphy était gentil. Mais c'était un homme et les hommes avaient tendance à passer à côté de petits détails importants.

— Ce n'est pas la même chose, dit-elle.

Devinant qu'il ne parviendrait pas à l'arrêter, Murphy tenta une autre approche :

— Et si je vous conduisais en ville, doc ? proposa-t-il.

Bailey lui sourit, sachant qu'il faisait ce que Wyatt aurait voulu qu'il fasse. Mais elle refusait d'être traitée comme une incapable.

— Je conduis depuis l'âge de douze ans.

Elle accompagnait alors son père sur les circuits de rodéos. Et parfois, il était trop ivre pour prendre le volant. Il revenait alors à Bailey de les conduire à l'étape suivante.

— Ne vous inquiétez pas, dit-elle à Murphy. Tout ira bien.

— Je l'espère, murmura-t-il.

Le trajet entre le Crooked C et Roaring Springs n'était pas particulièrement long, mais il était très sinueux. Comme la route était déserte, Bailey put réfléchir tranquillement tout en admirant une région magnifique. Elle songeait à ce qu'elle allait dire à Wyatt. Il ne serait sans doute pas ravi de la voir débarquer mais elle ne manquait pas d'arguments pour justifier sa présence.

Elle sourit, confiante. Elle avait raison d'y aller.

Lorsqu'elle entendit le vrombissement d'un moteur derrière elle, elle jeta automatiquement un coup d'œil dans son rétroviseur. Elle aperçut une berline au loin.

La voiture roulait à vive allure.

Où va donc ce gars si pressé ? se demanda-t-elle.

Quand le conducteur se mit à la coller, pare-chocs contre pare-chocs, Bailey fronça les sourcils. Il avait toute la route devant lui. Il lui suffisait de la doubler pour accélérer. Qu'attendait-il pour le faire ?

Elle se rabattit sur le côté, lui faisant signe de la dépasser.

Il ne le fit pas, restant derrière elle, scotché à elle.

Quelque chose n'allait pas, pensa Bailey, commençant à s'inquiéter un peu.

Elle appuya sur la pédale d'accélérateur pour prendre le large. Son compteur de vitesse afficha bientôt quatre-vingts, quatre-vingt-dix, cent kilomètres/heure…

Derrière elle, le type l'imita. Cela n'avait aucun sens.

La bouche sèche, elle sentit sa gorge se serrer.

Essayait-il de l'envoyer dans le décor ? À l'instant où cette hypothèse la traversait, Bailey se rendit compte que, aussi incroyable que cela puisse paraître, elle était fondée.

Le conducteur de cette berline était là pour la tuer.

Bailey s'interdit de regarder derrière elle. Au lieu de quoi, elle se concentra sur la route. À cette vitesse, les virages étaient très dangereux et, si elle ne faisait pas attention, elle risquait de sortir de la route, de basculer dans le vide et de se retrouver au fond du précipice.

Elle serra le volant.

Quand elle ressentit la première secousse, elle crut qu'elle avait roulé sur une grosse pierre. Mais la seconde, plus violente, lui fit comprendre que la voiture qui la suivait l'avait heurtée. Et cherchait bien à l'envoyer dans le décor.

Le cœur battant, Bailey pressa davantage la pédale d'accélérateur tout en s'efforçant de garder le contrôle de son véhicule.

La berline derrière elle la percuta de nouveau.

Cette fois, la collision fut si brutale que Bailey sentit ses dents s'entrechoquer. Mais elle accéléra encore, tentant de s'éloigner de son agresseur.

Comme elle négociait un virage, elle sentit soudain les roues patiner. Le remblai arrivait sur elle à une vitesse folle. Terrifiée, elle poussa un hurlement.

Au moment où sa voiture basculait dans le vide, sa tête frappa violemment le tableau de bord et elle perdit connaissance.

Derrière elle, le conducteur de la berline ralentit et finit par s'arrêter. Il recula pour se placer devant l'endroit où Bailey avait quitté la route.

Il tenait à voir de ses propres yeux les dommages qu'il avait causés. Apparemment, coincée à l'intérieur de la carcasse de la voiture, la femme ne bougeait plus. Peut-être était-elle morte.

Bien, se dit-il en souriant. *Tu ne l'as pas volé, salope. Tout comme ton « cow-boy » a bien mérité tous les ennuis qui lui tombent dessus depuis que cette putain a été retrouvée sur sa propriété. Quelqu'un a tout gâché en produisant ses aveux stupides. Mais je trouverai un autre moyen de le sortir du jeu. Dommage que tu ne sois plus là pour le voir.*

La route était déserte.

Il sortit de sa voiture, se demandant s'il devait descendre au fond du précipice pour s'assurer qu'elle était bien morte ou s'il valait mieux se contenter de mettre le feu au véhicule accidenté.

Tout le monde penserait qu'elle avait perdu le contrôle de sa voiture et qu'elle s'était tuée bêtement. Un incendie effacerait toute preuve.

Le plus beau, songea-t-il avec satisfaction, était que le

drame serait imputé à l'une des personnes venues crier leur colère devant le ranch de Colton. Lorsque le shérif avait sorti Cynthia de son 4×4, beaucoup de gens avaient estimé que la réapparition de la jeune femme ne prouvait pas l'innocence de Colton. Et les prétendus aveux écrits du type qui s'était suicidé après le meurtre de la call-girl n'avaient pas convaincu grand monde.

Ce n'était pas lui qui l'avait tuée.

En revanche, il avait vu qui avait étranglé Bianca. Mais il ne voyait aucune raison de dénoncer l'assassin. Cela ne servait pas ses intérêts.

Pas encore.

Cependant, si les choses s'étaient déroulées comme prévu, le cadavre de Bianca aurait pu lui être utile.

Cette fois, il allait aboutir. L'ex-femme de Colton ne tarderait pas à mourir, si elle n'était pas déjà morte. Et alors…

Le conducteur de la berline dressa soudain l'oreille et fronça les sourcils.

Quelqu'un venait !

Il hésitait encore. Devait-il mettre le feu à la voiture ou se sauver ? La sagesse lui commandait de choisir cette dernière option. Si quelqu'un le surprenait en train de mettre le feu à la voiture accidentée et le dénonçait aux autorités, tous ses plans de vengeance tomberaient à l'eau.

Avec un juron, il sauta dans sa berline et démarra en trombe.

Il garda les yeux sur le rétroviseur, au cas où le véhicule derrière lui passerait son chemin.

Mais dès qu'il le vit apparaître, il poussa un autre juron. Il s'agissait d'une voiture de patrouille, conduite par l'un des adjoints du shérif.

Merde !

***

Jake Ross s'arrêta. Il avait remarqué les traces de dérapage sur le macadam. Elles menaient au remblai. Jake sortit de son véhicule et s'approcha prudemment du talus pour jeter un œil dans le vide.

L'instant suivant, il s'élançait vers sa voiture pour appeler les secours.

L'homme qui avait forcé Bailey à quitter la route décida de filer. Après tout, peut-être était-elle morte. En tout cas, il l'espérait.

Il ne pouvait pas rester pour en être sûr.

— J'ai besoin d'une ambulance. Bailey Norton, ex-Colton, a été victime d'un accident. De la route, sa voiture a l'air bien amochée. Je peux l'apercevoir à l'intérieur mais elle ne bouge pas. Faites vite ! C'est une urgence.

Après avoir raccroché, l'adjoint retourna au bord du précipice. Il chercha un moyen de descendre jusqu'à la victime.

Ça n'allait pas être facile. Le fait qu'il reste encore de la neige sur le sol gelé n'arrangerait rien.

Il espérait vraiment que les véhicules d'urgence arriveraient rapidement.

22

Wyatt se sentait vraiment bien.

Pour la première fois depuis des jours, il n'était plus suspecté de meurtre. L'enquête sur l'assassinat de la call-girl de luxe ne le concernait plus et Trey avait retrouvé Cynthia Gates, levant du même coup les accusations de kidnapping qui planaient au-dessus de lui.

L'arrestation d'Everett Olson était la cerise sur le gâteau. Wyatt venait de porter plainte contre le rancher pour l'empoisonnement volontaire de son taureau et pour de multiples attaques visant le reste de son troupeau.

Alors qu'il quittait le bureau de Trey, l'esprit soulagé et le cœur léger, Wyatt arborait un grand sourire. Il avait hâte d'annoncer à Bailey que toute cette histoire était derrière eux et qu'ils pouvaient maintenant se consacrer pleinement à « faire un bébé ».

— Wyatt ! cria Fox qui courait vers le bureau du shérif. Viens avec moi. Vite. Il s'agit de Bailey.

— Bailey ?

Fox l'entraînait déjà vers son 4×4.

— Elle a été victime d'un accident.

Des milliers d'hypothèses traversèrent le cerveau de Wyatt, chacune pire que la précédente. Il retint Fox par le bras.

— Un accident ? Quel genre d'accident ?

— D'après l'adjoint Ross, quelqu'un l'a poussée hors

de la route et envoyée dans le décor, répondit Fox. Il est passé sur les lieux quelques instants après le drame. Apparemment, Bailey a perdu le contrôle de son véhicule, franchi le talus et basculé dans le vide.

Wyatt sentit son souffle se bloquer.

— Est-elle… Est-elle… ?

Il n'arrivait pas à poser la question. Tant qu'il ne l'avait pas formulée, Bailey avait une chance d'être encore en vie.

— Heureusement pour elle, Jake était là. Il a appelé les secours. Les pompiers sont arrivés très vite. Ils ont réussi à l'extraire de la carcasse de sa voiture et à l'emmener aux urgences dans les meilleurs délais. D'après le médecin qui l'a examinée à son arrivée, elle devrait s'en tirer. Un vrai miracle.

Trey apparut alors. Il venait d'être informé de l'accident. Il se tourna vers Wyatt.

— Je te conduis à l'hôpital. Ma voiture est équipée de gyrophares et d'une sirène, tu y seras plus rapidement qu'en y allant au volant de ton camion.

Sonné, Wyatt le suivit sans discuter. Il voulait seulement se rendre au chevet de Bailey. Au plus vite.

— Bailey est une battante, nous le savons tous, dit Fox en s'installant avec Wyatt dans la voiture de patrouille. Elle va s'en sortir.

Wyatt était loin d'en être convaincu mais il s'accrochait de toutes ses forces à cet espoir.

Trey démarra sur les chapeaux de roues et fonça sur la route, sirènes hurlantes. Pourtant, Wyatt avait l'impression qu'il n'avançait pas.

— Ne peux-tu pas aller plus vite ? demanda-t-il.

— C'est un 4×4, Wyatt, pas un avion supersonique. Je vais aussi vite que possible.

Craignant d'éclater en sanglots, Wyatt préféra ne pas répondre. Il se contenta de hocher la tête.

*
* *

Tendu comme un arc, Wyatt sauta de la voiture dès que Trey s'arrêta devant l'hôpital. Il courut jusqu'aux portes automatiques. Une fois à l'intérieur, il se rendit au guichet des urgences.

— Ma femme a eu un accident de voiture, dit-il à l'employée derrière le bureau. Les pompiers viennent de la transporter ici.

Trey et Fox échangèrent un regard, surpris que Wyatt se réfère à Bailey comme étant sa « femme » et non son « ex-femme ».

— Bailey Norton, ajouta Trey pour faciliter la recherche.

L'employée parcourut la liste des dernières admissions. Hochant la tête, elle leur dit :

— Norton… Salle de traumatologie n° 2, shérif, dit-elle en montrant le couloir à sa gauche.

Trey et Fox accompagnèrent Wyatt dans le couloir mais s'arrêtèrent devant la salle en question.

— Nous t'attendons ici, dit Trey.

— Nous serons là, si tu as besoin de nous, ajouta Fox. Mais ce ne sera pas nécessaire, tout ira bien, dit-il en levant le pouce, confiant.

Wyatt prit une profonde inspiration. Quand Fox lui avait parlé de l'accident, il n'avait eu qu'une envie : se précipiter à l'hôpital. Mais maintenant, sur le point de découvrir Bailey blessée, il hésitait, effrayé.

Il fit appel à tout son courage pour se préparer à faire face à tout. Il n'avait aucune idée de ce qui l'attendait de l'autre côté de la porte mais il était déterminé à être fort pour Bailey, quoi qu'il arrive.

La gorge nouée, il entra dans la pièce. Un médecin s'entretenait avec Bailey. Tous deux se tournèrent vers lui.

Bailey pleurait et Wyatt sentit son cœur se serrer.

Ils allaient s'en sortir. Ensemble.

— Comment va-t-elle, docteur ? demanda-t-il à l'homme en blouse blanche.

Au lieu de lui répondre, le médecin lança un bref coup d'œil à Bailey et il se leva :

— Je vous laisse le lui annoncer, dit-il avant de s'éclipser, fermant la porte derrière lui.

Il y avait une chaise poussée contre le mur. Wyatt l'attrapa, l'attira près du lit de Bailey et s'y assit.

— Merci, mon Dieu, tu es en vie. Tu m'as fait une de ces peurs ! Ça va ? ajouta-t-il en prenant sa main.

Il lui sembla que Bailey essayait de sourire courageusement. *C'est mauvais signe*, pensa-t-il.

— Oui.

— Tu le dis parce que c'est vrai et non pas parce que c'est ce que j'ai envie d'entendre, n'est-ce pas ? insista-t-il. Le médecin t'a dit que tout allait bien, n'est-ce pas ?

— Eh bien, pas exactement, répondit Bailey.

Nous y voilà, songea-t-il, se préparant au pire.

— Que t'a-t-il dit ? Parce que quoi que ce soit, quoi qu'il t'ait annoncé, nous le vivrons ensemble. Je ne te laisserai pas te débrouiller toute seule, sois en certaine.

Confuse, Bailey le dévisagea d'un air interrogateur.

— Alors, tu sais ?

Ils étaient engagés dans un dialogue de sourds, pensa-t-il.

— Tout ce que je sais est que j'ai eu la peur de ma vie. J'ai cru que tu avais trouvé la mort dans cet accident. Mais tu t'en es tirée et c'est tout ce qui compte pour moi. Quel que soit le problème, nous le gérerons.

Il prit une autre inspiration, se blindant intérieurement pour être capable de tout entendre sans s'effondrer. De toute façon, il ne l'abandonnerait pas, elle n'avait pas à s'inquiéter. Il serait là, à ses côtés, à chaque étape du chemin, peu importe le temps qu'il faudrait.

— Que t'a dit le médecin ?

Elle joignit les mains avant de répondre.

— Que je suis enceinte.

Wyatt la regarda. Il ne comprenait pas.

— Peux-tu répéter ?

— Je suis enceinte.

Comment était-ce possible ? Ils n'avaient fait l'amour qu'une fois depuis son retour.

— Mais tu m'avais dit qu'à cause de ta maladie, une grossesse relèverait du miracle, lui rappela-t-il.

Il ne paniquait pas et ne sortait pas de la pièce en courant. Incroyable, pensa-t-elle. Elle avait presque envie de se pincer.

— C'est un miracle, alors.

Sonné, il lui prit de nouveau les mains.

— Alors c'est vrai ? Tu es vraiment enceinte ?

Le sourire de Bailey s'élargit :

— Je suis vraiment enceinte.

Il se souvint alors de ce qu'elle lui avait dit le jour de son retour. Qu'une fois enceinte, elle partirait.

Bailey allait s'en aller, comprit-il, anéanti.

Elle remarqua tout de suite le changement de son expression. Wyatt regrettait, se dit-elle. Il pensait à tout ce qui lui serait imposé maintenant qu'il avait engendré son enfant.

Non, ne tire pas de conclusions hâtives, s'ordonna-t-elle. *Pose-lui la question. Ne pense pas à sa place.*

Elle rassembla son courage.

— Quel est le problème ? demanda Bailey.

— Tu vas partir maintenant, n'est-ce pas ? dit-il, accablé.

Bailey battit des paupières, essayant de comprendre ce qu'il venait de dire.

— Comment cela ?

— Maintenant que tu as obtenu ce que tu voulais, ce pourquoi tu étais revenue, tu vas t'en aller. C'est ce que tu m'as dit le premier jour de ton retour, à ton arrivée.

Elle s'en souvenait mais elle avait espéré que Wyatt

l'avait oublié. Manifestement pas. Peut-être était-ce la raison pour laquelle il avait couché avec elle… pour se débarrasser d'elle plus rapidement.

— En as-tu envie ? murmura-t-elle.

— J'ai envie de ce que tu souhaites et… Non ! cria soudain Wyatt. Je veux que tu restes. Je veux que tu m'épouses une nouvelle fois et que tu redeviennes ma femme, que tu sois la mère de mon enfant. Je veux…

Le corps entier de Bailey lui faisait mal mais elle réussit à s'asseoir. Elle posa ses doigts sur les lèvres de Wyatt pour le faire taire.

— Je le veux aussi, dit-elle.

— Vraiment ? demanda-t-il, surpris et surtout, soulagé.

Hochant la tête, Bailey caressa d'une main protectrice son ventre encore plat.

— Nous sommes une famille maintenant et j'en rêve depuis mon retour. Ne t'inquiète pas, je veillerai à ne pas empiéter sur ton espace vital, promit-elle, anticipant sa réaction. Je travaillerai comme vétérinaire de mon côté pendant que tu dirigeras le ranch. Nous avons mûri au cours de ces six années loin l'un de l'autre, ajouta-t-elle avec un sourire. Nous sommes indépendants mais cela ne nous empêche pas de nous aimer. Être une personne forte et indépendante ne m'intéresse pas si cela signifie vivre sans toi. Peut-être ne devrais-je pas l'avouer mais je t'aime, Wyatt Colton, et j'ai très envie que nous élevions notre bébé ensemble. Es-tu d'accord ? ajouta-t-elle en scrutant son visage. Qu'en penses-tu ?

— Je pense que c'est la meilleure chose à faire. La seule.

Il la prit dans ses bras, veillant à ne pas la blesser.

— Parce que je n'ai jamais cessé de t'aimer, Bailey, même quand je te détestais de m'avoir quitté. Et je sais que je t'aimerai jusqu'à la fin de mes jours. Cela me facilitera beaucoup les choses si tu es ici, ajouta-t-il en prenant son visage entre ses mains.

Bailey éclata de rire.

— Heureusement pour toi, ça cadre parfaitement avec mes projets.

Il releva la tête, plaçant son doigt replié sous son menton, jusqu'à ce que les yeux de Bailey soient à la hauteur des siens. Il captura alors ses lèvres et l'embrassa, scellant ainsi l'engagement qu'ils venaient de prendre. Et unissant du même coup leurs destins.

— Alors, à quand le mariage ?

— Bientôt, dit-elle. Très bientôt.

Il lui sourit, le cœur si rempli de joie qu'il semblait sur le point d'éclater.

— Le plus tôt possible alors.

— C'est d'accord, dit-elle doucement alors qu'il l'embrassait de nouveau.

BETH CORNELISON

Dangereux sauvetage

Traduction française de
CHRISTINE BOYER

BLACK ROSE

HARLEQUIN

Titre original :
RANCHER'S HIGH-STAKES RESCUE

Prologue

Un jour, alors qu'elle était âgée de huit ans, Kate Carrington décida, au mépris de l'interdiction maternelle, de grimper en haut du vieux silo. Tout en gravissant l'échelle extérieure rouillée, elle entendait presque sa mère lui répéter :

« Ne t'approche jamais de l'ancien réservoir à grains, Katie. C'est un endroit dangereux ».

Mais sa mère s'inquiétait toujours pour tout. Son père le disait souvent et Kate partageait totalement cet avis.

« Si elle était un garçon, tu serais fière de sa témérité et de son audace. Ne la surprotège pas sous prétexte qu'elle est une fille », aurait-il répliqué.

Les barreaux rongés par la rouille tremblaient sous ses pieds et Kate finit par s'arrêter. Comme elle regardait en bas, elle se rendit compte qu'elle était déjà bien haut. Elle promena les yeux autour d'elle, sur les terres inondées de soleil de la ferme familiale. Le ciel du Missouri était d'un magnifique bleu azur sans le moindre nuage à l'horizon, le maïs d'un joli vert brillant. Et une bonne odeur de terre flottait dans l'air. Son père avait labouré le champ ouest pour y planter des tournesols.

En cette belle journée de printemps, Kate avait senti s'éveiller son âme d'aventurière. Elle avait eu envie d'explorer les recoins de la propriété qui lui étaient en principe interdits.

« De commettre des imprudences », aurait dit sa mère.

En général, Kate s'efforçait d'être obéissante, de respecter les consignes. Mais elle se savait tout à fait capable de monter en haut du silo. De plus, sa mère n'était pas là. Ses parents étaient partis pour le week-end chaperonner une sortie scolaire avec Henry et sa classe. Et sa grand-mère, qui était chargée de s'occuper d'elle en leur absence, s'était endormie devant son feuilleton télévisé.

D'ailleurs, Kate n'aurait jamais eu l'idée de s'aventurer sur cet ancien réservoir à grains si l'avion télécommandé de son frère – celui qu'il avait reçu pour son anniversaire, trois jours plus tôt – n'avait pas malencontreusement atterri sur le toit du vieux silo et n'y était pas resté coincé. Henry serait furieux d'apprendre qu'elle avait joué avec. Et plus furieux encore qu'elle l'ait perdu. Elle devait absolument le récupérer.

Comme elle reprenait son ascension, l'échelle toute rouillée du vieux silo frémit sous ses pieds et Kate s'arrêta de nouveau, hésitant à continuer. Elle essuya sa main moite sur son short. Que devait-elle faire ? Renoncer ? Redescendre ? D'un autre côté, abandonner maintenant serait vraiment dommage. Elle touchait au but, elle n'avait plus que quelques barreaux à gravir pour arriver au sommet…

Elle reprit son ascension. Lorsqu'elle parvint à voir le haut du réservoir métallique, elle poussa un soupir de soulagement. L'avion était toujours en un seul morceau. Et il n'avait pas atterri trop loin de l'échelle. Elle pourrait l'attraper facilement.

Se hissant sur le toit, elle rampa lentement vers le petit appareil. La tôle fléchit sous elle et elle sentit son cœur accélérer dans sa poitrine et sa gorge se serrer. Mais elle poursuivit sa progression. Bientôt, elle n'aurait qu'à tendre le bras pour saisir le jouet. Elle avança un peu plus loin, s'en rapprochant de plus en plus…

Et soudain, les plaques pourries cédèrent sous son poids.

Comme elles s'effondraient avec fracas, Kate tomba dans le vide en hurlant de frayeur.

Après une chute terrifiante, elle atterrit brutalement au fond du silo. Une vive douleur, pire que toutes celles qu'elle avait déjà connues, traversa sa jambe. Mais elle n'eut pas le temps d'appeler à l'aide.

Sa tête heurta quelque chose de dur.

Et tout devint silencieux. Noir.

1

Vingt ans plus tard

Assise sur la banquette arrière de la minuscule voiture, Kate regardait défiler le paysage à travers la vitre de sa portière. Le Colorado était d'une beauté à couper le souffle avec ses vastes prairies, ses montagnes majestueuses, ses canyons et ses torrents.

Un chauffeur Uber était passé les chercher – Dawn, sa collègue, et elle – à l'aéroport de Denver.

Au départ, il avait été convenu que les propriétaires du McCall Adventure Ranch passeraient les prendre au terminal. Mais finalement, Dawn et Kate avaient réussi à quitter Dallas plus tôt que prévu. Tout s'était si vite enchaîné qu'elles avaient oublié de prévenir les McCall. Elles ne s'en étaient rendu compte qu'en débarquant de l'appareil.

Penchée en avant, Dawn pointa une direction du doigt :

— Prenez la prochaine à gauche, ordonna-t-elle au chauffeur.

Le jeune homme lui jeta un regard noir dans le rétroviseur.

— Merci, répondit-il sèchement en éteignant le GPS de son téléphone qu'il avait posé sur le tableau de bord.

Comprenant l'origine de sa contrariété, Dawn s'enfonça dans son siège, l'air gêné.

— Désolée.

Kate réprima un sourire. Elle connaissait bien le côté

directif de Dawn mais elle savait aussi que sa collègue et néanmoins amie ne cherchait pas à jouer les petits chefs. Dawn était simplement énergique, organisée et efficace. Lorsqu'elle se chargeait d'une tâche, elle commençait par effectuer des recherches poussées et très vite, elle maîtrisait parfaitement son sujet. Par ailleurs, elle avait toujours des idées sur tout. Mais il était parfois difficile et surtout fatigant de la suivre. Dawn avait besoin de tout contrôler et elle exigeait beaucoup des autres. Cela dit, comme elle ignorait le sens du mot « non », elle parvenait en général à ses fins, ce qui, professionnellement, était un atout.

Sa force de persuasion était telle que les hésitants ou les timorés n'y résistaient pas. Ce qui expliquait d'ailleurs la présence de Kate qui n'avait pourtant eu aucune envie au départ de l'accompagner dans cette aventure.

Lorsque Dawn lui avait présenté la nouvelle campagne de publicité confiée à leur agence de communication, Kate aurait dû se méfier. Dawn lui avait en effet expliqué que le mieux était de se rendre sur place pour en apprendre davantage sur les stages d'aventures proposés par les propriétaires du ranch Double M et pour établir avec ces derniers les axes stratégiques de communication à privilégier.

— Ils veulent donc que nous participions à l'un des circuits afin de nous rendre compte par nous-mêmes des activités qu'ils offrent à leur clientèle, c'est bien ça ? avait demandé Kate, le ventre noué.

Les yeux de Dawn brillaient d'excitation.

— Oui ! Sensations fortes et adrénaline garanties ! À nous la grande aventure et le tout aux frais de la princesse ! C'est génial, non ?

— Euh…

— Le parcours prévu comprend une descente en rappel, un rafting en eaux vives, une tyrolienne, plusieurs nuits à la belle étoile, une initiation à la vie quotidienne dans un ranch – ce qui signifie que nous allons apprendre à monter à cheval, à nous servir d'un lasso et même, si le cœur nous en dit, nous initier au saut d'obstacles ! s'était exclamée Dawn en riant. C'est vraiment cool, non ?

Cool n'était pas le mot qui était venu tout de suite à l'esprit de Kate à l'énoncé de ce programme. Elle trouvait tout cela plutôt *terrifiant*.

— Euh…

— Nous partons dans deux semaines. Ça va être formidable !

Bien sûr, Kate avait tenté de se défiler. Elle lui avait suggéré de partir avec quelqu'un d'autre. Mais Dawn avait refusé d'en entendre parler.

— Il n'en est pas question. C'est avec toi que je veux y aller et avec personne d'autre. Tu n'as aucune raison d'avoir peur. Ce stage est l'occasion rêvée de te sortir de ta petite vie morne et tranquille, de te faire connaître le frisson de l'aventure !

Prenant conscience que son enthousiasme n'avait pas convaincu Kate, Dawn avait changé de registre et avait ajouté :

— Tu es mon amie, Kate. Et voilà pourquoi je tiens à vivre cette expérience avec toi et pas avec Frank ou avec Hattie. Mais tu ne regretteras pas de m'avoir suivie dans ce stage. Nous allons nous éclater, tu verras.

Dawn savait y faire, indéniablement. Voilà longtemps qu'elle était passée maîtresse dans l'art de manipuler ses proches. En jouant la carte de l'amitié, en donnant à Kate l'impression que sans elle l'expérience ne présentait aucun intérêt, elle l'avait poussée à céder.

Et voilà pourquoi Kate se retrouvait à présent à l'arrière d'un minuscule véhicule Uber pour se rendre dans un ranch du Colorado. Avec une profonde inspiration, elle s'agrippa à la bandoulière de son sac comme à une bouée de sauvetage. Peut-être parviendrait-elle à se débrouiller pour ne pas participer aux activités les plus dangereuses.

Pourtant, tout en cherchant avec angoisse des prétextes pour éviter le pire, elle avait l'impression qu'une envie enfouie depuis très longtemps au fond de son âme tentait de se faire entendre.

Kate menait cette bataille intérieure depuis vingt ans, depuis l'incident du silo. Déchirée entre sa curiosité innée, son désir d'aventures et le souvenir terrifiant des deux jours cauchemardesques passés dans le réservoir à grains abandonné, elle avait préféré la prudence au risque mais toujours avec une pointe de regret.

Alors qu'elles s'arrêtaient dans la cour du ranch, des odeurs de fumier et de foin chatouillèrent ses narines. Kate en eut aussitôt des sueurs froides, malgré la douceur de cette journée de printemps. Voilà plus de dix ans qu'elle avait quitté la ferme familiale du Missouri, mais les parfums bucoliques réveillaient toujours chez elle de terribles angoisses.

Tandis que Dawn échangeait quelques mots avec le chauffeur Uber, Kate s'extirpa de la voiture et elle s'étira. Comme elle promenait les yeux autour d'elle, elle entendit une voix d'homme lancer dans son dos :

— Bonjour !

Elle pivota sur elle-même pour faire face au cow-boy qui s'approchait, un sourire sexy aux lèvres. Grand et large d'épaules, il lui serra la main avec chaleur. Ses cheveux noirs étaient bien coupés et ses yeux bleus se détachaient sur son teint bronzé.

— Bienvenue au ranch Double M ! poursuivit-il. Puis-je vous aider avec vos bagages ?

Elle lui sourit.

— Avec plaisir, merci. Nous venons d'arriver. Nous sommes inscrites pour le stage d'aventures.

Il fronça les sourcils.

— Attendez… Êtes-vous Dawn Fetzer ?

Dawn, qui sortait à son tour de l'habitacle, lui tendit la main.

— Je suis Dawn. Et voici ma collègue, Kate Carrington.

— Enchanté. Zane McCall. Nous nous sommes parlé au téléphone plusieurs fois.

— Bien sûr. Ravie de vous rencontrer.

— Ai-je raté un message concernant un changement d'horaires ? Je partais vous chercher à l'aéroport.

Tout en posant la question, il se hâta de rejoindre le chauffeur qui déchargeait leurs bagages. Il prit une valise dans chaque main pendant que Dawn lui expliquait qu'elles avaient réussi à trouver des places sur le vol précédent.

— Nous avons embarqué en vitesse et dans la précipitation, j'ai complètement oublié de vous appeler pour vous prévenir. Je suis désolée !

— Pas de problème. L'essentiel est que vous soyez parvenues jusqu'ici sans encombre. Venez, je vais vous montrer vos chambres.

Sortant un petit talkie-walkie de sa poche, il le porta à ses lèvres.

— J'ai besoin de toi à l'accueil. Les représentantes de l'agence de communication sont là.

Une voix répondit dans l'appareil :

— Déjà ? Elles sont en avance !

— Je sais. Rapplique, ajouta Zane avant de raccrocher avec un sourire gêné. Par ici, mesdames, poursuivit-il à l'attention de Kate et de Dawn.

Il les entraîna à travers la cour jusqu'à un bâtiment fraîchement repeint. Au-dessus de la porte, un panneau indiquait :

MAISON D'HÔTES

Alors qu'elles suivaient Zane, Dawn se pencha vers Kate pour lui chuchoter à l'oreille :

— Ce stage se révèle encore plus prometteur que prévu. Non seulement nous aurons droit à des aventures riches en sensations fortes et en décharges d'adrénaline mais un séduisant cow-boy qui me semble chaud comme la braise sera de la partie. Tout un programme !

Dissimulant un sourire en coin, Kate lui envoya un coup de coude dans les côtes.

— Tu ne penses qu'à flirter !

— Pas du tout. Tu sais bien que je suis fidèle à Dean. Mais toi, tu n'as personne actuellement dans ta vie et rien ne t'interdit de vivre une belle aventure.

— Quoi ? s'exclama Kate, visiblement outrée.

Dawn lui adressa un sourire entendu.

— Regarde-le, Kate. Il est à croquer, non ? Ne me dis pas que tu es insensible aux charmes de ce beau brun, je ne te croirai pas !

Kate observa à la dérobée la silhouette d'athlète de Zane, se remémorant ses yeux saphir.

— Je reconnais qu'il est beau gosse…

Comme Dawn émettait un grognement approbateur, Kate poursuivit :

— Mais je n'ai aucune envie d'une aventure sans lendemain avec ce cow-boy ni avec qui que ce soit. Les flirts de vacances, les histoires condamnées d'avance ne sont pas mon genre.

Deux déceptions amoureuses particulièrement douloureuses ces dernières années avaient dégoûté Kate des relations éphémères. Apparemment, elle avait le chic pour attirer les mauvais numéros.

Mais Zane continuait à leur faire les honneurs des lieux.

— Vous logerez dans ce qui était autrefois le baraquement des hommes qui travaillaient au ranch à l'époque où notre troupeau était plus important.

Posant leurs valises dans l'entrée, il les invita d'un geste à pénétrer dans la pièce principale. Le salon était décoré dans un style rustique avec des murs peints à la chaux, des meubles en cuir ou en bois, des tissus beiges ou chocolat et des coussins rouges ou noirs.

— Nous avons voulu un espace convivial et propice à la détente, dit Zane. La télécommande de la télévision est sur la table basse. Étant les premières arrivées, vous choisirez vous-mêmes vos chambres. Prenez celles qui vous plairont le plus. Nous attendons deux couples en fin de journée. Le dîner sera servi à…

Il fut interrompu par l'irruption d'un autre cow-boy, qui portait leurs derniers sacs.

— Bonjour, mesdames ! Bienvenue, dit-il, essoufflé.

À la vue du froncement de sourcils de leur hôte, Kate se tourna vers le nouveau venu. Et elle comprit aussitôt le mécontentement de Zane. Le nouvel arrivant portait en effet un jean chiffonné, des bottes poussiéreuses et un T-shirt blanc taché. Sa barbe de deux jours lui donnait l'air d'un pirate. Il ôta son chapeau pour passer la main dans ses cheveux noirs qui tombaient sur ses yeux. Il était le contraire de Zane – propre sur lui et soigné – et pourtant, ils se ressemblaient comme deux gouttes d'eau. Ils avaient les mêmes yeux d'un bleu saisissant, le même visage taillé à la serpe, les mêmes mâchoires volontaires, la même silhouette d'athlète, les mêmes jambes larges et musclées.

La bouche brusquement sèche, Kate se demanda pourquoi cet inconnu à l'apparence si négligée la troublait à ce point.

Zane se chargea des présentations.

— Dawn Fetzer, Kate Carrington, voici mon frère, Josh.

Dawn lui tendit la main.

— Enchantée, Josh. Appelez-moi Dawn.

Avec un sourire ennuyé, Josh leva les bras pour rester hors de sa portée.

— Pardonnez-moi mais mieux vaut éviter les poignées de mains pour le moment. Lorsque vous êtes arrivées, j'étais dans l'étable, en train d'aider une de nos génisses à mettre bas. Je me suis lavé dans la cour mais je n'ai pas encore eu le temps de me changer et je doute d'être très propre.

— Un bébé est né, roucoula Dawn. Trop mignon !

— Reconstituer le troupeau est vital pour l'avenir du ranch.

Comme Josh glissait un œil de biais à Kate, son sourire s'envola un instant avant de revenir sur ses lèvres, plus éclatant que jamais.

— Si vous avez envie de faire la connaissance avec le petit veau, ajouta-t-il, je serais heureux de vous emmener le voir, dès que vous serez installées.

Kate repoussa le léger malaise qui s'emparait d'elle.

— Ce serait formidable.

Dawn remua un doigt entre Zane et Josh.

— Vous êtes… de vrais jumeaux, tous les deux ?

Zane hocha la tête.

— Absolument. Et nous avons également une sœur jumelle pour compléter le tableau. Nous sommes des triplés, en réalité.

Kate regarda Zane.

— Des triplés ! Formidable. Votre sœur vit-elle au ranch, elle aussi ? Allons-nous la rencontrer ?

— Elle vient de rentrer de Boston. Vous ferez sa connaissance ce soir, au dîner de bienvenue. Qui, comme je vous le disais quand Josh m'a interrompu, sera servi à 18 heures. Voilà, maintenant que vous savez tout, je vous laisse défaire vos bagages. Vous trouverez des rafraîchissements dans le réfrigérateur. Faites comme chez vous. Avant que nous partions, avez-vous besoin d'autre chose ?

— Tout va bien, merci, assura Kate.

Mais comme elle se tournait vers Josh, elle surprit ses yeux perçants rivés sur elle et son petit sourire en coin.

Troublée, elle sentit son cœur accélérer dans sa poitrine et sa gorge se serrer. Josh la perturbait sans qu'elle comprenne pourquoi. L'intensité du bleu de ses prunelles en était-elle la cause ? Ou son mystérieux sourire ? Comme s'il connaissait un secret d'elle. Elle avait l'impression qu'il la mettait à nu, qu'il avait deviné ses peurs et ses réticences à être là et qu'il se moquait d'elle.

Avec une profonde inspiration suivie d'une lente expiration, elle s'efforça de se calmer comme son thérapeute lui avait appris à le faire. En effet, après sa chute dans le silo, elle avait dû demander une aide dans l'espoir de dépasser son traumatisme. Il lui avait conseillé – en cas de crise de panique – de se concentrer sur un objet. Se détournant de Josh, Kate posa les yeux sur un bougeoir qu'elle fixa jusqu'à ce que son malaise se dissipe.

Dans un état second, elle entendit Dawn saluer les deux frères et les remercier. Dès qu'elles furent seules, son amie se tourna vers elle en riant :

— De plus en plus sympa ! Deux beaux gosses pour le prix d'un !

Elle donna un petit coup sur l'épaule de Kate et elle ajouta :

— Je crois que tu vas être confrontée à un vrai dilemme. Sur lequel des deux vas-tu jeter ton dévolu, Kate ? Les paris sont ouverts !

Avec un soupir exaspéré, Kate la suivit vers les chambres.

Josh McCall se savonna les mains avec soin, se frottant vigoureusement les ongles avec une petite brosse. Ses gestes étaient mécaniques, habituels, ce qui valait mieux parce que, en pensée, il était à des kilomètres de là. Ou plutôt, à quelques mètres de là… dans la maison d'hôtes.

Il ne savait pas très bien à quoi il s'attendait en accueillant les deux représentantes de l'agence de publicité de Dallas avec qui Zane travaillait depuis quelques semaines. Mais la jolie blonde, qui devait être en train de défaire ses valises dans l'ancien dortoir des hommes, ne ressemblait en rien à ce qu'il avait imaginé. La dénommée Kate Carrington lui avait tout de suite plu avec son petit visage en forme de cœur, ses lèvres pulpeuses et son sourire nerveux. Bien entendu, Josh ne croyait pas aux coups de foudre ni aux autres fadaises des romans à l'eau de rose que lisaient certaines filles de sa connaissance. Mais il était coutumier des coups de cœur, du désir ardent qui s'emparait parfois d'un homme au premier regard, des folles passions. Quel que soit le nom que les gens lui donnaient, Josh reconnaissait les symptômes de ce mal délicieux qui lui chauffait le sang avant même d'avoir touché, embrassé celle qui en était la cause. Son corps tremblait de désir, son cœur battait la chamade et un seul objectif obsédait désormais son esprit : la revoir, lui parler, faire plus ample connaissance avec elle, la séduire… Eh oui, il espérait goûter bientôt ces lèvres délicates qui avaient esquissé un sourire lorsque Zane les avait présentés l'un à l'autre.

Kate, Kate…

Dès qu'elle était entrée dans son champ de vision, Josh l'avait dévorée des yeux. Bien sûr, il savait que scruter fixement quelqu'un était grossier mais il avait été incapable de s'en empêcher. Son regard insistant avait peut-être gêné Kate. Peut-être n'était-elle pas habituée à être admirée ouvertement par un homme. Mais qu'en savait-il après tout ? Peut-être était-elle mariée ? se demanda-t-il soudain. Il n'avait pas remarqué d'alliance à son doigt. Même si elle était ravissante, il préférait ne pas se compromettre avec une femme mariée.

— Je crois que tu n'as pas bien savonné ton auriculaire gauche, lança d'un ton ironique Dave Giblan, l'un des hommes du ranch Double M, en s'installant devant le lavabo à côté de lui.

— Hein ?

Dave rigola.

— Voilà dix minutes que tu te récures les mains. Tu tiens à t'écorcher la peau ou quoi ?

Josh lui passa la brosse et s'écarta.

— J'essaie de faire les choses bien.

Dave jeta un œil sceptique à son patron.

— J'ai entendu dire que les premières stagiaires étaient arrivées. Tu les as rencontrées ?

— Oui, répondit Josh en s'essuyant avec une serviette propre. Elles viennent de l'agence chargée de notre publicité et de notre marketing.

Tout en accrochant la serviette pour que Dave puisse l'utiliser ensuite, il désigna l'étable d'un mouvement de tête.

— Comment va notre nouvelle maman ?

— Très bien. Elle est fatiguée mais elle s'occupe de son petit comme il faut. Le veau pèse plus de trente kilos. Le vétérinaire le trouve en pleine forme.

— Formidable. Je vais les laisser entre tes mains expertes mais préviens-moi si la santé de la mère ou de son petit gars t'inquiétait.

Dave coupa l'eau.

— Bien sûr. Dis-moi… Les nouvelles activités du ranch, ces stages d'aventures… Que signifient-ils pour moi ?

Josh lui jeta un regard perplexe.

— Pour toi ? Que veux-tu dire ?

— Depuis le départ de Karl, j'ai du travail par-dessus la tête au ranch. Et maintenant, Brady et Zane ne parlent plus que de l'organisation de ces défis sportifs. Ils consacrent tout leur temps à ces stages. Est-il prévu d'embaucher quelqu'un pour m'aider avec les troupeaux ?

Avec une grimace ennuyée, Josh passa la main dans ses cheveux.

— Pas que je sache. Désolé. Mais rassure-toi, nous n'avons pas l'intention de te laisser tout faire. Certes, Brady s'occupera exclusivement de nos nouvelles activités mais Zane et moi ferons de notre mieux pour t'épauler.

Dave esquissa une moue dubitative mais il n'émit aucun commentaire.

Josh quitta l'étable en réfléchissant à la question dérangeante soulevée par Dave. Ce dernier avait raison. Le ranch avait besoin de plus de personnel. Mais où trouveraient-ils l'argent nécessaire pour engager de l'aide ?

Comme il traversait la cour, il entendit grincer la porte moustiquaire de la maison d'hôtes. Dawn Fetzer apparut et elle se précipita vers lui.

Rebroussant chemin, il s'avança vers elle. La jeune femme chargée de promouvoir leurs stages d'aventures avait coiffé ses cheveux roux en une grosse tresse qui sautillait dans son dos tandis qu'elle trottinait vers lui.

— Josh, n'est-ce pas ? lança-t-elle joyeusement, le regard pétillant de malice.

— Oui, madame. Que puis-je faire pour vous ?

— Eh bien, pour commencer, appelez-moi Dawn au lieu de madame. Nous devons avoir sensiblement le même âge et nous allons travailler ensemble.

Avec un hochement de tête, Josh fourra les mains dans ses poches.

— D'accord, Dawn.

Tout en jouant avec sa natte, elle lui décocha un sourire lumineux.

— J'ai vraiment hâte de commencer le programme d'aventures. Surtout la descente en rafting. Je sens que je vais bien m'amuser !

— C'est génial, je vous le confirme, répondit-il en riant.

La porte de l'ancien dortoir grinça de nouveau et Josh sentit son cœur tambouriner dans sa poitrine. Un sourire se dessina sur ses lèvres, un sourire qui s'élargit à la vue de Kate qui venait à leur rencontre. Elle avait une démarche gracieuse. Ses hanches se balançaient de façon sexy à chaque pas.

Quand elle croisa son regard, elle esquissa un bref sourire avant de se tourner vers son amie.

— Dean vient d'essayer de te joindre sur ton téléphone portable. J'ai pris la liberté de répondre et je lui ai dit que j'allais te chercher mais il voulait seulement s'assurer que nous étions bien arrivées.

— Quel amour ! minauda Dawn. Veut-il que je le rappelle ?

Kate haussa les épaules.

— Lorsque tu auras cinq minutes. La connexion n'était pas très bonne et…

— C'est vrai, intervint Josh. La couverture réseau n'est pas terrible par ici. Mieux vaut vous servir de la ligne fixe.

Il se tourna vers Kate et, lorsqu'elle posa ses yeux émeraude sur lui, il sentit quelque chose remuer dans sa poitrine.

Comme elle repoussait une mèche blonde derrière l'oreille et s'humectait les lèvres, il serra les poings dans ses poches.

Bon sang, il mourait d'envie de l'embrasser !

Au lieu de quoi, il lui lança :

— Pendant votre séjour, pensez à protéger votre peau de blonde. Même au printemps, le soleil brûle par ici.

— D'accord, répondit Kate en rougissant. Merci de m'avoir prévenue.

Il ajouta en touchant le bord de son stetson :

— Munissez-vous également d'un bon chapeau.

— Comptez sur nous, beau brun ! lança Dawn qui flirtait ouvertement avec lui.

Il leur adressa un clin d'œil.

— À plus tard, mesdames. Je dois vous laisser. Le devoir m'appelle.

Et il s'éloigna.

*
* *

Tout en entrant dans la maison principale, Josh secouait la tête en riant.

Assise dans la cuisine, Piper, sa sœur, se tourna vers lui.

— Qu'y a-t-il de si drôle ? demanda-t-elle.

Après avoir retiré ses bottes, il la rejoignit dans la grande salle. Il s'approcha d'elle pour piquer une chips dans son assiette.

Elle lui frappa la main.

— Bas les pattes, voleur !

Il adorait l'asticoter. Le retour de Piper au ranch après sept ans d'absence le remplissait de joie. La famille McCall était de nouveau au complet. Et que sa sœur participe, elle aussi, aux nouvelles activités du ranch avec eux le comblait.

— Pourquoi ricanais-tu ? insista-t-elle.

— Je viens de discuter avec les deux personnes envoyées par l'agence de communication de Dallas, chargées de la promotion de nos stages. L'une d'elles m'a fait comprendre que je lui plaisais d'une manière… disons… peu subtile.

— Josh…

— Quoi ? Je sais reconnaître une femme qui me fait du gringue quand j'en vois une, protesta-il en lui chipant une autre chips. Mais l'autre, celle qui m'intéresse, me semble… Comment te dire ? Un peu timide. Presque craintive.

Avec un soupir, sa sœur croisa les bras sur sa poitrine.

— Elle te plaît ?

— Beaucoup ! Elle est ravissante.

Piper fronça les sourcils.

— Nous avons décidé d'organiser des stages d'aventures dans le sens de « défis sportifs » pas dans le sens de « rencontres amoureuses sans lendemain », Josh ! Le ranch n'a pas vocation à devenir un terrain de chasse pour toi. Tu n'as pas le droit de t'attaquer à des clientes !

Josh qui s'apprêtait à lui piquer une autre chips s'interrompit.

— Qui l'a décrété ?

— Mais… tout le monde. Mélanger sa vie professionnelle et sa vie privée est toujours une erreur.

Il lui lança un regard noir.

— Je ne suis pas d'accord. Si les deux concernés en ont envie, pourquoi ne pas en profiter pour s'amuser un peu… Si tu vois ce que je veux dire, ajouta-t-il avec un clin d'œil.

Piper secoua la tête d'un air exaspéré.

— Même Zeke voit ce que tu veux dire, répliqua-t-elle en se référant au dernier-né de la famille, le gros matou qui se frottait contre les jambes de Josh en miaulant pour attirer l'attention.

Josh se baissa pour prendre le chat dans ses bras. Zeke se blottit sur son épaule et, le museau dans son cou, il se mit à ronronner bruyamment.

— Tu es de mon côté, pas vrai, mon pote ? Tu penses, toi aussi, que j'ai le droit de flirter avec les stagiaires dès lors qu'elles sont consentantes, non ?

Piper sourit.

— Il a été castré. Il ne sait pas de quoi tu parles.

— Je n'en suis pas si sûr.

— Quoi qu'il en soit, il n'est pas question de harceler des clientes, répéta Piper. Cela risque de mal finir et nous ne pouvons pas nous permettre de ruiner la réputation de notre entreprise.

— Peut-être faut-il laisser ces femmes en décider, non ?

— Peut-être le ferons-nous, répliqua-t-elle. Mais en attendant, il est temps de nous remuer. Nous avons un dîner de bienvenue à préparer et d'autres stagiaires arrivent dans moins d'une heure. Et tu sens l'écurie, ajouta-t-elle en le regardant de haut en bas.

— Normal ! J'ai aidé un veau à venir au monde, il y a moins d'une heure.

— Vraiment ? s'exclama Piper. Pourquoi est-ce qu'on ne m'a pas prévenue ? J'adore les naissances.

— Il y en aura d'autres, sœurette, ne t'inquiète pas.

Maintenant, si quelqu'un me demande, je suis sous la douche, ajouta-t-il en quittant la cuisine.

— Tu cherches quelqu'un ?

Rouge d'embarras, Kate repoussa une mèche de cheveux derrière son oreille. Elle n'avait pas remarqué que son amie l'observait alors qu'elle scrutait les visages de l'assemblée dans l'espoir d'en reconnaître un en particulier.

— Euh, non. Pourquoi ?

Dawn lui envoya un sourire ironique.

— Menteuse !

— Tais-toi, gronda Kate, exaspérée.

Au lieu d'obtempérer, Dawn gloussa de plus belle.

— Tu n'as pas besoin de le chercher. Je parie que Josh te trouvera avant le début du repas.

Dawn ajusta le foulard multicolore qu'elle avait drapé autour de son cou.

— Tu n'as qu'à rester assise et l'attendre, ajouta-t-elle.

Refusant de répondre, Kate se contenta de secouer la tête d'un air agacé.

— Oh ! allez, Katie ! Ne me dis pas que tu ne t'es pas rendu compte qu'il ne cessait de te dévorer des yeux !

Kate poussa un gros soupir.

Dawn arrêta de marcher pour faire face à Kate, et elle la prit par le bras.

— Sa langue traînait sur le sol, ses yeux sortaient de sa tête. Je n'invente rien. Tu l'as bien vu, non ?

— Arrête !

— Il est mordu, crois-moi, et tu serais bien bête de ne pas en profiter. À moins que tu n'aimes pas le style « bad boy ». En ce cas, son frère jumeau serait peut-être plus à ton goût…

— Aucun d'eux ne m'intéresse, Dawn. Je suis venue

ici pour des raisons professionnelles. Et pour rien d'autre. Pas pour le plaisir.

— L'un n'empêche pas l'autre !

— C'est exactement ce que je viens d'expliquer à ma sœur, lança une voix masculine derrière elles.

Kate se retourna brusquement.

— Ah, Josh. Bonsoir.

Il lui décocha un sourire ravageur tout en soulevant son chapeau.

Dawn murmura doucement à l'oreille de Kate :

— Je te l'avais dit…

Josh s'était changé. Il avait passé un jean propre et une chemise en coton dont il avait retroussé les manches sur ses bras bronzés. Ses cheveux couleur corbeau étaient encore humides de sa douche et bien peignés. Et il sentait divinement bon. Quelque chose de boisé et de frais.

— Êtes-vous bien installées, mesdames ? demanda-t-il en glissant les mains dans les poches de son jean.

— Oui. Très bien, dit Kate en serrant son sac contre elle d'un geste nerveux.

Elle se sentait pathétique, comme une lycéenne se rendant à son premier rendez-vous.

— J'aime beaucoup la façon dont vous avez décoré les chambres, ajouta-t-elle.

N'as-tu donc rien de plus banal à dire ?

— Merci, mais je n'y suis pour rien. Ma mère et ma sœur se sont chargées de la décoration.

Son sourire la fit fondre et elle s'efforça de se ressaisir.

— Eh bien, elles ont un goût très sûr.

Elle devina plus qu'elle ne vit Dawn reculer, l'air de rien, la laissant sciemment seule avec Josh. Tendant la main, Kate attrapa son amie par le bras pour l'empêcher de s'éloigner.

Mais Josh poursuivait :

— Si vous le souhaitez, nous avons le temps d'aller

voir le petit veau avant le dîner, dit-il en montrant l'étable d'un geste.

Kate ne put s'empêcher de sourire. Elle avait peut-être gardé de très mauvais souvenirs de la ferme de ses parents, mais les animaux lui manquaient.

— J'adorerais faire sa connaissance.

Dawn souleva un pied pour montrer qu'elle était chaussée de sandales à talons hauts.

— Je ne suis pas sûre d'être équipée pour cette aventure, dit-elle. Allez-y sans moi. Je verrai ce gros bébé demain.

Kate resserra son emprise sur le bras de sa collègue, lui envoyant un regard qui disait : Cesse de jouer les entremetteuses !

— Nous avons des bottes de toutes les tailles à vous prêter, assura Josh.

— Oui, Dawn, ajouta Kate entre ses dents. Viens avec nous.

Dawn se libéra de l'emprise de Kate avec un regard contrarié.

— Non, merci. Allez-y sans moi, répéta-t-elle. Je prendrai un verre de vin en vous attendant.

Avec un petit salut, elle s'éloigna, un sourire triomphant aux lèvres.

— Très bien, alors allons-y tous les deux, dit Josh en posant une main chaude sur son dos pour l'entraîner vers la ferme.

Maudissant intérieurement Dawn et ses manigances, Kate cherchait frénétiquement un sujet de conversation. Pourquoi Josh la rendait-il si nerveuse ? Même s'il ne ressemblait pas à Jason, sa dernière erreur, le trouble qu'elle ressentait pour lui était similaire. Peut-être était-ce la raison pour laquelle elle luttait contre l'étrange attirance dont elle était la proie.

Ne t'aventure pas dans cette direction, Kate ! Danger droit devant !

— Avez-vous toujours vécu à Dallas ? demanda-t-il.

— J'ai grandi dans le Missouri. Dans une ferme. Puis j'ai fait mes études en Géorgie et j'ai décroché un premier emploi à Dallas, il y a trois ans. Et vous ? ajouta-t-elle sans pouvoir s'en empêcher.

Il se mit à rire.

— Je suis né et j'ai grandi ici, au ranch Double M.

— Bien sûr. Question idiote.

— Non, il n'y a pas de questions idiotes, répliqua-t-il avec un sourire.

À la vue de la petite fossette qui apparaissait quand il souriait, elle fondit.

— Peut-être pas. Mais la mienne s'en approche beaucoup pourtant. C'est seulement que j'ai… l'habitude de poser la même question ou de servir le même compliment à quelqu'un pour continuer une conversation. Je… ne pensais pas. Je…

Tais-toi. Tais-toi, Kate ! Tu dis vraiment n'importe quoi, maintenant.

Elle allait tuer Dawn. Certes, Josh était séduisant comme le péché mais elle ne voulait pas d'une aventure sans lendemain. Elle avait trop souffert des relations à court terme, des hommes qui refusaient de s'engager et qui ne savaient que lui briser le cœur.

Mais Josh poursuivait :

— Eh bien, pour tout vous dire, j'ai passé les trois premières semaines de ma vie à l'hôpital de Denver. Zane, Piper et moi pesions moins de deux kilos à la naissance.

— Personne ne s'en douterait en vous regardant maintenant, répondit-elle. Cela dit, n'allez pas croire que je vous trouve gros !

Il se mit à rire et tapota son ventre plat.

— Je mange la viande et les légumes du ranch depuis des années et voilà pourquoi je suis en pleine santé.

Elle rougit.

— Je me sens idiote. Faites comme si je n'existais pas.

Alors qu'ils atteignaient l'entrée de l'étable, il tendit la main et repoussa une mèche des cheveux blonds de Kate de sa joue. La caresse de ses doigts sur son visage la fit délicieusement frissonner. Quand son regard rencontra celui de Josh, elle surprit la lueur de désir qui brillait dans ses prunelles saphir. La façon dont il la dévisageait – dont il la dévorait des yeux, aurait dit Dawn – lui donnait l'impression d'être désirable, féminine.

— Vous êtes un peu difficile à ignorer. Et je n'ai pas envie d'essayer.

Kate n'avait pas l'habitude des compliments et elle rougit comme une pivoine. Gênée, elle passa les mains sur sa robe d'été.

Après quelques instants, elle se tourna vers lui, le cœur battant, et elle parvint à bégayer :

— Vous disiez que vous aviez… des bottes à me prêter ?

— Absolument.

Il alla chercher une paire de bottes en caoutchouc.

— Vous pouvez probablement les porter par-dessus vos sandales.

— Merci.

Elle y glissa les pieds avant de le suivre vers l'écurie. Les bottes surdimensionnées la rendaient maladroite et stupide mais un picotement persistait toujours sur sa joue, là où il l'avait touchée.

— Venez, il est par là.

Il ouvrit un box dans lequel se trouvait une vache brune et blanche. Derrière elle, Kate découvrit le petit veau.

Une émotion inattendue la submergea. Autrefois, elle avait vu naître de nombreux animaux à la ferme de ses parents et la joie que lui avait toujours procurée la venue d'une nouvelle vie était encore là.

— Il est adorable !

— Vous avez le droit de le caresser si vous en avez envie.

— Vraiment ? Je ne voudrais pas contrarier sa maman.

Josh saisit la vache par le licou et la tira en arrière, la poussant à s'écarter. Puis il souleva le veau pour le rapprocher de Kate.

Elle s'agenouilla près du jeune animal et prit sa tête entre les mains. Aussitôt, elle fondit.

— Je n'ai jamais rien vu de plus mignon que toi !

— Ne m'oubliez pas. Je suis mignon, moi aussi, non ? répliqua Josh avec un sourire espiègle.

Kate réprima un petit rire mais très vite, son humeur légère s'envola. À la dérobée, elle observa le séduisant visage de Josh et elle surprit l'étincelle qui brillait dans ses yeux d'un bleu saisissant. Son cœur se serra.

Elle n'avait pas besoin d'une boule de cristal pour deviner que la combinaison des charmes de Josh, de sa beauté virile comme de sa capacité à la mettre à l'aise le rendait irrésistible.

Elle n'était arrivée dans le Colorado que depuis quelques heures et déjà, elle était confrontée à un gros problème.

2

Lorsque Josh et Kate revinrent pour partager le dîner de bienvenue, Dawn était assise à une longue table, entourée de plusieurs personnes dont le jumeau de Josh.

Zane sourit en les voyant s'approcher.

— Vous voilà enfin, vous deux. Nous étions sur le point d'envoyer une équipe à votre recherche. Tout le monde a faim et hâte de commencer le repas.

Josh offrit une chaise à Kate avant de s'installer en face d'elle. Conscient qu'elle ne connaissait personne, il se chargea des présentations.

— En bout de table, vous avez mon père, Michael. Et à côté de lui, ma sœur, Piper… avec son fiancé, Brady Summers, qui est également associé à l'entreprise McCall Aventure Ranch.

Avec un sourire, Kate les salua tous de loin et serra la main de Brady quand il lui tendit la sienne. Josh se tourna alors vers l'autre côté de la tablée.

— Ma mère, Melissa.

Il sauta Dawn et passa à un petit garçon aux cheveux bruns qui avait de la sauce barbecue sur le menton.

— Et mon neveu, Belzébuth.

L'enfant fronça les sourcils.

— Je m'appelle Connor !

Tout le monde se mit à rire et Josh se frappa la tête comme s'il venait de s'en souvenir.

— Oh ! oui, c'est vrai. Connor.

— Enchantée de faire ta connaissance, Connor.

Josh poursuivait :

— L'homme qui s'active près du barbecue parce qu'il est chargé de faire griller la viande est notre contremaître, Roy Summers.

— Et c'est aussi mon grand-père, ajouta Connor.

— Si je comprends bien, la famille au grand complet vit et travaille au ranch, dit-elle, faisant un inventaire mental des liens de parenté et des visages.

Josh retira son chapeau et l'accrocha au dossier de sa chaise.

— C'est exact.

Zane tapota son verre de son couteau pour obtenir l'attention de l'assemblée.

— Si vous êtes d'accord, il paraît plus simple et plus sympathique de nous tutoyer tous. Nous allons faire équipe pour relever les défis sportifs qui vous attendent. Alors…

— Tout à fait d'accord ! assurèrent Dawn et Kate.

— Parfait.

— J'étais en train de discuter avec Zane de tes idées pour la brochure, reprit Dawn. Nous allons profiter de notre séjour pour prendre des photos illustrant tous les aspects de la vie au ranch et bien sûr, des stages d'aventures.

— J'ai apporté un appareil photo avec moi, de qualité professionnelle, et je compte bien mitrailler tous azimuts, répondit Kate.

— Génial, dit Zane.

— Mais nous aurons besoin de l'autorisation de tous pour utiliser ces images par la suite.

— Nous avons apporté un modèle de lettre de décharge, renchérit Dawn.

— Évidemment.

Zane passa à Kate un plat rempli de côtes de bœuf coupées en tranches.

— Sers-toi. La viande vient de notre ranch. Tu vas te régaler du meilleur Angus du pays.

Kate hésita. Elle mourait de faim. Au cours de la journée, elle n'avait pris en tout et pour tout qu'un café dans l'avion. Mais elle pensa au petit veau qu'elle venait de cajoler et elle secoua la tête.

— Excuse-moi mais je vais me contenter des légumes, ce soir.

Josh la regarda avec inquiétude.

— Es-tu végétarienne ? Nous n'avons pas pensé à demander…

— Non, pas du tout, répondit-elle avec un sourire penaud. Mais je… j'ai grandi dans une ferme. Je sais d'où vient la viande. Après avoir câliné le petit veau, je suis incapable de manger son papa dans la foulée.

Tout en se servant, Josh secoua la tête.

— Crois-moi, il ne s'agit pas du papa du petit gars. Son père est l'un de nos meilleurs taureaux reproducteurs et tant qu'il engendrera des veaux de cette qualité, il vivra en paix. Mais je comprends et respecte tes scrupules. Ne t'inquiète pas, le reste du dîner est également très bon.

Il lui tendit un plat de pommes de terre.

— Helen appelle sa spécialité un « suprême de Parmentier ». C'est un régal.

— Helen ? demanda Kate en humant avec délice les odeurs de fromage et d'oignons qui s'échappaient du plat.

— Notre cuisinière. Autrefois, quand le troupeau était plus important et que nous avions une trentaine de cow-boys à demeure, elle travaillait au ranch à temps complet. Maintenant, elle ne prépare plus que les dîners pour la famille et les repas spéciaux comme celui-ci, ajouta Josh en lui offrant un saladier rempli de légumes verts.

— Puis-je avoir ma part de tarte, maintenant ? demanda Connor.

— Termine ta viande d'abord, répondit Brady, le fiancé de Piper.

Comme Kate observait le garçonnet et Brady de plus près, leur ressemblance la frappa. Tandis que Dawn continuait à parler de la brochure avec Zane et Piper, Kate se pencha vers Josh :

— Connor est ton neveu, m'as-tu dit, non ? Mais si votre contremaître est son grand-père, cela signifie donc que… ?

Josh lui adressa un sourire en coin.

— C'est compliqué… Enfin, pas si compliqué que ça mais… je t'expliquerai plus tard.

Elle dévisagea Josh d'un œil perplexe. Mais déjà Dawn lui prenait le bras :

— Alors, ce petit veau, Kate ? Nous devons absolument mettre des photos de lui dans la brochure. Pour qu'on comprenne qu'il s'agit d'un ranch familial, à taille humaine. C'est important.

Oui, pensa Kate en jetant un coup d'œil autour de la table où trois générations étaient réunies pour le dîner. Enfin, deux générations… La troisième manquait encore.

Quelque chose lui cogna le genou et elle se pencha pour regarder sous la table. Comme elle soulevait le bord de la nappe, elle découvrit Connor assis à ses pieds. Il plaça un doigt sur ses lèvres pour lui intimer le silence. Hochant la tête, elle lui lança un clin d'œil complice et reporta son attention sur la conversation des adultes.

— Je vous propose un tirage de cent mille exemplaires pour commencer, dit Dawn, mais par la suite, nous en imprimerons davantage si…

— Cent mille exemplaires ? répéta Piper, effarée. Pourquoi autant ? Cela va coûter une fortune, non ?

— Cette brochure doit être consultée par le plus de personnes possible, dit Kate. Il faut ratisser large pour espérer toucher votre cœur de cible. Et ne vous en faites pas : plus le nombre de tirages est élevé, moins les exemplaires coûtent à l'unité.

— Où est passé Connor ? l'interrompit soudain Piper en prenant conscience que l'enfant n'était plus à table.

Brady prit la main de sa fiancée avec un sourire rassurant.

— Aucune idée, dit-il en lui montrant la cachette du garçonnet avec un clin d'œil. Mais comme il est parti, je vais pouvoir manger sa part de tarte.

Sous la table, Connor s'écria :

— Non ! Je suis ici ! J'en veux !

— Connor, que fais-tu là ? demanda Piper d'un ton mi-amusé, mi-irrité.

Tandis que Brady et Piper s'expliquaient à voix basse avec l'enfant, Zane invita d'un geste Kate à poursuivre.

— Pardon. Les repas en famille sont parfois chaotiques au ranch. Tu disais ?

Elle secoua la tête.

— Écoute, je propose que nous parlions affaires plus tard. Dans l'immédiat, j'ai plutôt envie de profiter de cette charmante soirée, de cet excellent dîner et de votre compagnie à tous. Non ?

— J'adhère totalement à ce programme ! assura Josh avec conviction en levant son verre de thé glacé.

Le reste du repas fut consacré à l'histoire du ranch, où plusieurs générations de McCall s'étaient succédé, aux noces prochaines de Piper et de Brady et au désir de Connor d'adopter un des chiots de la chienne d'un de ses amis. Quand ils eurent tous fini de se restaurer, Zanc, Pipcr et Josh changèrent de place pour discuter avec d'autres personnes inscrites pour le stage. Tout en se resservant de la succulente tarte aux cerises, Kate observa à la dérobée Josh qui saluait les deux couples qu'elle avait brièvement aperçus à leur arrivée.

Dawn se laissa tomber sur une chaise à côté de Kate

et se pencha vers elle pour lui glisser à l'oreille d'un air gourmand :

— Il est charmant et très séduisant.

— Qui ? demanda Kate d'un air innocent.

— Comme si tu ne le savais pas !

Kate leva les yeux au ciel.

— Tous les membres de la famille McCall sont charmants. Travailler avec eux promet d'être sympa.

Un éclat de rire la poussa à tourner la tête juste à temps pour voir Josh lancer Connor en l'air et le rattraper au vol.

— Encore, encore ! cria l'enfant.

— Alors attrape-moi si tu peux ! répondit Josh en filant pour lui échapper.

Le gamin le poursuivit autour de la table. Mais bientôt Piper intervint :

— Il est l'heure de monter te coucher, Connor.

— Oh ! non ! protesta le petit.

— Nous allons tous aller dormir bientôt, assura Zane. Le programme de demain – que vous avez pu voir affiché dans la maison d'hôtes – est chargé, et mieux vaut être en forme pour le suivre. La matinée sera consacrée à vos montures. Vous apprendrez à vous occuper de votre cheval, à le brosser, le panser, à le seller et à le monter. Vous aurez ainsi l'occasion de vous familiariser avec les différents aspects de la vie d'un éleveur.

— Nous commencerons la journée par un copieux petit déjeuner, poursuivit Josh. Ensuite, nous nous rassemblerons dans le corral derrière l'écurie.

— J'ai oublié de rappeler Dean ! s'exclama soudain Dawn. Excusez-moi, je viens de m'en souvenir.

Dawn se leva de la table avec un sourire en coin. Visiblement, elle continuait ses manigances. Mais Kate ne le remarqua qu'à peine. Elle se demandait déjà avec angoisse comment elle réussirait à participer aux activités tout en luttant à la fois contre ses peurs et contre l'attirance qu'elle éprouvait pour Josh.

Elle repoussa sa chaise.

— Quant à moi, je vais également vous laisser pour rejoindre les bras de Morphée, dit-elle. Merci pour tout.

Josh effleura le bord de son stetson et lui envoya un clin d'œil.

— Bonne nuit et à demain.

Lorsque Kate arriva dans la maison d'hôtes, Dawn n'était pas au téléphone, confirmant qu'elle ne cherchait en réalité qu'à jouer les entremetteuses.

En regardant Kate entrer dans la kitchenette pour se servir un verre de vin, elle fronça les sourcils.

— Pourquoi es-tu revenue ici au lieu de rester à table pour profiter de la compagnie de Josh ?

— Parce que, comme je te l'ai déjà dit, nous sommes en voyage d'affaires. Je ne cherche pas une aventure.

Plantant les yeux dans les siens, Dawn la considéra avec attention.

— Es-tu sûre que ce soit tout ? Tout va bien ?

Un peu surprise par la question, Kate battit des paupières.

— Bien sûr. Pourquoi ?

— Tu n'as pas l'air très contente d'être ici. D'ailleurs, depuis que nous avons décroché ce contrat avec McCall Aventure Ranch et programmé ce voyage, tu sembles éprouver de sérieuses réticences à y participer. Pourquoi ? Qu'est-ce qui t'ennuie ? Je ne comprends pas.

Kate hésita à tout lui raconter mais finalement, elle préféra s'en abstenir.

— Je suis fatiguée, voilà tout.

Dawn continuait à l'étudier, les sourcils froncés.

— Vraiment ? Ce ranch est formidable, les propriétaires sympas, le paysage superbe et le projet sur lequel nous allons travailler passionnant… Pourtant, tu as l'air nouée. Écoute, ma vieille, si quelque chose te dérange, si tu estimes que nous devrions prendre une direction différente, que les axes de communication que nous avons choisis ne sont pas les bons, dis-le.

— Non, non. Tu n'y es pas du tout. Cela n'a rien à voir avec la campagne publicitaire. C'est moi qui…

Kate baissa la tête.

— Je ne voulais pas t'en parler parce que c'est *mon* problème. Mais…

S'humectant les lèvres, elle prit la main de Dawn et l'entraîna vers le canapé. Elles s'assirent côte à côte.

— Voilà. Je suis paniquée. Tous ces défis sportifs, toutes ces « aventures » à venir me terrifient.

Le visage de sa collègue se fendit d'un grand sourire.

— C'est tout ?

Kate se redressa.

— C'est tout et ce n'est pas rien. Dawn. Pendant une semaine, nous allons affronter toutes sortes de dangers, défier la mort. Les sports extrêmes te procurent de délicieuses sensations, des décharges d'adrénaline et ils te donnent le sentiment de vivre à fond. Mais moi, je suis malade de peur. Je ne vais pas y arriver ! La simple idée de me jeter du haut d'une falaise accrochée à un malheureux câble me donne des sueurs froides.

Dawn éclata de rire et prit les mains tremblantes de Kate.

— Oh ! Katie ! Ta réaction est normale. La peur fait partie du jeu. Vaincre cette appréhension instinctive est ce qui rend ces aventures aussi excitantes !

Kate secoua la tête.

— Cela ne marchera pas avec moi. Enfant, pourtant, j'étais très casse-cou. J'adorais me lancer des défis insensés, le plus souvent stupides et dangereux. Mais voilà longtemps que j'ai perdu mon âme d'aventurière.

Se levant brusquement, Kate se passa les mains dans les cheveux. Le ventre noué, elle se remémorait les deux jours passés au fond du silo. Blessée, seule, terrifiée, elle avait cru qu'elle finirait ses jours dans ce réservoir abandonné sans que quiconque ne devine son triste sort et ne lui vienne en aide.

Elle poussa un soupir.

— Un jour, j'ai failli mourir pour avoir voulu jouer les intrépides… Bien sûr, je n'aurais pas dû désobéir à ma mère mais…

Elle s'interrompit pour prendre une profonde inspiration, s'efforçant de se calmer.

Dawn la dévisagea avec curiosité.

— Tu as failli mourir ? Quand ? Pourquoi ? Que s'est-il passé ?

Kate finit par lui raconter toute l'histoire en se tordant les mains.

— Voilà pourquoi ce stage d'aventures me panique complètement, conclut-elle. Je ne pense pas pouvoir y arriver. Je fais encore des cauchemars avec ce silo.

— Quelle horreur ! s'exclama Dawn en secouant la tête. Tu reviens de loin.

— Je ne te le fais pas dire.

Dawn s'adossa contre les coussins du canapé, le regard brillant de défi.

— Mais n'est-ce pas justement l'occasion rêvée de surmonter enfin les peurs liées à ce traumatisme, ma vieille ? Regarde-les en face, affronte-les, Kate ! Et tu les vaincras. Écoute-moi. Zane et Josh pratiquent ces sports extrêmes depuis des années. Ils ont pris toutes les mesures de sécurité nécessaires, inspecté le matériel, testé le parcours, tu t'en doutes. Tu ne cours aucun danger. Les McCall sont des professionnels et ils veilleront à ce que personne ne soit blessé.

Bien sûr, Kate s'était répété une douzaine de fois ces arguments mais rien ne parvenait à calmer la terreur tapie au fond de son ventre. Voyant que Dawn ne comprenait pas, elle secoua la tête.

— Et il ne s'agit pas uniquement de cette vieille angoisse.

— Non ? Et de quoi d'autre ? demanda Dawn.

— J'aimerais vraiment que tu cesses de me pousser dans les bras de Josh.

— Pourquoi ? Il est séduisant en diable et, visiblement, tu lui plais beaucoup !

— J'ai vu, oui. Il faudrait être aveugle pour ne pas le remarquer. Mais je n'ai pas envie d'une amourette sans lendemain.

— Et pourquoi pas ? À ta place, si je n'étais pas fiancée avec Dean…

— Mais tu n'es pas à ma place, Dawn ! J'ai mes raisons.

Elle s'exprima avec plus d'agressivité qu'elle ne l'aurait voulu et Dawn recula, la tête entre les épaules.

Prise de remords, Kate lui prit la main.

— Excuse-moi. J'ai déjà voulu m'amuser avec des hommes, m'offrir un peu de bon temps avec eux sans rien attendre d'autre. Chaque tentative s'est soldée par un désastre. Alors, s'il te plaît, laisse tomber. Je ne cherche pas d'aventure.

Avant que Dawn puisse répondre, la porte de la maison d'hôtes s'ouvrit et les autres stagiaires entrèrent, se tenant par la main. Paige et Jake McCall, suivis de Brianna et Hunter Mansfield, tous originaires de Louisiane. Brianna était une amie de Piper et Jake McCall, un cousin de Zane, Josh et Piper.

— Nous venons de faire une belle balade au clair de lune, dit Paige.

— Comme c'est romantique ! s'exclama Dawn.

— Exactement, répondit Jake. Bien, bonne nuit.

Il entraîna sa femme vers leur chambre. Tous deux se souriaient amoureusement et s'embrassaient en riant.

— Voilà ce que je veux, dit Kate en désignant d'un geste du menton la porte derrière laquelle le couple avait disparu.

— Dommage. Il est manifestement pris et très épris…

— Je voulais dire que je rêve d'un conte de fées, d'amour éternel, de promenades romantiques au clair de lune après des années de mariage…

— Bien sûr et rien ne t'interdit de le vivre, ma vieille. Mais pour avoir une chance de trouver le grand amour, tu dois être ouverte aux occasions qui se présentent.

— Mais pas me sentir obligée de sauter sur tout ce qui bouge ! s'insurgea Kate. Surtout si ce qui bouge est un homme qui vit à des kilomètres de chez moi.

— D'accord, nous rêvons toutes de nous faire passer la bague au doigt. Mais en attendant de rencontrer ton prince charmant, pourquoi refuser une bonne partie de jambes en l'air avec un beau gosse ? Un peu de fantaisie n'a jamais fait de mal à personne.

— C'est faux ! La fantaisie fait parfois beaucoup souffrir, au contraire.

Dawn la serra dans ses bras.

— Tu devrais apprendre à vivre tes amours avec moins de passion et plus de légèreté. *Carpe diem*, mon amie. Je vais t'aider à faire face à ces peurs et à croquer la vie à belles dents.

Sur ces mots, elle embrassa Kate sur la joue et lui adressa un signe de la main avant de regagner sa chambre.

Kate resta un moment sans voix. Elle savait que Dawn était franche et directe, des qualités très utiles au travail. Mais elle n'aimait pas être la cible de son amie. Pourtant, les réflexions de Dawn la perturbaient.

Réussirait-elle à surmonter ses peurs d'enfant et à retrouver son âme d'aventurière ? Parviendrait-elle à tuer les démons qui la tourmentaient depuis vingt ans ?

Comme elle se mettait au lit, l'image qui s'imposa à sa mémoire ne fut pas celle du vieux silo, ni celle d'une falaise à descendre en rappel. Non, celle qui la hanta dès qu'elle ferma les paupières et qui la poursuivit toute la nuit fut celle d'yeux bleus et du sourire chaleureux de Josh.

*
* *

Tôt le lendemain matin, Kate fut réveillée par le son d'une cloche et par une voix masculine qui criait :

— Le petit déjeuner est servi !

La porte de sa chambre s'ouvrit et Dawn apparut.

— Debout là-dedans ! Il faut adopter le rythme du ranch ! La journée commence tôt ici.

— Quelle heure est-il ? gémit-elle.

— L'heure de se lever. Après nous être restaurées, nous allons nous charger des tâches que tous les cow-boys effectuent au saut du lit. Et surtout, ne prends pas ta douche tout de suite. Zane recommande de nous laver après nous être occupées des animaux. À tout de suite.

Sur ces mots, Dawn referma la porte, laissant Kate s'habiller péniblement. Lorsqu'elle arriva, quelques instants plus tard, dans la salle à manger, l'ambiance était déjà très animée. Tout le monde était installé à table et se régalait de bacon, de pommes de terre, de pain et de café frais.

— Je t'ai gardé une place, lança Dawn en désignant la chaise vide à côté d'elle.

Kate s'approcha.

— Il y a de quoi nourrir un régiment ! s'exclama-t-elle à la vue de l'abondance des mets présentés.

Dawn lui servit une tasse de café.

— Le contremaître, M. Summers, va venir nous expliquer comment nous allons contribuer aux tâches du matin au ranch. Ensuite, nous enfourcherons nos chevaux pour aller inspecter les troupeaux et les clôtures.

Brianna Mansfield sala et poivra généreusement ses œufs brouillés et expliqua :

— Tous les ranchs ont des kilomètres de clôtures qui se détériorent régulièrement. Nous aiderons à effectuer les réparations.

Dawn sourit.

— Et voilà un excellent moyen de renouer avec l'équitation avant de nous lancer pour de bon dans l'aventure, dès demain.

Brianna jeta un coup d'œil à son mari.

— Quand tu disais que nous allions travailler comme des cow-boys, tu ne plaisantais pas.

— Ce sera sympa. Je serai avec toi, ne t'inquiète pas.

Lorsque Roy Summers arriva, Dawn, Kate ainsi que les deux couples le suivirent à l'écurie.

— Chacun de vous sera associé à un membre du personnel du ranch qui vous apprendra à prendre soin du cheval qui vous sera assigné et à vous préparer pour la journée à venir.

Le groupe se rassembla devant l'écurie où l'équipe les attendait. Kate remarqua immédiatement Josh, appuyé négligemment contre un box. Quand il croisa son regard, il lui décocha un sourire en coin avec un clin d'œil. Les autres participants au stage furent jumelés avec Piper McCall et Brady Summers.

Puis Roy se tourna vers Kate et Dawn.

— Vous deux travaillerez avec Zane et Josh, ce qui vous permettra de discuter des axes de communication à privilégier par la suite tout en vous initiant à la vie au ranch.

Dawn hocha la tête et s'approcha de Zane, obligeant de fait Kate à collaborer avec Josh. Comme elle lançait un regard empreint de lassitude à Dawn, son amie lui lança :

— Profite !

D'un geste, Josh invita Kate à le suivre dans l'écurie.

— Allons-y.

Kate lui emboîta le pas, essayant de ne pas remarquer comme son T-shirt mettait en valeur ses larges épaules et ses biceps. Elle avait espéré qu'à la lumière du jour, elle se rendrait compte qu'il n'était pas si séduisant que ça, que son sourire n'était pas si craquant. Mais elle s'aperçut au contraire qu'elle avait minimisé l'attraction qu'il exerçait sur elle. Son cœur battait la chamade quand elle entra avec lui dans la stalle. La jument vint enfouir ses naseaux dans le cou de Josh.

— Salut, ma belle. Comment vas-tu, ce matin ?

Sa voix basse et rauque fit trembler Kate, faisant surgir dans sa tête des images de draps froissés, de discussions sur l'oreiller tard dans la nuit, de doux riens, de chuchotements sensuels. Elle posa une main sur son ventre comme pour faire taire les désirs coupables qui s'y levaient.

— Lucy, Kate. Dites-vous bonjour, suggéra Josh.

Kate s'avança et tapota le cou de la jument.

— Bonjour, Lucy.

Josh les laissa seules un instant et revint avec quelques tranches de pomme. Il les lui donna.

— Pose-les sur ta paume ouverte et laisse-la les manger dans ta main. Lucy te considérera alors comme sa meilleure amie. Mais ne lui en donne pas trop, dit-il tout en s'emparant d'un licou accroché au mur. Les pommes sont pour Lucy ce que sont les bonbons pour les enfants. Ils adorent ça mais les excès provoquent des coliques.

— Je sais, dit-elle, caressant toujours Lucy. J'ai grandi dans une ferme. Tu t'en souviens ?

— Oh ! c'est vrai. Tu t'y connais donc en chevaux ?

— Mieux vaut me rafraîchir la mémoire. Cela fait un bon bout de temps que je n'en ai pas approché un.

Il lui tendit une brosse.

— Voyons le niveau de tes souvenirs.

Zane surgit soudain. Il sourit à Kate mais son visage était crispé. Elle sentit qu'il était la proie de vives tensions.

— Josh, puis-je te parler un instant ?

— Euh…

Josh se tourna vers elle et elle hocha la tête.

— Tout va bien. Je panserai Lucy jusqu'à ton retour.

Josh toucha le bord de son chapeau.

Une fois seule, Kate commença à brosser Lucy et offrit à la jument une autre tranche de pomme.

— Je prends soin de toi et tu prendras soin de moi, ça te va ? Es-tu d'accord pour être gentille avec moi ?

À l'extérieur, Kate entendait Zane et Josh discuter avec leurs hommes. Tous semblaient très en colère, surtout Josh qui était manifestement hors de lui.

Dévorée de curiosité, Kate s'approcha de la lucarne de la stalle pour tendre l'oreille.

Pourquoi son cow-boy était-il si furieux ?

3

Josh serra les poings, écumant de rage.

— Je t'avais dit que demander quoi que ce soit à cette ordure ne nous apporterait que des ennuis.

Ils n'avaient même pas encore officiellement ouvert le McCall Adventure Ranch que déjà leur ennemi juré de toujours – qui était malheureusement aussi leur chargé de crédit bancaire – avait trouvé le moyen de leur mettre des bâtons dans les roues. Josh avait envie de frapper quelque chose. Ou plutôt quelqu'un – Gill Carver.

Dave, qui était descendu en ville pour une course, avait appris de troublantes rumeurs et, en revenant, il avait aussitôt fait part des nouvelles à leur contremaître, Roy Summers, avant d'en informer Zane, Josh et Brady.

— Écoutez, dit Zane, les mâchoires serrées. Moi non plus, je ne suis pas content mais aucune loi n'interdit à Gill d'ouvrir son propre ranch d'aventures. L'économie américaine fonctionne sur le principe de la libre concurrence.

— Désolé, frérot, je ne suis pas d'humeur à écouter un cours d'instruction civique ou d'économie, répliqua Josh en frappant son stetson contre ses cuisses.

Mais Brady réfléchissait :

— Gill n'a plus de ranch, depuis que celui de son père a fait faillite. Par ailleurs, le sport de haut niveau est un univers qui lui est totalement étranger. Qui dirige ces nouvelles activités pour lui ? demanda-t-il.

— D'après Dave, Gill aurait embauché Townsen, déclara Roy.

— Karl ? s'exclama Josh, sidéré.

— Tu connais d'autres Townsen ? demanda Roy. D'après les potins rapportés par Dave, les Jackson n'ont pu honorer une échéance de leur emprunt. Gill leur a alors proposé de payer à leur place. En échange, les Jackson l'ont autorisé à utiliser leur ranch pour y organiser des stages dont il a eu l'idée.

— Une idée qu'il nous a *volée* ! rugit Josh. Avant de nous voler l'un de nos employés pour la mettre en œuvre.

Zane secoua la tête.

— Il ne nous a pas volé Townsen. Nous l'avons licencié et Karl s'est fait embaucher ailleurs. Il en avait le droit.

— Je ne suis pas surpris qu'il en ait profité pour nous faire une crasse. Il n'a pas apprécié que nous l'accusions de vol et que nous le renvoyions pour faute, dit Josh.

— Bon, que faisons-nous ? reprit Brady.

— Nous ne pouvons rien faire, répondit Zane.

— Rien ? répéta Josh en secouant la tête. Es-tu en train de dire qu'il faut renoncer à lutter et nous laisser déposséder sans réagir ? Et attendre la mort ? Ne me fais pas croire que tu t'en moques !

— Bien sûr, je suis aussi furieux que toi mais le moment me semble mal choisi pour piquer une crise. Nous avons la charge des personnes venues pour participer au stage et nous devons nous occuper d'elles. Il est vital que nous les impressionnions en bien. Si Gill a décidé de nous faire de la concurrence en se lançant à son tour dans des stages de sports extrêmes, nous ne pouvons rien faire pour l'en empêcher. En revanche, nous pouvons et nous devons nous démener pour faire mieux que lui dans ce domaine. Pour le surpasser. Notre succès sera notre vengeance.

Josh échangea un coup d'œil avec Brady, son ami de toujours, devenu son nouvel associé et son futur beau-frère. Brady détestait Gill autant que les triplés McCall, si ce n'est plus. Josh vit l'expression écœurée peinte sur le visage de Brady se muer en pure détermination.

Brady hocha la tête.

— Tu as raison. Nous allons le pulvériser.

Avec un sourire sombre, Zane frappa le poing de Brady du sien pour sceller leur pacte. Josh se joignit à eux.

— Nous l'anéantirons, j'en fais le serment.

Alors qu'il retournait dans l'écurie pour rejoindre Kate, Josh sentit pourtant un poids tomber sur ses épaules. Au départ, Zane et lui avaient décidé d'organiser ces stages d'aventures pour renflouer le ranch, menacé de ruine, et pour permettre à la famille de sortir de ses difficultés financières. Mais à présent, il ne s'agissait plus uniquement d'argent. Leur réussite devenait une question d'honneur. Il leur serait plus difficile de relever ce défi maintenant que Gill Carver avait entrepris de les concurrencer. Mais ils y arriveraient. Il le fallait.

Le conflit entre les triplés et Gill Carver remontait à loin, à l'école primaire. Gill n'avait cessé de leur pourrir la vie depuis que Zane l'avait battu à plates coutures à un concours d'orthographe en CM1. Mauvais perdant, Gill avait voulu se venger. Avec des amis, il lui avait tendu une embuscade afin de le rouer de coups. Gill avait alors appris à ses dépens que s'en prendre à l'un des triplés provoquait la riposte immédiate des deux autres ainsi que celle de Brady. Leur animosité n'avait fait que croître au cours de leurs années au collège puis au lycée. Mais lorsque le père de Gill avait connu de grosses difficultés financières, comme de nombreux éleveurs du coin, et qu'il avait dû se déclarer en faillite, la situation s'était encore envenimée. La banque avait saisi les biens des Carver et les avait vendus aux enchères. Lors de cette vente, le père des triplés avait acheté non seulement un taureau reproducteur de premier ordre pour le Double M, mais il avait eu aussi l'occasion d'agrandir son domaine grâce à l'acquisition d'une parcelle des Carver, mitoyenne de la propriété des McCall. Gill en avait gardé une rancune tenace, non seulement envers les McCall et Brady mais aussi envers la majeure partie de la ville. Il avait fait comprendre aux triplés que maintenant qu'il était devenu agent de crédit à la banque locale, il avait le pouvoir de saisir les maisons, les ranchs et les petites entreprises des gens du coin. Il comptait se servir de ses nouvelles responsabilités professionnelles pour se venger des habitants de Boyd Valley.

Josh s'apprêtait à entrer dans l'écurie quand Dawn Fetzer sortit de l'ombre et lui fit signe.

— Pss, Josh ! Viens voir.

Conscient qu'il ne devait pas montrer sa mauvaise humeur ni son inquiétude à leurs stagiaires, il lui sourit en se dirigeant vers elle.

— Que puis-je faire pour toi, Dawn ?

— Écoute, commença-t-elle à voix basse en l'entraînant à l'écart. J'ai un immense service à te demander.

— Bien sûr. De quoi s'agit-il ?

— Voilà. Kate cherche à surmonter des problèmes personnels, à dépasser des peurs provoquées par un traumatisme d'enfance.

Josh leva un sourcil, intrigué. Quelle sorte de traumatisme ? se demandait-il avec curiosité.

— Elle aura probablement besoin d'encouragements pour progresser et pour s'investir à fond dans la plupart des aventures au programme, cette semaine.

Dawn se mordilla la lèvre inférieure et elle jeta un coup d'œil coupable vers l'écurie.

— Elle me tuerait si elle savait que je t'en ai parlé. Elle a fini par tout me raconter parce que je ne comprenais pas pourquoi elle n'avait pas l'air très emballée à l'idée de participer aux activités.

Les mains dans ses poches, Josh se balança sur les talons de ses bottes.

— Que veux-tu que je fasse exactement ?

— Eh bien… Je crois qu'elle t'aime bien. Tu lui plais beaucoup et tu pourrais peut-être t'en servir pour…

Josh se sentait mal à l'aise. Bien sûr, apprendre qu'il ne laissait pas Kate indifférente lui faisait plaisir mais l'idée de la duper en s'en servant le gênait terriblement.

En le voyant hésiter, Dawn se dépêcha d'ajouter :

— Je ne te demande rien d'inconvenant. Mais… je pense qu'elle aurait du mal à te dire non et qu'il faut en profiter. Je crains qu'elle refuse de participer aux activités un peu risquées sans encouragements.

— Je serais heureux de l'aider et de la rassurer de toutes les manières possibles. Mais cela m'ennuie de la manipuler ou d'utiliser son attirance pour moi contre elle.

— Ce ne serait pas contre elle ! protesta Dawn. L'aider à affronter ses peurs et à les vaincre présente un intérêt pour elle. Non ?

Savoir que Kate souffrait d'un traumatisme d'enfance qui la plongeait dans l'angoisse rendait la suggestion de Dawn plus gênante encore. Même s'il avait très envie de rendre service à Kate, Josh ne voulait pas manœuvrer bassement pour tenter de l'influencer.

Mais pour satisfaire Dawn, il dit :

— Je ferai de mon mieux.

La première journée au ranch se passa bien. Ils chevauchèrent dans les pâturages, apprirent à se servir d'un lasso. En fin d'après-midi, ils se retrouvèrent autour d'un autre barbecue, tout aussi délicieux et sympathique que le précédent. Ce soir-là, chaque participant au stage d'aventures fut invité à préparer un sac à dos avec des vêtements de rechange pour une randonnée de trois jours. Le ranch fournissait le matériel de camping, l'équipement sportif, et il se chargeait de la sécurité.

Malgré le plaisir que lui avait procuré cette première journée, Kate était consciente des défis à venir et lorsqu'elle se coucha, une sourde appréhension lui nouait le ventre. Incapable de trouver le sommeil, elle se tourna et se retourna entre ses draps une grande partie de la nuit. Au petit déjeuner, elle ne put rien avaler alors que les autres se régalaient de crêpes et de saucisses. Même son café pesait sur son estomac.

À l'heure convenue, Brady retrouva le petit groupe à la porte de la maison d'hôtes. Il les invita à prendre place dans le 4×4 qui les conduirait jusqu'au pied de la montagne où les aventures commenceraient. Dès l'aube, Zane et Roy avaient transporté les chevaux par remorque au point de départ du circuit. Les couples mariés et Piper s'installèrent à l'arrière de la voiture, laissant Kate s'asseoir sur la banquette centrale entre Jake et Josh. Depuis le siège avant, Dawn adressa un clin d'œil entendu à Kate par-dessus son épaule. Kate la fusilla du regard pour lui faire comprendre qu'elle savait exactement ce que son amie mijotait.

Et tout au long du trajet de deux heures, Kate tenta de faire abstraction de la cuisse musclée de Josh collée à la sienne et de sa bonne odeur de savon. Il avait posé son bras sur le dossier de la banquette, derrière elle, et la chaleur de son corps l'enveloppait comme dans une étreinte amoureuse.

Quand ils atteignirent le point de départ de leur randonnée à cheval, plus loin dans les montagnes, Kate était à la fois soulagée et angoissée d'être arrivée à destination. Et si la tension sexuelle qu'elle avait ressentie pendant les deux heures de route se dissipait, une pression différente pesait sur sa poitrine alors qu'ils se préparaient à chevaucher.

L'excursion démarrerait sur des terres transmises aux McCall par leur grand-père et par une longue lignée d'ancêtres avant lui.

Piper embrassa son fiancé et dit au revoir à la petite troupe avant de s'installer au volant pour ramener le véhicule au ranch.

— En selle ! cria Zane. Nous partons.

— Prochaine étape, la tyrolienne ! ajouta Josh.

Le groupe cria de joie mais le cœur de Kate se serra. Elle essaya de se préparer psychologiquement à l'épreuve qui l'attendait, à s'imaginer glissant le long d'un câble, suspendue au-dessus d'un précipice, avec seulement quelques sangles et une poignée de mousquetons pour l'empêcher de basculer dans le vide.

Ils gravirent un long sentier escarpé. Zane avait pris la tête de leur petite expédition, Roy et Brady fermant la marche. Josh s'était glissé entre le cheval de Dawn et la jument de Kate. Tout en trottant, il leur montra des vues intéressantes que Kate photographia. Malgré sa peur, elle contempla d'un œil admiratif la vue panoramique. Les pics imposants, les arbres majestueux comme les immenses rochers et les fleurs sauvages l'impressionnèrent. Mais lorsqu'ils arrivèrent à destination et qu'elle aperçut le câble d'acier tendu à travers le ravin, son ventre se crispa. Nouée, elle considéra la profondeur du précipice. Il leur faudrait descendre presque en chute libre jusqu'en bas.

S'agrippant fermement au pommeau de sa selle, elle chercha frénétiquement un prétexte qui lui permettrait de se soustraire à cette épreuve tout en sauvant la face vis-à-vis de ses clients… et sans avoir à subir de réflexions trop humiliantes. Son cœur tonnait dans sa poitrine et l'effroi dont elle était la proie la rendait faible.

— Très bien, lança Zane au groupe. Nous voici arrivés à notre premier défi. N'oubliez pas de descendre de votre monture à gauche et de laisser vos rênes à Roy ou à Brady. Ils ramèneront les chevaux dans le van.

— Nous ne continuons pas à cheval ? s'enquit Brianna, visiblement déçue.

— Nous les retrouverons plus loin mais les chevaux ne peuvent pas utiliser la tyrolienne pour descendre le ravin, expliqua Zane, provoquant l'hilarité du groupe. Ils nous attendront demain au départ du sentier qui nous mènera au rafting en eaux vives, notre second défi.

Autour d'elle, ses compagnons descendaient de selle en discutant avec enthousiasme. La bouche sèche, Kate tenta à son tour de mettre pied à terre. Mais elle tremblait si fort qu'elle craignait de s'étaler de tout son long dans la poussière. Deux mains puissantes la saisirent alors par la taille pour la poser en douceur sur le sol. Surprise par cette aide inattendue, elle se retourna et se retrouva contre le torse de Josh.

— Euh, merci, murmura-t-elle en inclinant la tête.

— Pas de problème.

Le sourire qu'il lui lança et ses yeux bleus étaient aussi chaleureux que le soleil. Les jambes déjà faibles de Kate vacillèrent à nouveau et elle s'appuya aux sangles de la selle de Lucy pour se stabiliser.

Josh attrapa les rênes qu'elle avait laissées tomber.

— Je me charge de la conduire au camion. Va écouter Zane. Il va passer en revue le fonctionnement de la tyrolienne et les règles de sécurité.

— D'accord.

Alors qu'elle s'apprêtait à rejoindre le reste du groupe rassemblé autour de Zane, Josh lui saisit le bras pour l'arrêter.

— Ça va aller ?

Elle s'efforça de lui décocher un sourire confiant.

— Oui, oui. Je suis juste… un peu nerveuse.

Resserrant son étreinte, il planta les yeux dans les siens.

— Tu ne risques rien, Kate. Je te le promets.

Ses mots, la douceur de son ton et la chaleur de son sourire lui firent l'effet d'un baume. Elle prit une profonde inspiration et elle hocha la tête.

— Merci. Je vais m'accrocher à cette promesse.

Elle s'empara de son appareil photo, pendu à son cou.

— Avant de retrouver les autres, j'aimerais prendre quelques photos de la tyrolienne pour la brochure.

— Excellente idée.

Josh emmena Lucy et un autre cheval pour les confier à Roy. Les deux hommes échangèrent quelques mots. Roy jeta un regard sombre à Josh et elle l'entendit lui dire : « Fais attention. » Josh gloussa une réponse qu'elle ne comprit pas avant de s'éloigner.

Kate se rendit au bord du précipice et plongea les yeux dans le ravin boisé. Un frisson la parcourut mais, refusant de céder à sa panique, elle prit quelques clichés. Se tournant vers le groupe, elle photographia aussi Zane aidant Brianna à enfiler un baudrier, Hunter essayant un casque, Roy s'occupant des chevaux. Elle saisit dans son objectif Josh qui s'esclaffait avec Jake sur la plate-forme de la tyrolienne. Derrière eux, la vue était spectaculaire. Elle protégea ses yeux du soleil pour pouvoir regarder le petit écran de son appareil photo. La photo de Josh avec Jake était excellente. Elle la garderait pour la brochure.

— Jette un œil là-dessus, dit-elle à Dawn en lui tendant son appareil pour lui montrer les clichés. Ils sont bons, non ?

Dawn les fit rapidement défiler.

— Très bon travail ! Maintenant, viens avec moi…

Son amie l'entraîna vers les harnais et les mousquetons empilés devant Zane. Ce dernier leur expliqua comment enfiler leur baudrier, choisir un casque à leur taille, enfiler des protections. Avec l'aide de Josh, il s'assura que tous les participants avaient bien serré leurs sangles et ajusté correctement leurs genouillères.

Kate essaya d'écouter les consignes que Zane leur donnait mais un bourdonnement étrange emplissait ses oreilles et ses pensées revenaient sans cesse au vieux silo du Missouri. Au craquement sinistre qu'elle avait entendu lorsque la tôle avait cédé sous son poids. À la douleur qui l'avait traversée au moment de l'impact et à l'angoisse qui l'avait tourmentée pendant des heures lorsqu'elle croyait que personne ne la retrouverait.

Soudain, elle eut du mal à respirer. Elle n'allait pas y arriver. Elle jeta un coup d'œil au ravin et, prise de vertige, elle se sentit blêmir.

Mais Zane poursuivait :

— Josh va être le premier à descendre et il vous attendra en bas pour vous aider à décrocher votre équipement à votre arrivée. Des questions ?

— Êtes-vous certains que ce câble va tenir le coup ? cria Hunter en souriant.

Un frisson nerveux la parcourut. Apparemment, elle n'était pas la seule à avoir des craintes.

— Il s'agit d'un câble en acier tressé, très solide. Il a été installé par des professionnels, testé plusieurs fois et contrôlé par les autorités compétentes. Les poulies et les mousquetons ont également fait l'objet de vérifications poussées. Le dispositif tiendra, promis ! répliqua Josh. À tout de suite en bas !

Livide, Kate regarda Josh s'harnacher à la tyrolienne, accrocher son baudrier au système de poulies. Comme il se dirigeait vers le bord de la plate-forme pour se jeter dans le vide, il se retourna vers Kate et chercha son regard. Un sourire confiant aux lèvres, il lui envoya un clin d'œil. Puis d'un coup de reins, il s'élança en avant. Kate retint son souffle alors qu'il s'éloignait au-dessus du gouffre.

Zane se tourna vers le reste du groupe :

— Qui veut être le premier à descendre ? demanda-t-il.

— Kate ! cria Dawn.

Tout en glissant le long du câble, Josh admira le paysage en contrebas. La vue était à couper le souffle. L'air chaud lui fouettait le visage et, ivre de joie, il inspira une goulée d'air pur pour mieux savourer ce moment. Il adorait la décharge d'adrénaline provoquée par une descente en tyrolienne, il aimait ces montagnes, il était heureux que sa passion contribue à aider sa famille à sortir de ses difficultés financières. À présent, il se sentait partie intégrante du Double M. Enfin. Désormais, il n'était plus uniquement le frère rebelle et irresponsable et bientôt, il…

Une soudaine secousse suivie d'une étrange perte de vitesse le tirèrent de ses rêveries. Il continua sa descente mais… quelque chose était différent. Quelque chose n'allait pas.

Lorsque le câble tressauta de nouveau, un mauvais pressentiment s'empara de lui. Il aperçut la plate-forme d'atterrissage toute proche et, plaçant sa main gantée derrière la tête, il se prépara à freiner et à se poser. Une autre saccade, plus forte que la précédente, l'inquiéta davantage encore. Avec effroi, il découvrit alors que le câble au-dessus de sa tête, au lieu d'être tendu comme il était censé l'être, se relâchait.

Que se passait-il ?

Une réelle appréhension le gagnait. Ils avaient testé la tyrolienne plusieurs fois et elle avait été inspectée et approuvée par toutes les autorités compétentes. Pourtant, il n'avait pas besoin d'un professionnel pour savoir que quelque chose n'allait pas. Quand ses pieds touchèrent la plate-forme d'atterrissage, il poussa un soupir de soulagement. Mais son soulagement fut de courte durée. Dès qu'il décrocha son filin pour se libérer du système de poulies, il découvrit l'origine de la fin chaotique de son parcours.

Un frisson le parcourut, un frisson qui se mua bientôt en franche panique.

Le tronc d'arbre sur lequel était fixé le câble avait été scié comme l'attestait la sciure qui jonchait la plate-forme. Et les filins d'acier, censés fournir un soutien supplémentaire au câble principal, avaient été sectionnés. Trop sollicitée, la plaque de métal boulonnée menaçait de s'arracher, le bois se fendillant un peu plus lorsque le poids du câble tirait dessus.

Le cœur battant, la gorge serrée, Josh comprit que la tyrolienne ne tenait, littéralement, plus qu'à un fil. Renonçant à détacher son baudrier, Josh chercha frénétiquement son talkie-walkie. L'urgence était d'avertir Zane avant qu'un des stagiaires ne se lance dans le vide – et n'y laisse sa vie.

— Allez, Kate, dit Dawn. Vas-y en premier !

— Non, il n'en est pas question !

— Si tu restes ici à regarder les autres, ta peur ne fera que croître. Mieux vaut descendre la première avant d'être paralysée.

— Je ne sais pas. Je…

— Allez, Kate ! Un peu de cran ! insista Dawn.

— Allez, Kate ! Allez, Kate ! répétèrent les autres membres du groupe en frappant dans leurs mains pour l'encourager.

— Tu peux le faire ! Tu verras que tu ne regretteras pas ! dit Dawn.

Kate ne répondit pas. Elle s'efforçait de réprimer le flot de bile qui lui montait à la gorge. Brady l'aida à accrocher la longe de son baudrier au câble, à plier les jambes.

Dawn avait raison. Elle devait y aller. Reculer maintenant signifierait s'humilier devant ses clients. Mais surtout, si elle refusait de sauter, si elle renonçait, elle laisserait sa peur l'emporter. Dawn avait raison. Elle devait affronter ses angoisses pour les vaincre.

Brady ajusta ses sangles et positionna correctement ses mains.

— Tiens-toi bien ici. Lorsque tu arriveras sur la plateforme, garde bien les pieds en l'air et pose ta main gantée sur le câble pour te freiner. Josh sera là pour t'aider.

— D'accord, balbutia-t-elle.

Il tapota le haut de son casque.

— Prête ?

Elle ferma les yeux, le ventre noué.

— Oui, murmura-t-elle.

— Nous sommes prêts ici et nous attendons ton feu vert, Josh, dit Zane dans son talkie-walkie.

Le groupe continuait de crier :

— Vas-y, Kate ! Vas-y, Kate !

Dawn se rapprocha d'elle et lui pressa l'épaule.

— Tout va bien se passer.

Zane se bouchait une oreille, son appareil collé à l'autre.

— Je t'entends mal, Josh ! As-tu dit « No » ou « Go » ?

Le visage de Dawn s'éclaira.

— Il a dit « Go » !

Hochant la tête, Brady poussa doucement Kate. Comme elle était précipitée en contrebas, les sangles du baudrier se tendirent, retenant son poids. Ses pieds se balancèrent dans le vide. Alors qu'elle commençait sa descente, elle entendit des acclamations derrière elle.

Puis, soudain, comme elle accélérait un peu, le talkie-walkie de Zane grésilla et la voix paniquée de Josh s'éleva.

— Zane, non ! Arrête tout !

— Zane ? M'as-tu entendu ? cria Josh.

Son cœur battait à tout rompre dans sa poitrine et son ventre se tordait, noué d'effroi.

— Trop tard, vieux. Kate vient de s'élancer. Que se passe-t-il ? répondit son frère dans l'appareil.

Josh poussa un juron. Déjà, les câbles tremblaient et cliquetaient au fur et à mesure que Kate glissait le long de la tyrolienne.

— Éloigne tout le monde, Zane ! Plus personne ne doit emprunter le dispositif ! Nous avons un gros problème !

Ignorant les demandes d'explications de son jumeau, il jeta le talkie-walkie. Il lui parlerait plus tard. Dans l'immédiat, il devait accorder toute son attention à Kate et au danger réel auquel elle était confrontée. Il s'accorda un moment pour étudier le tronc d'arbre sur lequel le dispositif avait été fixé au départ. Il ne voyait aucun moyen de sécuriser le système, d'empêcher l'effondrement du câble. La catastrophe était inévitable, inéluctable. Sous l'effet conjugué du poids et de la vitesse de Kate, le tronc entaillé continuerait à se fendre, le bois à se fissurer, jusqu'à ce qu'il cède totalement. Et alors, tout s'écroulerait.

Mais quand tomberait-il ? Toute la question était là.

Une vague de nausée retourna ses entrailles. Kate aurait-elle le temps d'atteindre la plate-forme avant que le câble ne cède ? Personne n'était capable de retenir le dispositif en acier de la tyrolienne pesant près d'une demi-tonne.

Son cœur battait à tout rompre dans sa poitrine. Il devait faire quelque chose, trouver une solution. Et vite. *Réfléchis, McCall !*

S'il ne pouvait évidemment pas tenir le câble à bout de bras, peut-être parviendrait-il à le rediriger et à l'accrocher à quelque chose qui le retiendrait au moins temporairement…

Détachant son harnais, Josh promena les yeux autour de lui pour trouver quelque chose, n'importe quoi. Son filin était assez long pour atteindre la branche d'un arbre à proximité, situé un peu plus bas que la plate-forme. Ce n'était pas l'idéal mais il devrait s'en contenter. Non sans mal, il y enroula la longe avant d'en fixer rapidement l'autre extrémité au câble principal via le ridoir.

Puis, murmurant une prière, il reporta son attention vers Kate qui approchait sans se douter que sa vie ne tenait qu'à un fil.

*
* *

La descente le long du câble fut plus rapide que ce à quoi Kate s'attendait. Et plus saccadée. Kate avait imaginé un périple tranquille mais en réalité, elle fonçait à une vitesse vertigineuse. Chaque secousse déclenchait une nouvelle vague d'anxiété qui lui tordait le ventre. Comme elle rasait le sommet des arbres, elle garda résolument les yeux devant elle. Se rappelant les instructions données par Zane quelques instants plus tôt, elle attrapa le câble de sa main gantée dans l'espoir de ralentir.

Voyant la plate-forme se rapprocher, elle se concentra pour atteindre l'endroit où se trouvait Josh.

Bientôt, le cauchemar serait terminé, se répétait-elle pour se donner du courage.

Josh lui cria quelque chose qu'elle ne comprit pas. Mais il semblait bouleversé et elle se demanda pourquoi. Arrivait-elle trop vite ? Elle freina à nouveau et il secoua la tête.

— Ne freine pas ! Il faut accélérer, au contraire !

Accélérer ? Elle ne comprenait pas. Elle allait déjà beaucoup trop vite à son goût. Pourtant, l'urgence du ton, la détresse de son regard la frappèrent comme une gifle. Si Josh était inquiet…

De nouveau, le câble tressaillit et, glacée de terreur, elle entendit Josh pousser un juron.

Non ! Non, non, non ! Mon Dieu, je vous en prie, ne m'abandonnez pas ! pensa-t-elle, fermant les yeux, paniquée.

De nouveau, le filin fut secoué avant de s'affaisser brusquement.

Surprise, elle battit des paupières. Elle n'était qu'à quelques mètres de la plate-forme. Josh lui tendait les bras.

— Kate ! Attrape ma main !

Désorientée, elle hésita une fraction de seconde mais finalement, elle obtempéra et, lâchant les sangles de son harnais, elle se pencha vers lui.

Mais avant que Josh puisse l'attraper, le câble tressauta de nouveau et elle bascula en avant.

4

Tout se passa très vite et pourtant, Josh vit la scène aussi distinctement que si les événements se succédaient au ralenti. Le dernier morceau du tronc d'arbre qui tenait encore le dispositif céda, quelques instants avant que Kate ait la possibilité de se poser en sécurité sur la plate-forme.

Brusquement détaché, le câble claqua comme un coup de fouet, frappant au passage l'épaule de Josh si violemment qu'il tomba à genoux.

Il reporta son attention sur la branche à laquelle il avait attaché son filin. Dieu merci, elle avait résisté. Cela dit, le poids du câble d'acier ajouté à celui de Kate la faisait plier. Elle n'allait sans doute plus tarder à se rompre.

Et Kate ? Elle était suspendue à sept ou huit mètres au-dessous de la plate-forme d'arrivée, près des branches supérieures d'un arbre qui poussait sur les flancs du ravin. Recroquevillée dans son baudrier, elle se balançait au-dessus du vide, inerte.

La poitrine de Josh se serra.

— Kate !

Redressant la tête, elle promena les yeux autour d'elle, manifestement sous le choc.

— Kate ! répéta-t-il.

Elle se tourna vers lui et lorsqu'il croisa son regard empli de terreur, il eut du mal à déglutir.

Que devait-il lui dire ? Que devait-il faire ?

Sachant qu'il n'avait que quelques instants pour agir, il s'ordonna de réprimer sa panique pour se consacrer à l'essentiel, au sauvetage de Kate. Ce qu'il allait faire maintenant serait synonyme de vie ou de mort pour elle.

D'abord et avant tout, il était vital qu'elle atteigne l'arbre le plus proche et retire son baudrier du dispositif. En effet, lorsque la branche qui le retenait se briserait, le câble tomberait dans le ravin. Et si Kate y était toujours suspendue, elle serait entraînée dans cette chute.

— Détache ta longe !

— Quoi ?

Il frappa son propre torse pour lui indiquer l'endroit.

— Décroche ton harnais ! Dépêche-toi !

Même à distance, il voyait à quel point ses mains tremblaient. Il se rendit compte soudain que le poids de Kate pesait sur son mousqueton, lui interdisant de se libérer seule. Il devait l'aider, la rejoindre, pour couper les maudites lanières de son baudrier ! Et vite !

D'une main fébrile, il s'assura que son couteau était bien dans la poche de sa chemise.

— Tiens bon ! J'arrive !

Josh promena les yeux autour de lui, cherchant le chemin le plus court et surtout le plus rapide pour l'atteindre.

Il lui fallait sauter dans le vide pour attraper une branche d'érable, voisin de celui où se trouvait Kate. S'il se ratait, il se briserait le cou au fond du ravin. Mais il n'avait pas de temps à perdre à imaginer une telle catastrophe.

D'un bref coup d'œil, il évalua la distance et il bondit en avant. Les feuillages le giflèrent au passage, lui égratignant les bras et le visage. Il réussit à atteindre l'arbre mais, mal positionné, il glissa. Tant bien que mal, il enroula bras et jambes autour de la branche pour ne pas tomber. Lorsqu'il se redressa d'un coup de reins, il s'élança de nouveau vers un sapin proche de Kate sans perdre de temps à reprendre son souffle.

Comme il y atterrissait, il entendit au-dessus de lui un craquement de bois, plus sinistre encore que les précédents. Le dispositif n'allait plus tarder à s'écrouler. Le temps pressait.

Kate se débattait toujours avec ses sangles. Elle semblait paniquée et il lui cria :

— J'arrive !

Il tendit le bras vers elle aussi loin que possible.

— Prends ma main !

Leurs doigts se touchaient mais elle ne réussit pas à les attraper et elle poussa un gémissement.

— Je ne peux pas !

— Attends !

Avec un juron, il comprit qu'il n'y parviendrait pas. Il recula, prit son élan et bondit afin d'atteindre la branche qui surplombait Kate. L'arbre plia sous son poids mais il parvint à se stabiliser.

— Kate !

Cette fois, elle réussit à saisir sa main, mêlant leurs doigts, et il la tira vers lui. Elle s'agrippa à lui avec un cri de soulagement.

Mais elle n'était pas encore tirée d'affaire. Et lui non plus. D'un instant à l'autre, la branche au-dessus d'eux allait se rompre. Le câble tomberait, entraînant dans sa chute le dispositif entier… et Kate qui y était toujours accrochée. Et lui avec elle puisqu'elle se tenait à lui.

Il tira son couteau de sa poche.

— Accroche-toi à ma ceinture, Kate. J'ai besoin de mes deux mains pour couper les sangles de ton harnais avant que tout ne s'écroule et que tu ne sois précipitée dans le vide.

Il vit le moment où elle mesura pleinement le danger. Mais il n'avait pas le temps de la rassurer. L'urgence était ailleurs. Sans perdre de temps, il commença à taillader les lanières de cuir avec énergie. Très vite, elles s'effilochèrent et Josh reprit espoir. Mais au-dessus d'eux, les craquements se multipliaient, annonciateurs d'une catastrophe imminente. Le câble se détendit encore, tirant Kate vers le bas.

— Oh ! mon Dieu, non !

Josh redoubla d'efforts, tranchant les sangles plus vite, plus fort. Il s'obligeait à faire abstraction de l'angoisse de Kate, du sentiment d'urgence qui l'habitait, de tout ce qui n'était pas ces fichues lanières.

Et soudain, au-dessus d'eux, la branche qui retenait le dispositif se brisa. Et le câble d'acier tomba. Le filin accroché au harnais de Kate se tendit durant une fraction de seconde et elle hurla de terreur, craignant d'être emportée. Mais miraculeusement, Josh parvint à couper les dernières fibres des sangles à temps.

Brusquement libérée du dispositif qui la retenait, Kate tomba dans les bras de Josh.

— Je te tiens ! cria-t-il en l'enlaçant.

Elle enfouit le visage au creux de son épaule. Elle tremblait de tous ses membres.

Un intense soulagement le traversa.

— Kate, tout va bien. Tu vas bien. Respire à fond, lentement, profondément. Pour ne pas t'évanouir.

Il referma son couteau et le replaça dans sa poche. Tout danger n'était pas encore écarté. À présent, ils devaient rejoindre la terre ferme.

— Il faut que tu m'écoutes, Kate. Nous avons échappé au pire mais nous ne sommes pas encore tirés d'affaire. Nous devons regagner la plate-forme maintenant et, pour l'atteindre, j'ai besoin de ton aide.

Levant la tête, elle planta ses beaux yeux verts dans les siens. La peur qu'il y vit briller lui tordit le ventre. Kate lui avait fait confiance, elle s'était élancée du haut de la tyrolienne parce qu'il lui avait assuré qu'elle ne courait aucun danger. Mais il n'avait pas été à la hauteur. Il l'avait laissée tomber. Il ne l'avait pas bien protégée. Par sa faute, elle avait eu peur. Par sa faute, elle avait frôlé la mort.

Alors qu'elle était sous sa responsabilité, se reprocha-t-il, submergé par une vague de culpabilité.

— Je vais te ramener à la maison, Kate. En un seul morceau. Je te le promets.

Une larme roula sur la joue de Kate mais elle hocha la tête. Elle regarda dans le vide le câble tombé. Le souffle court, elle ferma les paupières.

Il l'étreignit brièvement avant d'asséner :

— Kate, tu vas devoir me lâcher. Nous avons besoin de nos deux mains pour grimper aux arbres.

Quand elle poussa un gémissement, il ajouta :

— Tu vas y arriver, tu peux le faire et je t'aiderai.

— Mon Dieu. Pourquoi ? Pourquoi a-t-il fallu que cela se reproduise ?

Se reproduise ? Il ne comprit pas son commentaire mais ce n'était pas le moment de l'interroger à ce sujet.

Il lui expliqua comment s'accrocher aux branches pour monter jusqu'à la plate-forme.

Les joues de Kate étaient marbrées de larmes. Il aurait aimé avoir le temps de la rassurer, de lui caresser le visage, de savourer la douceur de sa peau. Mais il devait rester concentré. Le moment était venu d'agir, de la sortir de ce pétrin.

— Je serai en dessous de toi pour te soutenir et te rattraper, au cas où. D'accord ?

Elle déglutit avec difficulté et hocha la tête.

Ce parcours d'accrobranches improvisé ne serait pas une mince affaire. Ils étaient conscients que le moindre faux pas se traduirait par une chute de plusieurs mètres, forcément mortelle. S'efforçant de ne pas y penser, ils commencèrent lentement leur ascension. Josh se pendait aux branches, en testait la solidité avant d'y prendre appui.

Il tendait alors la main à Kate, lui indiquait où placer ses pieds. Petit à petit, ils se rapprochaient de la plate-forme.

Quand enfin ils eurent surmonté tous les obstacles qui les séparaient du ponton d'arrivée et qu'ils se retrouvèrent en sécurité, Kate s'écroula contre lui et elle éclata en sanglots. Elle tremblait de tous ses membres.

Josh avait eu si peur pour elle que lui aussi était parcouru de longs frissons. Lui aussi avait envie de fondre en larmes. Le remords et la culpabilité le dévoraient. Cette femme si fragile qui sanglotait dans ses bras avait placé sa foi – sa vie – entre ses mains. Parce qu'il lui avait promis de la protéger, qu'il lui avait assuré qu'elle ne risquait rien. Mais il n'avait pas été à la hauteur. Les larmes de Kate lui prouvaient son impuissance.

Comme elle s'accrochait à lui en pleurant, il lui caressa les cheveux et le dos, essayant de la calmer.

— Tout va bien, maintenant. C'est fini, murmura-t-il à son oreille. Le danger était passé.

Il s'efforçait de rassembler ses pensées et de se concentrer. Il avait un travail à faire. Un travail d'autant plus important que la donne avait radicalement changé.

Ce n'est qu'après avoir recouvré son souffle et un rythme cardiaque à peu près normal qu'il entendit le crépitement de son talkie-walkie.

— Josh, Josh, réponds-moi ! Bon sang, si tu es là, dis quelque chose, je t'en prie ! criait Zane. Josh ? Josh !

Son jumeau semblait affolé. Pourtant, avant de lui répondre, Josh prit le temps d'examiner rapidement les bras et les jambes de Kate pour s'assurer qu'elle n'était pas blessée, qu'elle n'avait rien de cassé. Apparemment, elle ne souffrait que d'égratignures. Une petite coupure ornait sa tempe.

Quant à lui, maintenant que l'effet de l'adrénaline s'était atténué, il ressentait une vive douleur à l'épaule, là où le câble l'avait frappé.

Ils étaient l'un et l'autre couverts d'ecchymoses. Mais ils avaient survécu et ils ne souffraient pas de fractures graves. Un vrai miracle.

Dans l'appareil, derrière la voix de plus en plus désespérée de Zane, il reconnut Dawn qui criait d'angoisse. Tous les participants au stage devaient savoir à présent que le câble était tombé. Le silence de Josh ne faisait évidemment qu'aggraver leur inquiétude. Ils imaginaient tous que le pire s'était produit.

Josh prit le visage de Kate entre ses mains et essuya ses larmes du bout des pouces.

— Je dois prévenir les autres, leur dire que nous avons survécu à l'accident de la tyrolienne. Ça va aller ?

Elle tremblait toujours mais elle hocha la tête et elle le laissa se dégager.

Il ramassa le talkie-walkie et appuya sur le bouton permettant de parler.

— Zane, c'est moi. Nous sommes tous les deux sains et saufs. Un peu secoués mais… vivants.

Son jumeau poussa un soupir de soulagement.

— Nous étions fous d'inquiétude. Que s'est-il passé ?

— Le câble s'est cassé.

— Quoi ? hurla Zane, horrifié. Et Kate ? Elle a tenu le coup ?

— Cela n'a pas été facile mais j'ai réussi à intervenir avant que le dispositif ne s'écroule. Par la suite, regagner la plate-forme en passant par les arbres a été un peu sportif mais nous y sommes parvenus.

Zane garda le silence, cherchant manifestement à digérer l'information.

— Mais comment une telle catastrophe a-t-elle pu se produire ? reprit-il enfin.

Josh posa les yeux sur les sciures de bois qui jonchaient la plate-forme.

— Sabotage, répondit-il sobrement.

Sa famille et lui-même avaient déjà été victimes d'actes similaires. Ces derniers temps, ils semblaient même se multiplier.

Pour toute réponse, Zane poussa un juron.

Mentalement, Josh passa en revue les autres dommages qu'un inconnu avait causés au ranch familial au cours des derniers mois.

— Bon… qu'est-ce qu'on fait maintenant ? demanda-t-il, finalement.

Il entendit Zane prendre une profonde inspiration.

— Donne-moi un instant. Il faut que je réfléchisse.

Le reste du groupe n'allait évidemment pas descendre dans le ravin en tyrolienne aujourd'hui. Ils devraient récupérer les chevaux, retourner au ranch et remettre la suite du parcours à plus tard. À condition que les participants aient encore envie de poursuivre le stage. En supposant que les McCall aient encore la possibilité d'exercer cette activité. Et dans l'hypothèse où le saboteur n'aurait pas réussi à détruire tout ce sur quoi ils travaillaient depuis un an.

— Prenez des photos, ordonna Zane.

Josh fronça les sourcils et lança, sarcastique :

— Tu tiens vraiment à garder un souvenir éternel de cette journée maudite ?

— Pour la compagnie d'assurances, répliqua Zane, agacé que Josh n'y ait pas pensé tout seul. Et pour la police.

— D'accord. On s'en charge.

Josh passa les doigts dans ses cheveux, surpris de constater que sa main tremblait encore.

— Le mieux est sans doute que Kate et moi vous attendions au point de départ du prochain défi. D'après toi, quand y serez-vous ? Demain matin ?

— Tu plaisantes ? Imagines-tu vraiment que, après une histoire pareille, il va nous être possible de poursuivre le parcours comme si de rien n'était ? Tu rêves ! Brianna et Hunter ont déjà décidé de rentrer chez eux. Je me suis engagé à les rembourser.

— Tu veux donc tout arrêter ? demanda Josh, abasourdi. Eh bien pas moi !

— Une de nos stagiaires a failli se tuer, vieux. Par notre faute, ajouta Zane avec gravité.

Josh jeta un coup d'œil à Kate, puis répondit à voix basse :

— J'en suis bien conscient, Zane. J'étais au cœur du drame, excuse-moi de te le rappeler. Je l'ai secourue lorsque le câble est tombé.

— Et pourtant, tu veux continuer ? As-tu perdu la tête ?

Josh se frotta le visage, pesant sa réponse.

— En tout cas, il ne faut pas en décider dans la précipitation. Laisse-moi conduire Kate au campement, donne-nous le temps d'évaluer la situation, de comprendre ce qui s'est passé… Rappelle-moi plus tard pour faire le point.

Zane resta un moment silencieux.

— D'accord, dit-il enfin.

La réponse teintée de regret et de découragement de Zane serra le cœur de Josh. Mais renoncer à ce projet serait pour Josh une forme de suicide. Il refusait de laisser le saboteur l'emporter. Seule sa détermination à surmonter ce désastre l'aidait à calmer le flot d'émotions négatives qui menaçait de le submerger.

Mais Zane poursuivait :

— Tu sais, il faudra plusieurs heures au reste de la troupe pour retourner au ranch, s'occuper des chevaux. Ensuite, je devrai appeler la compagnie d'assurances… Il sera sans doute tard lorsque je pourrai te recontacter.

— Alors, le mieux est que Kate et moi passions la nuit ici. Nous avons de la nourriture, des tentes et une trousse de premiers secours… Tout ira bien.

— D'accord, répondit Zane, manifestement trop découragé pour discuter. Par ailleurs, Dawn aimerait dire un mot à Kate. Est-elle près de toi ?

— Je te la passe.

— Kate ? Kate ? Ça va ? cria Dawn.

— À peu près, oui.

— J'ai eu si peur ! Quand le câble est tombé, j'ai cru que tu allais mourir.

— C'était effrayant mais Josh m'a sauvée in extremis, répondit-elle en levant des yeux reconnaissants vers lui. Je ne suis pas blessée, je ne souffre que d'égratignures, rien de grave. Je suis… très heureuse d'être en vie.

Dawn continuait à se répandre en excuses mais Kate finit par tendre l'appareil à Josh.

— Je n'ai pas envie de lui parler, désolée. Je ne suis pas d'humeur.

— Je comprends.

Il mit un terme à l'échange et raccrocha. Il verrait plus tard avec Zane les détails de leur rapatriement. Dans l'immédiat, il voulait se consacrer à Kate. Il allait l'installer confortablement pour la nuit, prendre des photos de la tyrolienne, réunir les preuves d'un acte de vandalisme.

En mesurant la gravité du crime, il se sentait la proie d'un mélange de colère et d'horreur. Quelle que soit la personne qui ciblait le ranch Double M depuis un an, en s'attaquant à la tyrolienne, elle avait franchi un cap. Après avoir empoisonné un étang et mis le feu à des cultures, elle s'en prenait à présent à des vies humaines. Serrant les mâchoires, Josh se jura que si les flics ne faisaient pas leur travail, s'ils n'arrivaient toujours pas à démasquer l'auteur de ces actes ignobles, il s'en chargerait lui-même. Et quand il aurait coincé le salopard qui menaçait sa famille, il lui ferait payer cher ses crimes.

— Es-tu prête à partir ?

Kate eut besoin d'un instant pour bien comprendre

la question. Son esprit était très loin d'ici, dans un silo humide du Missouri.

Mais Josh insista :

— Nous devons bouger, nous avons mille choses à faire avant la tombée de la nuit.

Il l'aida à se relever et quand sa grande main calleuse prit la sienne, une douce chaleur et un sentiment de sécurité traversèrent Kate.

Josh avait risqué sa vie pour la sauver, se remémora-t-elle avec gratitude.

Mais très vite, le démon du doute balaya son soulagement et ses élans de reconnaissance.

Mais il t'a mise dans cette position. En organisant cette activité, Josh et Zane ont manifestement fait preuve de négligence.

Il remarqua son malaise.

— Kate ? Qu'y a-t-il ? Pourquoi ce froncement de sourcils ? Es-tu blessée ?

— Euh… Non. Mais trop d'horribles images tournent en boucle dans mon crâne.

Comme elle se frottait les tempes dans l'espoir de chasser ses pensées parasites, elle s'aperçut qu'elles étaient poisseuses de sang.

Josh hocha la tête.

— Tu t'es fait une coupure au front. Voilà aussi pourquoi il faut descendre à l'endroit prévu initialement pour camper. Nous désinfecterons alors cette plaie. Peut-être y mettrons-nous un pansement.

Kate inspecta rapidement le reste de son corps. Ses mains et ses bras étaient égratignés mais rien de grave. Son jean était déchiré et elle se sentait courbaturée.

Mais elle était en vie. En un seul morceau.

Elle prit la main qu'il lui tendait.

— Quand vont-ils venir nous chercher ? demanda-t-elle. Le plus tôt serait le mieux.

Elle était épuisée. Fourbue. Elle avait hâte de retourner au ranch, de prendre deux antalgiques et un verre de vin. Elle avait surtout hâte de rentrer chez elle, à Dallas, de retrouver son studio, sa vie tranquille, son chat. Elle s'était construit une existence simple et rassurante. Elle se sentait en sécurité dans son cadre habituel et elle en était heureuse. Contente, en tout cas.

Josh se gratta la tête.

— Euh… Ce n'est pas encore décidé. Aucune heure n'a été fixée.

— Mais ils vont nous envoyer quelqu'un, n'est-ce pas ? demanda-t-elle, devinant son embarras.

— Euh, c'est un peu compliqué. En ce moment, Zane rapatrie le reste du groupe au ranch, et ensuite, il devra s'entretenir avec la compagnie d'assurances à la lumière de…

— Mais nous sommes…

— En sécurité, dit-il. Et nous avons suffisamment de provisions pour camper ici ce soir comme prévu.

— Je comprends que ton frère soit un peu débordé. Mais quelqu'un d'autre ne pourrait-il pas venir nous prendre ? Le contremaître ou Brady ou…

— Écoute, je vais bientôt rappeler Zane mais j'aimerais lui dire que nous campons ici cette nuit avant de retrouver le groupe demain pour le rafting, la descente en eaux vives. Nous pouvons poursuivre le parcours, finir le stage. N'en as-tu pas envie ? Préfères-tu vraiment jeter l'éponge ? Renoncer ?

Elle le considéra sans comprendre. Quelque part, elle s'en voulait d'être une lâcheuse. En général, elle allait au bout de ses engagements. Mais là, les circonstances lui interdisaient de continuer. Elle avait quand même failli mourir !

Josh lui prit la main.

— Kate… Je voulais te dire… Dawn m'a parlé de…

tes réserves à propos de ce stage, de tes angoisses… liées à un accident dont tu as été victime dans l'enfance et…

Furieuse du manque de discrétion de sa collègue, Kate porta les mains à sa gorge.

— Elle t'en a parlé ?

— Pas en détail. Elle m'a simplement dit que tu avais des peurs à surmonter, des peurs liées à un traumatisme d'enfance. Elle m'a demandé de t'aider à affronter tes doutes, tes paniques. Et j'en ai bien l'intention. Ce qui s'est passé sur la tyrolienne t'a fait très peur, bien sûr, mais je te jure que je veillerai désormais personnellement à ce qu'il ne t'arrive plus rien de fâcheux. Chaque sangle sera vérifiée plutôt deux fois qu'une. Toutes les mesures de sécurité seront prises. Je t'en donne ma parole.

Sa sincérité comme la chaleur de ses mains la troublaient. Pourquoi hésitait-elle ?

— Toutes les mesures de sécurité auraient déjà dû être prises, répliqua-t-elle.

— Elles l'étaient. Nous avions bien sûr tout vérifié et revérifié hier matin. Mais après notre passage, quelqu'un a sciemment vandalisé le poteau qui tenait le câble.

— Du sabotage ? s'exclama-t-elle en comprenant, horrifiée, la situation.

— Depuis plusieurs mois, le ranch de ma famille est la cible d'un saboteur. Et je vais à présent te livrer le fond de ma pensée… Si nous renonçons à poursuivre ces stages, le vandale aura gagné. C'est la même chose avec les terroristes. Ils s'attaquent à des aéroports ou à des salles de concert, dans l'espoir de nous dissuader de profiter de la vie et de nos libertés. Si nous ne sortons plus et restons calfeutrés chez nous, ils pourront crier victoire. Je refuse de laisser le saboteur l'emporter. Ce fumier est un genre de terroriste.

Le regard suppliant, il lui pressa les mains.

— Kate… Si tu acceptes de continuer, tu pourras

compter sur moi pour te protéger, pour te guider et te permettre d'arriver à bon port en toute sécurité. Finir ce que nous avons commencé serait une victoire morale pour toi comme pour moi. Non seulement nous montrerons ainsi à ce vandale que nous n'avons pas peur de lui mais en même temps, nous te donnerons une chance de vaincre tes angoisses passées.

Il s'interrompit avant de conclure avec un soupir :

— Mais si, à la fin de la descente en rafting, tu préfères jeter l'éponge, je me débrouillerai pour que tu puisses retourner au ranch puis chez toi dans les meilleurs délais.

— Je suis donc coincée ici jusqu'à la fin du rafting ?

Josh tiqua au mot « coincée » mais il répondit :

— Commençons par regagner le lieu du campement, par soigner tes blessures. Il faut le faire avant le coucher du soleil. Nous ferons alors le point sur la situation.

Elle le regarda fixement, se demandant comment elle s'était débrouillée pour se retrouver au milieu de nulle part, seule avec ce cow-boy. Elle tenta également de mesurer ses chances de survie. Mais les arguments de Josh comme son ton passionné et son appel à une victoire morale l'avaient touchée. Il avait réussi à faire vibrer une partie de son âme qui rêvait autrefois d'aventures. Et elle sut qu'elle continuerait le stage, qu'elle mettrait sa vie entre ses mains, ses mains fortes, calleuses et rassurantes.

Comme s'il la sentait vaciller, il caressa son visage du bout des doigts.

— Kate, donne-moi une chance de tout arranger. Si tu acceptes de rester, de poursuivre le stage avec moi, je te promets qu'il ne t'arrivera rien.

Elle savait qu'il ne pouvait faire une telle promesse. Il ne gérait rien et il n'avait pas la possibilité d'empêcher le saboteur de nuire. Pourtant, elle s'entendit dire :

— D'accord.

Un sourire se dessina sur son beau visage et il l'attira à

lui pour déposer un léger baiser sur sa tempe. Pourtant, la raison reprenait déjà le dessus dans la tête de Kate.

Pourquoi avait-elle accepté de rester, de lui faire confiance ? De continuer ce cauchemar qui l'avait déjà presque tuée ? Était-elle folle ? Croyait-elle vraiment qu'il pourrait la ramener chez elle en toute sécurité ? De plus, voyager seule avec un bel homme qui avait prouvé qu'il était capable d'abattre ses défenses ne pouvait que provoquer un désastre. Il allait lui briser le cœur.

Trois heures plus tard, après avoir soigné ses blessures, monté la tente et s'être restaurée de hot-dogs autour d'un feu de camp, Kate s'inquiétait toujours à propos de la suite de leur périple. Assise avec les jambes repliées contre sa poitrine et le menton appuyé sur ses genoux, elle regardait danser les flammes. Bien sûr, elle pouvait dire à Josh qu'elle avait changé d'avis, mais souhaitait-elle vraiment tout arrêter ? Ses vieux fantômes revenaient la tourmenter. Elle ne voulait pas décider en fonction de sa peur, pas plus qu'elle n'avait envie de rester à cause de Josh et de l'influence déroutante qu'il exerçait sur elle.

Josh lui avait promis de veiller sur elle mais pourrait-il tenir cette promesse ?

Il piqua les bûches enflammées avec un bâton, en déplaçant une sur les braises, avant de se tourner vers elle.

— Kate, puis-je te demander quelque chose… de personnel ?

Levant le nez, elle croisa son regard, ses yeux bleus et perçants qui brillaient à la lueur du feu.

Elle sourit.

— Tu peux toujours poser la question mais je ne te promets pas d'y répondre.

— Très bien. Tout à l'heure, quand… tout s'est passé… tu as dit : « Pourquoi faut-il que cela se reproduise ? » Que voulais-tu dire ? Cela a-t-il quelque chose à voir avec les peurs mentionnées par Dawn ?

Kate poussa un gros soupir. Elle n'avait aucune envie de parler des fantômes du passé, de ressasser le drame qui continuait à la hanter. Mais puisqu'elle ne cessait d'y penser, surtout depuis l'accident, raconter à Josh l'événement qui l'avait traumatisée à vie ne changerait sans doute rien.

— Je suis tombée dans un réservoir à grains abandonné quand j'avais huit ans. Petite fille, j'étais d'un tempérament plutôt intrépide. Aventureuse. Et j'avais grimpé en haut de l'un des vieux silos de notre ferme pour récupérer l'avion télécommandé de mon frère. Je l'avais pris alors que je n'avais pas le droit de jouer avec et il avait atterri sur le haut du silo. Je pensais pouvoir l'attraper sans difficulté. Mais le toit en tôle était rouillé, en mauvais état, et… il s'est effondré sous mon poids.

— Tu as dû avoir la peur de ta vie. Pourtant, de toute évidence, tu as survécu puisque tu es là pour raconter l'histoire. Mais sans doute t'étais-tu blessée en tombant.

Elle émit un rire triste.

— Une jambe cassée, une commotion cérébrale, plusieurs ecchymoses et contusions internes…

Elle frissonna, se remémorant ses souffrances d'alors.

— Par chance, une bonne quantité de maïs avait été laissée dans le silo. Il était pourri mais il y en avait suffisamment pour faire office de gros coussin et amortir ma chute. Ce qui m'a sauvé la vie.

Le visage sombre, elle poursuivit.

— En réalité, le pire était ailleurs.

Elle se mordilla les lèvres et son estomac se rebella alors qu'elle pensait aux jours qui avaient suivi.

Josh la dévisagea avec étonnement.

— Que veux-tu dire ? Qu'est-ce qui pourrait être pire ?

*
* *

Adossé contre la barrière du corral, Zane regardait la pleine lune sans la voir. Il songeait aux mois d'organisation de ce stage d'aventures, aux risques financiers qu'ils avaient pris pour mener à bien leur projet et aux centaines d'heures de préparation minutieuse qu'ils avaient consacrées à ces nouvelles activités. Tout risquait d'être anéanti par l'accident de la tyrolienne.

Il ne s'agissait pas d'un accident, se rappela-t-il.

Le saboteur avait encore frappé, il avait de nouveau attaqué l'entreprise familiale. Mais pourquoi McCall Adventure Ranch avait-il été pris pour cible ? Qui pourrait leur en vouloir au point de mettre des vies humaines en danger ?

Des bruits de bottes dans la cour le tirèrent de ses réflexions. Roy et Dave s'approchaient. À leur tour, ils s'appuyèrent contre la barrière.

Roy envoya à Zane une bourrade amicale.

— Tout va bien ?

— Honnêtement ? Non. Tout est foutu, répondit-il avec un juron.

— Veux-tu dire que les activités du ranch d'aventures sont terminées ?

— J'espère que non. Je vais me battre pour les sauver.

— Mais dans l'immédiat ? insista Dave.

— Nous allons être obligés de les suspendre, je le crains.

— Je suis désolé, Zane. Au moins, personne n'a été blessé, c'est déjà ça, ajouta Roy, cherchant à positiver.

Le père de Zane les rejoignit.

— S'agit-il d'une conversation privée ? demanda-t-il.

— Non, nous discutions de l'accident de la tyrolienne et de l'avenir de vos activités liées aux stages d'aventures, dit Roy.

Zane soupira. Il n'avait vraiment pas envie de parler de la catastrophe. Ses nerfs étaient à vif. Comment Josh avait-il pu envisager de continuer le circuit sportif après un coup pareil ? Ils devaient faire preuve de prudence au cours des prochaines semaines s'ils voulaient sauver le ranch.

— Zane, dit son père, tu as toujours réussi ce que tu as entrepris et il n'y a aucune raison pour que cela cesse. Mes enfants n'abandonnent pas à la première difficulté. Ils se battent. Ils sont responsables.

— Et si renoncer avant de provoquer une catastrophe majeure, des morts, était l'attitude responsable ? Et nous permettait de nous en sortir financièrement ? répliqua Zane.

— Il y aura d'autres moments difficiles à affronter. C'est toujours le cas pour les chefs d'entreprise, insista son père. Mais j'espère que, le moment venu, tes frère et sœur et toi ferez ce qui est juste.

Dave se racla la gorge.

— Sur ce, bonne nuit, les gars. Helen m'attend.

Un par un, les hommes se dispersèrent, laissant Zane seul avec la lune et ses tourments.

— Qu'est-ce qui pourrait être pire ? demanda Josh.

Kate se mordilla les lèvres, le ventre noué aux souvenirs de sa chute dans le silo et des jours qui l'avaient suivie.

— Je n'ai été retrouvée que deux jours plus tard.

Josh la dévisagea d'un air incrédule.

— Comment ? Mais où étaient tes parents ? Pourquoi…

— Mes parents étaient partis à Kansas City avec mon frère pour accompagner un voyage scolaire.

Elle frissonna et Josh se leva pour chercher une couverture dans sa tente. Il la lui mit sur les épaules.

Le remerciant d'un sourire, elle continua son récit.

— En leur absence, ma grand-mère me gardait mais manifestement, elle était plus sénile que mes parents ne s'en doutaient à l'époque. Elle ne s'est rendu compte de ma disparition que le lendemain matin. À ce moment-là, elle a commencé à me chercher. Sans succès. Dans l'après-midi, elle a fini par téléphoner à des voisins et ce sont eux qui, inquiets, ont entrepris une fouille plus approfondie de la propriété.

— Ta grand-mère avait-elle prévenu tes parents ? Pourquoi ne sont-ils pas rentrés chez eux quand…

— Elle ne les a pas appelés. Elle perdait déjà bien la tête mais elle était terrifiée à l'idée de finir dans une maison de retraite ou un asile. Voilà pourquoi elle leur avait caché qu'elle déclinait.

— Tu étais sa petite-fille. Une enfant. Comment a-t-elle pu…

— Elle ne percevait plus très bien la réalité. Elle s'était convaincue que je me cachais quelque part, qu'il s'agissait d'un jeu, et que je reviendrais bientôt. Alertés par les voisins, beaucoup de gens se sont mis à arpenter la propriété avec méthode pour me chercher. Mais ils ne m'ont pas trouvée tout de suite. Je ne les entendais pas. Peut-être à cause de ma commotion cérébrale, je ne cessais de perdre connaissance. Par la suite, ils m'ont raconté avoir jeté un œil sur le silo, m'avoir appelée mais, n'obtenant pas de réponse, ils n'ont pas eu l'idée de grimper l'échelle pour aller regarder à l'intérieur.

Josh la dévisageait d'un air éberlué.

— Et tes parents n'étaient toujours pas au courant de ta disparition, à ce moment-là ?

— Non mais après des heures de recherches vaines, les voisins ont fini par leur téléphoner et par prévenir la police. Les flics ont interrogé ma grand-mère et amené des chiens. Mais mon odeur était omniprésente partout dans la ferme et les pauvres bêtes ne savaient pas quelle piste suivre…

— Tu es donc restée là-dedans pendant deux jours ?

Elle hocha la tête.

— Deux jours et deux nuits au fond de ce silo avec

une jambe cassée, une commotion cérébrale, sans eau ni nourriture et avec des souris pour toute compagnie…

Sa voix se brisa.

— Les nuits étaient le pire. Il faisait si noir à l'intérieur. Et l'odeur de ce maïs pourri était horrible. Je pensais que j'allais mourir là, seule et abandonnée de tous… que personne n'aurait l'idée de venir me chercher là… C'était terrifiant.

— Tu m'étonnes, Kate ! Ce que tu as vécu était affreux.

— J'en ai fait des cauchemars pendant des années, même si j'ai consulté un psy à ce sujet. Et toute cette angoisse remonte à ma mémoire chaque fois que…

Elle ferma les yeux et Josh hocha la tête.

— Je comprends.

Il resta silencieux un moment. Le feu crépitait, remplissant le silence. Puis il se racla la gorge et se rapprocha d'elle. Il prit ses mains dans les siennes.

— Mais tu as vaincu ces peurs, aujourd'hui.

Elle se tourna vers lui avec un air effaré.

— Le crois-tu vraiment ? Je ne suis pas sûre que l'épisode de la tyrolienne soit le meilleur argument pour m'en convaincre. J'ai cru mourir, j'ai été encore plus terrifiée que dans le silo. Rien que d'y penser, j'en tremble encore. Non, Josh, rien n'a changé et je n'ai pas surmonté mes craintes. Au contraire…

— Il faut que ça change ! s'écria-t-il. Tu ne peux pas laisser ton angoisse prendre le contrôle de ton existence. Ta peur t'empêche de vivre pleinement, elle te paralyse. Tu dois à tout prix la dépasser, la vaincre. Tu m'as dit que tu étais née avec une âme d'aventurière mais que tu l'avais perdue avec cette histoire. Mais c'était ta vraie nature et voilà pourquoi tu dois absolument la retrouver.

— C'est à moi et à moi seule d'en décider, répliqua-t-elle.

— Laisse-moi te poser une question… Es-tu heureuse ?

Kate y réfléchit. En tout cas, elle n'était pas malheureuse.

Certes, elle n'avait pas encore concrétisé tout ce qu'elle espérait dans la vie. Elle rêvait de traverser le Grand Canyon ou le Machu Picchu. De se marier, de fonder une famille, du grand amour…

Sa peur l'empêchait-elle de concrétiser ses rêves ?

Elle fut troublée d'être incapable de répondre par la négative.

Josh prit son silence pour une réponse.

— C'est bien ce que je pensais. Mais avec ce stage, tu as maintenant une chance d'affronter les démons du passé et de vivre le genre d'existence qui te rendra heureuse. Termine le parcours avec moi. Je promets qu'il ne t'arrivera rien.

Il ne pouvait le lui garantir, il ne serait peut-être pas capable de tenir cette promesse. Pourtant, il la lui fit avec tant de gravité qu'elle le crut presque.

Kate se frotta les tempes. Elle devait refuser de façon claire et définitive. Alors pourquoi hésitait-elle ?

— Josh, je suis fatiguée. Fourbue. Et… un peu perdue. Mais avant d'accepter quoi que ce soit, j'aimerais que tu me parles de ces actes de sabotage. Je me suis confiée à toi. Maintenant, fais la même chose pour moi. Que se passe-t-il au Double M ?

Il soupira, ôta son chapeau pour se passer les mains dans les cheveux, le visage sombre.

— Notre ranch est en difficulté.

— En difficulté ?

Il hocha la tête, les mâchoires serrées.

— Nous avons du mal à faire face à nos échéances chaque mois, à rembourser nos emprunts, à garder l'exploitation à flots. Nous avons eu deux ou trois années difficiles à cause de la perte de nos troupeaux, de dépenses imprévues et depuis un an, quelqu'un nous rend la vie encore plus difficile en vandalisant le ranch. Au départ, le saboteur s'en prenait aux cultures, au troupeau, au matériel agricole. Quelqu'un veut notre ruine, c'est évident. Par pure méchanceté ou parce que nous lui faisons de l'ombre, nous ne savons pas. Nous n'avons aucune idée de l'identité de l'auteur de ces actes. Il a toujours réussi à ne pas se faire pincer.

— C'est terrible. Et qu'en est-il de vos stages d'aventures ? Comment ces activités s'insèrent-elles dans le tableau ?

— Zane, Piper, Brady et moi avons eu l'idée de ces stages en cherchant une nouvelle source de revenus, le moyen de financer l'exploitation et d'éviter la faillite à notre père.

Josh frappa le bout de ses bottes sur le sol avant de poursuivre.

— Zane et moi avons toujours aimé les sports extrêmes, les sensations fortes, les décharges d'adrénaline. Nous les pratiquons depuis l'adolescence sur le ranch. Nous avons eu l'idée de partager notre passion avec des gens qui n'en ont pas la possibilité chez eux.

— C'est vrai que l'idée est excellente.

Il la dévisagea avec étonnement.

— Tu le penses vraiment ? Même après l'accident de la tyrolienne ?

— Tu m'as expliqué qu'il était dû à un acte de sabotage.

— C'est évident. Quelqu'un avait scié l'arbre autour de la plaque où le câble avait été boulonné. Lorsque nous sommes descendus, le bois n'était pas assez solide pour soutenir la structure et nos deux poids en supplément…

— Tu crois que, quelle que soit la personne qui s'en prend depuis des mois au ranch familial, elle essaie à présent de s'attaquer à vos nouvelles activités ?

— Cela en a tout l'air. Je n'ai aucune preuve mais cela crève les yeux. Pour nous obliger à déposer le bilan.

— Était-ce de cela que tu discutais avec Zane devant l'écurie, hier matin ?

— Tu nous as entendus ?

— Je ne voulais pas écouter aux portes mais vous parliez fort, vous aviez l'air très en colère.

Il poussa un gros soupir.

— Un ancien employé a monté une entreprise proposant des stages de sports extrêmes pour nous faire concurrence. Il se fait financer par un type qui est notre ennemi juré depuis l'école primaire. Tous deux nous ont volé notre idée, c'est sûr. Ils veulent nous nuire.

— Cet ancien employé vous a-t-il quittés en mauvais termes ?

— Oui, nous avions dû le virer pour faute. Et je ne serais pas surpris qu'il soit le saboteur. Cela dit, nous étions la cible de ces actes de vandalisme avant de le renvoyer. Alors…

— Il doit bien connaître votre ranch s'il y a travaillé. Savait-il que vous aviez prévu d'installer une tyrolienne à cet endroit-là ? Dans ce ravin particulier ? Sinon, il s'agit peut-être de quelqu'un qui travaille actuellement avec vous, quelqu'un qui a pu accéder à la tyrolienne entre le dernier contrôle effectué par vos soins et aujourd'hui.

— Non, non, assura Josh avec force. Il ne s'agit certainement pas de quelqu'un de chez nous. Tous ceux qui participent à l'aventure sont de la famille ou tout comme.

— Et Brady ?

— Il détient des parts dans l'affaire et il est fiancé à ma sœur.

— Et votre contremaître ?

— Non, sûrement pas. Roy est le père de Brady et il travaille pour ma famille depuis toujours. Il était là avant ma naissance.

— Et les autres cow-boys que j'ai rencontrés ? Dave, par exemple ?

— Dave n'a aucune raison de nous nuire. Le ranch est son gagne-pain et c'est un type bien. Je ne peux pas l'imaginer comploter contre nous. Il est possible que quelqu'un nous ait suivis ici. Et ce n'est pas un secret en ville que nous possédons cette propriété et que nous y pratiquons des descentes en tyrolienne. Autrefois, nous amenions nos amis de lycée ici pour les week-ends.

Le ventre de Kate se noua à l'idée de la famille de Josh aux prises avec un mystérieux ennemi dont les attaques s'intensifiaient.

— Ne vois-tu donc personne qui en voudrait à votre famille ? Quelqu'un qui se moquerait des innocents qui pourraient devenir des victimes collatérales de ses projets criminels ?

La culpabilité assombrit le visage de Josh.

— Nous nous interrogeons depuis des mois mais le shérif ne peut établir aucun lien entre notre liste de suspects et les actes de vandalisme en question.

— Y compris avec votre rival depuis le lycée ?

— Rien ne prouve son implication et il avait de solides alibis aux moments des incidents dont nous avons été victimes. Et comme être un pauvre type n'est pas en soi un délit…

— Votre ancien employé ou votre rival de toujours n'ont peut-être pas commis les crimes eux-mêmes mais ils auraient pu payer quelqu'un pour le faire.

Josh se pinça le haut du nez.

— Tout est possible, je suppose.

Il se tordit la bouche et la dévisagea en poussant un gros soupir.

— Je regrette que tu aies été prise au piège, que tu aies été mise en danger. Je suis vraiment désolé, Kate.

Les yeux dans les siens, elle opina, acceptant ses excuses.

Elle tira sur la couverture. Malgré le feu, l'air du soir s'était rafraîchi. Elle songeait à la requête de Josh, à son insistance pour qu'elle continue le parcours sportif, l'aventure… Elle le regarda attiser le feu, ajouter une autre bûche. Il avait dit que renoncer, jeter l'éponge, serait céder au saboteur. Elle comprit pourquoi il le croyait.

— Ces actes de vandalisme, les dommages causés

à votre ranch et à vos activités vous posent un vrai problème, c'est évident. Mais ce problème ne déforme-t-il pas ta perception de la réalité, Josh ? Ne te pousse-t-il pas à vouloir à tout prix poursuivre le stage sportif avec moi au mépris du danger ?

Surpris par sa franchise, il ne répondit pas tout de suite et elle continua :

— Nous avons l'un et l'autre envie, besoin, de prendre la bonne décision. Et de même que tu m'as demandé de ne pas la prendre en me basant sur mon traumatisme passé et sur de vieilles peurs, je ne veux pas que tu me pousses en avant par colère ou par frustration ou parce que tu as envie de te venger d'un saboteur… qui ne saura peut-être jamais pour quelle raison tu as fait ce choix.

Il la dévisagea un moment en silence avant de lancer :

— Veux-tu une réponse honnête ?

— Oui, bien sûr, nous partageons des confidences avec sincérité au coin du feu.

— Ah bon ? Allons-nous nous raconter ensuite comment nous avons perdu notre virginité ?

Elle se mit à rire.

— Peut-être une autre fois.

— Ça marche, répondit-il avec un clin d'œil complice. La vérité est que je ne sais pas très bien ce qui me motive le plus. Tout est un peu confus en moi. J'ai vraiment envie que cette entreprise d'aventures, de défis sportifs, réussisse. Pour de nombreuses raisons.

Elle lui jeta un regard noir.

— Des raisons assez valables pour prendre tous les risques ?

Il s'assombrit, furieux qu'elle le soupçonne.

— Je t'ai promis de veiller sur toi et je tiendrai parole. Il ne t'arrivera rien, je m'y suis engagé. J'exerce ces sports extrêmes sur la propriété depuis des années. Je sais ce que je fais, et gérer les risques.

Elle hocha la tête, prit une profonde inspiration.

— Pour ce soir, je m'engage à une seule chose : aller au bout de l'épreuve du rafting. Une fois que nous aurons quitté les eaux vives, je déciderai de la suite, si j'arrête ou si je continue.

Josh esquissa un sourire en coin et elle sentit son cœur fondre. Il était doté d'un charme ravageur et elle savait que l'attirance qu'elle éprouvait pour lui n'était pas étrangère à sa décision. Mais elle se le reprocherait plus tard.

Il lui prit la main et l'embrassa.

— Cela me suffira, dit-il.

Quelques instants après être entré dans le bar situé à la périphérie de la ville de Boyd Valley, il repéra l'homme à qui il venait parler. Redressant les épaules, il s'installa sur le tabouret libre à côté de lui et leva les yeux vers le poste de télévision fixé au mur, feignant de s'intéresser au match de base-ball.

— Alors ? Que s'est-il passé ?

L'expression de son interlocuteur était sinistre. Il semblait ravagé de culpabilité.

— Cela a trop bien marché. La tyrolienne est tombée, dit-il d'un air catastrophé.

— Et alors ?

— Et alors, quelqu'un aurait pu être tué ! Nous étions censés leur faire peur, les obliger à suspendre leurs activités quelque temps.

— La mort d'un McCall les inciterait à reconsidérer l'aventure, c'est sûr, répliqua-t-il avec sarcasme.

Les malheurs des McCall ne l'empêcheraient jamais de dormir. N'avaient-ils pas profité des siens, autrefois ?

Mais son interlocuteur rugit avec force.

— Je n'ai jamais donné mon accord pour être complice d'un meurtre !

— Calmez-vous. Personne n'est mort, n'est-ce pas ?

L'homme avala une gorgée d'alcool.

— Non, heureusement. La femme au bout du fil a survécu, mais… je refuse de continuer. Pas si les gens sont blessés.

— Vous êtes responsable de la chute du câble de la tyrolienne. C'est vous qui l'avez saboté.

— Vous croyez que je ne le sais pas !

— Pas si fort ! N'imaginez pas vous en laver les mains maintenant. Et je tiens toujours la carte maîtresse, votre accident, la fille qui est morte à cause de vous. Si je vais tout balancer aux flics, vous finirez en taule. Pour homicide et délit de fuite. Sans parler des actes de vandalisme commis depuis des mois sur le ranch Double M.

De nouveau, son interlocuteur le fusilla du regard.

Mais, sans y prêter attention, il sourit.

— Aviez-vous prévu d'autres petites surprises ?

— Oui.

— Parfait.

— Vous êtes diabolique. Je n'aurais jamais dû accepter d'entrer dans vos combines.

— Je suis seulement quelqu'un qui a le pouvoir de vous détruire si vous ne m'aidez pas à obtenir ce qui me revient de droit.

— Le Double M ?

— Exactement. Et si vous m'ennuyez, je vous livrerai aux flics sans état d'âme. Nous avons passé un accord. Si vous ne le respectez pas, vous le paierez cher. J'ai des amis au bureau du shérif, vous le savez. Si vous m'aidez à recevoir mon dû, je ne dirai rien. Mais si vous ne jouez plus le jeu, je vous balancerai et vous vous retrouverez au trou. Sommes-nous bien d'accord ?

Sur ces mots, il laissa un billet pour le barman et partit.

*
* *

Josh attendit que Kate se soit endormie pour utiliser le téléphone satellite, le meilleur moyen de communiquer avec le ranch vu l'éloignement du campement. Il voulait appeler Zane. Il s'éloigna de quelques pas pour ne pas réveiller Kate. Elle était épuisée psychologiquement et physiquement. Elle avait besoin d'une bonne nuit de sommeil avant le défi prévu pour demain.

Tout en marchant, il préparait les arguments qu'il sortirait à Zane. Son frère lui répéterait certainement qu'ils devaient jeter l'éponge, renoncer à poursuivre le parcours. Il le savait. Mais Josh préférait être écorché vif que d'admettre sa défaite. Il avait besoin de tirer quelque chose de positif de ce désastre pour pouvoir se regarder dans une glace. Au fond de lui, il était certain que le succès ou l'échec de ce premier stage déciderait de l'avenir de McCall Aventure Ranch, du Double M, voire de l'avenir de la famille. Et le poids de ce succès ou de cet échec reposait sur lui.

Il avait la responsabilité des stages, des défis sportifs. Étant seul ici avec Kate, il était donc le seul à pouvoir rectifier le tir, à sauver ce qui avait foiré par sa faute. Et s'il parvenait de surcroît à faire quelque chose pour aider Kate à surmonter les phobies provoquées par son traumatisme d'enfant, tant mieux. Il ignorait pourquoi il s'y sentait obligé. Peut-être cherchait-il à expier. L'accident d'aujourd'hui aurait pu lui coûter la vie. Il devait beaucoup à Kate. Il lui était reconnaissant d'avoir accepté de continuer l'aventure malgré tout. Il considérait son geste comme un cadeau. Une chance. Pour l'en remercier, il voulait lui rendre son esprit d'aventurière. Il y tenait pour une raison qu'il ne pouvait pas expliquer, même à lui-même. Il avait reconnu en Kate un alter ego.

Lorsque Zane prit l'appel, Josh perçut dans sa voix la fatigue et le stress.

— Allô ?

— C'est moi, dit Josh. Que se passe-t-il de ton côté ?

— Une myriade d'emmerdes. La compagnie d'assurances suspend notre couverture en attendant les conclusions de l'enquête. S'ils trouvent des raisons de croire que nous avons fait preuve de négligence, ils se réservent le droit d'annuler notre contrat. Plus personne ne nous assurera alors. Ou alors pour un prix exorbitant.

— As-tu parlé du sabotage ? Que nous n'avons pas…

— Non, Josh, répondit sèchement Zane. J'ai oublié.

Il renifla.

— Bien sûr que je leur ai dit. Et ils veulent voir le rapport de police dans le cadre de leur enquête. J'ai prévu d'accompagner l'adjoint du shérif demain matin sur les lieux du drame. Vous devrez témoigner, Kate et toi.

— Nous le ferons, bien sûr, mais nous avons décidé de poursuivre le parcours.

— Il n'en est pas question, rétorqua Zane. Les flics veulent vous parler, obtenir vos déclarations au plus vite. Vous avez tous les deux besoin d'être examinés par un médecin.

— Nous allons bien.

Il se frotta l'épaule, refusant de dire à son frère à quel point il souffrait.

— Peu importe, Josh. Il faut tout arrêter. Nous vous retrouverons à la première heure demain.

Le ton autoritaire de Zane agaça Josh. Son jumeau n'avait pas d'ordre à lui donner !

— Tu ne peux pas prendre la décision unilatéralement, Zane. Qu'est-ce que Brady et Piper en pensent ?

— Ils souhaitent ce qu'il y a de mieux pour l'entreprise, comme moi.

— Et comme moi. Et à mon avis, l'annulation de ce stage serait une erreur. Kate et moi avons longuement discuté, ce soir. Elle accepte de continuer. Si je peux lui montrer le potentiel de…

— C'est une responsable marketing, pas un investisseur.

Si par la suite, elle décide de nous poursuivre en justice, nous serons vraiment mal. Nous devons mettre rapidement un terme à cette situation. Toute la soirée, sa collègue m'a demandé pourquoi nous n'avions pas encore rapatrié Kate au ranch. J'ai essayé de la calmer mais j'en ai assez.

— Je comprends mais j'ai parlé avec Kate. J'ai de bonnes raisons de vouloir continuer.

— Tu as envie de coucher avec elle, tout le monde le sait. Mais cela ne me semble pas une raison valable !

— Comment oses-tu ?

— Désolé, c'était un coup bas mais je suis à bout de nerfs. Josh, je sais que tu es déçu mais vous rapatrier au ranch est la seule chose à faire.

Josh serra les mâchoires, en proie à une fureur noire. Il n'allait pas laisser son jumeau décider de sa vie. De toute façon, il avait déjà la réputation dans sa famille d'être le frère sulfureux, téméraire et qui n'en faisait qu'à sa tête. Même s'il avait souvent rêvé de changer la perception que sa fratrie avait de lui, cette fois-ci, il allait s'en servir. Pour le salut du clan. Jeter l'éponge, se résigner à un échec n'était pas une option pour lui. Penser à ce que cela signifierait pour l'entreprise et pour sa famille l'accablait.

Il marchait plus vite, essayant de dissiper le malaise qui le rongeait. Et qu'en était-il de Kate ? Il ne pouvait pas se résoudre à la laisser rentrer chez elle en pensant qu'elle avait échoué. Il n'était pas question de la laisser repartir avec une peur encore plus ancrée qui lui interdirait toujours de prendre des risques.

Non, abandonner, renoncer n'était pas une option pour lui.

— Zane, je peux encore sauver… quelque chose de ce gâchis. Je sais que j'en suis capable. Fais-moi confiance pour…

— La décision est prise, Josh. J'arriverai au campement avec les flics demain à la première heure. Soyez prêts à partir quand nous y serons.

Josh raccrocha sans avoir accepté l'ordre de Zane. Il lutta contre le désir de lancer le téléphone satellite contre un arbre.

Non, je ne renonce pas.

Lorsque son frère débarquerait avec la cavalerie au campement dans la matinée, Kate et lui seraient déjà loin.

5

— Kate ? Kate, réveille-toi. Il est temps de bouger.

Tirée du sommeil par une voix qui ne lui était pas familière, le corps tout courbaturé, Kate poussa un gémissement.

Mais Josh continuait :

— Allez, debout, la marmotte ! Il est tôt, je sais, mais j'ai préparé du café et trouvé des barres chocolatées pour ton petit déjeuner, ajouta-t-il avec un sourire radieux. Nous devons avoir levé le camp dans une demi-heure.

Elle battit des paupières.

— Le faut-il vraiment ? protesta-t-elle d'une voix ensommeillée. Je ne suis pas trop du matin…

— Je vois ça.

Elle s'extirpa de son sac de couchage, frissonnant au contact de l'air frais. Mais en humant les délicieuses odeurs de café et de bacon, elle eut davantage envie de se lever. Les oiseaux chantaient dans les arbres, le feu crépitait. Elle se peigna les cheveux du bout des doigts en essayant de deviner l'heure. À en juger par le peu de lumière alentour, il devait être assez tôt. Apparemment, Josh avait gardé le rythme des éleveurs, même loin du ranch.

— D'accord, d'accord. Je me secoue.

Son corps douloureux subissait manifestement le contrecoup de sa chute et des tensions extrêmes subies la veille. Elle s'étira comme un chat et tourna sa tête pour remettre en mouvement les muscles ankylosés de son cou. Elle rêvait d'une bonne douche chaude mais elle se doutait qu'elle n'y aurait pas droit, ce matin. Aussi s'habilla-t-elle en vitesse.

— Pourquoi sommes-nous si pressés de partir ? lança-t-elle assez fort pour être entendue à travers la toile de la tente.

Josh mit un moment pour répondre.

— Pour avoir le temps d'atteindre le point de rendez-vous avant la nuit.

— Allons-nous faire du rafting toute la journée ?

Une autre hésitation.

— Pas exactement. Mais dis-moi : comment aimes-tu ton café ?

— Avec un peu de lait et de sucre, mais j'arrive, je m'en occupe.

En sortant de la tente, elle vit Josh qui s'activait à faire griller le bacon dans une poêle au-dessus du feu de camp.

Il se tourna vers elle.

— Comment as-tu dormi ?

— Comme n'importe qui obligé de passer la nuit dans un sac de couchage au milieu des bois et dans le froid, dit-elle avec un sourire pour adoucir sa réponse. Mais une fois endormie, tout allait bien.

— Nous allons devoir marcher jusqu'au point d'amarrage du radeau. Es-tu très courbaturée, ce matin ?

Elle se versa du café.

— Je me sens un peu raide et endolorie, oui. Je vais prendre un antalgique.

Il se leva pour fouiller son sac à dos et lui tendit une boîte.

— Chacun des sacs à dos contient une petite trousse de secours.

Elle avala deux comprimés avec une gorgée de café chaud, savourant la chaleur du breuvage.

— Ton café est un délice !

Josh se mit à rire.

— Merci.

Ils se régalèrent d'un petit déjeuner composé de bacon, de barres de céréales, de bananes et de café, en bavardant de choses et d'autres.

Kate devinait une certaine tension chez Josh, une tension qui alimentait son propre malaise concernant leur programme de la journée. Josh semblait flou sur le sujet. Lui cachait-il quelque chose à propos de ce qu'ils allaient vivre ce jour-là ? Était-il nerveux à cause de ce qui s'était passé la veille, ou son angoisse avait-elle une autre origine ?

Dès qu'ils eurent fini leur repas, Josh éteignit le feu avec soin et boucla rapidement son sac à dos. Très vite, il fut prêt à partir. Kate se dépêcha de se brosser les dents et de fourrer ses affaires dans son sac.

Alors qu'ils partaient, Josh lui demanda de l'attendre un instant. Lorsqu'il revint, il arborait une expression étrangement coupable et un sourire tendu.

— Tout va bien, Josh ? demanda-t-elle.

— Bien sûr. Pourquoi ?

— Tu parais inquiet, nerveux.

Il lui décocha un bref sourire.

— Je suis seulement impatient d'y aller. Ce sera une bonne journée.

Josh avait hâte de quitter le camp. Il se doutait que Zane serait furieux qu'il n'ait pas respecté ses ordres. Josh espérait surtout que son frère ne se lancerait pas à leur poursuite. Lorsque Kate s'était endormie, il avait écrit un mot pour exposer ses arguments à son jumeau, en espérant le convaincre. Mais Zane pouvait être aussi têtu qu'une mule. C'était un trait de caractère qu'ils partageaient, même si tous deux étaient différents à bien d'autres égards.

Zane,

Ne cherche pas à nous arrêter, je t'en prie. Je sais ce que je fais et je suis capable de gérer tout ce qui se présentera, y compris d'éventuels actes de vandalisme. Tu estimeras sans doute que je commets une erreur mais en tant qu'associé, j'ai le droit d'être en désaccord avec toi et de prendre mes propres décisions.

Je ne peux me résoudre à renoncer, je refuse de jeter l'éponge. Continuer le parcours jusqu'au bout est la meilleure chose à faire, non seulement pour McCall Adventure Ranch mais aussi pour Kate. Dawn t'expliquera pourquoi. Je suis persuadé que si Kate n'affronte pas ses peurs maintenant, si les événements d'hier ne font qu'accroître ses angoisses, elle le regrettera et je me le reprocherai toute ma vie. Je peux l'aider à retrouver sa vraie nature, à prendre de nouveau des risques. J'ai besoin de le faire.

Je te propose de nous retrouver à la rivière à la tombée de la nuit. Mais si Kate accepte de continuer l'aventure après le rafting, il se peut que nous prolongions notre périple un jour ou deux, alors ne panique pas si nous ne sommes pas au point de rendez-vous.

Je t'appellerai lorsque nous saurons ce que nous choisissons de faire.

Josh.

Après avoir laissé sa lettre à un endroit où il était certain que Zane la verrait, il se hâta de retrouver Kate et de prendre le large avant l'arrivée de son frère.

Parce que, oui… Zane allait être fou furieux.

Dès que Josh revint, ils se mirent en marche. Comme il restait silencieux, Kate finit par lancer :

— Es-tu sûr que tout va bien ?

— Euh… Oui. Bien sûr.

Sa brève hésitation était assez éloquente.

Elle soupira.

— Écoute, j'ai une demande à formuler, une requête que

tu dois impérativement accepter si tu veux que je poursuive l'aventure avec toi. Elle est non négociable.

Abasourdi, il s'arrêta.

— Je t'écoute.

— J'exige que tu sois à cent pour cent honnête avec moi et ce, en permanence. Si je te pose une question, j'attends de toi une réponse claire et complète. Ce parcours sportif, les défis qui m'attendent me rendent nerveuse, certes, mais je suis une grande fille et je suis capable de supporter la vérité même si elle est désagréable.

Il hocha lentement la tête.

— Je vois.

— Alors ? T'y engages-tu ?

— Je m'y engage.

— En avant, alors, dit-elle, satisfaite.

Ils cheminèrent plus d'une heure dans la montagne, principalement en descente, et plus ils avançaient, plus Kate sentait ses muscles s'assouplir. Ses bleus viraient au noir mais ils ne lui faisaient mal que si elle appuyait dessus. Plus ils s'éloignaient du campement, plus Josh semblait se détendre. Il lui parla de son travail et lui raconta des histoires amusantes sur le fait d'avoir grandi dans un ranch avec un jumeau et une jumelle. Il avait apparemment toujours été très imaginatif pour faire des bêtises.

— Un jour, par exemple, j'ai rempli les bottes de Piper de fumier.

— Quelle horreur ! Josh !

— Ma sœur était hors d'elle. Et Zane, toujours respectueux des règles, m'a rossé.

— Cela me surprend. J'aurais cru que des jumeaux se soutenaient toujours.

— C'est le cas. Nous savons pouvoir compter l'un sur l'autre mais il se sentait mal pour Piper. Nous avons un lien très fort avec elle. Et quand maman a voulu connaître le nom du coupable en menaçant de nous confisquer nos Game

Boy, il m'a dénoncé. J'ai perdu ma Game Boy pendant une semaine… mais Zane me laissait jouer avec la sienne.

— Je suppose que Piper a eu de nouvelles bottes ?

— Naturellement. T'ai-je dit qu'elle voulait porter des bottes sous sa robe de mariée le jour de ses noces ?

— Quand se marient-ils ?

— Fin juin.

— Les mariages de juin portent chance.

— Tant mieux mais elle a choisi cette date parce que, en juin, nous aurons fini de marquer les veaux et tous les troupeaux auront rejoint les pâturages d'été.

Il s'arrêta pour cueillir une fleur sauvage. Il la lui piqua dans les cheveux. Quand ses doigts l'effleurèrent, Kate sentit un long frisson la parcourir. Il sourit, admirant son œuvre, et le trouble de Kate se prolongea.

— Une fois les travaux de printemps terminés, ils auront quelques jours de lune de miel avant les foins.

Pour masquer son émoi, Kate remarqua avec un rire ironique :

— Tout est fonction de la ferme, si je comprends bien. Quel romantisme !

— Dans un ranch, la vie est rythmée par l'activité. La rivière est tout près, ajouta-t-il. Si tu tends l'oreille, tu pourras entendre les rapides.

Le bruit de l'eau était en effet perceptible derrière le chant des oiseaux et Kate sentit un regain de tension s'emparer d'elle.

Josh sortit une gourde de son sac et la lui tendit.

Elle secoua la tête.

— Non merci. Je n'ai pas soif.

— En randonnée, la règle de base est de manger avant d'avoir faim, de boire avant d'avoir soif et de se reposer avant d'être fatigué.

Bon conseil, pensa-t-elle en acceptant la gourde.

— Ton sac à dos contient des barres de protéines, des

biscuits, des bretzels et des M & M's, poursuivit Josh. Essaie de manger un peu toutes les heures pour maintenir ton niveau d'énergie et nourrir tes muscles.

— J'adorerais grignoter des M & M's.

Elle en prit une petite poignée et les croqua tout en marchant. Josh lui expliqua comment se déroulerait la descente en rafting. Il lui parla de son équipement – une pagaie, un casque et un gilet de sauvetage… qu'ils trouveraient sur place – et de la meilleure façon de gérer les incidents – si le radeau se renversait, heurtait un obstacle ou se retrouvait coincé sur un banc de sable, pour nommer les plus courants.

Comme Kate laissait échapper un petit gémissement d'inquiétude, il se tourna vers elle pour ajouter :

— Je ne dis pas que de telles situations vont se produire mais qu'elles le pourraient. Si tu es prête, elles seront sans conséquences. Si tu ne l'es pas, tu risques de mal réagir et de les aggraver.

Elle posa une main sur son ventre et prit une respiration lente en s'ordonnant de se calmer.

— D'accord.

Au départ du rafting, une petite hutte en bois se dressait sur la rive rocheuse de la rivière. Du lierre la recouvrait en partie. La cabane semblait être là depuis des siècles mais certains rondins de pin, plus récents que d'autres, attestaient que des réparations avaient dernièrement été effectuées.

En principe, la porte était fermée par une chaîne. Mais celle-ci avait été arrachée du mur et le cadenas pendait au bout.

La cabane était grande ouverte.

6

Kate sentit son cœur faire un bond à la vue de la chaîne arrachée, du verrou endommagé et de l'inquiétude peinte sur le visage de Josh.

— C'est un nouvel acte de sabotage, n'est-ce pas ?

— Disons que le cas me semble très suspect mais pour le moment, je n'en ai pas encore de preuve formelle.

Il examina le bois autour du cadenas brisé, y vit les efforts déployés par quelqu'un pour forcer la porte. Laissant glisser son sac à dos de ses épaules pour le poser par terre, il en sortit une lampe de poche. Lorsqu'il promena le faisceau lumineux à l'intérieur de la hutte, ils mesurèrent vite l'étendue des dégâts. Les bacs en plastique avaient été ouverts et renversés, les pagaies dispersées. Des emballages de barres chocolatées, des boîtes de biscuits déchiquetées étaient éparpillés sur le sol.

Josh poussa un juron.

— Ce n'est pas possible !

— Vous conservez des réserves alimentaires dans cette hutte, avec le matériel ? s'étonna Kate. Même moi, je sais que c'est la meilleure façon de pousser les ours à venir se servir.

— Non, bien sûr que nous ne gardons rien de comestible ici. Pour ne pas attirer les grizzlis ni les rongeurs et les insectes.

— Quelqu'un a donc répandu des confiseries dans cette

cabane pour… allécher des ours, les encourager à mettre le bazar à l'intérieur et à abîmer le matériel ?

— Manifestement.

De nouveau, il examina la porte abîmée.

— Des traces de griffes sont bien visibles. Le coupable est bien un grizzli.

— Il s'agit de nouveau d'un sabotage, conclut Kate.

Elle promena les yeux autour d'elle, tout en poursuivant son raisonnement.

— La personne qui a déposé des sucreries dans cette hutte savait qu'un ours passerait tôt ou tard à proximité, qu'il les sentirait et qu'il détruirait la porte pour s'en régaler… C'était bien pensé. Que vas-tu faire ?

Josh secoua la tête tout en fouillant dans les équipements tombés des étagères.

— Rien. Je ne peux rien faire pour le moment. Le mal est fait.

Il prit une profonde inspiration, lui sourit tendrement et ajouta :

— Alors, on passe à autre chose, on avance.

Kate détestait l'idée que celui qui avait vandalisé les lieux, nui à la famille McCall et mis en péril leurs activités, s'en tire sans être inquiété. Sans parler des vies que ce sale type avait mises en danger. Y compris la sienne. Prise d'une brusque fureur, elle sentit ses joues s'empourprer. Contrairement à Josh, elle ne parvenait pas à prendre ces attaques avec philosophie.

Mais en voyant Josh sortir du cabanon l'un des radeaux abîmés par les ours, elle se calma un peu. La frustration se mêlait à sa colère et elle devina qu'il devait éprouver le même cocktail d'émotions contradictoires.

Kate fouilla dans son sac, sortit son appareil photo et photographia les dégâts, zoomant sur les marques de griffes qui ornaient la porte en bois, sur les emballages de nourriture éparpillés et sur le chaos à l'intérieur de la hutte.

Josh retira une toile d'araignée accrochée à une pagaie.

— Mon père nous avait aidés, Zane et moi, à construire ce cabanon, il y a une quinzaine d'années. Et jusqu'à présent, nous n'avions jamais eu le moindre problème avec des animaux. Nous prenions des précautions, nous protégions le matériel des rongeurs, en particulier. Et nous ne laissions évidemment jamais rien de comestible traîner.

En la voyant continuer à mitrailler, il secoua la tête.

— Je ne pense pas que ces clichés soient très utiles à la brochure, Kate.

— Comme tu m'avais demandé de photographier la tyrolienne sabotée, hier, je pensais que tu voudrais également garder des preuves des dégâts causés ici pour les montrer à la police et aux assurances.

— Bien sûr, tu as raison.

Josh semblait très abattu, constata Kate, le cœur gros. Elle comprenait son désarroi. Sa famille était attaquée et il ne savait pas comment protéger le ranch, des personnes qu'il aimait, une existence qui lui plaisait.

Après un moment, il poussa un soupir.

— Merci d'y avoir pensé.

Il se remit au travail, tirant hors de la maisonnette de rondins un grand canot pneumatique qui avait été dégonflé et roulé pour être rangé.

— En principe, il devrait y avoir une pompe à air quelque part. Crie si tu l'aperçois.

Au lieu de chercher le gonfleur, elle posa une main sur son bras pour l'arrêter.

— Tu vas bien, Josh ?

Il esquissa un faible sourire.

— Bien sûr.

De nouveau, il tenta de s'écarter pour remettre de l'ordre dans le cabanon et elle le lâcha. Mais en se rendant compte qu'il fuyait son regard, elle se plaça devant lui et planta les yeux dans les siens. Josh l'avait aidée, sauvée, la veille. Il n'était pas question de l'abandonner à sa détresse, maintenant. À son tour, elle devait le soutenir.

— Je suis désolée de ce qui t'arrive, Josh, dit-elle en lui prenant la main. Ne te sens pas obligé de faire comme si les événements ne t'affectaient pas. Si c'était ma famille, mon ranch, mes activités qui étaient attaqués de la sorte, j'aurais envie de hurler ma colère, de pleurer, de me rouler par terre… et de rouer de coups l'auteur de ces actes.

Josh mêla ses doigts aux siens.

— J'adorerais lui casser la figure. Malheureusement, ce fumier n'a pas laissé de carte de visite. Je n'ai personne à cogner pour le moment.

Comme elle lui caressait le dos dans un geste réconfortant, elle sentit le frisson qui le parcourait.

— J'imagine qu'il doit être rageant de ne rien pouvoir faire, ajouta-t-elle.

— Je vais faire quelque chose, ne t'inquiète pas. Je suis à bout. Le shérif n'arrive à rien. Mais lorsque nous rentrerons au ranch, je trouverai, moi, le moyen d'arrêter ce type.

Une heure plus tard, après avoir remis de l'ordre dans la cahute, ils sortirent un canot pneumatique intact. Ils le gonflèrent et l'appareillèrent. Josh dénicha deux gilets de sauvetage utilisables, deux pagaies et deux casques et, par sécurité, il emporta une pagaie supplémentaire, au cas où ils en perdraient une. Ensuite, il sécurisa son sac dans l'embarcation, le recouvrit d'une bâche pour le protéger des embruns lorsqu'ils traverseraient les rapides. En effet, il contenait le téléphone satellite.

Dès que Kate, équipée d'une pagaie, eut pris place à l'arrière du canot, il le poussa à l'eau. Il sauta dedans avant que l'embarcation soit happée par le courant.

— En avant toute ! cria-t-il à Kate.

La première partie du parcours était plutôt facile, sans obstacles importants. Une bonne occasion pour initier Kate à ce sport et la familiariser avec l'aventure du rafting en eaux vives. D'ailleurs, à l'exception de quelques embûches et accélérations sur la fin, la rivière donnait des frissons aux débutants mais elle n'était pas très passionnante pour lui. Peut-être un jour intégreraient-ils les rapides plus sportifs de l'Arkansas River au stage. Dans l'hypothèse où McCall Adventure Ranch survivait aux attaques dont il était la cible.

Serrant les mâchoires, Josh repoussa cette pensée déprimante. Ce n'était pas le moment d'imaginer le pire. Il devait se concentrer sur la navigation, veiller à ce que Kate arrive à destination saine et sauve.

Comme pour le lui rappeler, Kate poussa un cri qui le glaça :

— Josh ! Josh !

— Que se passe-t-il ? demanda-t-il, affolé, en se tournant vers elle.

— Regarde ! s'exclama Kate d'un air émerveillé en lui montrant du doigt deux élans qui se promenaient sur une colline.

Soulagé, il sourit. La beauté des paysages du Colorado et la faune sauvage constituaient l'un des bonus du stage qu'ils espéraient partager avec leurs clients. Kate posa sa pagaie sur ses genoux pour prendre quelques clichés.

Josh fondit lorsqu'il croisa ses yeux brillants. Elle était belle à couper le souffle avec son sourire éclatant, ses cheveux soulevés par le vent et son visage irradié de joie. Au naturel, Kate était plus jolie que n'importe quel mannequin maquillé et apprêté.

À la vue de ses joues roses, il demanda :

— As-tu pensé à la crème solaire, ce matin ? L'air est peut-être frais mais le soleil est implacable sur l'eau.

Elle fronça les sourcils.

— Zut, j'ai oublié.

Après avoir rangé son appareil photo, elle chercha dans son sac le tube de protection solaire et il la regarda l'étaler sur son visage et ses bras. Le spectacle lui parut particulièrement érotique.

À ses yeux, Kate incarnait la vraie beauté. Remarquant qu'elle portait toujours la fleur pourpre qu'il avait plantée tout à l'heure dans ses cheveux, il en fut ému. Avait-il voulu inconsciemment la désigner ainsi comme sienne ? Il secoua la tête, repoussant aussitôt cette idée. Certes, ils avaient vécu ensemble des événements dramatiques et ils avaient eu une conversation personnelle autour du feu, la veille au soir, mais Kate n'était pas à lui, loin de là. Alors pourquoi cette pensée saugrenue l'avait-elle traversé ?

Sa famille affrontait une crise financière majeure, il cherchait à identifier l'auteur des actes de sabotage qui menaçait l'avenir de leur ranch, tout en s'efforçant de rattraper le coup, d'arranger les ratés de ce premier stage d'aventures. Il n'y avait donc aucune place dans sa vie pour une relation amoureuse. Pourtant, il ne pouvait s'empêcher de s'imaginer embrassant Kate. Plus d'une fois depuis ce matin, il en avait eu envie. En réalité, il rêvait de davantage que de simples baisers. Quand il l'avait portée hier, il avait remarqué à quel point elle était bien faite. Maintenant, à la lumière d'un nouveau jour et loin du drame de la tyrolienne, ses formes féminines lui plaisaient davantage encore. Lorsqu'ils seraient revenus au ranch et que la pression serait un peu retombée, il verrait si Kate était intéressée par une petite aventure avec lui. Et Piper, avec son côté moralisateur, n'aurait rien à dire.

Après quelques heures de navigation, Kate commença à fatiguer. Le rafting faisait clairement travailler les muscles de ses épaules et de ses bras. Des gouttes de sueur perlaient à son front et elle les essuya d'un revers de la main.

— Que tu es sexy en sportive en plein effort ! s'exclama Josh avec conviction. Mais je m'égare, excuse-moi. As-tu besoin d'une pause ? ajouta-t-il. Je connais un endroit à proximité où nous pourrions nous arrêter pour piquer une tête dans l'eau si tu as envie de te rafraîchir.

— Bonne idée.

Il me trouve sexy ? Le compliment fit plaisir à Kate mais elle se rappela à temps que Josh était un séducteur et qu'il ne pensait sans doute pas un mot de ses beaux discours.

Josh sortit le téléphone satellite de son sac et composa un numéro.

— Salut, c'est moi. Je voulais seulement te dire que nous allons bien et nous allons nous arrêter un moment au pied de la chute d'eau pour nager. Oui, je sais... Difficile à dire... Peut-être à la tombée de la nuit.

Manifestement, son interlocuteur n'était pas content.

— Tout va bien, Zane. Nous en reparlerons plus tard. Demain sans doute. Ne te fais pas de mouron. Je sais ce que je fais.

Il se déconnecta et rangea le téléphone dans son sac à dos.

— Demain ? Pourquoi demain ? demanda-t-elle, nouée.

— J'ai dit ça parce que Zane veut toujours tout contrôler.

Il soupira.

— Le rafting, la descente en tyrolienne et les autres défis sportifs sont de mon ressort. J'en suis responsable et mon frère, lui, dirige le ranch. Mais il a une fâcheuse tendance à englober les stages dans son domaine de compétences. À tort.

— L'accident d'hier a dû l'inquiéter. Il est sans doute normal qu'il veuille mettre son grain de sel dans l'histoire. Tu ne peux pas le lui reprocher.

Josh grogna.

— Peut-être mais lui devrait me faire plus confiance. Je sais qu'il est furieux mais…

Il ne termina pas la phrase et Kate en fut déçue. Elle avait espéré qu'après sa promesse de ce matin, Josh serait plus disposé à se confier à elle. Et pourquoi les confidences de Josh avaient-elles tant d'importance pour elle ? Parce qu'elle lui avait raconté le cauchemar qui la hantait depuis toujours et qu'elle voulait équilibrer leurs rapports ? Ou désirait-elle inconsciemment nouer des liens plus intimes avec son guide au charme dévastateur ?

En se traitant d'idiote, elle repoussa cette éventualité. Elle ne pouvait pas, ne devait pas répéter les erreurs qui l'avaient déjà détruite dans le passé. Une relation sur le long terme avec Josh était géographiquement et pratiquement impossible. Il lui fallait donc fuir cet homme pour ne pas souffrir encore.

S'efforçant de le chasser de son esprit, elle s'abreuva de la beauté des paysages du Colorado, des sommets enneigés au loin, des rives couvertes de fleurs printanières et du ciel aussi bleu que les yeux de Josh…

Arrête ! Furieuse de la facilité avec laquelle son cerveau s'emballait et revenait toujours à Josh, elle se reprocha son comportement de collégienne face à son premier béguin. Oui, Josh avait des yeux d'un bleu à couper le souffle, un sourire ravageur et il était la tentation incarnée. Mais elle avait tout intérêt à se contenter de l'admirer de loin.

Dans un effort pour recentrer ses pensées, elle dit :

— Tu n'as pas parlé à ton frère des dégâts causés par un ours dans la hutte.

— Il l'apprendra bien assez tôt.

Suivant les directives de Josh, ils gagnèrent la rive située au pied d'une haute falaise d'où tombait à la verticale un torrent. La rivière scintillait sous les rayons du soleil et des libellules se poursuivaient à la surface de l'eau dans un léger bourdonnement d'ailes.

Kate sourit.

— Quel endroit magnifique ! Je vais photographier ce paradis terrestre.

— C'est mon coin préféré. Piper, Zane et moi venions y nager tous les étés autrefois.

Josh sauta dans l'eau pour tirer l'embarcation vers la rive. Il aida Kate à rejoindre la terre ferme avant de l'entraîner sur un sentier. Ils grimpèrent jusqu'à une grande pierre plate qui surplombait la rivière près de la chute d'eau. Ils s'y allongèrent.

Kate contempla le cours d'eau qui coulait doucement à ses pieds. Un papillon jaune passait près d'eux. La scène paisible lui parut idyllique.

— Que c'est beau ! Dommage, j'ai laissé mon appareil photo dans le canot.

Josh retira sa chemise, la jeta de côté et, comme Kate restait bouche bée à la vue de son torse large et musclé, il déclara :

— Nous aurons le temps de prendre des photos plus tard. Nageons d'abord.

Puis, avec un clin d'œil complice, il déboutonna son short et se mit en caleçon.

Perturbée, elle l'entendit à peine lorsqu'il ajouta :

— Et le meilleur moyen de se mettre à l'eau est d'y sauter.

7

— D'y sauter ?

— Oui. Nous ne sommes pas très haut, sept ou huit mètres tout au plus. Et comme la chute d'eau a creusé la roche, l'eau est très profonde à cet endroit-là. Nous le faisions tout le temps, enfants.

Kate ignorait si sa bouche sèche était due à la peur provoquée par le défi proposé par Josh ou par sa quasi-nudité.

— Écoute, Josh… Je suis consciente de tes efforts pour m'aider et j'apprécie. Mais il n'est pas question que je saute de si haut.

Il lui décocha un sourire en coin.

— Tu n'y es pas du tout. Je ne cherche pas à t'aider. Je te montre simplement comment tu pourrais vivre un grand moment tout en gardant tes vêtements.

Elle lui lança un regard ironique.

— Alors, pourquoi avoir retiré les tiens ?

— Pour ne pas passer le reste de l'après-midi dans des vêtements mouillés… Allez. Tu peux le faire.

En se mordillant les lèvres, elle réfléchit à sa suggestion. Autrefois, lorsqu'elle vivait dans la ferme familiale du Missouri, elle aimait jouer dans l'étang avec son frère. Ils se balançaient à une corde accrochée à un arbre en criant comme Tarzan avant de se jeter dans l'eau en s'efforçant d'éclabousser le plus possible les alentours. Ils s'amusaient comme des fous. Ce souvenir la fit sourire.

Kate se reprocha de ne pas avoir le courage de se lancer mais elle secoua la tête.

— Je ne préfère pas…

Une certaine déception se peignit sur le visage de Josh.

— En es-tu sûre ? Peut-être le regretteras-tu ensuite.

Kate sentit sa poitrine se serrer. Sans le savoir, il venait de mettre le doigt sur un point sensible. Depuis des années, à cause de sa peur, elle avait laissé passer beaucoup d'occasions de s'amuser avec des amis. Elle avait, par exemple, renoncé à de nombreuses sorties, à un parcours d'accrobranches avec sa classe au lycée et, plus tard, à un week-end d'initiation au parachutisme.

— Je… ne peux pas.

— Mais si, tu peux et tu devrais le faire, répondit-il en lui souriant.

Il s'approcha du bord, se préparant à sauter.

— Bon, comme tu veux… Mais si tu changes d'avis, je t'attends en bas.

Josh prit son élan et courut se jeter dans le vide en poussant un cri de joie. Un instant plus tard, il réapparut à la surface de l'eau, rayonnant. Des gouttelettes scintillaient sur ses épaules et ses cheveux ruisselaient.

— C'était encore plus grisant que dans mes souvenirs ! Allez, viens Kate ! L'eau est un peu fraîche mais délicieuse.

Elle secoua la tête en riant.

— Non, merci.

— Que dois-je faire pour te convaincre ?

— Rien, Josh. Je ne suis pas prête.

— Et si, pour te motiver, je te proposais une récompense ?

— Une récompense ? Et laquelle ?

— Je vois que tu sembles soudain très intéressée !

— Je suis simplement curieuse. Que me proposes-tu ? Une barre chocolatée ?

— Non. Quelque chose de mieux. De beaucoup mieux. Mais il faut que tu sautes pour découvrir de quoi il s'agit.

Imaginait-elle la lueur de malice dans ses yeux ? Elle éprouva soudain un pincement au cœur à l'idée de le décevoir. Josh se montrait si gentil avec elle, si attentionné. Il prenait vraiment soin d'elle. Il l'avait aidée, réconfortée, encouragée, écoutée. Elle avait envie d'être à la hauteur.

Et soudain, elle prit sa décision. Oui, elle pouvait le faire. Oui, elle allait sauter. Rapidement, avant que la peur ne revienne la faire douter, elle retira ses tennis.

Le cœur de Josh se serra lorsque Kate disparut en haut de la falaise.

— Kate ?

Il attendit un instant et appela de nouveau.

— Kate ? Allez, viens ! Tu peux le faire !

Il s'efforçait de garder un ton léger mais sa gorge se serra. Il était persuadé qu'il pouvait aider Kate à retrouver son âme d'aventurière. Il souhaitait plus que tout y parvenir. Il avait raté tout le reste : le stage, la sécurité des nouvelles activités et, du même coup, ses tentatives pour sauver sa famille de la ruine… Il avait besoin de réussir quelque chose, bon sang !

Un cri déchira soudain la quiétude du lieu et il retint son souffle.

— Kate, ça va ? Kate ?

Elle apparut soudain en culotte et en soutien-gorge. Sans prévenir, elle courut sur la pierre plate, prit son élan et sauta.

Un instant plus tard, elle fendit l'eau dans un jet d'écume non loin de lui et il s'élança vers elle avant même qu'elle remonte à la surface, le cœur serré. Quand, enfin, elle émergea et avala une grande goulée d'air, il poussa un soupir de soulagement.

— Kate ?

— L'eau n'est pas fraîche. Elle est gelée !

Elle semblait frigorifiée et furieuse contre lui. Pourtant, il la trouva plus belle que jamais. Incapable de s'en empêcher, il la prit dans ses bras. Leurs jambes s'entremêlèrent sous l'eau et soudain, il captura sa bouche.

D'abord surprise, elle se raidit brièvement avant de nouer les bras autour de son cou et de lui rendre son baiser avec fougue. Mais ce fut Josh qui reçut un choc. Il ne s'attendait pas à un tel tremblement de terre, à une telle décharge de plaisir.

Bien sûr, il avait déjà éprouvé du plaisir à embrasser d'autres femmes – et il en avait embrassé beaucoup dans le passé. Mais tenir Kate dans ses bras, célébrer ainsi avec elle cette victoire sur sa peur le remplit d'une profonde allégresse.

Déstabilisé par sa propre réaction, il n'essaya pas d'analyser ce qu'il ressentait. La douceur du moment, la puissance de son désir lui donnèrent envie d'approfondir leur baiser. Ce qu'il fit. L'étreignant plus fort, il embrassa Kate avec passion.

Lorsque, quelques instants plus tard, elle se détacha de lui, le souffle court, il remarqua ses seins dressés à la surface de l'eau qui se devinaient sous son soutien-gorge trempé.

— Tu es très sexy, Kate !

Elle sourit.

— Merci ! Tu n'es pas mal non plus, cow-boy.

Le compliment de Kate le toucha. Il se savait séduisant mais curieusement, qu'elle le dise l'émut profondément.

— Tu l'as fait, Kate ! Tu as réussi. Je savais que tu en étais capable.

Elle hocha la tête, un sourire éclatant sur le visage.

— Pas moi.

— Alors, qu'est-ce qui t'y a poussée ?

— Je ne sais pas. Peut-être toi. Je n'y ai pas réfléchi. Lorsque le courage m'est venu, j'ai juste… sauté.

— Prête à recommencer ?

***

Recommencer ? Oui ! Et plutôt deux fois qu'une si Josh en profitait pour l'embrasser encore.

Penchant la tête de côté, elle le dévisagea d'un air mutin :

— Si je recommence, aurais-je droit à une autre récompense ?

Au grand sourire de Josh, elle sut qu'il avait compris à quoi elle faisait allusion et que sa demande lui plaisait.

— Bien sûr ! Compte sur moi.

Comme il s'écartait d'elle, emportant avec lui la chaleur de son corps, elle se rendit compte soudain à quel point la rivière était glacée. Et qu'elle était presque nue. Josh aussi. Elle devint également consciente que la pointe de ses seins se dressait au contact de l'eau froide… et des mains chaudes de Josh.

Avec le baiser passionné qu'ils avaient échangé, il allait mesurer l'intensité de son désir. Son cœur était peut-être tenté d'aller plus loin avec Josh. Mais pas sa raison.

Josh était un séducteur qui vivait très loin du Texas, se rappela-t-elle. Et elle ne le reverrait probablement jamais quand elle aurait fini de travailler avec Dawn sur la campagne McCall Adventure Ranch. Une aventure avec Josh ne la mènerait nulle part et finirait par lui briser le cœur.

Cette prise de conscience refroidit ses ardeurs avec plus d'efficacité que l'eau glacée de la rivière.

Pieds nus, ils remontèrent le chemin escarpé. En la voyant progresser si lentement, Josh attendit qu'elle le rattrape. Il la prit alors dans ses bras.

— Es-tu contente ? demanda-t-il en la serrant contre lui. Tu as sauté, tu as vaincu ta peur !

Incapable de s'en empêcher, elle se pendit à son cou.

— Mais j'ai eu très peur, tu sais. J'en tremble encore.

Pourtant, elle devinait que les frissons qui la parcouraient venaient surtout du fait d'être dans ses bras. Josh était beau comme un dieu. Des gouttes d'eau brillaient sur sa peau sous le soleil comme des diamants.

Une photo de Josh sortant de la rivière, éclatant de santé, de force, un sourire radieux aux lèvres, devrait figurer dans la brochure promotionnelle, pensa-t-elle. En le voyant, toutes les femmes du pays auraient envie de participer au stage. La morsure de la jalousie la poussa à imaginer Josh enlaçant une autre.

Ils avaient atteint le sommet de la colline, où l'herbe permettait de marcher plus facilement pieds nus. Il la posa sur le sol et s'étira, tournant la tête pour dénouer ses muscles.

Émue par l'image qu'il lui donnait, Kate appuya une main sur son ventre, là où s'enroulaient des volutes de désir. Elle se remémora leur baiser. Embrasser Josh tout en sachant que cet amour ne la mènerait nulle part était tentant. Très tentant… Elle poussa un soupir. Josh était vraiment beau comme le péché et résister à la tentation devenait très difficile…

— Mais tu l'as fait, insista Josh. Tu as sauté. Le fait que tu avais peur te rend plus courageuse encore.

Il parlait sérieusement, il ne se moquait pas d'elle. Il ne flirtait pas avec elle, comprit-elle. La gravité et la sincérité avec lesquelles il affirmait qu'elle s'était montrée courageuse la prirent au dépourvu. Josh était bien davantage qu'un play-boy comme elle l'avait cru au départ, comprit-elle.

Un long frisson la parcourut. Il n'était pas dû à la petite brise fraîche qui passait sur sa peau mouillée mais au fait de découvrir un homme qui ne ressemblait en rien au Josh tel qu'il lui était apparu le premier jour. Un homme qui savait embrasser comme personne, certes, mais qui était aussi doté d'une profondeur et d'une gentillesse qui le rendaient très facile à aimer. Devinant qu'elle était en train de tomber amoureuse, elle s'ordonna de se ressaisir.

Loin d'imaginer ses tourments intérieurs, Josh poursuivit :

— Maintenant, nous allons te prouver à quel point tu es courageuse.

Mêlant ses doigts aux siens, il la conduisit à nouveau au bord de la falaise.

— Nous allons sauter ensemble et au moment de t'élancer, tu devras pousser un cri de joie, comme moi.

— Pourquoi ?

— C'est une tradition chez les McCall.

— Je ne suis pas une McCall.

— Aujourd'hui, tu l'es. Prête ? Un, deux… trois !

Elle se laissa entraîner et cria avec lui.

Se tenant toujours par la main, ils fendirent l'eau dans un tourbillon d'écume et un profond élan de bonheur la traversa car cette fois, elle avait vraiment vaincu sa peur.

Alors qu'elle refaisait surface, Josh l'étreignit et ils se mirent à rire. Quelque chose de chaud et de dangereux se glissa entre eux alors qu'ils s'enivraient de sa victoire, de leur joie et de la beauté de cette journée ensoleillée.

— Nous avons la preuve que tu n'as rien d'une lâche, dit Josh en lui caressant le visage.

Elle secoua la tête.

— J'ai oublié ma peur le temps de sauter dans l'eau une fois. Cela ne signifie pas que j'ai surmonté mon traumatisme d'enfance.

— Tu as sauté deux fois, corrigea-t-il. Et c'est vrai que tout n'est pas encore gagné. Mais c'est un bon début. Une étape importante.

Avec un sourire chaleureux, il la serra contre lui et l'embrassa de nouveau. Blottie contre lui, Kate savoura ce baiser. Elle l'avait bien mérité, n'est-ce pas ? Après avoir dépassé ses angoisses, n'avait-elle pas droit à la récompense promise ? À cette étreinte de Josh ?

S'écartant de lui pour reprendre son souffle, elle dit :

— Merci pour ce baiser mais en fait, je préférerais une barre chocolatée.

L'expression de Josh lui donna envie d'éclater de rire.

— Quoi ?

— Je plaisante !

En s'esclaffant, elle lui envoya de l'eau à la figure... Et obtint un raz-de-marée en retour.

Elle voulut l'éclabousser davantage encore mais il lui attrapa les poignets pour la hisser sur ses épaules.

— Josh, qu'est-ce que tu... ? commença-t-elle, mais il la jeta à l'eau comme si elle ne pesait rien.

Ils jouèrent un long moment dans la rivière comme deux gamins. Kate savoura le rire musical profond de Josh et ce moment de détente dont tous les deux avaient bien besoin après les épreuves de la veille.

Finalement, elle cria :

— D'accord, j'arrête ! Tu as gagné !

— Et je réclame mon dû : un baiser !

Mais un baiser en entraîna un autre... et encore un autre. Lorsque leurs langues entamèrent une danse sensuelle, ils s'envolèrent, oubliant le reste du monde.

Enlacés, ils se dévorèrent l'un l'autre avec gourmandise. Les lèvres de Josh abandonnèrent la bouche de Kate pour se promener sur sa gorge avant de remonter jusqu'à ses oreilles. Ses mains viriles caressaient son visage, lui massaient la nuque et descendirent lentement son dos jusqu'à ses fesses.

À son tour, elle explora son visage, mordillant ses lobes, son cou, tout en caressant du bout des doigts ses épaules.

Quand elle releva la tête, s'enivrant de l'atmosphère chaude empreinte d'une bonne odeur de pin, elle battit des paupières, aveuglée par le soleil. Elle entendait presque les applaudissements de Dawn.

Devait-elle s'abandonner aux caresses de Josh ? Aller plus loin ? Elle en avait tellement envie…

Mais le souvenir de sa dernière histoire d'amour et de son cœur brisé remonta brusquement à sa mémoire. Elle s'était juré de ne plus jamais tomber amoureuse d'un homme qu'elle ne pouvait aimer… Pourtant, les baisers de Josh avaient affaibli ses défenses. Elle sentait son érection contre son ventre. Son désir faisait écho au sien. Il serait si simple de…

De son côté, Josh s'enhardissait. D'une main habile, il décrocha son soutien-gorge. Une preuve supplémentaire de son expérience dans ce domaine. Une sonnette d'alarme se déclencha dans son cerveau. Kate n'avait pas besoin d'une boule de cristal pour savoir que Josh n'était pas là pour une relation sérieuse. Il prendrait son plaisir et il lui dirait adieu à la fin du stage sans regrets ni remords.

Une sourde angoisse la saisit alors même que Josh lui enlevait son soutien-gorge et prenait ses seins dans ses paumes. Ses doigts magiques caressaient divinement ses mamelons. Quand il baissa la tête pour en sucer la pointe, un plaisir intense la traversa, si fort qu'elle ne put réprimer un gémissement.

Josh semblait savoir exactement où la toucher et comment enflammer sa passion. Incapable de lui résister, elle s'accrocha à ses larges épaules et elle lui rendit ses baisers avec fougue.

Une petite voix intérieure la suppliait de le repousser mais elle ne l'entendait plus. Quand Josh la souleva, les mains sur ses fesses, elle noua les jambes autour de sa taille.

Il n'avait plus qu'à lui retirer sa culotte pour achever de la déshabiller et il murmura à son oreille :

— Dis-moi que tu me veux, que tu as envie d'aller jusqu'au bout.

Abandonne-toi au plaisir, à tes désirs, murmurait son cœur.

Rappelle-toi Jason, répliquait sa tête.

Déchirée, elle sentit un frisson la parcourir.

— Non !

Josh se figea et leva la tête, confus.

— Kate ?

Des larmes brouillaient sa vision tandis qu'elle balbutiait :

— Je suis désolée, Josh… Je ne peux pas. Je…

Elle sentit ses efforts pour contenir son désir d'elle, pour refréner ses pulsions et pour la déposer sur le sol avant de s'écarter.

— D'accord, dit-il d'une voix rauque.

La déception peinte sur son visage ravagea Kate.

— Je te désire, Josh. Vraiment. Mais… je ne peux pas…

Il lui caressa la joue.

— Ça va. Je sais qu'une fille qui dit « non » ne veut pas. Tu n'as pas à t'expliquer, à te justifier.

— Mais je tiens à le faire ! Je…

— Nous devrions y aller, répliqua-t-il en s'éloignant. Zane va nous attendre.

— Josh !

Elle essaya de le rattraper, de lui prendre la main, mais il l'en empêcha. Curieusement, il ne semblait pas que frustré ou déçu qu'elle l'ait arrêté. Pas furieux non plus… Mais plutôt… blessé ?

S'il était blessé qu'elle lui ait interdit d'aller plus loin, cela signifiait qu'il ne la prenait pas pour un simple objet de désir. Elle avait déjà compris que Josh n'était pas qu'un beau jeune homme qui profitait de la vie en se moquant des autres. Tout en remettant son soutien-gorge, elle le regarda bouger ses bras et son cou pour libérer ses tensions. Elle se reprocha de ne pas l'avoir arrêté plus tôt.

Elle le suivit lorsqu'il plongea dans l'eau. Ils nagèrent

autour de la falaise, jusqu'à l'endroit où ils avaient laissé le canot pneumatique.

Kate tremblait de fatigue et de désir frustré mais Josh la ramena au présent en poussant un juron.

Elle se tourna vers lui :

— Qu'y a-t-il ?

— Regarde autour de toi. Tu ne remarques rien ?

Les sourcils froncés, elle promena les yeux sur le rivage et un frisson glacé lui traversa l'échine en prenant conscience de ce qu'il voulait lui montrer.

— Le canot a disparu !

8

La main en visière, Kate chercha des yeux le canot pneumatique sur la rivière.

Il contenait le gros de leur matériel et la plupart de leurs provisions, se rappela-t-elle avec un regain d'angoisse.

— Où est-il ? Que s'est-il passé ?

Comme elle jetait un regard inquiet à Josh, une terrible éventualité s'imposa à son esprit.

— Quelqu'un était là… pendant que nous…

Imaginer quelqu'un les espionnant alors qu'ils s'embrassaient et se caressaient – un voyeur peut-être ou en tout cas, quelqu'un avec de mauvaises intentions – lui était insupportable.

— Quelqu'un a volé notre embarcation, non ? balbutia-t-elle.

Avec un soupir frustré, Josh se passa la main dans les cheveux mouillés.

— J'en doute. C'est plus vraisemblablement ma faute.

— Ta faute ? Comment ça ? demanda-t-elle en frissonnant.

— Je ne l'avais sans doute pas bien attaché. En sautant dans l'eau, surtout ensemble, nous avons créé beaucoup de remous… Et voilà.

Le cœur de Kate se serra en mesurant la culpabilité de Josh. Les poings serrés, il se taisait mais ses yeux reflétaient son profond désarroi. De nouveau, tout allait mal par sa faute.

Se remémorant l'aide qu'il lui avait apportée la veille et les encouragements qu'il lui avait prodigués tout à l'heure pour la pousser à sauter, elle eut à son tour envie de le réconforter.

Elle posa une main apaisante sur son épaule.

— Josh, ne te reproche pas…

Il leva brusquement les yeux vers elle comme s'il avait oublié sa présence. Il se frotta le visage avant de hocher la tête avec un sourire forcé.

— Ça va aller. Ce n'est pas facile, là, mais tout ira bien. Tout s'arrange toujours, même mal, c'est ma philosophie, ajouta-t-il avec sarcasme. Je suis désolé, Kate, ajouta-t-il avec une profonde inspiration. Je t'avais promis que nous serions au point de rendez-vous ce soir, là où quelqu'un doit venir nous récupérer avec le camion. Mais sans canot ni téléphone satellite pour prévenir le ranch, nous allons devoir marcher.

— Marcher ? Mais jusqu'où ?

Il se gratta le front.

— Nous avons une quinzaine de kilomètres à parcourir. Vu le terrain, l'heure tardive et… d'autres facteurs…

— Mon manque d'expérience et mes faibles capacités physiques, entre autres.

Il hocha la tête avec une petite grimace désolée.

— Bref, nous devrons camper en route ce soir mais il nous faudra impérativement atteindre le point de rendez-vous demain avant la tombée de la nuit.

— Camper en route ? répéta-t-elle, bouche bée. À la belle étoile ? Mais en ne nous voyant pas au point de rendez-vous, ce soir, ton frère aura peut-être l'idée de venir nous chercher, non ?

— Peut-être ou peut-être pas. J'avais dit à Zane de ne pas s'inquiéter si nous n'y étions pas. De toute façon, la zone que nous allons traverser est inaccessible en voiture. Voilà pourquoi, même s'ils décidaient de venir à notre rencontre, il leur faudrait un moment pour nous retrouver. Et nous devons absolument sortir d'ici.

— Mince alors.

— Mais pourquoi ne pas me faire confiance ? Prendre cet incident comme une diversion, une variante de l'aventure proposée ? Tout ira bien, Kate, je te l'ai promis.

En proie à un doute soudain, elle le regarda en plissant les yeux.

— L'as-tu fait exprès ? As-tu détaché le canot pneumatique pendant que je ne regardais pas ?

Il leva les deux mains, d'un air offensé.

— Je te jure que non. J'essaie juste de rester positif. De tirer le meilleur parti des circonstances. Voilà tout. Nous allons longer la rivière, nous blottir dans les bras l'un de l'autre cette nuit pour avoir chaud, ajouta-t-il avec un sourire en coin. Et demain soir, nous serons rentrés au ranch.

— Et comment allons-nous nous restaurer ? Et nous protéger si des animaux sauvages nous attaquent ?

— Kate, ne t'inquiète pas. Je veillerai sur toi.

Comme elle ouvrait la bouche pour lui poser d'autres questions, il l'interrompit.

— Kate, me fais-tu confiance ?

Une petite voix au fond de son cœur se fraya un chemin à travers ses doutes et sa peur.

Quand elle répondit, ce fut avec sincérité :

— Oui.

Fidèle à sa parole, Josh trouva le moyen de les nourrir. Il attrapa une truite avec une canne à pêche fabriquée à partir d'un fil de son short. Pendant qu'il vidait et nettoyait le poisson, il envoya Kate ramasser du bois mort en lui disant :

— Nous aurons besoin d'un feu pour faire cuire le poisson et nous réchauffer à la nuit tombée.

— Bien, capitaine, répondit-elle avec un petit salut. Je m'en occupe.

— Et ne t'éloigne pas de moi. Il fait de plus en plus sombre et je ne veux pas te perdre.

Elle jeta un œil méfiant sur les bois épais et opina.

— Je n'en ai pas envie non plus, cow-boy.

Comme il le lui avait demandé, Kate ramassa un gros tas de petits bois et quelques branches. Une fois le feu de camp allumé, elle s'installa en tailleur par terre pendant que Josh s'allongeait près d'elle. Le poisson lui parut d'autant plus savoureux qu'elle mourait de faim.

Ils gardèrent les barres protéinées pour leur randonnée du lendemain mais ils se régalèrent de biscuits pour le dessert.

Comme la nuit précédente, le feu de camp créait une intimité propice aux confidences. Après les hauts et les bas de la journée, sans parler des baisers torrides et des caresses érotiques partagés dans l'eau, Kate sentait que des liens plus profonds s'étaient tissés entre eux deux depuis vingt-quatre heures. Des liens personnels qui avaient du poids et de la substance. Elle refusait de les qualifier d'amour. Mais d'affection, peut-être. En tout cas, elle ne pouvait se permettre de tomber amoureuse d'un homme qu'elle connaissait depuis si peu de temps et à qui elle devrait dire au revoir dans quelques jours.

La nuit était tombée, et la fraîcheur gagnait Kate. Elle souffla dans ses mains pour les réchauffer et se rapprocha des flammes.

— Viens près de moi, proposa Josh en l'invitant à le rejoindre.

Comme elle lui lançait un regard méfiant, il insista :

— Il est scientifiquement prouvé que deux personnes créent plus de chaleur corporelle qu'une seule. Mais je suis partant pour toutes les idées que tu suggéreras, surtout si elles sont coquines, ajouta-t-il avec un clin d'œil.

Elle rit et lui lança une brindille.

— Je ne suggère rien. Ce que je t'ai dit tout à l'heure est toujours d'actualité.

— Tu ne veux donc pas batifoler…

— Tu parles comme un auteur du XVIe siècle ! Quelle culture ! Je suis impressionnée, Josh !

— Qu'est-ce que tu crois ? Je suis allé à l'école !

Passant son bras autour d'elle, il la serra contre lui.

— Je n'obtenais peut-être pas les meilleures notes comme Zane, mais lorsque nos professeurs évoquaient la sexualité à travers les écrits de Shakespeare, l'adolescent libidineux que j'étais était évidemment tout ouïe.

— J'imagine.

— Ne me lance pas sur le sujet. Les sens cachés sont partout.

Elle se racla la gorge.

— Pouvons-nous parler d'autre chose ? Toutes ces discussions sur le sexe me font…

— Chaud dans le bas du dos ? suggéra Josh d'un ton taquin. Et ça tombe bien ! Nous avons besoin de nous réchauffer.

— Pas avec ce genre de chaleur.

— C'est toi qui as commencé !

En éclatant de rire, elle se blottit contre lui.

Elle voyait facilement comment Josh avait gagné sa réputation de bad boy au sein de sa famille. Il adorait provoquer, choquer. Mais il était aussi tellement plus que l'apparence qu'il voulait donner.

Kate en eut la preuve quelques instants plus tard, quand leurs plaisanteries légères s'apaisèrent. Après quelques instants à écouter les crépitements du feu, elle dit :

— Un penny pour tes pensées.

— Un penny ? À ce sujet, savais-tu que le gouvernement perdait de l'argent en frappant ces pièces ? Fabriquer un penny coûte plus cher que sa valeur.

— C'est intéressant mais cela ne me dit pas à quoi tu pensais.

Comme elle inclinait la tête pour le regarder, il repoussa une mèche de ses cheveux et soupira.

— Le type qui a vandalisé la tyrolienne ne pouvait pas ignorer que quelqu'un pouvait être blessé, voire tué à cause de lui. Au cours des derniers mois, il a endommagé nos récoltes, empoisonné du bétail mais il n'avait encore jamais exposé notre famille, nos vies, au danger.

Josh prit une profonde inspiration avant de jeter :

— Il va de plus en plus loin, il est en train de devenir de plus en plus dangereux.

Elle frissonna.

— C'est… effrayant.

— Et je pensais… Il ne s'arrêtera pas. Et s'il n'est pas bientôt démasqué, que va-t-il faire ensuite ?

9

— Tu as peur qu'il fasse du mal à ta famille, murmura Kate.

C'était une affirmation, pas une question.

Un frisson parcourut Josh. Sa famille était tout pour lui. Le simple fait d'imaginer qu'un salopard puisse s'en prendre à ses parents ou à ses frère et sœur – ou à n'importe qui du Double M, d'ailleurs – le terrifiait.

— Oui.

Kate percevait-elle sa terreur ? Cela n'avait pas d'importance. Il devinait qu'il n'avait rien à craindre d'elle, une première pour lui. En fait, partager ses soucis avec elle lui était très facile, naturel. Une évidence.

La serrant plus étroitement contre lui, il posa son menton sur le dessus de sa tête. L'odeur fruitée de son shampooing lui chatouilla les narines. Fraîche et douce. Comme ses baisers.

Il s'étonnait de la fluidité de leurs relations. Kate ne ressemblait à aucune des femmes qu'il avait connues jusqu'ici. Avec elle, il se sentait plus proche, plus à l'aise, qu'avec quiconque. Dans le même temps, il attendait beaucoup d'elle. Qu'est-ce que ça voulait dire ?

Il avait dit à Piper qu'il espérait vivre une aventure avec Kate mais il se rendait compte à présent qu'il avait envie de bien davantage, qu'il rêvait d'une relation à long terme, d'un engagement. Il était à deux doigts de tomber amoureux d'elle.

En prendre conscience le surprit. Cela aurait sans doute dû l'effrayer. En général, Josh McCall évitait de prendre des responsabilités et il était allergique à toute forme d'engagement. Il n'était vraiment pas du genre à tomber amoureux et encore moins à se marier, à s'imaginer s'installer avec une femme pour le reste de sa vie.

Il avait la réputation d'être un chaud lapin, un séducteur, et jusqu'alors, il s'en était bien porté.

Mais avec Kate tout était différent. Kate était différente. Avec elle…

— Josh, dit-elle, le tirant de ses rêveries. Tu n'arrêtes pas de dire « il » quand tu parles de la personne qui vous vandalise. Mais il pourrait s'agir d'une femme, non ?

— Une femme ? répéta-t-il, troublé.

— Pourquoi pas ? Un de tes cow-boys du Double M a pu tomber sur une garce. Ou repousser les avances d'une fille qui cherche à présent à se venger. À moins qu'une admiratrice anonyme ne soit derrière ces actes. En tout cas, pourquoi faudrait-il que l'auteur de ces nuisances soit forcément un homme ?

Josh retourna l'idée dans sa tête.

— Tout est possible, oui. Mais qui ?

— C'est toujours la question super banco. Mais je ne serais pas étonnée que derrière cette histoire se cache une femme cherchant à se venger pour un cœur brisé ou…

— Insinues-tu que Zane soit un coureur ? Ou fais-tu allusion à ma propre vie amoureuse ? Tu nous prends pour qui ? ajouta-t-il avec un sourire taquin.

— Je ne juge pas. Mais plus sérieusement, l'hypothèse te paraît-elle absurde ?

Josh hésita à lui dire à quel point il prenait au sérieux les actes du saboteur. Ce dernier hantait son sommeil la nuit et le rongeait le jour. Il continuait à rire et à plaisanter pour préserver son équilibre mental mais les menaces qui pesaient sur les McCall le rendaient malade. Cela dit, mieux valait ne pas faire état de son inquiétude croissante.

— Il est possible qu'une femme soit impliquée mais… il y a quelques mois, quand un type harcelait Piper…

— Quoi ?

Que quelqu'un ait cherché à s'attaquer à sa sœur donnait à Josh envie de frapper. Mais là encore, il préféra ne pas s'engager sur ce chemin.

— Je te raconterai ça une autre fois. Quoi qu'il en soit, quand l'adjoint du shérif l'a interrogé, ce crétin a reconnu certains faits mais il a toujours juré ses grands dieux qu'il n'avait pas brûlé notre champ de fourrage d'hiver. En revanche, il prétend avoir vu un homme dans le coin juste avant l'incendie. Mais il n'a pu en donner qu'une description très vague. Un stetson, un jean, des cheveux foncés. Tous les cow-boys du Double M ont ce profil mais c'est notre seule piste.

Les sourcils froncés, Kate le dévisagea, visiblement plongée dans une profonde réflexion.

Une sensation étrange emplit la poitrine de Josh alors qu'il l'étudiait à la lumière du feu. Après cette journée au soleil, elle avait pris des couleurs et de nouvelles taches de rousseur.

Il avait envie de l'embrasser. En réalité, il voulait lui faire l'amour mais il respectait son refus.

Après un moment, elle secoua la tête et dit simplement :

— Je ne sais pas quoi te dire. Il faut espérer que la police va attraper le type avant que quelqu'un soit blessé.

— N'est-il pas trop tard ? Toi ou moi aurions pu…

Il s'interrompit. Pourquoi lui rappeler l'accident de la tyrolienne ? Il voulait ressusciter son âme d'aventurière, pas raviver ses peurs. Avec un juron, il s'allongea sur le sol.

Kate ne dit rien mais elle se blottit à côté de lui, la main sur son torse et la joue sur son épaule.

Il inspira profondément, savourant ce moment. Sentir Kate à ses côtés lui plaisait. Elle l'ancrait, calmait ses frustrations et sa colère face aux méfaits du saboteur. Le bruissement de l'eau sur les rochers, le crépitement du feu, les étoiles au-dessus de sa tête, l'odeur de la terre et cette femme sur son épaule… Telle était la conception du paradis pour Josh. Soudain, le reste du monde semblait loin, comme les événements des dernières heures ou les actes de vandalisme.

Pas pour longtemps.

— Jason, dit Kate sans préambule.

Il leva un sourcil.

— Euh… Moi, c'est Josh…

— Jason est le type qui m'a dégoûtée à jamais des amours de vacances.

— Je le déteste déjà.

Kate se tut de nouveau et au bout d'un moment, la curiosité de Josh l'emporta.

— Que voulais-tu dire à propos de ce Jason ?

— Je viens de me souvenir de lui. De la raison pour laquelle coucher avec toi comme j'en ai envie serait une mauvaise idée.

— Tu en as envie ? lança-t-il, ravi.

— Tu t'en doutais un peu, non ?

Josh sourit.

— Donc, il y a de l'espoir ? C'est toujours une possibilité ?

Elle se mit à rire.

— Oh ! Josh… Si seulement… J'ai rencontré Jason lors d'un voyage d'affaires. Nous étions sur le même vol au départ de Dallas, assis côte à côte, et nous nous sommes aperçus que nous nous rendions au même séminaire. J'étais là pour me former au marketing numérique et il était en train de monter une start-up. Nous avons longuement discuté puis nous sommes allés dîner ensemble, puis…

Josh n'avait pas envie d'imaginer Kate avec un autre homme. Surtout en sachant que l'histoire s'était mal terminée pour elle.

Il serra les mâchoires et se tut alors qu'elle continuait.

— En gros, nous avons passé toute la semaine ensemble. Nous assistions aux mêmes conférences, nous prenions les repas ensemble et passions les nuits dans le même lit. Je pensais que nous avions commencé une belle histoire et qu'elle se poursuivrait à notre retour. Comme nous nous préparions pour le dernier dîner, j'ai soulevé la question. Je lui ai demandé comment il envisageait la suite et il…

— T'a annoncé que c'était fini ?

— Pire. Son téléphone a sonné à ce moment précis et il a pris l'appel… de sa femme.

Josh ne put réprimer un gémissement de dégoût.

— Oh ! Kate…

— Il ne m'avait jamais donné le moindre indice. Il ne portait pas d'alliance. J'étais abasourdie.

— J'espère que tu lui as griffé le visage pour provoquer une explication entre lui et madame.

— J'aurais bien aimé mais, par lâcheté, je me suis glissée hors de sa chambre alors qu'il était au téléphone avec elle et j'ai quitté la ville plus tôt que prévu. Je ne l'ai jamais revu.

Josh serra les poings, furieux que ce fumier ait blessé Kate et que lui ne puisse rien y faire. Son instinct de protection se révoltait.

Mais il se contenta de dire :

— Il ne s'agissait pas de lâcheté. Tu as choisi de répondre à la situation d'une façon non conflictuelle. Tu étais sous le choc, blessée, en colère. Peut-être as-tu fait le bon choix.

— J'ai du mal à le croire.

Ils restèrent allongés en silence pendant un moment. Josh sentait que Kate était la proie de nouvelles tensions. Elle semblait prendre ses distances. Josh vibrait de frustration, furieux que ce Jason soit venu s'immiscer entre eux, ruinant la paix et le bonheur de son petit paradis.

Essaie d'arranger les choses, s'ordonna-t-il.

Il ne pouvait peut-être pas effacer Jason, le menteur, l'infidèle, de la mémoire de Kate mais il devait tout faire pour neutraliser le pouvoir que ses souvenirs avaient sur elle à présent. Fermant les paupières, il se demanda ce que les gens qu'il aimait et en qui il avait confiance – ses parents, Roy, son frère ou sa sœur – conseilleraient à Kate. Après un moment, une vérité s'imposa à lui.

Il s'éclaircit la gorge.

— En laissant cette mauvaise expérience avec Jason influencer tes décisions présentes, tu lui permets de continuer à te faire souffrir.

Oui, voilà ce que sa mère dirait. Et Piper ajouterait :

— Tu lui donnes toujours le pouvoir. Tu acceptes que ce vieux chagrin d'amour t'interdise de rencontrer l'homme de ta vie, de vivre ton destin.

Elle se tourna lentement vers lui pour lui faire face.

— Si je ne savais pas que tu cherchais uniquement à me fourrer dans ton lit, je trouverais cet argument très percutant.

Josh se redressa et passa la main dans les cheveux.

— Oui, j'ai envie de coucher avec toi, mais... pas seulement et pas pour les raisons que tu crois. Et je ne prétends pas être l'homme de ta vie, celui qui t'est destiné. Mais te voir gâcher ta vie amoureuse à cause d'un pauvre type qui ne mérite que ton mépris me rend malade.

Il fit une pause.

— Rappelle-toi, Kate : tu ne vis qu'une fois.

— C'est vraiment ta devise, dit-elle en souriant.

— Non mais je refuse de vivre avec des regrets.

Elle caressa la joue de Josh du pouce.

— Tu es vraiment quelqu'un, Josh McCall. Pour un

homme qui se définit comme le jumeau le moins érudit, tu es très profond.

— Merci.

Elle se pencha et l'embrassa doucement d'abord puis plus profondément.

Il la laissa mener la danse. Comme il le lui avait dit, tout ce qui arriverait résulterait de sa volonté à elle, et sans pression.

Mais quand leurs langues entamèrent une danse sensuelle, il l'enlaça et roula avec elle sur le sol. Le désir lui chauffait le sang mais il se maîtrisa. Il serait patient, même si ça le tuait.

Kate piqueta ses joues, son cou, de baisers brûlants, et Josh ferma les yeux, s'efforçant de résister à cette délicieuse torture.

Un hululement déchira la nuit et, avec un soupir, Kate leva la tête pour écouter.

— C'était quoi ?

— Une chouette. Il y a toutes sortes d'animaux sauvages autour de nous. C'est l'une des raisons pour lesquelles j'aime les sports de plein air : j'adore vivre en pleine nature.

À la lueur du feu, il vit son front s'assombrir tandis qu'elle jetait un regard méfiant vers l'obscurité.

Elle frissonna.

— Des bêtes rôdent autour de nous, hein ?

Il l'embrassa en riant.

— Ne t'inquiète pas. Je suis là.

Elle se blottit à nouveau contre lui.

— Sans aucun doute mais l'idée que des bestioles vont s'approcher dans la nuit ne me plaît pas. T'ai-je dit qu'il y avait des souris dans le silo ? En plus de la souffrance, de la faim et de l'isolement, je devais partager ma prison avec elles et sentir leurs petites griffes sur moi.

Il ne le lui dit pas mais il savait que des animaux de

toutes tailles traînaient autour d'eux, attirés par l'odeur de leur dîner et des confiseries dans leurs sacs à dos.

Il la rapprocha de lui, lui caressa les cheveux et murmura :

— Je te protégerai, Kate. Je te le promets.

Le lendemain matin, les premiers rayons de soleil qui jouaient dans les feuillages et le piaillement des oiseaux réveillèrent Kate. Elle était toujours blottie contre Josh, la tête sur son épaule. Elle avait froid mais elle n'avait pas envie de bouger de crainte de le gêner. Elle redressa la tête pour étudier son profil parfait, ses lèvres pleines, son nez droit, ses mâchoires volontaires. Une mèche de ses cheveux tombait sur son front. Silencieusement, elle la repoussa en arrière.

Il ouvrit un œil et un sourire se dessina sur ses lèvres.

— Bonjour, dit-il.

— Bonjour, murmura-t-elle.

Elle, qui d'habitude détestait le matin, était heureuse de saluer le nouveau jour, constata-t-elle avec surprise. Et surtout heureuse de sourire à l'homme allongé près d'elle.

— Salut. Tu vois, je t'avais dit que je ne laisserais aucune bestiole t'approcher.

— Mon héros. Cela dit, j'ai entendu des bruits étranges et plutôt effrayants dans la nuit. Oh ! attends… C'était toi qui ronflais.

Il grimaça.

— Pardon. J'espère que je ne t'ai pas empêchée de dormir.

— Cela a sans doute contribué à faire fuir la faune sauvage, alors…

Il rit.

Avec un sourire, elle se pencha pour un baiser. Puis un autre qui s'attarda, attisant une faim enfouie au fond de son cœur. Oh oui. Elle pourrait apprendre à aimer le matin si elle se réveillait tous les jours près de Josh.

Mais ce ne sera jamais le cas. Alors, oublie.

La voix froide de la réalité la frappa comme une gifle. Dans quelques jours, elle repartirait chez elle, à Dallas, et Josh resterait un agréable souvenir. Pas plus.

Se dégageant de son étreinte, elle se leva.

— Je suppose qu'il n'y a pas de café aujourd'hui…

— Non.

Il semblait déçu qu'elle se soit éloignée de lui. Il s'assit.

— Mais le chocolat contient de la caféine. Alors si tu veux manger tous les M & M's…

Elle se peigna les cheveux avec les doigts.

— Non. Sans café, je serai grincheuse pendant un moment, mais je survivrai. Maintenant, si tu veux bien m'excuser… Je dois soulager un besoin naturel…

— Évite les plantes à trois feuilles, lui dit-il.

— Compris ! cria-t-elle en s'éloignant.

Les serpents, les araignées et autres petites bêtes étaient sa principale préoccupation. Avec son propre cœur si prompt à s'emballer au risque de se briser.

Elle était seule avec Josh depuis moins de deux jours et elle était déjà tombée amoureuse de lui. Avec un soupir, elle s'enfonça plus profondément dans les bois. Embrasser Josh avait été une erreur. Savoir à quel point il pouvait être tendre, à quel point ses lèvres étaient douces, à quel point elle aimait presser son corps contre le sien, l'avait exposée au danger. Parce que maintenant, il lui avait donné envie de plus. De tellement plus.

Leurs conversations tandis qu'ils marchaient, comme leurs confidences tardives au coin du feu, leur avaient permis de tisser des liens plus profonds. Des liens qui rendaient Josh plus attirant humainement – et pas uniquement physiquement. Elle mesurait à quel point il était attentionné et maintenant, elle connaissait son sens de l'humour et la passion qui l'animait dans tous les domaines. Josh était un frère loyal, un garçon protecteur et un travailleur acharné, un curieux mélange d'éleveur, d'aventurier et de charmeur. La première impression qu'elle avait eue de lui avait été totalement fausse. Josh était d'une grande complexité et elle avait envie de passer des jours, des mois, des années, à découvrir toutes les facettes de sa personnalité.

Elle trébucha sur une racine et grogna, irritée contre elle-même. Pourquoi cherchait-elle à tout prix à se convaincre que Josh pouvait lui apporter ce qu'elle désirait ? Ne lui avait-il pas dit qu'il n'était pas pour elle, hier soir ?

« Je ne prétends pas être l'homme de ta vie, celui qui t'est destiné. »

Repoussant ses pensées frustrantes, elle regagna le campement. Josh avait jeté de l'eau sur les braises et semblait impatient de partir. Il enfonça son chapeau de cow-boy sur sa tête, jeta son sac à dos sur l'épaule et promena les yeux dans la petite clairière.

— Avons-nous oublié quelque chose ?

— Je ne pense pas.

— Nous longerons la rivière, sauf à certains endroits particulièrement boueux.

Ils cheminèrent l'un derrière l'autre, prenant soin de ne pas glisser. Le terrain était difficile et leur progression était lente, parfois ardue. Lorsqu'ils suivaient le cours d'eau, ils durent escalader des rochers et quand ils s'en éloignèrent, contraints de passer par le sous-bois, il leur fallut se battre avec les ronces et les fourrés.

Pourtant, le paysage était magnifique. Kate admira la forêt majestueuse, les animaux qu'ils surprenaient parfois et les fleurs sauvages.

Ils s'arrêtèrent près d'un immense sapin pour s'octroyer une pause et se désaltérer.

— C'est encore loin ? demanda-t-elle.

— Nous n'avons pas parcouru plus de cinq kilomètres… Nous ne sommes pas au bout de nos peines. Mais ne t'inquiète pas : le sport, c'est la santé.

Ils se remirent en marche, bavardant et plaisantant. De gros nuages assombrissaient le ciel et la température baissait. Ils cheminèrent plusieurs heures avant de faire une nouvelle halte.

Comme Kate sortait sa gourde pour boire à grands traits, elle pencha la tête pour écouter un oiseau dont les piaillements semblaient particulièrement stridents.

— S'agit-il d'une mésange ? demanda-t-elle. Ou plutôt d'un merle, non ?

Josh but un peu d'eau tout en tendant l'oreille.

— Euh… Je n'en sais rien. Je dois t'avouer que je n'y connais rien en chants d'oiseaux.

Levant le nez, Kate scruta les hautes branches, essayant de localiser le volatile.

— Quel que soit son nom, il a l'air très énervé. On a l'impression d'entendre une mère de famille reprochant à ses petits d'être en retard pour le dîner. C'est peut-être le cas, d'ailleurs.

Josh ne répondit pas tout de suite mais quand il le fit, il semblait soucieux.

— Oui, cet oiseau paraît très contrarié, et même affolé.

Kate cessa d'observer les feuillages et ralentit le pas, intriguée par le ton de Josh.

— Qu'est-ce qui ne va pas ? Josh ?

Il poussa un soupir.

— Je suis incapable d'identifier des oiseaux à leurs chants mais je sais que lorsqu'ils semblent très nerveux, dans tous leurs états, il y a de grandes chances qu'un prédateur se trouve à proximité.

Elle promena lentement les yeux autour d'elle, vers la forêt et ses ombres grandissantes.

Mais Josh poursuivait :

— Il s'agit peut-être d'un oiseau rival ou de quelque chose qui l'empêche de couver tranquillement. Ou d'un puma. Ou encore d'un…

— Un ours !

— Peut-être, oui.

D'un doigt tremblant, elle désigna le bois.

— Il y en a un qui vient vers nous. Regarde ! s'écria-t-elle.

Josh tourna la tête. En effet, un gros grizzli sortait du bois. Quand il les aperçut, l'animal se leva sur ses pattes arrière et huma l'air avant de se diriger vers eux.

Avec un juron, Josh poussa Kate derrière lui. Il tenta de faire fuir l'ours en tapant bruyamment dans ses mains, en agitant les bras et en criant :

— Hé ! Va-t'en ! Dégage de là !

Mais l'animal continuait d'avancer vers eux, tout en soufflant et en balançant sa tête.

— En général, les grizzlis ne s'approchent pas des hommes, dit Josh. Et ils ne cherchent pas la confrontation avec les humains. Mais là… ses soufflements semblent agressifs. Il nous ordonne de partir.

— Alors, partons, allons-y. On court.

— Non. Ne cours surtout pas. Trouve une branche à agiter. Nous devons avoir l'air plus gros que ce que nous sommes, pour l'effrayer.

Alors que Kate se hâtait vers les arbres derrière eux pour chercher ce qu'il lui demandait, Josh se remit à bouger les bras en criant de plus belle.

Comme Kate s'emparait d'une branche tombée, un grognement plaintif attira soudain son attention. Levant les yeux, elle aperçut un ourson de l'autre côté de la rivière. Il essayait de la traverser mais il reculait sans cesse, estimant sans doute le courant trop fort ou l'eau trop profonde.

— Oh ! non, murmura Kate, le cœur serré. C'est une

maman ourse, Josh. Elle est avec son bébé. Voilà pourquoi elle ne partira pas.

Il tourna la tête pour chercher des yeux le petit.

Et soudain, l'animal chargea.

10

— Des nouvelles de ton frère ? demanda Michael McCall à son fils quand il le trouva en train de ruminer derrière son bureau.

Zane leva les yeux vers son père et secoua la tête.

— Pas depuis hier matin. J'ai tenté de le contacter via le téléphone satellite à trois reprises sans obtenir de réponse.

Son père fronça les sourcils.

— Tu penses qu'il lui est arrivé quelque chose ou qu'il ignore délibérément tes appels ?

— Je pense que Josh est fidèle à lui-même, répondit Zane avec colère. Irresponsable et irréfléchi. Nous avons créé cette société pour sauver le ranch et dès le premier stage, Josh a décidé de n'en faire qu'à sa tête. Il va tout foutre en l'air.

Ouvrant un tiroir, son père se mit à fureter dans des papiers.

— N'es-tu pas un peu dur avec lui ? Josh ne cherche pas à nous nuire. Même s'il a tort, il fait ce qu'il pense être le mieux pour nous.

— La compagnie d'assurances nous a ordonné de cesser toute activité en attendant les conclusions de l'enquête. S'il arrive malheur à Kate Carrington, nous ne sommes pas couverts ! Il nous conduit dans le mur !

— Ce qu'il fait est risqué, je te l'accorde. Mais ton frère a toujours fonctionné ainsi. Le danger est son moteur, la prise de risques, son carburant.

Michael sortit un document, le parcourut des yeux avant de planter ses lunettes de lecture sur le haut de sa tête. Puis, refermant le tiroir, il reporta son attention sur Zane.

— Fais-lui un peu confiance. Nous avons assez de problèmes comme ça au ranch. Inutile d'en rajouter.

— Exactement ! Les ennuis s'accumulent. Moi, je me démène pour tenter d'arranger les choses et Josh ne m'y aide pas beaucoup !

— Zane, j'apprécie vraiment ce que tu fais pour la famille mais tu n'as pas à régler les difficultés financières du ranch… C'est moi qui nous ai mis dans le pétrin. C'est à moi de nous en sortir.

— Je tiens à t'y aider.

— Je sais. Et je t'en remercie. Je suis fier que tes frère et sœur et toi, vous vous soyez lancés dans ces nouvelles activités, de vos efforts pour sauver le ranch. Mais de mon côté, j'ai un plan sur lequel je travaille.

Zane fronça les sourcils.

— Quel plan ?

— Ne t'inquiète pas pour ça. J'ai la situation en main.

— Pourquoi ne veux-tu pas me dire ce que tu as en tête ? demanda Zane. Pourquoi ne pas me parler de ton idée pour nous sortir de la panade ?

Son père lui décocha un sourire mystérieux.

— Tu n'as plus de raison de t'inquiéter, voilà tout ce que tu as besoin de savoir.

— Josh ! hurla Kate.

Lorsqu'il vit le grizzli s'élancer vers eux, Josh sentit son cœur s'accélérer dans sa poitrine. Il s'efforça de se remémorer tout ce qu'il avait appris sur la manière de se défendre en cas d'attaques de ce genre.

Comme l'ourse se jetait sur lui, l'instinct de survie prit le dessus. L'instinct de protection aussi.

Kate. Sauve Kate.

— Recule, Kate ! ordonna-t-il.

Josh se couvrit le visage des bras alors que l'animal se redressait en montrant les dents. Son haleine fétide chatouilla ses narines. Tel un boxeur, le grizzli lui envoya un coup de patte, que Josh évita d'un bond sur le côté, puis un autre, plus violent, qui l'atteignit cette fois à l'épaule. Les longues griffes de l'animal déchirèrent sa chair.

La force du coup précipita Josh au sol, traversé par une indicible douleur. Il tomba à genoux sur la rive boueuse. Mais déjà, le grizzli repartait à l'attaque, prêt à frapper encore. Josh s'aplatit sur le sol. Il tenta de se protéger la tête mais son bras gauche ne réagissait plus. L'animal le piétina de ses pattes avant en grognant de plus en plus fort.

Le sang battait aux oreilles de Josh et il se demandait si l'ourse allait le dépecer pour défendre son petit. Quand soudain, il entendit un cri perçant.

— Non, non !

Kate hurlait comme une folle en brandissant un gros bâton.

Josh roula sur le ventre et il s'efforça de se relever. Kate se tenait près de lui, à portée de l'animal, et un frisson de peur le parcourut.

— Kate, écarte-toi ! Recule ! répéta-t-il.

— Non ! Dégage !

Il comprit soudain qu'elle ne criait pas sur lui mais sur le grizzli. À qui elle asséna un gros coup de gourdin. Elle le frappa encore et encore avec une telle force qu'il finit par reculer.

Josh se mit péniblement sur pied. Il était en sang et son bras pendait, inerte et dans une étrange position. Manifestement, il s'était déboîté l'épaule. Mais il se plaça de nouveau entre l'ourse et Kate, déterminé à protéger cette dernière.

Un cri plaintif s'éleva alors du côté de la rivière et, d'un bref coup d'œil, Josh vit l'ourson repartir vers la forêt.

Kate continuait de rouer de coups le grizzli en hurlant.

Finalement, remarquant que son petit s'éloignait dans les bois, l'ourse renonça à poursuivre le combat. Elle s'élança derrière son bébé.

Josh les suivit d'un œil méfiant jusqu'à ce qu'ils disparaissent sous les arbres. Ils ne risquaient pas de revenir. En général, les grizzlis n'approchaient pas les humains. Et même si son instinct maternel l'avait poussée à attaquer pour protéger son petit, les coups de Kate dissuaderaient sans doute l'animal de recommencer.

Sonnés, Josh et Kate restèrent un instant pétrifiés, trop choqués par ce qui venait de se passer pour réagir.

— Bon sang, elle a bien failli me déchiqueter, marmonna enfin Josh avant de se tourner vers Kate. Ça va ?

Ses yeux verts étaient écarquillés de peur, ses joues blanches et sa lèvre inférieure tremblait. Mais elle hocha la tête.

— Oui… Mais pas toi.

Maintenant que la menace immédiate s'était éloignée et que son cœur reprenait un rythme normal, Josh ressentait de violentes douleurs.

— Non, en effet. Peux-tu jeter un œil à mon dos ?

Kate souleva son T-shirt… et blêmit.

— Mon Dieu, Josh ! Tu es en sang ! Elle t'a complètement lacéré.

— Je m'en doutais. Mais je me suis surtout luxé l'épaule et la première chose à faire est de me la remettre en place.

Kate devint livide au point qu'il craignit qu'elle ne perde connaissance. Il se reprocha d'être obligé de lui demander quelque chose.

— Kate… Je suis désolé mais… j'ai besoin de ton aide.

Josh avait besoin d'elle. Ce n'était pas le moment de flancher. Elle devait se mobiliser, se concentrer et s'occuper de lui comme il s'était occupé d'elle depuis deux jours.

Kate ferma les paupières, secoua la tête et prit une profonde inspiration.

— Comment puis-je t'aider ? Que dois-je faire ?

— Je vais t'expliquer…

S'écartant de l'arbre sur lequel il s'appuyait pour ne pas s'effondrer, il commença à s'allonger.

Mais Kate l'interrompit :

— Attends !

Rapidement, elle ôta sa chemise et l'étendit sur le sol.

— Si tu mets de la terre sur ces plaies, tu risques une infection.

Dieu seul savait ce que les griffes de l'ourse lui avaient déjà transmis. Désinfecter et panser ses blessures serait sa prochaine bataille. Mais chaque chose en son temps.

Josh la remercia d'un signe de tête et se coucha sur le vêtement.

— Déplace mon bras de façon à ce qu'il fasse un angle droit par rapport à mon torse, dit-il. Tire lentement mais fermement dessus afin de créer un mouvement de traction.

Kate suivit ses instructions. Quand elle tira sur son bras, Josh hurla de douleur et elle faillit fondre en larmes.

Le souffle court, il poursuivit :

— Ne t'arrête pas. Ce n'est pas fini.

— Mais je te fais mal !

— Tant pis, il faut le faire, dit-il, les dents serrées. Continue de tirer sur mon bras sans à-coups jusqu'à ce que l'articulation de l'épaule se remette en place. Aide-toi de tes pieds pour créer un effet de levier supplémentaire, si cela te facilite la tâche.

Blanc comme un linge, il transpirait à grosses gouttes.

Rassemblant ses forces, à la fois physiques et mentales,

Kate agrippa de nouveau son bras, plaça les pieds contre le torse de Josh et tira de toutes ses forces.

Il rugit de douleur et elle éclata en sanglots, ravagée d'être obligée de le faire souffrir.

— Voilà, dit-il d'une voix tremblante. Je me sens mieux. Merci, Kate. Merci beaucoup.

Elle poussa un soupir de soulagement.

— Bon. Maintenant, qu'avons-nous pour désinfecter les plaies sur ton dos ?

Les mâchoires serrées, il s'efforçait de respirer lentement et profondément.

— La trousse de secours…, grimaça-t-il. Non. Elle était rangée au fond de mon sac à dos… qui était dans…

— Dans le canot, dit-elle, luttant contre le sentiment d'impuissance et de découragement qui menaçait de la submerger.

Ce n'était pas le moment de craquer. Josh comptait sur elle.

Elle fouilla dans son propre sac et en sortit sa trousse de secours personnelle, à peine plus grosse qu'un jeu de cartes. S'y trouvaient des pansements, des antalgiques et un petit tube de crème antimicrobienne.

Cela ne suffirait pas, comprit-elle.

Elle devait chercher autre chose. Il lui fallait absolument sortir Josh de là. À force de retourner ses affaires, elle finit par mettre la main sur un flacon de gel pour les mains. Sauvée !

À l'aide d'une chaussette propre, elle essuya les plaies, retira le sang et des lambeaux de peau, avant de répandre une quantité généreuse de désinfectant directement sur ses griffures.

Comme Josh laissait échapper une myriade de jurons, Kate secoua la tête.

— J'espère que tu ne parles pas ainsi devant ta mère, dit-elle, taquine.

— Qui m'a appris ces mots, à ton avis ?

— Pardon ?

— Je blague.

Assise sur ses talons, elle referma le tube de crème et le rangea dans le sac à dos.

Elle ramassa ensuite le vêtement qui avait permis à Josh de ne pas s'allonger directement sur le sol et elle le secoua pour en retirer la terre et les aiguilles de pin. Il était taché du sang de Josh. Même si elle rêvait d'enfiler son dernier corsage propre, elle en avait besoin pour panser les blessures de Josh. Elle le sortit du sac et le mordit.

Josh se retourna quand il entendit le tissu qui se déchirait.

— Kate, qu'est-ce que…

— Retourne-toi. Laisse-moi te bander l'épaule. Ensuite, je confectionnerai une écharpe pour immobiliser ton bras.

Il serra les mâchoires.

— Cette chemise avait-elle une valeur quelconque, sentimentale ou autre, pour toi ?

— Je l'aimais bien mais il faut savoir relativiser. Il y a l'important et… le reste. Et l'important est que tu sois en état de marcher et de nous ramener à la maison.

Kate s'efforçait de s'exprimer d'un ton léger mais elle voyait le visage crispé, tendu, de Josh. Manifestement, il souffrait, même s'il essayait de le cacher.

— C'était vraiment courageux de ta part d'attaquer le grizzli comme ça, dit-elle, dans l'espoir de lui remonter le moral.

— Certains diraient que c'était stupide. Irresponsable.

Elle fronça les sourcils.

— Je sens que tu tombes dans le piège que tu m'avais conseillé d'éviter. Petit, tu as dû entendre un peu trop souvent que tu étais un enfant irresponsable et tu as fini par le croire.

— Oh non ! Ces mots n'ont jamais été employés à l'époque. Mais quand tout le monde te répète en permanence que ton frère jumeau est brillant, intelligent, fiable, tu apprends à décrypter, à lire entre les lignes. Nous sommes censés être identiques. Nous avons le même ADN. Mais je n'ai manifestement pas le génie de Zane ni aucun de ses talents.

— Qui a dit que tu devais être pareil que lui ? Être jumeaux ne signifie pas que vous êtes obligés de suivre le même chemin dans la vie.

Elle prit une des bandes de sa chemise déchirée et commença à lui envelopper l'épaule.

— Tu as tes propres talents, tes propres qualités, poursuivit-elle. Le fait que tu n'es pas très bon là où il excelle ne signifie pas que tu es moins bien. Mais seulement que tu es différent.

— Il faut dire que j'ai joué des tours pendables à mes parents lorsque j'étais enfant et adolescent… Je n'en suis pas fier.

Elle se souvint des histoires qu'il lui avait racontées, des quatre cents coups dont il s'était rendu coupable autrefois.

— Mais peut-être cherchais-tu ainsi à te démarquer de Zane ?

Il secoua la tête.

— Non. Pas intentionnellement. Je ne le pense pas.

Mais elle vit qu'il y réfléchissait et qu'il jetait du coup un nouveau regard sur son passé.

— Pour mémoire, poursuivit-elle alors qu'elle finissait son bandage, ce que tu as fait avec l'ourse n'était pas irresponsable. Elle nous chargeait. Tu n'avais pas le choix.

Elle s'immobilisa, les mains sur ses cuisses, alors qu'elle se remémorait les événements en frissonnant.

— Et tu t'es mis devant moi sciemment, pour me protéger. Tu m'as sauvé la vie, Josh… Une nouvelle fois.

Une profonde gratitude et un élan de tendresse soulevèrent brusquement le cœur de Kate. L'émotion l'étouffait. Un désir ardent la traversa avec une intensité qui la surprit.

Enfouissant les doigts dans les cheveux de Josh, elle prit sa tête entre ses mains et captura sa bouche pour l'embrasser comme une affamée.

Josh lui rendit ses baisers avec ferveur et lorsqu'elle bascula sur le sol moussu, Josh la suivit, couvrant son corps du sien.

Kate oublia alors tout ce qui n'était pas ses lèvres chaudes sur les siennes, ses bras rassurants, son corps viril la plaquant contre la terre froide. Elle se sentait en sécurité avec lui. Ce qui était totalement fou, vu qu'ils venaient d'être attaqués par un ours.

Mais Josh l'avait protégée. Et par la suite, elle s'était élancée à sa rescousse, déterminée à tout faire pour le sauver à son tour, sans se soucier du danger.

Elle dut émettre un petit gémissement de plaisir car il leva la tête pour la regarder au fond des yeux.

— Quoi ? À quoi pensais-tu ? demanda-t-il, lui caressant la joue du pouce.

— À rien, à l'ourse…

— Ne t'attarde pas sur cette histoire. C'est fini.

— Mais j'ai envie de m'y attarder ! J'ai frappé un grizzli avec un bâton, murmura-t-elle émerveillée. C'est insensé !

Il lui sourit, les yeux brillants.

— Tu es le genre de fille qu'il vaut mieux ne pas énerver…

— Dis plutôt que je suis une folle furieuse.

Un frisson de peur la parcourut tandis qu'elle mesurait pleinement le danger auquel elle s'était exposée. Si le petit ne s'était pas éloigné, si sa mère n'avait pas abandonné le combat aussi vite pour le rejoindre, si Kate n'avait pas trouvé un bout de bois assez solide pour la frapper…

Elle jeta un regard inquiet autour d'eux. Et si l'ourse revenait ? Que se passerait-il si…

Josh la secoua doucement.

— Kate, ne te laisse pas gagner par l'angoisse. C'est fini. Nous allons bien.

— Une épaule déboîtée, un dos lacéré, ça ne compte pas ?

— Tu as trouvé le courage qu'il fallait pour passer à l'action et mettre ce grizzli en fuite. Nous allons bien, c'est l'essentiel. Quant à mes blessures, ce ne sont ni les premières ni les dernières. J'ai eu tant d'os cassés dans ma vie que je ne les compte plus.

Elle lui caressa la joue.

— Tu as dû rendre ta mère folle.

— Elle est habituée, répondit-il en souriant. Maintenant, elle s'y attend. Bon, on y va ? Nous avons un bon bout de chemin à parcourir avant d'atteindre le point de rendez-vous.

Près d'une heure plus tard, les premières gouttes de pluie s'écrasèrent sur le sol.

Kate ralentit le pas pour regarder les nuages noirs qui s'accumulaient à l'horizon.

— Je préfère te prévenir. Mes cheveux ont tendance à frisotter quand ils sont mouillés.

Il se mit à rire avant de la prendre dans ses bras pour l'embrasser.

— Ne t'inquiète pas. Tu me plais telle que tu es. J'aime voir une jolie femme au naturel. Dans sa beauté sauvage et sans fioritures. Ses joues rougies par le soleil, ses yeux pleins de vie…

— Tu n'es pas poète, Josh McCall, dit-elle en riant. Mais… tes mots me touchent.

Et toi, je t'aime.

Kate s'interdit à temps de le dire à voix haute mais elle s'interrogea, s'efforçant de regarder avec lucidité ce qui se tramait au fond de son cœur.

Les sourires charmeurs de Josh, ses baisers torrides, sa façon de la protéger et leurs échanges l'avaient-ils envoûtée au point qu'elle se croie amoureuse de lui ?

Au lieu d'y réfléchir, elle captura de nouveau ses lèvres

et posa la main sur son torse pour sentir la chaleur de son corps viril et les battements réguliers de son cœur.

Trop vite, Josh s'écarta.

— Même si je suis au désespoir d'interrompre nos baisers, tu dois enfiler ton poncho avant de te faire rincer.

— Mon poncho ?

— Chaque sac à dos de stagiaire contient un poncho imperméable.

Elle fouilla dans son sac et finit par en extirper une petite pochette en plastique.

— Pas étonnant que je ne m'en souvienne pas. Il est minuscule.

— Je pensais que la taille importait peu pour les femmes, lança-t-il avec ironie.

Comme Kate commençait à le déplier, elle s'aperçut vite qu'en effet, le poncho était très large.

— Tu vois ? Parfois, les apparences sont trompeuses et la réalité plus belle que tu ne l'avais imaginée.

Josh l'aida à passer le poncho mais Kate se rendit compte soudain que lui n'avait rien pour se protéger de la pluie.

— Et toi ?

Il haussa les épaules.

— Je me ferai mouiller, dit-il, fataliste.

— Mais tu vas être trempé !

— Mieux vaut moi que toi. J'ai plus de muscles, plus de chaleur corporelle. Et tu es la stagiaire, l'invitée, moi l'organisateur.

Il ramassa le sac, le jeta sur son épaule et se mit en marche.

Kate savait que Josh se sentait coupable des nombreux incidents qui avaient dévié le parcours sportif de son déroulement normal. Pourtant, quand elle se remémorait les événements des derniers jours, elle les analysait différemment de lui.

La manière dont il avait assuré et géré toutes les situations auxquelles ils avaient été confrontés l'avait impressionnée. Il avait été dévasté par la chute de la tyrolienne. Depuis l'accident, il faisait preuve de beaucoup plus de prudence et il mettait sa sécurité au premier plan de ses préoccupations.

Il l'avait aidée dans son combat contre ses vieilles peurs, il avait tout fait pour réveiller son désir enfoui d'aventures. Elle reconnut qu'elle avait fait de petits progrès dans ce domaine. Elle les devait à Josh.

Une grande douceur lui remplit la poitrine. Elle se rendit compte que ses sentiments pour lui ne se réduisaient pas à de la gratitude. Il lui plaisait beaucoup. Il était gentil, drôle, encourageant… et sexy comme l'enfer.

Son pouls s'accéléra dans sa poitrine. Malgré ses résolutions, elle était tombée amoureuse de lui !

Alors qu'ils longeaient la rivière, Josh remarqua que le niveau de l'eau augmentait à un rythme alarmant. Il jeta un regard autour d'eux, essayant de déterminer où ils se trouvaient et surtout, d'évaluer la distance qu'il leur restait à parcourir pour atteindre l'endroit où Zane devait les retrouver.

Kate s'approcha de lui et elle l'étudia avec un regard pénétrant.

— Quelque chose ne va pas ?

— Hum, pas vraiment, répondit-il sans se compromettre.

— Josh ? Tu avais promis de me tenir informée de tout sans rien omettre. Tu t'en souviens ?

Il poussa un gros soupir.

— Je remarquais seulement la montée des eaux. Cette rivière est alimentée par de nombreux ruisseaux qui naissent dans les montagnes.

— Et ?

— Et, à en juger par les nuages sombres derrière nous

et le volume accru d'eau au cours de la dernière demi-heure, toutes les conditions sont réunies pour une crue soudaine. Et à cause de la forme en cuvette du terrain, cet afflux n'aura nulle part où aller. Il ne pourra s'écouler rapidement.

Elle examina le paysage avec de grands yeux.

— Tu es en train de dire que nous allons nous noyer ?

11

— Ce serait un cas extrême, répondit Josh avec un bref sourire.

Mais oui, il y avait un réel danger même s'il ne voulait pas effrayer Kate inutilement. Lui faire comprendre la nécessité de hâter le pas suffisait.

Hissant le sac à dos sur son épaule, Josh lui prit la main.

— Nous devons accélérer le rythme, voilà tout ce que je dis. Nous ignorons à quelle vitesse l'eau va monter. Pour ne pas être pris au piège et risquer d'être entraînés par le courant, mieux vaut nous dépêcher.

À peine terminait-il son explication qu'un déluge se déversa sur eux.

Kate rentra la tête dans ses épaules dans l'espoir de se protéger.

— Quand nous avons quitté le ranch, savais-tu qu'il allait pleuvoir ?

Josh baissa son chapeau sur son visage.

— Si je me souviens bien, à en croire le bulletin météo, il y avait un faible risque d'averses en fin de journée. Mais à cette époque de l'année, les orages inattendus sont nombreux dans la région.

— Je l'avais entendu dire, oui.

Kate avait l'air particulièrement fragile et vulnérable avec ses cheveux trempés et son immense poncho sous lequel disparaissaient ses courbes féminines.

Pourtant, elle venait de lui prouver qu'elle avait de la ressource. Elle se montrait plus solide et plus endurante que ce que Josh avait imaginé au départ. Leur périple n'avait rien d'un parcours de santé. Ils dormaient à la belle étoile, ils ne bénéficiaient d'aucun confort, ils n'avaient même pas la possibilité de se nourrir correctement. Et pourtant, elle ne se plaignait pas. Elle était dotée d'une incroyable ténacité et d'un vrai courage. Même si elle l'ignorait.

Ils marchèrent un moment en silence, collés l'un à l'autre dans l'espoir de mieux résister à la pluie et au froid. Josh surveillait d'un œil inquiet le débit de la rivière.

Quand il vit à quel point le courant devenait rapide, il s'arrêta.

— La situation dégénère.

Repoussant ses cheveux trempés en arrière, il observa les alentours, la profondeur du cours d'eau, les pierres qui le jalonnaient.

— Nous avons intérêt à traverser pour nous réfugier sur l'autre rive avant que tout soit inondé ici.

Kate le regarda, bouche bée.

— Traverser ? Mais ce n'est pas plus facile de marcher de ce côté ?

Josh réprima son impatience. Il comprenait son scepticisme mais qu'elle ne lui fasse toujours pas confiance le blessait.

— La rive va bientôt devenir impraticable. Et de toute façon, il faudra être en face pour atteindre le point de rendez-vous.

— D'accord.

Le ton de Kate était empreint de lassitude, sa posture résignée.

— Comment allons-nous nous y prendre ? reprit-elle.

Il lui saisit la main pour la mener au bord de l'eau.

— En marchant sur ces rochers que tu vois émerger ici et là. À mi-distance, il y a un îlot de sable sur lequel nous aurons la possibilité de faire une pause, ajouta-t-il en lui désignant l'endroit du doigt.

Il la sentit frissonner et il se demanda si sa réaction était provoquée par le froid ou par la peur. En tout cas, elle opina et le suivit sans discuter.

Ils sautèrent d'un rocher à un autre. Leurs pieds glissaient à chaque fois qu'ils atterrissaient sur l'un d'eux mais ils réussirent à ne pas perdre l'équilibre. En revanche, quand ils arrivèrent au milieu de la rivière, ils se rendirent compte que l'eau était plus haute que prévu. Et plus froide. Et le courant plus rapide.

Josh avait oublié que les ruisseaux qui s'y jetaient provenaient en partie de la fonte des glaciers et qu'ils charriaient une grande quantité de neige fondue.

L'îlot de sable avait disparu et alors que Josh réfléchissait à un autre chemin, Kate trébucha brusquement contre une pierre et tomba dans l'eau glacée. Aussitôt, le courant la submergea et l'entraîna.

Josh la rattrapa juste à temps pour l'empêcher de sombrer. Mais sans faire attention, il se servit de son bras blessé et il réprima un gémissement de douleur.

Kate s'agrippa à lui, s'efforçant de rester debout malgré les rochers glissants.

— Josh, ça va ?

Il grimaça de douleur mais refusa de la lâcher.

— Tout va bien, répondit-il. Et toi ?

— Oui mais le courant est trop fort. Je ne pense pas pouvoir traverser sans être emportée.

Pour ne rien arranger, son poncho se gonflait d'eau comme le vent dans une voile, l'entraînant vers le fond.

— D'accord, dit Josh, voici ce que je te propose.

Il transféra le petit sac à dos sur sa mauvaise épaule, serrant les dents pour ne pas crier. Puis de son bras valide, il enlaça la taille de Kate. Qu'elle atteigne l'autre rive en sécurité était sa priorité. Et le plus tôt serait le mieux. L'eau devenait dangereusement glacée.

— Tiens-toi à ma ceinture, ordonna-t-il. Nous allons traverser ensemble, à notre rythme, sans nous presser.

Comme elle hochait la tête, il remarqua qu'elle claquait des dents. Et une fois sur l'autre rive, il ne pourrait pas allumer un feu avec cette pluie, songea-t-il, désemparé. Tous leurs vêtements étaient trempés. Et ils étaient à plus d'une heure de marche du lieu de rendez-vous. En espérant que Zane y serait. Considérant qu'il n'avait eu aucun échange avec son frère au cours des dernières vingt-quatre heures, ils devraient probablement retourner au ranch par leurs propres moyens.

Pas à pas, ils avancèrent, luttant contre le courant. L'entreprise se révéla particulièrement difficile et périlleuse. Même pour Josh qui, épuisé et blessé, avait du mal à mettre un pied devant l'autre. L'eau était gelée. Kate se tenait à lui et il l'encourageait.

Lorsqu'ils parvinrent enfin à atteindre la rive opposée, ils se traînèrent sur le sol boueux. Un peu plus loin, en aval, Josh dénicha un petit renfoncement rocheux au fond duquel ils purent se réfugier pour se protéger du gros de l'averse. Ils s'y arrêtèrent assez longtemps pour permettre à Josh de retirer sa chemise mouillée. Puis tous deux s'enroulèrent dans le mince poncho imperméable, espérant qu'il les aiderait à conserver la chaleur de leurs corps enlacés.

Enfin, Josh prit Kate sur ses genoux. Elle tremblait de froid. Il lui frotta le dos et les bras dans l'espoir de lui infuser un peu de réconfort et d'énergie.

— Ne devrions-nous pas nous remettre en marche ? demanda-t-elle avec inquiétude. L'eau continue de monter.

— Oui, mais je veux te réchauffer un peu d'abord.

Elle frissonnait, luttant manifestement contre les premiers stades de l'hypothermie. La nécessité de la sortir de cette vallée et de la ramener à la civilisation devenait de plus en plus urgente.

Elle se tourna vers lui.

— Merci de prendre tant soin de moi, mais… et toi ?

Il se mit à rire.

— Tout cela fait partie d'un plan destiné à te séduire.

Elle lui caressa tendrement le visage.

— Tu n'as pas besoin de plan, Josh. Il te suffit de demander.

Sur ces mots, elle posa un doux baiser sur ses lèvres, puis elle se blottit plus étroitement contre lui.

Deux pensées traversèrent alors Josh. D'abord, il constata qu'elle ne claquait plus des dents. Il espéra qu'elle commençait donc à se réchauffer. Il s'interrogea alors sur la réflexion de Kate. Il n'avait donc qu'à demander ? Dans d'autres circonstances, il aurait été ravi de l'apprendre et il en aurait immédiatement profité. Mais là, il resta perplexe.

La veille au soir, près du feu, elle lui avait dit qu'elle ne voulait pas d'un flirt de vacances, d'une aventure sans lendemain. Avait-elle changé d'avis ? Ou croyait-elle qu'il pourrait lui offrir plus qu'une amourette ? Ou était-ce une manifestation de l'hypothermie dont elle souffrait ?

Quelle que soit l'origine de ce revirement, il ne pouvait pas l'accepter. Et surtout pas maintenant, alors qu'ils avaient besoin de bouger, de s'extraire de cette vallée avant qu'elle soit inondée et de se réchauffer avant qu'il soit trop tard. D'autant que Kate était exténuée par ce long périple, par le stress et le froid. Il le regretta parce qu'il la désirait vraiment. D'une manière puissante et profonde. Pour le moment, le simple fait de la serrer contre lui, de humer son parfum délicat et de sentir son souffle chaud dans son cou lui parut plus érotique que tout ce qu'il avait connu auparavant.

Mais en réalité, il éprouvait plus que du désir sexuel pour Kate, il en était conscient. Ces derniers jours, il avait beaucoup discuté avec elle. Elle lui plaisait. Tout chez elle, sa sagesse comme son humour, sa douceur comme sa perspicacité, son intelligence comme sa bonté, le touchait.

La rapprochant de lui, il posa un baiser sur sa tête. Il espérait trouver une femme comme elle à Boyd Valley. Quelqu'un avec qui il pourrait construire une véritable relation.

Comme cette pensée s'insinuait en lui, Josh eut envie de se pincer. Pour qu'il en soit à envisager une relation avec quelqu'un, Kate avait dû lui faire absorber une puissante potion magique.

Il essaya de s'imaginer partageant la vie de l'une des nombreuses femmes de la région avec lesquelles il était sorti. Toutes de jolies filles. Mais l'image ne se cristallisa que sur le visage de Kate.

Pourquoi était-elle la seule avec qui il pouvait concevoir un avenir ? Et pourquoi y songeait-il alors que sa seule urgence était de les ramener au ranch en un seul morceau ?

Un éclair déchira le ciel, l'obligeant à cesser d'imaginer Kate dans son lit jusqu'à la fin de ses jours.

Il la poussa gentiment du coude.

— Te sens-tu mieux ? Penses-tu être en état de marcher ?

Elle hocha la tête.

Il l'aida à se relever. Le niveau de l'eau avait encore monté depuis qu'ils s'étaient réfugiés dans le renfoncement rocheux. Comme pour souligner la précarité de leur situation, un grondement de tonnerre traversa la vallée, se répercutant contre les falaises rocheuses.

Josh enfonça son chapeau sur la tête de Kate, prit sa main et la dévisagea avec gravité.

— Un gros orage se prépare, Kate. Nous devons bouger. Et vite.

***

Ils s'efforcèrent de courir, trébuchant sur la rive boueuse et glissante. L'eau montait rapidement, les obligeant à se déplacer plus haut en permanence. Mais chaque montée les conduisait sur un terrain plus escarpé avec de gros rochers à escalader ou à contourner. Josh aida Kate à progresser à travers le paysage accidenté. Sa main tenait la sienne et pourtant, à un moment, ses pieds glissèrent sur l'un des rochers moussus et détrempés, et Kate atterrit violemment sur ses fesses.

Josh fut aussitôt à ses côtés.

— Kate ! Ça va ?

— Je pense que oui.

Seul son orgueil avait été blessé. Mais sa chute la rendit plus prudente. Et aussi plus lente.

Josh fronça les sourcils.

— Nous devons accélérer.

Il jeta un coup d'œil à la rivière. Le courant semblait encore avoir forci.

Kate jeta un regard alentour pour juger par elle-même de la situation. Non seulement l'eau montait mais la colline boisée qui longeait la rive opposée s'était métamorphosée en hautes falaises abruptes.

— C'est encore loin ? demanda-t-elle, ne voulant pas se plaindre mais ayant envie d'avoir une idée de leur progression.

— Plus très loin. Une demi-heure de marche tout au plus.

D'un revers de main, Josh essuya la pluie de son visage et lui adressa un sourire qui la réchauffa.

— Aurais je l'air condescendant si je te disais que je suis fier de toi, Kate ?

Elle le dévisagea avec surprise.

— Tu es fier de moi ?

— Depuis le départ, ce périple a été une succession d'embûches, d'épreuves, de défis. Il s'est révélé beaucoup plus difficile que prévu. Un vrai parcours initiatique. Et tu as tenu bon. Tu t'es accrochée, Tu t'es montrée à la hauteur à chaque fois que j'ai eu besoin de toi et parfois même lorsque je ne te demandais rien… Chapeau bas, Kate. Tu m'as épaté.

Il se remit en marche et elle le suivit. Tout en cheminant, elle se remémora ses compliments. Il les avait faits sans ironie. Sa sincérité la touchait, elle se sentit fondre. Les paroles de Josh lui redonnèrent le moral et l'encouragèrent à continuer d'avancer, malgré le froid et ses courbatures.

Josh ne cessait de la surprendre. Au départ, elle l'avait pris pour un play-boy accro à l'adrénaline et doté d'un charme et d'un pouvoir de séduction tels qu'elle devait se méfier de lui, le tenir à distance. Mais depuis qu'ils surmontaient ensemble les difficultés du parcours – et les aléas provoqués par les agissements d'un saboteur –, Josh s'était conduit en homme de conviction, de courage et de générosité.

Son cœur battit plus fort quand elle comprit à quel point elle avait eu tort de le juger sur les apparences. Comme sans doute beaucoup de gens, elle avait mal interprété sa jovialité et son amour de l'aventure. Elle y avait vu la preuve que Josh était un être superficiel, qu'il n'avait aucune substance, aucun sens de l'engagement.

Plus grave, à force d'entendre ses proches répéter ou lui faire comprendre par leurs actes ou leurs comportements qu'il était un irresponsable, Josh avait fini par s'en persuader.

Pourtant, son désir désespéré de sauver sa famille de la ruine prouvait son amour et sa loyauté envers ses proches. Il essayait également de prouver sa valeur en tant qu'être humain. Contribuer à développer les nouvelles activités – les stages d'aventures – était destiné à montrer à son père, à son frère, à sa sœur qu'il était quelqu'un de bien. Sa réaction face aux échecs de ses tentatives témoignait d'une profonde souffrance intérieure qui remontait sans doute à des années. Il était vraiment persuadé qu'il ne valait rien ou pas grand-chose.

Kate se promit de dire à Josh avant de quitter le Colorado comment elle le voyait, que son dévouement l'avait impressionnée comme sa façon de la protéger. Elle lui confierait que ses encouragements au moment où elle en avait eu tant besoin avaient vraiment compté pour elle.

Un coup d'œil par-dessus son épaule lui apprit qu'une autre vague de nuages noirs certainement porteurs de fortes pluies se dirigeait vers eux.

Et s'il pleuvait très fort en amont, ils pouvaient s'attendre à ce que l'eau continue à monter rapidement. La rivière était déjà en crue et charriait des débris de plus en plus gros provenant des eaux en amont.

Comme Kate baissait de nouveau la tête pour se protéger du déluge, elle se heurta soudain au dos de Josh qui marchait devant elle. Il lui attrapa le coude pour maintenir son équilibre.

— Nous y sommes, dit-il.

Perplexe, Kate jeta un bref coup d'œil dans les environs.

— Ici ?

Elle pensait atteindre un élargissement dans la vallée, un endroit plat où Zane ou quelqu'un du ranch pouvait se rendre au volant d'un véhicule pour les récupérer.

Mais le paysage n'était pas différent de ce qu'il était au cours des deux dernières heures.

— Où sont…

Ses mots restèrent coincés dans sa gorge quand elle vit ce qui pendait de la falaise devant eux.

12

Josh sut exactement à quel moment Kate repéra les cordes ancrées dans la paroi rocheuse. Elle s'interrompit brusquement et le sang parut se retirer de son visage.

Se tournant vers lui, elle le fusilla d'un regard accusateur.

— Tu ne m'avais pas dit qu'il faudrait descendre en rappel pour atteindre le point de rendez-vous !

— Techniquement, nous n'allons pas *descendre* la falaise mais l'escalader.

Ses précisions ne firent que l'irriter davantage aussi poursuivit-il :

— Positivons, Kate. Nous touchons au but : nous trouverons là-haut un véhicule, des vêtements secs et un repas chaud.

— Je t'avais demandé d'être complètement honnête avec moi.

— Je ne t'ai jamais menti. Je ne t'ai simplement pas…

— Tu t'étais engagé à tout me dire, à ne rien me cacher des difficultés que nous allions rencontrer. Tu t'en souviens ? Et accessoirement, comment comptes-tu grimper, blessé comme tu l'es ?

Josh se frotta l'épaule, et le simple fait d'imaginer ce qu'il allait endurer le fit grimacer de douleur.

— Ce ne sera pas simple, je ne le nie pas. Mais je n'ai pas le choix.

— Pas le choix, marmonna-t-elle d'un air exaspéré. Es-tu au moins sûr que Zane est là-haut ?

— Je… Non.

Inclinant la tête en arrière vers le sommet de la paroi rocheuse, Josh mit les mains en porte-voix.

— Ohé ! Zane ? Brady ? Il y a quelqu'un ?

Ils retinrent leur souffle, tendant l'oreille dans l'espoir d'obtenir une réponse. Mais ils n'entendirent que le hurlement du vent, le martèlement de la pluie et le fracas des galets aspirés par le courant. La rivière était sortie de son lit et léchait leurs pieds. De gros nuages noirs se profilaient à l'horizon, annonciateurs de nouvelles averses, et Josh comprit qu'il devenait urgent de gravir la falaise et d'échapper au danger.

Lorsqu'il réitéra son appel, Kate unit sa voix à la sienne. La note d'angoisse qu'il perçut le culpabilisa. Il avait voulu que tout se passe au mieux pour elle, il avait tout fait pour l'aider à dépasser ses peurs. Et la voir à présent découragée, vaincue et frigorifiée, l'accablait. Il le vivait comme un échec.

Sans parler de sa famille qui devait encore démasquer l'auteur des actes de vandalisme avant que la situation ne s'envenime.

— Il n'y a personne, conclut-elle doucement. Que fait-on, maintenant ?

— Peut-être nous ont-ils laissé un véhicule. Je ne sais pas. Nous montons et nous aviserons en fonction de ce que nous découvrirons là-haut.

Elle soutint son regard un instant, les lèvres pincées. Mais, hochant la tête, elle s'approcha de la paroi rocheuse.

— Montre-moi comment faire.

— Avant tout, je vais vérifier que les points d'ancrage sont toujours solides et sécurisés, que personne n'a saboté le dispositif.

Le visage déjà pâle de Kate devint livide.

Il se rapprocha d'elle et lui prit le bras.

— Tout va bien se passer, Kate. Je m'assure simplement que tu escaladeras cette falaise dans les meilleures conditions. Tu arriveras là-haut indemne. Je te le promets.

Cette fois, il ne trahirait pas la confiance qu'elle avait placée en lui.

Leurs baudriers étaient déjà attachés aux cordes d'escalade. Il les décrocha et lui en tendit un, lui montrant comment l'enfiler. Puis, enroulant la corde principale autour de sa main, il tira fort dessus, testant les mousquetons.

Josh savait qu'il lui faudrait se servir de ses quatre membres, y compris donc de son bras blessé, pour cette ascension. Il n'avait pas le choix. Il se pendit aux cordages, pesant dessus de tout son poids, pour vérifier que le dispositif était solide avant que Kate commence à grimper.

Sans qu'il le lui demande, Kate l'imita, tirant dessus avec force. Comme si elle lisait dans ses pensées. Comme si elle comprenait ce qu'il cherchait à faire et était capable de répondre à ses besoins avant qu'il les formule.

Ne sois pas bêtement sentimental, vieux. Elle fait seulement ce que n'importe qui ferait pour se rendre utile.

Pourtant, il ressentait une profonde gratitude et un lien grandissant avec elle. Tous deux formaient une bonne équipe, ils étaient reliés quelque part… Il sentait une sorte de…

Se ressaisissant, il secoua la tête.

Concentre-toi, McCall. Il sera toujours temps de sombrer dans le romantisme quand tu l'auras ramenée à la maison.

La corde tint bon.

Dieu merci, quelque chose au moins fonctionne correctement.

Mais Josh était prudent.

— Je vais monter quelques mètres et revenir, pour être sûr que tout va bien.

Kate frissonna, lui rappelant sans le dire qu'elle était

frigorifiée et qu'ils devaient se dépêcher. Mais elle hocha la tête.

Tout en se préparant à tester le dispositif, il donna à Kate quelques rudiments d'escalade. Il lui montra à quoi servaient les mousquetons, les dégaines et la boucle d'assurage de son harnais. Un sac étanche contenant des chaussons et des gants d'escalade de différentes tailles avait été accroché aux harnais et il y dénicha des paires qui lui iraient bien.

— Avant d'attaquer, recule-toi pour bien visualiser ton parcours, lui conseilla-t-il. Tu trouveras quelques prises naturelles offertes par la roche elle-même, des saillies dépassant de la paroi. Et de nombreux points d'ancrage ont été mis en place pour te permettre de parer une chute.

— Compris.

Dans le cadre de leurs préparatifs, Zane et lui avaient peint les endroits où les stagiaires devaient poser les mains et les pieds. Les marques bleu vif et orange se détachaient bien sur la grisaille de la falaise. Mais Josh l'avait escaladée tellement de fois qu'il aurait pu le faire les yeux bandés.

— Je vais grimper quelques mètres, poursuivit-il. Es-tu prête à m'assurer ?

Écartant les jambes pour accroître sa stabilité, elle opina :

— Oui.

Il posa un baiser sur ses lèvres.

— Pour nous porter chance.

Elle battit des paupières et, se collant à lui, elle approfondit leur baiser. Elle l'embrassa à pleine bouche, de tout son cœur. En tout cas, c'est ainsi que Josh l'interpréta. Pour lui, Kate n'était plus une simple stagiaire. Et la protéger n'était plus une simple obligation professionnelle. Il en faisait une affaire personnelle.

Quand elle s'éloigna enfin de lui, elle lui chuchota :

— Embrasse-moi encore. Nous avons besoin du maximum de chance possible.

— Exact.

Une fois de plus, il captura ses lèvres. Il aurait pu l'embrasser pendant des heures. Mais un craquement sinistre suivi d'un grondement sourd les obligea à reporter leur attention sur la rivière. Une énorme vague d'eau boueuse montait vers eux, chargée de grosses branches et d'autres détritus.

— Un barrage a dû céder quelque part en amont, dit-il.

L'eau recouvrait à présent leurs pieds. L'inquiétude peinte sur le visage de Kate reflétait la sienne. Il leur fallait se hâter.

— J'y vais. Prête ?

— Attends ! Josh, regarde !

Se retournant, il suivit des yeux la direction qu'elle lui indiquait du doigt. Il aperçut alors un petit animal brun, qui venait vers eux, emporté par la rivière. Le courant était trop fort, trop rapide. La malheureuse bête ne pouvait pas lutter. Et, le cœur serré, Josh comprit qu'ils ne pouvaient rien faire pour la sauver…

Mais Kate s'élança vers le torrent de boue. Contre tout bon sens, elle avait manifestement l'intention de le tirer de là.

— Kate, non ! cria Josh, paniqué. Reviens !

Elle vacilla, s'efforçant de garder son équilibre sur les rochers glissants. Le chapeau que Josh lui avait mis sur la tête s'envola, emporté par une bourrasque. Mais sans hésiter, elle entra dans l'eau glacée et se précipita vers l'animal. Elle le prit dans ses bras et, sans doute conscient qu'il venait d'échapper à une mort certaine, il se blottit contre elle en tremblant.

Lorsque Kate revint vers Josh, il l'attrapa par les épaules.

— Es-tu folle ?

— Je ne pouvais pas le laisser se noyer ! cria-t-elle.

Josh ne savait pas s'il avait envie de la secouer pour son

imprudence ou de l'embrasser pour son courage. Il choisit de la serrer contre lui, soulagé qu'elle soit saine et sauve.

— Tu m'as fait une peur bleue !

— Je suis désolée pour ton chapeau, Josh. Je t'en achèterai un autre.

— Oublie. Je suis juste content que tu ailles bien.

Elle se recula et tous deux se penchèrent sur la minuscule créature qui frissonnait dans ses bras. Il s'agissait d'un lapin. Le pauvre respirait difficilement. Il semblait transi de froid et épuisé.

— Tu as beaucoup de chance, vieux, dit Josh. Maintenant, que comptes-tu en faire ? demanda-t-il à Kate.

— Je… Je ne…

Manifestement, elle n'y avait pas réfléchi. Elle avait simplement agi, n'écoutant que son courage et sa compassion pour un petit être dans le besoin. Et il l'admirait pour cet acte d'humanité.

Kate redressa les épaules.

— Nous allons le mettre dans le sac à dos et le hisser jusqu'au sommet de la falaise, dit-elle. Une fois là-haut, nous le réchaufferons et le relâcherons, qu'en penses-tu ?

Josh sortit du sac des objets dont ils n'avaient plus besoin. Puis il enveloppa l'animal dans une de ses chemises sales avant de l'installer dans le compartiment principal et de le refermer.

— Maintenant, allons-y, dit-il en reprenant sa position pour monter.

Quand elle signala qu'elle était prête, il tendit la main vers la première prise et il posa le pied dans une entaille du rocher afin de commencer sa montée.

Tire avec les mains, pousse sur les pieds, tire avec les mains…

Son épaule blessée, ses bras lui faisaient mal. Il serra les dents, s'arrêta pour recouvrer son souffle avant de repartir.

Tire avec les mains, pousse sur les pieds, allez !

Mais soudain, les tendons affaiblis de son épaule cédèrent. La corde lui échappa des mains. Et avec un gémissement de douleur, il bascula en arrière.

Il entendit le cri de Kate au moment où il tombait sur le dos dans les remous tourbillonnants de la rivière en furie. L'eau glacée lui coupa le souffle. Sous le choc, il resta un instant pétrifié. Sonné.

Kate fut aussitôt à ses côtés.

— Josh ! Oh mon Dieu ! Je suis vraiment désolée. J'ai essayé de te retenir, de faire contrepoids, mais je n'y suis pas arrivée… Je n'ai pas… Je… Pardonne-moi. Es-tu blessé ?

Il s'assit lentement, déplaça un pied, puis l'autre et roula sur lui-même avant de se redresser. Il avait mal partout mais apparemment, il ne souffrait d'aucune blessure grave.

Il secoua la tête.

— Tout va bien.

Sa tentative lui avait montré que le dispositif d'ancrage tenait bien mais que lui n'était pas en état d'escalader la falaise…

Même s'il avait du mal à l'admettre, il ne pouvait utiliser son bras gauche pour cette ascension et avec un seul bras, il lui était impossible de grimper.

Il força son cerveau fatigué à chercher un plan B.

Tenant son bras blessé contre son torse pour ne pas avoir à le bouger, il se releva.

Kate l'aida en calant l'épaule sous son aisselle et en enlaçant sa taille.

— Prends quelques instants pour souffler.

— Nous n'avons pas le temps, Kate… Il va devenir de plus en plus difficile de lutter contre ce courant. Les débris charriés par la rivière sont gros et dangereux. Vas-y. Tu dois escalader cette falaise. Maintenant.

Il la sentit frissonner mais plutôt que de reculer, elle se redressa, soutint son regard et hocha la tête.

— Bien. Si, comme je l'espère, un véhicule nous attend là-bas, je pourrai peut-être l'utiliser pour te tirer vers le haut.

Il esquissa un faible sourire. Au lieu de chercher à sauver sa peau, elle pensait à lui, elle cherchait comment lui venir en aide. Kate n'avait plus rien de la femme tétanisée qui avait peur de relever les défis sportifs. Au cours des deux derniers jours, elle avait réussi à surmonter ses angoisses et à retrouver sa force intérieure.

Levant son menton, il l'embrassa à nouveau.

— Kate Carrington, tu es vraiment quelqu'un.

Son commentaire lui valut un sourire.

Un morceau de bois le frappa à la jambe, le remettant en mouvement.

— Me hisser en haut de la paroi rocheuse avec l'aide d'un véhicule semble une bonne façon de procéder, dit-il. Mais au cas où il n'y aurait pas de camion là-bas, voici ce que tu devras faire.

Aussi rapidement qu'il le put, il lui expliqua comment attacher une corde à une ancre fixe – un arbre ou un rocher – et comment l'assurer du haut.

Mais il dut bientôt abréger son exposé. Le courant la poussait contre lui, ses pieds glissaient alors que l'eau montait. À un rythme alarmant.

— À présent, grimpe, Kate ! Il est temps. Si nous voulons échapper à la noyade, tu dois te dépêcher.

Elle serra les mâchoires et releva le menton.

— Je peux le faire. Je vais nous sortir de là. D'une façon ou d'une autre. Je me débrouillerai.

Elle le surprit avec un autre long baiser et, plantant les yeux dans les siens, elle dit :

— Josh, je t'…

Un autre morceau de bois leur coupa les jambes et ce qu'elle s'apprêtait à dire se perdit dans son cri de douleur.

— Vas-y !

Il la poussa vers la paroi rocheuse.

— Les meilleures prises pour tes pieds et tes mains sont marquées à la peinture orange.

Avec une profonde inspiration, elle commença son ascension. Josh serra les dents et se prépara à faire son travail. Assurer Kate lui ferait mal au bras, mais il préférait laisser la corde lui déchirer l'épaule plutôt que de la laisser tomber.

13

— Tu peux le faire, se répétait Kate en calant pieds et mains sur les points d'appuis prévus pour se hisser plus haut.

Petit à petit, elle progressait, elle parvenait à se rapprocher du sommet de la falaise. S'interdisant de regarder en bas, elle s'efforçait de ne penser à rien sauf à la distance qui lui restait à parcourir… et à Josh. Elle devait y arriver. Pour Josh. Il comptait sur elle pour échapper aux dangers de la rivière en crue. Il n'était pas question de le décevoir.

L'eau froide avait sapé son énergie, brisé ses forces. Tendre les bras et les jambes pour monter lui demandait un effort. Ses doigts glacés avaient du mal à s'agripper aux saillies des rochers.

Comme elle levait les yeux vers le haut de la paroi, elle fut surprise de constater qu'elle avait peu progressé.

— Continue ! Tu te débrouilles très bien ! cria Josh d'en bas, sa voix couvrant à peine le rugissement de la rivière en furie.

Kate se sentait essoufflée. Son cœur battait la chamade. Elle était épuisée mais il lui fallait se dépêcher. Accélérer. Les dents serrées, elle reprit son ascension et sa litanie.

Tire avec les mains, pousse sur les pieds, tire avec les mains…

Soudain, son pied glissa et, perdant sa prise, elle poussa un cri. Le harnais tressauta lorsque la corde d'assurage se tendit.

Josh hurla quelque chose qu'elle n'entendit pas, sa voix étant noyée par les bruits d'eau et le sang qui battait à ses oreilles.

Kate réprima le gémissement paniqué qui montait à ses lèvres. Ses doigts gelés s'accrochèrent in extremis au mince rebord d'une roche.

Ne pense pas au danger. Continue.

Tire avec les mains, pousse sur les pieds, tire avec les mains…

La pluie coulait dans ses yeux alors qu'elle inclinait la tête en arrière à la recherche du prochain point d'appui…

Cette escalade lui parut durer une éternité. Elle dut déployer des trésors de volonté et de ténacité pour réussir à monter en haut de la falaise. Mais finalement, elle parvint à se hisser au sommet et elle roula sur le dos. Ses muscles étaient tétanisés, elle était exténuée mais elle avait réussi. Des larmes de soulagement coulèrent sur ses joues.

Josh.

Elle n'avait pas le temps de savourer sa victoire ni de se reposer. L'urgence était de trouver le moyen de remonter Josh. Se mettant debout, elle balaya les alentours du regard. Lorsqu'elle repéra une vieille camionnette garée non loin du bord, elle faillit hurler de joie.

Les vitres étaient très embuées et la pluie ruisselait sur le pare-brise mais Kate crut distinguer quelqu'un assis au volant. Son cœur s'accéléra dans sa poitrine.

De l'aide, elle allait trouver de l'aide.

Elle agita les bras en criant mais personne ne bougea dans l'habitacle et elle commença à douter. Y avait-il quelqu'un à l'intérieur ou avait-elle pris ses désirs pour la réalité ?

De toute façon, le véhicule restait un moyen de hisser Josh.

Repoussant ses cheveux trempés en arrière, elle retourna au bord de la falaise. Elle se pencha vers le vide et elle cria :

— Josh ! Il y a un camion là-haut ! Je vais voir et je reviens tout de suite !

Sans savoir s'il avait compris ou non, elle se dirigea vers le véhicule. En s'en approchant, elle constata qu'un homme se trouvait bien dans l'habitacle. Mais il était affalé sur le volant. Et elle eut beau crier et frapper la vitre du poing, il ne bougea pas. Il était profondément endormi… ou mort.

Cette éventualité la terrifia. Pourquoi une hypothèse aussi horrible l'avait-elle traversée ? Peut-être à cause du vandale qui ciblait la famille McCall et qui l'avait presque tuée en sabotant la tyrolienne ? Ou parce que l'absence de réaction de l'homme lui semblait bizarre ?

La poignée de sa portière était verrouillée. Bon sang !

— Ouvrez-moi !

N'obtenant toujours pas de réponse, elle fit le tour du camion pour atteindre le côté passager. Elle remarqua sur le pare-chocs arrière un vieil autocollant à l'effigie du ranch Double M. Au moins avait-elle la certitude à présent que le véhicule appartenait bien aux McCall.

Par chance, la poignée côté passager fonctionnait. Quand elle l'ouvrit, elle pria pour ne pas être aussitôt assaillie par les odeurs d'un corps en décomposition. Mais comme elle se hissait à l'intérieur du véhicule, une autre puanteur la saisit, celle de l'alcool. Une bouteille de whisky vide et des cadavres de canettes de bière jonchaient le sol.

Comme elle observait le type avachi sur le volant, elle entendit un léger ronflement.

Elle le secoua.

— Hé ! Réveillez-vous ! J'ai besoin de votre aide pour remonter Josh.

Avec un grognement, l'homme releva la tête et elle le reconnut. Il s'agissait du contremaître du Double M, du père de Brady…

Roy Summers.

— Monsieur Summers ? Réveillez-vous ! Roy !

Le vieillard battit des paupières et lui lança un regard noir.

— Qui êtes-vous ? marmonna-t-il en se frottant les yeux. Où…

Une vive colère souleva Kate. La famille de Josh avait envoyé ce type les chercher et il était ivre mort. Elle le secoua de nouveau en criant :

— Roy, j'ai besoin de votre aide ! Josh est blessé et ne peut pas remonter tout seul la falaise. Alors que la rivière est en crue et risque de l'emporter. Nous devons utiliser le camion pour l'aider. Comprenez-vous ?

— Josh est blessé ? répéta Roy, confus. Ils m'avaient dit qu'il n'avait rien.

— Il s'est blessé à l'épaule, hier. Une ourse l'a attaqué…

Kate s'interrompit. Inutile de tout lui expliquer maintenant. L'urgence était ailleurs.

— Écoutez. J'ai besoin du camion pour le tirer de là. Je ne suis pas assez forte et vous n'êtes pas en état de conduire…

Roy se redressa et posa ses mains sur le volant.

— Je dois aller chercher Josh. Et aussi… la dame.

— Je suis la dame. Et il faut se dépêcher, il n'y a pas un instant à perdre. Écartez-vous, laissez-moi le volant !

Elle se pencha sur lui pour ouvrir la portière du conducteur.

— Sortez ! ordonna-t-elle alors à Roy.

Dans un état second, Roy se glissa lentement hors de l'habitacle. L'air froid et la pluie glacée le tirèrent un peu de sa torpeur.

— Josh…

— Josh est au pied de la falaise et attend de l'aide.

Kate s'installa au volant. Elle enclencha la marche arrière, recula aussi loin qu'elle osa vers le bord de la falaise. Rapidement, elle attacha l'une des cordes qui pendaient au-dessus du vide au pare-chocs. Puis elle chercha Josh des yeux. Accroché à un rocher, il avait de l'eau à la taille et il luttait contre le courant.

Elle cria :

— Josh ! J'ai un camion pour te tirer de là !

Il secoua la tête et esquissa un geste pour lui faire comprendre qu'il n'entendait pas.

Traversée par une idée soudaine, elle retourna dans l'habitacle pour actionner le klaxon.

Quand elle revint au bord, Josh souriait et leva le pouce.

— Prêt ?

Il hocha la tête.

Avec un baiser, elle lui lança la corde reliée au véhicule et se précipita au volant de la fourgonnette.

Vas-y doucement, songea-t-elle, sachant qu'une montée trop brusque ou trop rapide risquait de projeter Josh contre la paroi rocheuse.

Si elle n'allait pas trop vite, il pourrait s'orienter en s'appuyant contre les rochers avec les pieds ou les mains.

Retenant son souffle, elle mit le camion en première et desserra le frein. Le véhicule bondit en avant et cala. Elle recommença, se contentant cette fois d'effleurer la pédale d'accélérateur. Elle avança lentement, luttant contre sa propre impatience.

Un frisson la parcourut tandis qu'elle cherchait dans le rétroviseur les signes indiquant que Josh était bien en train de remonter.

Devait-elle s'arrêter pour s'assurer que tout allait bien ? Cela semblait plus sage.

Elle actionna le frein à main et revint au bord de la falaise. Très vite, elle repéra Josh suspendu au-dessus de l'eau. Il se tourna vers elle, se tenant contre le rocher avec une main. Il leva les yeux, la vit et leva le pouce.

Avec un soupir de soulagement, elle retourna en courant vers le camion, propulsée par une décharge d'adrénaline. Alors qu'elle se préparait à enclencher la première, elle entendit un homme crier :

— Josh, Josh !

Elle jeta un coup d'œil dans le rétroviseur et aperçut Roy Summers près du précipice. Il vacillait sur ses jambes alors qu'il essayait de regarder par-dessus le bord.

La terreur la traversa. Ce type était ivre mort. Elle ne pouvait pas le laisser tomber du haut de la falaise !

Se remettant au point mort, elle se glissa hors du camion.

— Revenez, Roy !

Elle prit Roy par le bras pour le tirer en arrière.

— Éloignez-vous du bord !

— Josh… est-il blessé ?

Elle entraîna le vieillard vers un tronc d'arbre.

— Asseyez-vous.

Roy tomba plus qu'il ne s'assit.

Elle pointa un doigt sévère sur lui.

— Restez là.

— Josh…

— Je vais aider Josh. Vous, vous restez ici. Compris ?

Roy fronça les sourcils mais hocha la tête.

Kate tremblait de fureur, de froid, d'épuisement, mais elle remonta dans le camion et réenclencha la première, débloqua le frein.

Elle veilla à faire avancer le camion à une allure de tortue.

Finalement, la tête de Josh apparut. Il se hissa péniblement sur le haut de la falaise et il se traîna en rampant sur l'herbe avant de s'effondrer sur le sol.

Kate bondit hors de l'habitacle et courut vers lui.

— Josh ! Ça va ? Je ne suis pas allée trop vite ? cria-t-elle en se jetant sur lui.

— Je vais bien. Tu as été formidable.

Il l'embrassa. Tout en s'accrochant à lui, elle sentit des frissons le parcourir. Il avait passé un long moment dans une eau glaciale, affronté la pluie, le froid.

— Il faut te réchauffer, murmura-t-elle à son oreille.

Il hocha la tête mais il ne bougea pas. Ils restèrent un

moment enlacés mais la voix de Roy brisa soudain la bulle d'intimité qui les entourait.

— Josh, tu es blessé ?

Josh rompit leur étreinte.

— Salut, Roy. Je ne peux pas te dire à quel point je suis content de te voir.

Un sourire chaleureux aux lèvres, Josh se leva et aida Kate à se mettre sur pied.

Glissant le sac à dos de ses épaules, il l'ouvrit, souleva le lapin trempé et le posa sur le sol.

— Voilà, vieux. Trouve-toi un abri, maintenant.

Après un bref moment d'immobilité, l'animal s'enfuit en quelques bonds gracieux.

Roy battit des paupières avant de se tourner vers Josh.

— La tyrolienne… La tyrolienne…

À la grande surprise de Kate et de Josh, Roy fondit soudain en larmes.

— Tu as été blessé. Tu aurais pu mourir…

— Je vais bien. Je me suis déboîté l'épaule, celle que je m'étais déjà luxée, il y a quelques années. Mais ce n'était pas sur la tyrolienne. J'ai eu maille à partir avec une maman ourse.

Roy se rapprocha et posa une main sur l'épaule indemne de Josh.

— Je suis désolé, fiston. Je n'ai pas… Tu n'étais pas…

Josh jeta un coup d'œil interrogateur à Kate et elle dit :

— Il est soûl.

L'expression de Josh s'assombrit de dégoût et d'irritation. Roy chancela. Il tenait à peine sur ses jambes.

Josh se tourna vers elle.

— Partons d'ici. Kate, peux-tu conduire ? Je vais m'asseoir à l'arrière et garder un œil sur Roy.

D'un geste de la main, elle essuya la pluie de ses yeux.

— Bien sûr.

Comme il ouvrait la portière passager, Josh plissa le nez et s'écria :

— Bon sang, Roy ! On se croirait dans une distillerie ! Qu'as-tu fait ?

— Pardon. Désolé… Je ne voulais pas…

Tandis que Josh aidait Roy à s'asseoir sur la banquette arrière, Kate ajusta les rétroviseurs, boucla sa ceinture de sécurité et alluma le chauffage, le poussant à fond. Elle laissa échapper un soupir de bien-être.

— C'est tellement bon !

Josh s'installa à l'arrière.

— Il y a une route de terre qui descend de cette montagne. Elle est étroite et avec toute cette pluie, elle sera surtout boueuse et glissante.

Kate croisa son regard dans le rétroviseur.

— Et moi qui croyais que le pire était derrière nous.

Avec un soupir, elle se dirigea vers cette piste, suivant les instructions de Josh. La route était en effet une vraie patinoire. Agrippée au volant, elle sentait les pneus déraper dans la boue.

Ils ne parlèrent pas pendant qu'elle descendait la montagne. Kate était concentrée sur sa conduite et Josh était trop épuisé pour engager une conversation. Quand elle atteignit finalement la route goudronnée, Kate jeta un coup d'œil par-dessus son épaule et dit :

— Eh bien, c'était sportif !

— Tu as géré l'affaire en experte. Bravo.

Gênée, elle haussa les épaules.

— Je ne cherchais pas un compliment. Vraiment.

— Je sais mais je suis sincère. Tu m'as épaté de bout en bout, Kate.

Un coup d'œil dans le rétroviseur apprit à Kate que Roy s'était rendormi. Il ronflait doucement, la bouche ouverte. Kate se demanda si elle devait parler à Josh de l'ébriété du contremaître. L'alcoolisme de Roy et son comportement relevaient des affaires du ranch et ne la regardaient pas. Mais elle avait dû se débrouiller seule pour tirer Josh à l'abri du danger.

— Je suppose que ce n'est pas la première fois qu'il se soûle.

Avec un soupir exaspéré, Josh considéra le contremaître :

— Nous savons depuis des années qu'il a un problème avec l'alcool. Il a commencé à boire à la mort de sa femme alors que Brady était gamin. Le problème a empiré lorsque son frère et sa belle-sœur ont été tués dans un accident de voiture.

— Et sa dépendance n'a jamais affecté son travail ?

Josh haussa les épaules.

— Je pense que Brady le couvre depuis des années. Et jusqu'ici, Roy s'interdisait toute consommation d'alcool en journée. Mais il y a quelques mois, lors de la fête d'anniversaire de mes parents, il est venu ivre à la réception et il a fait un esclandre.

Kate attendit la suite. Elle devinait que Josh hésitait à en dire plus et elle lui donna la liberté de se confier à son rythme.

Il finit par lancer :

— Pour moi, Roy est comme un membre de la famille, Kate. Non, il fait partie de la famille. Il était déjà notre contremaître avant ma naissance. Je ne sais pas ce qu'il faut faire.

Dans le rétroviseur, Kate vit la douleur peinte sur le visage de Josh.

— Quelqu'un en a-t-il déjà discuté avec lui ?

— Brady, certainement.

— J'espère ne pas être intrusive mais peut-être devrais-tu insister pour qu'il se fasse aider, soigner.

L'expression de Josh s'assombrit davantage mais il opina.

— Tu as raison. C'est juste… difficile. Et délicat.

Josh n'ajouta rien et elle comprit que le sujet était clos. Il lui indiqua la route à suivre.

Ils se demandèrent si elle devait les conduire au ranch d'abord ou se rendre directement aux urgences pour faire soigner l'épaule de Josh. La priorité de Josh était de ramener Kate au ranch et de lui permettre de se doucher, d'enfiler des vêtements chauds et secs, de se remettre de ses émotions. Mais Kate s'inquiétait davantage des blessures de Josh. Et comme elle était à la manœuvre, elle emporta la partie.

Elle s'arrêta devant le premier café venu pour aller leur chercher des tasses de café chaud. Quand elle remonta dans le camion, Josh était au téléphone, probablement celui de Roy, parlant à quelqu'un du ranch pour rassurer ses proches. Il leur expliqua qu'ils étaient en sécurité et qu'ils reviendraient au Double M dès que le médecin aurait examiné son épaule.

Quand il raccrocha, il expliqua :

— Ma mère se rendra à la clinique en sortant de son travail. Je lui ai dit qu'il était inutile qu'elle vienne mais elle s'inquiète, alors… Elle sera avec Piper qui te reconduira au ranch. Ainsi que Roy.

Kate fut étrangement déçue de ne pas rester avec Josh à la clinique, pour s'assurer qu'il allait bien et le ramener ensuite à la maison. Mais elle n'avait pas voix au chapitre, n'est-ce pas ? Elle n'était qu'une stagiaire au ranch. Rien d'autre. Même si son cœur hurlait qu'elle désirait être beaucoup plus.

Josh et elle avaient affronté tant d'épreuves ces derniers jours. Cela comptait-il pour rien ? Ils avaient partagé des baisers, des confidences… Ils avaient tissé des liens…

Et pourtant, elle devait garder à l'esprit que ses sentiments n'étaient peut-être pas partagés. Josh avait dit qu'il était fier d'elle, fier qu'elle ait relevé les défis auxquels ils étaient confrontés, mais il n'avait jamais exprimé son amour pour elle.

Elle ne risquait plus rien physiquement maintenant mais une sourde angoisse l'avertit d'un nouveau danger, plus insidieux.

14

— Lorsque vous arriverez à la maison, je compte sur toi pour traiter Kate comme une reine, ordonna Josh à sa sœur quand celle-ci les retrouva à la clinique. Elle a besoin de réconfort et de chaleur. Alors offre-lui un bon café, allume un feu dans la maison d'hôtes et ouvre-lui la meilleure bouteille de vin.

— Ne t'inquiète pas. Je sais recevoir, Josh, répliqua Piper. Et toi, sois un bon patient et suis les recommandations du médecin…

Tandis que leur mère poussait Josh vers la salle d'examen où l'infirmière l'attendait, Piper entraîna Kate vers le parking.

— Qu'avez-vous fait à mon frère ? demanda-t-elle. Je ne le reconnais plus.

L'examen médical confirma quc Josh s'était luxé l'épaule. Il avait besoin de mettre son bras en écharpe et de prendre des anti-inflammatoires pendant plusieurs jours. Les plaies causées par les griffes de l'ours furent désinfectées et pansées. Le médecin lui prescrivit des antibiotiques.

Pendant que sa mère allait chercher la voiture, Josh se rendit dans le hall pour régler les soins.

Derrière lui, une voix moqueuse lança :

— Quel soulagement ! Josh McCall a survécu à ses mésaventures. Enfin, une bonne nouvelle !

Josh leva les yeux du formulaire qu'il signait et se retourna. Une sourde colère s'empara de lui quand il reconnut son ennemi de toujours – et, malheureusement, aussi son banquier – Gill Carver.

— Que veux-tu, Gill ? grommela-t-il comme l'autre s'approchait de lui.

— Rien ! J'échange quelques mots avec un client. C'est interdit ? Pas besoin de monter sur tes grands chevaux, Josh.

Josh se tourna vers l'employée qui s'occupait de son dossier.

Mais Gill poursuivit :

— Mandy a de la fièvre, dit-il en caressant la tête de sa fille. Le Dr Hayward nous attend.

Une infirmière tendit la main à la fillette pour l'entraîner vers une salle d'examen.

— Je te rejoins dans un instant, chérie, lança Gill à l'enfant avant de reporter son attention sur Josh. J'ai appris que ton premier stage d'aventures ne s'était pas bien passé. À ce que j'ai entendu dire, tu as failli tuer l'une des participantes.

Josh serra les dents.

— Occupe-toi de tes affaires, Gill.

— Étant le banquier de ta famille, celui qui vous a prêté de l'argent pour votre projet, je suis un peu concerné par les événements, excuse-moi de te le rappeler. Et cet accident me conforte dans l'idée que vous vous êtes lancés dans ces stages d'aventures sans être suffisamment préparés, sans même avoir conscience de ce qui vous attendait.

— Madame, appela Josh en brandissant sa carte de paiement avec impatience. Puis-je vous payer ce que je vous dois ? Je suis pressé.

— Gill's Thrills, en revanche, a connu un excellent démarrage, reprit Gill. Karl Townsen a accompagné un groupe pour un périple incluant une descente en rappel, une randonnée à cheval et un parcours d'accrobranches. Nous n'avons eu aucun accident à déplorer. Tous nos clients nous ont remerciés, ils étaient ravis de l'aventure…

Josh essaya d'ignorer la raillerie de Gill qui poursuivait :

— Peut-être devriez-vous engager des professionnels pour vous aider. À condition que ce désastre ne vous oblige pas à mettre la clé sous la porte, bien entendu.

Josh pressa son stylo dans sa main si fort qu'il le cassa en deux.

— Ferme-la, Gill.

Josh regretta ses mots dès qu'il les eut prononcés.

S'abaisser au niveau de Gill avec des répliques grossières n'était pas la meilleure façon de gérer ce fumier.

Il prit une profonde inspiration.

— Madame, je suis pressé, répéta-t-il.

— J'arrive.

— Peut-être la précipitation avec laquelle vous vous êtes lancés dans ces nouvelles activités est-elle à l'origine de vos difficultés, continuait Gill. Les protocoles de sécurité ont-ils seulement été respectés ?

— Tu ne sais rien de ce qui s'est passé ni des circonstances du drame, répliqua Josh, les mâchoires serrées.

Il croisa le regard suffisant de Gill et il ajouta :

— Ou tu en sais trop, au contraire…

— Quoi ?

— C'est toi qui as saboté notre tyrolienne ?

Gill jeta un coup d'œil au personnel de la clinique pour les prendre à témoin.

— Vous entendez ça ? Mon pauvre Josh ! Je n'ai pas besoin de saboter quoi que ce soit. Ton frère et toi le faites très bien tout seuls.

Avant de lui envoyer son poing dans la figure, Josh se dirigea vers la sortie.

Josh monta dans la voiture de sa mère et réprima l'envie violente de frapper le pare-brise. Dans l'espoir de se calmer, il prit quelques grandes inspirations tout en bouclant sa ceinture de sécurité.

Sa mère se tourna vers lui.

— J'ai aperçu Gill dans le hall avec sa petite fille. C'est à cause de lui que tu es furieux ?

— Ne me parle pas de ce type, je t'en prie.

— Pourquoi le laisses-tu t'énerver ? Après toutes ces années, il est temps d'apprendre à l'ignorer, non ? Tu es adulte, Josh.

— J'ai essayé, mais il fait tout pour se rappeler à mon bon souvenir. D'ailleurs, il est peut-être derrière le sabotage de notre entreprise.

Elle lui jeta un coup d'œil de côté.

— Quoi ? Peux-tu le prouver ?

— Non, mais j'en suis persuadé.

Tout en quittant le parking, sa mère répondit sans chercher à dissimuler son inquiétude :

— Eh bien, si tu n'as aucune preuve pour étayer tes soupçons, je te conseille de maîtriser tes émotions avant de parler à la police.

Josh arqua un sourcil, remarquant soudain que sa mère prenait une direction opposée au ranch.

— Où allons-nous ?

Elle soupira.

— Je préférerais que tu rentres à la maison pour te reposer mais le shérif exige que tu fasses ta déposition le plus rapidement possible. Comme la compagnie d'assurances attend le rapport de police pour…

— Très bien. Vont-ils vouloir entendre Kate aussi ?

Il souhaitait vraiment lui épargner cette corvée.

— C'est déjà fait. Piper l'a emmenée au bureau du shérif, il y a un petit moment. Elle m'a envoyé un texto pendant que tu passais une radio.

Josh grogna.

— Ce n'est pas ce que j'avais demandé à Piper.

Melissa tapota la jambe de son fils.

— Cela ne me plaît pas plus qu'à toi. Mais…

Josh serra les poings, se remémorant l'horreur de l'accident de la tyrolienne.

— L'important est d'arrêter le salaud responsable du sabotage. Et j'ai bien l'intention de m'y atteler !

Josh parla aux autorités pendant près d'une heure. Les photos de la scène du crime, prises lorsque Zane avait conduit le shérif à la plate-forme d'atterrissage de la tyrolienne, étaient assez éloquentes. Josh n'avait donc pas grand-chose à ajouter. Il promit de rester disponible dans l'hypothèse où les enquêteurs auraient d'autres questions à lui poser par la suite.

— Alors ? demanda sa mère lorsqu'il revint à sa voiture.

— Comme les autres fois, ils n'ont rien. Les traces de bottes et les empreintes digitales qu'ils ont trouvées appartiennent aux membres de la famille ou aux cow-boys du Double M. Nous les avions sans doute laissées lors de la préparation du parcours.

— Comment est-ce possible ?

— Le vandale portait peut-être des gants et il a sans doute trouvé le moyen de dissimuler ses traces.

Josh ferma les yeux. Il se sentait épuisé, un peu dépassé par les événements. Les ennuis rencontrés lors du déroulement du premier stage d'aventures lui brisaient le cœur… et Kate lui manquait.

Il ne l'avait pas vue depuis trois ou quatre heures à peine, et pourtant, déjà, il avait très envie de la retrouver, de lui parler, de la tenir dans ses bras, de s'assurer que tout allait bien pour elle.

Derrière ses paupières closes, il la revit s'élancer dans les courants de la rivière en crue pour sauver un lapin.

Ou riant alors qu'elle remontait à la surface de l'eau après avoir sauté du haut de la falaise.

Il s'aperçut que son cœur battait à tout rompre. Qu'est-ce qui n'allait pas chez lui ?

Lorsqu'ils arrivèrent au ranch, Piper le rejoignit à la voiture.

— Kate m'a chargée de te dire bonne nuit et merci pour tout. Elle te verra demain matin. Elle ne tenait plus debout et elle a préféré monter se coucher après une douche.

Josh jeta un coup d'œil vers la maison d'hôtes. Les fenêtres étaient sombres. Une profonde déception lui broya le cœur. Il avait espéré la voir, échanger quelques mots avec elle, la toucher et peut-être même l'embrasser avant d'aller dormir.

Avec un soupir, il se dirigea vers la grande maison.

Il y entrait à peine quand Zane surgit devant lui.

— J'imagine que tu es content de toi, Josh ?

15

— Pas maintenant, vieux.

Josh essaya de passer à côté de son frère mais Zane le poursuivit :

— As-tu une idée de ce que tes bêtises auraient pu nous coûter ? Et des ennuis qu'elles risquent encore de nous causer ? Dawn estime que notre responsabilité est engagée, elle parle de porter plainte, de poursuites judiciaires…

Josh se pinça le haut du nez.

— S'il te plaît, attends un peu avant de piquer ta crise. Je suis épuisé.

— Ma crise ? Il ne s'agit pas d'une blague, Josh. Quand cesseras-tu de faire n'importe quoi ?

Josh n'était pas d'humeur à supporter le moindre sermon.

— Dégage, Zane ou je te jure que…

— Cela suffit ! tonna leur père du bout du couloir. Zane, je sais que tu as des comptes à régler avec ton frère mais laisse-le d'abord se restaurer et se reposer. Vous vous expliquerez demain.

Zane poussa un profond soupir avant de lancer :

— Je suis heureux que tu ailles bien.

Josh hocha la tête.

— Merci. As-tu vu Kate depuis son retour ? Lui avez-vous préparé un bon repas, offert un verre de vin et… ?

— Piper a tout fait pour la mettre à l'aise.

Voir son père avait rappelé à Josh qu'il devait lui parler d'un problème annexe avant d'aller dormir.

— Papa, puis-je te dire un mot ? En tête à tête ?

— Bien sûr. Que se passe-t-il, Josh ?

Josh l'entraîna dans le bureau du ranch. Il se laissa choir sur l'un des fauteuils et attendit que son père s'installe à son tour.

— C'est à propos de Roy, dit-il. Il était ivre mort quand Kate et moi sommes arrivés au point de rendez-vous. Ce n'est pas la première fois que Zane ou moi le surprenons en train de cuver. Kate pense – et je suis d'accord avec elle – que nous ne lui rendons pas service en faisant semblant d'ignorer le problème. Le moment est peut-être venu d'intervenir.

Manifestement ennuyé, Michael se frotta le menton du bout des doigts. Finalement, il soupira.

— Roy boit depuis des années, je le sais. Mais tu as raison. Il est temps d'y mettre le holà, de l'obliger à se soigner. Quoi que nous fassions, Brady doit être impliqué.

Josh hocha la tête.

— Bien entendu.

Un petit coup les interrompit et Dave Giblan passa la tête dans l'embrasure de la porte.

— Pardon. Je vous dérange ? Content de te revoir en un seul morceau, Josh, ajouta-t-il en souriant.

— Merci, Dave.

Michael se leva puis, après avoir pris un tas d'enveloppes sur son bureau, il lui en tendit une.

Dave la prit, l'ouvrit et en inspecta le contenu. Mais alors qu'il se tournait vers la porte, il s'interrompit et revint vers son patron.

— Euh, je suis désolé d'en reparler mais… j'ai vraiment besoin d'une augmentation.

Les sourcils froncés, Michael baissa les yeux et secoua la tête.

— Dave, je ne peux pas.

— Je sais que les temps sont durs pour vous, mais ils le sont aussi pour moi ! protesta Dave. Depuis le départ de Karl, j'ai beaucoup plus de travail qu'avant et je ne bénéficie d'aucune compensation pour ces heures supplémentaires.

— C'est vrai, Dave. Et je…

— Zane et Josh consacrent de plus en plus de temps à développer de nouvelles activités, poursuivit Dave, regardant Josh d'un œil empreint de frustration. Et de moins en moins à m'aider avec les troupeaux.

Josh regarda son père d'un air coupable. Zane et lui lui avaient promis qu'ils ne s'occuperaient pas des stages d'aventure au détriment du ranch…

Mais Dave poursuivait :

— L'été dernier, quand quelqu'un avait empoisonné l'eau, qui a soigné les bêtes malades ? Et lorsque les fourrages ont brûlé, qui est allé jusqu'à Omaha pour y chercher du foin pour l'hiver, alors que c'était la veille de Noël ?

— Je sais, Dave, murmura doucement Michael.

— L'année dernière, vous m'aviez dit que vous verriez « l'année prochaine ». Et j'attends toujours mon augmentation. Je vis au jour le jour, je suis à découvert dès le quinze du mois alors que je me tue à la tâche. À quoi servent mes efforts ?

Les mains sur les hanches, Dave les regarda tour à tour en secouant la tête.

Michael resta un moment silencieux. Il affichait un visage impassible mais Josh devinait les tensions qui l'habitaient. Ce stress n'était pas bon pour ses problèmes de tension. Josh était sur le point d'intervenir lorsque Michael reprit la parole.

— Vous avez raison, Dave. Et je suis désolé d'avoir tant exigé de vous sans contrepartie. Ce n'était pas juste de ma part. Je vais trouver l'argent pour vous donner une augmentation… Je me débrouillerai. Elle ne sera pas très importante, j'en ai peur. Mais je vous promets que lorsque le ranch sera remis sur pied, vous recevrez une grosse prime.

— À condition que le ranch se remette sur pied, répondit Dave, l'air sombre, avant de se diriger vers la porte.

Lorsqu'ils se retrouvèrent seuls, le père et le fils restèrent un moment silencieux.

— Et où penses-tu trouver l'argent ? demanda Josh.

Michael passa la main dans ses cheveux clairsemés.

— Je n'en sais rien. Peut-être vais-je puiser dans mon fonds de retraite. Ou dans le compte de Noël dont ta mère ignore l'existence.

— Papa…

— De toute façon, ce n'est pas ton problème, Josh. Je trouverai une solution. J'ai un vrai talent pour me sortir des situations impossibles.

Josh sourit et hocha la tête.

— J'ai encore une carte ou deux dans ma manche, reprit son père. En attendant, monte te reposer. Et nous parlerons à Roy demain.

Mais Josh ne voulait pas que les ennuis financiers de la famille pèsent sur les seules épaules de son père. Sa tension artérielle menaçait déjà sa santé. Pour des raisons qu'il ne pouvait expliquer, Josh tenait à régler les problèmes de son père, de sa famille, du ranch, et à protéger la santé du patriarche. En prenant conscience qu'avec le stage désastreux vécu par Kate, il n'avait fait qu'aggraver les choses, il serra les poings. Perdre Roy, même s'il ne passait que quelques semaines en cure de désintoxication, leur imposerait une charge de travail supplémentaire. Dave, quand il apprendrait qu'il lui faudrait forcément faire plus en l'absence de Roy, risquait de jeter l'éponge, de s'en aller. Ce serait la fin de tout.

Dans le couloir, Josh s'arrêta devant une photo de famille prise alors que Josh, Zane et Piper étaient encore au lycée.

Il étudia les sourires, les visages. Son père avait beaucoup vieilli au cours des dix dernières années. Et qu'en était-il de lui-même ? Était-il différent du gamin téméraire qui avait alors la réputation d'être une source de problèmes pour ses parents ? Si ses exploits au rodéo l'avaient rempli de fierté, à l'époque, ses trophées n'avaient en rien aidé sa famille, déjà confrontée à de lourds problèmes financiers.

Il gagna sa chambre. Après avoir pris une douche rapide, il trouva le chat de sa mère sur son lit. L'animal ronronnait. Josh lui caressa la tête mais le pria de s'en aller pour le laisser dormir. Alors que Josh fermait les paupières, à la recherche du sommeil, il repensa à la nuit précédente sous les étoiles avec Kate blottie contre lui. Il se tendit en se remémorant leurs baisers, la chaleur de son corps dans ses bras…

Kate se réveilla seule et désorientée dans une pièce sombre. Son corps était courbaturé, sa tête emplie d'images qu'elle ne comprenait pas. Elle s'assit et repoussa ses cheveux en arrière.

Et soudain, tout lui revint.

Josh. Son cœur s'accéléra, une joie sans mélange s'empara d'elle et elle sourit dans le noir. Elle était de retour au ranch. En sécurité. Et Josh était quelque part non loin d'elle, sans doute en train, lui aussi, de se réveiller. Elle se souvint du matin précédent, de la chaleur de ses bras. Par la suite, la journée s'était terminée sur une note un peu décevante mais elle refusait d'y penser.

Avant toute chose, elle voulait retrouver Josh, voir comment il allait, le remercier à nouveau pour tout ce qu'il avait fait pour elle au cours des derniers jours. Peut-être lui volerait-elle un autre baiser. Et peut-être évoquerait-elle la possibilité de nouer avec lui une vraie relation…

La veille au soir, Josh hantait son esprit lorsqu'elle avait sombré dans le sommeil et il s'était imposé à sa mémoire à son réveil. Elle revit son corps musclé, son sourire chaleureux et un désir soudain la traversa.

Elle trouva Dawn dans la kitchenette, déjà habillée et une tasse de café à la main.

Son amie se tourna vers elle en souriant.

— Debout dès l'aube !

— Cela n'a rien d'un exploit, j'ai dormi neuf heures d'affilée. Cela dit, un café ne serait pas de refus.

Dawn agita la main vers la cafetière.

— Sers-toi.

En bâillant, Kate se remplit une tasse. Alors qu'elle ajoutait du sucre, elle glissa un œil de biais à Dawn.

— As-tu eu des nouvelles de Josh ?

— Aucune, je ne suis au courant de rien. Vas-tu me dire ce qui s'est passé ces deux derniers jours ou dois-je te torturer pour te tirer les vers du nez ?

— Je vais tout te raconter mais j'aimerais d'abord parler à Josh.

Dawn regarda par la fenêtre :

— Eh bien, va le rejoindre. Il est dehors avec Zane.

Le cœur de Kate bondit quand elle vit les deux frères se diriger vers l'écurie. Josh avait le bras en écharpe mais pour le reste, il semblait en forme.

Kate prit une gorgée de café puis posa sa tasse.

— Je vais m'habiller en vitesse et le rattraper.

Elle retourna dans sa chambre pour enfiler un jean. Une fois habillée, elle sortit de la maison d'hôtes. Il faisait encore gris et frais mais le soleil commençait à poindre à travers les nuages.

Tout en traversant la cour pour gagner l'écurie, elle songeait avec reconnaissance à la façon dont Josh l'avait encouragée et poussée à affronter les peurs de son enfance, à les vaincre.

En entrant dans l'écurie, elle s'immobilisa un instant

pour laisser ses yeux s'ajuster à la pénombre, puis elle suivit le bruit des voix venant de l'un des box.

— Josh, je t'avais ordonné de m'attendre au campement ! Je t'avais expliqué que nous allions venir vous y chercher, disait Zane avec colère.

— Et j'ai décidé de continuer. Tu n'as pas d'ordre à me donner. Tu n'es ni mon patron ni mon père mais mon associé et mon frère. Je fais ce que je veux.

Kate sursauta. Comment ? Josh avait reçu l'ordre d'attendre que son frère vienne les récupérer au campement et il n'en avait pas tenu compte ? Elle retint son souffle tout en continuant à écouter, abasourdie par ces révélations.

— Pas en affaires, non. Tu ne m'as pas entendu dire que la compagnie d'assurances m'avait demandé de suspendre le stage ? As-tu compris ce que cela signifie ? Jusqu'à la fin de l'enquête sur l'accident de la tyrolienne, et si et seulement si celle-ci nous décharge de toute responsabilité, nous ne sommes plus assurés. Et le matériel, l'équipement, devront subir également une nouvelle inspection de sécurité. Non seulement tu travaillais sans filet mais aucun des ennuis que vous avez rencontrés par la suite ne vous serait arrivé si tu avais suivi mes instructions !

— J'avais mes raisons pour vouloir poursuivre le stage. Je ne pouvais pas renoncer, je refusais de jeter l'éponge.

— Tu as mis nos activités, le ranch, notre gagne-pain, notre famille en danger par orgueil mal placé !

— Ce n'est pas ce que…

— Que se passera-t-il si Kate porte plainte, Josh ? Nous perdrons tout ! La compagnie d'assurances ne nous soutiendra pas !

— Peut-être étais-je en train de m'assurer qu'elle ne nous poursuivrait pas en justice !

Kate se raidit.

— Si nous avions tout arrêté après l'accident de la tyrolienne, poursuivit Josh, Kate n'aurait gardé en mémoire que la terreur de sa chute. C'est tout ce qu'elle aurait retiré de l'aventure. Je voulais que de bons souvenirs compensent les mauvais.

— De bons souvenirs… Tu l'as séduite, c'est ça ? Tu t'es servi de tes charmes parce qu'il est difficile de poursuivre en justice quelqu'un avec qui tu as couché ?

— Nous n'avons pas couché ensemble.

— Ne joue pas sur les mots, Josh. Tu sais y faire avec les femmes. Tu ne vas pas le nier, si ?

La gorge de Kate se serra. Des larmes brouillèrent sa vision. La complicité qu'ils avaient partagée n'était donc qu'un stratagème. Josh s'était arrangé pour qu'elle tombe amoureuse de lui afin qu'elle n'ait pas envie de poursuivre les McCall en justice après l'accident de la tyrolienne, comprit-elle, accablée. Dans le passé, elle avait déjà eu le cœur brisé par des hommes qui lui avaient promis de s'engager avant de changer d'avis une fois qu'elle avait couché avec eux. Mais Josh avait fait pire. Sa trahison était infiniment plus cruelle. Il avait manipulé ses sentiments.

— Et alors ? Elle était d'accord. C'était réciproque. Qu'insinues-tu ?

— Je n'insinue rien, Josh ! Je le dis haut et fort. Tu as pris des risques inutiles et mis Kate en danger pour des motifs stupides et égoïstes.

— Et je le referais si c'était à refaire ! cria Josh. Je ne m'excuserai pas, si c'est ce que tu espères. Je t'ai dit que j'avais mes raisons et je le maintiens.

— Penses-tu pouvoir la convaincre de signer un accord à l'amiable ? Si nous demandions à un avocat d'établir une offre de dédommagement en échange de…

Kate en avait suffisamment entendu. Anéantie par la fourberie de Josh, elle avait envie de vomir. Elle sortit de l'écurie en titubant.

Partir. Elle devait partir, quitter le ranch au plus vite.

Elle se traîna jusqu'à la maison d'hôtes, déterminée à plier bagage et à s'en aller sur-le-champ.

Lorsqu'elle fit irruption dans la maisonnette, elle se hâta vers la salle de bains pour vomir toute l'amertume de son chagrin et de sa désillusion. Les baisers de Josh avaient été un leurre, uniquement destinés à gagner ses faveurs. Ses regards doux et ses tendres caresses avaient été un moyen pour gagner sa confiance… Il l'avait manipulée en beauté, lui faisant miroiter la possibilité d'une relation amoureuse et sauver ainsi sa peau et sa petite entreprise.

J'avais mes raisons.

Des raisons égoïstes et trompeuses qui lui faisaient si mal qu'elle avait envie de mourir.

— Kate ? Que… Seigneur ! s'exclama Dawn. Que t'arrive-t-il ?

Kate secoua la tête et s'étouffa dans un sanglot.

— Je ne veux pas en parler. Mais… m'en aller.

— T'en aller ? Mais notre vol n'est prévu que demain.

— Je m'en fiche. Appelle-moi un taxi, s'il te plaît. Je tiens à partir le plus tôt possible, tout de suite.

— Je ne comprends pas. Raconte-moi ce qui s'est passé, Kate. Il s'agit peut-être d'une réaction au stress post-traumatique et…

— C'est Josh. Il m'a trahie. Je suis tombée amoureuse de lui, mais tout était faux pour lui. Et je tiens à partir d'ici avant de…

Dawn jura.

— Que t'a-t-il fait, ce salaud ?

Kate passa devant son amie et entra dans sa chambre.

— J'ai dit que je ne voulais pas en parler. Vas-tu m'appeler un taxi, oui ou non ?

— Si tu es sûre que c'est…

— J'en suis sûre, bégaya-t-elle à travers ses larmes.

Jetant sa valise sur son lit défait, elle commença à y

jeter ses vêtements, propres et sales, mélangés. Tout était en vrac, comme son cœur.

— S'il te plaît, dis-moi au moins que le shérif a trouvé quelque chose qui nous permettra d'identifier le saboteur, dit Josh, une fois que Zane eut fini de lui reprocher de ne pas avoir suivi ses instructions.

— Rien, il n'a rien. Papa s'est énervé, ce qui n'a pas arrangé les choses. Comme à chaque incident, le shérif prétend qu'il s'agit de quelqu'un du ranch. Que l'objectif est d'escroquer notre compagnie d'assurances.

Josh donna un coup de pied dans une botte de paille.

— Si nous ne démasquons pas très vite l'auteur des actes de sabotage, il va nous ruiner. Sommes-nous au moins sûrs que les flics qui enquêtent sur cette affaire ne sont pas des ripoux, des complices du saboteur ?

Zane le regarda avec surprise.

— Nous connaissons le shérif et ses adjoints depuis toujours. De plus, Boyd Valley est une petite ville. Nous le saurions si le shérif ou l'un de ses hommes était malhonnête, non ?

— C'est peut-être parce que nous sommes une petite communauté qu'ils sont incapables d'identifier le coupable.

Zane haussa les épaules.

— Peut-être. En tout cas, il n'y a pas grand-chose à faire.

— Eh bien, je ne me contenterai pas d'une telle réponse. Si le shérif ne fait pas son travail, à nous de prendre les choses en main.

— Josh, répliqua Zane d'un ton d'avertissement. Que tu aies des démêlés avec la justice n'arrangerait en rien nos affaires. Et nous achèverait. Ne bousille pas l'enquête, par pitié !

— Que cela te plaise ou non, j'ai l'intention d'agir.

Josh sortit de l'écurie, furieux du refus de Zane de

l'entendre. Son frère tenait tellement à respecter les lois, les règles, qu'il en oubliait l'essentiel : le destin de McCall Adventure Ranch.

Josh avait osé enfreindre les directives de son frère parce qu'il avait senti quelque chose chez Kate, une étincelle qui ne demandait qu'à s'enflammer. Devait-il regretter son choix d'avoir continué, malgré l'ordre de Zane de rester au campement ? Sûrement pas. Kate lui avait montré qu'elle avait un potentiel et la suite avait prouvé qu'il ne s'était pas trompé. Et il était très fier d'elle.

Perdu dans ses pensées, il se dirigea vers la maison principale.

Kate… si belle, si féroce, si passionnée. Qu'allait-il se passer maintenant que le stage d'aventures était terminé ? Est-ce qu'ils…

— Josh !

Il se retourna.

Les mains sur les hanches, Dawn le fusillait du regard. Il ne l'avait ni vue ni entendue approcher et son comportement le mit immédiatement en alerte.

— Dawn ? Que se… ?

— Qu'as-tu fait à Kate ? Que lui as-tu dit ?

Elle avait les yeux brillants de fureur et Josh resta bouche bée, essayant de comprendre l'origine de cette attaque inattendue.

— Kate est sur le point de partir ! poursuivit Dawn. Elle m'a dit que tu l'avais trahie. Elle m'a demandé de lui appeler un taxi pour l'emmener à l'aéroport.

Josh battit des paupières tandis que ses accusations pénétraient dans le brouillard de son incrédulité.

— Je l'ai trahie ? Mais… Comment ? Je ne…

— Après t'avoir parlé, ce matin, elle est revenue bouleversée à la maison d'hôtes. Et depuis lors, elle ne cesse de pleurer… Que lui as-tu dit ?

Josh secoua la tête.

— Je ne l'ai pas revue depuis qu'elle a quitté la clinique avec Piper pour revenir ici.

— Vraiment ? dit Dawn d'un ton sceptique.

Josh se gratta la tête avec inquiétude. Que se passait-il avec Kate ? Devait-il aller lui parler ?

— Je le jure. Je n'ai pas parlé à Kate aujourd'hui. J'étais à l'écurie avec Zane… Et merde ! Est-ce qu'elle aurait surpris ma conversation avec Zane ?

— Je n'en sais rien. Je sais seulement qu'elle est sortie de la maison d'hôtes il y a environ une demi-heure pour te voir et qu'elle est revenue en larmes et décidée à s'en aller sur-le-champ. Quand je l'ai interrogée, elle m'a dit que tu l'avais trahie.

Le ventre noué, Josh comprit ce que Kate avait dû entendre.

— Elle n'était pas censée écouter…

— Et découvrir ton petit stratagème, c'est ça ?

— Quel stratagème ? Bon, je vais lui parler…

Dawn le saisit par la ceinture.

— Tu es la dernière personne qu'elle souhaite voir maintenant.

— Je n'ai rien fait de mal. Je tiens à lui dire pourquoi j'ai agi ainsi. Elle doit connaître toute l'histoire.

— Quelle histoire ? Que s'est-il passé ces derniers jours ? demanda Dawn d'un ton accusateur.

— Beaucoup de choses. Mais pour l'instant, Kate a une mauvaise idée de la situation et je dois tout lui expliquer avant qu'elle parte.

Un taxi entra à ce moment dans la cour.

16

Kate fermait son sac de voyage lorsqu'elle entendit un coup de klaxon. Son taxi était arrivé et elle avait hâte d'y monter. Plus tôt elle s'éloignerait du ranch Double M et de Josh, plus vite elle pourrait mettre son cœur brisé à l'abri.

Comme elle s'emparait de son sac, elle considéra son reflet dans le miroir mural. Les yeux rougis qui la regardaient semblaient d'une infinie tristesse.

Tu n'es qu'une sombre idiote.

Elle n'aurait jamais dû tomber amoureuse d'un beau cow-boy. Depuis le départ, elle savait qu'avec Josh, elle n'avait rien d'autre à espérer qu'une amourette de vacances, une aventure sans lendemain. L'expérience ne lui avait-elle donc rien appris ? Dégoûtée, elle ouvrit la porte d'entrée de la maison d'hôtes et traversa la cour du ranch vers la petite berline qui l'attendait.

— Kate !

La voix de Josh la frappa avec la force d'une gifle. Elle se figea, incapable de respirer ou de redresser la tête. Son cœur battait la chamade dans sa poitrine.

Il sortait de la maison principale, Dawn sur ses talons.

Refusant de lui parler, elle se hâta vers la voiture. Elle devait s'y engouffrer et s'en aller. Au plus vite.

— Je n'ai rien à te dire, gronda-t-elle, les dents serrées.

Il l'attrapa par le bras.

— Alors, écoute-moi ! Kate, je n'ai pas…

— Tais-toi. Je ne veux plus rien entendre. J'en ai soupé de tes mensonges. Au cours des deux derniers jours, tu n'as rien fait d'autre que me tromper. Pour servir tes intérêts et ceux de ta famille.

Luttant contre une nouvelle vague de larmes qui menaçait de la submerger, elle se dégagea de son emprise et s'avança vers le véhicule. Le chauffeur en sortit pour l'aider à mettre son sac dans la voiture mais à la vue de Josh, il s'immobilisa, se demandant visiblement ce qu'il devait faire.

— Non, c'est faux ! Kate, tu te trompes.

— N'aggrave pas la situation en niant. Je t'ai entendu, Josh. Tu as dit à ton frère que tu avais déployé tes charmes pour que je tombe amoureuse de toi et que je ne porte pas plainte contre vous. Tu as manœuvré pour que je ne poursuive pas le ranch en justice après l'accident de la tyrolienne.

Josh secoua la tête.

— Ce n'est pas ce que j'ai dit. Si tu voulais seulement me donner une chance de…

— De quoi ? De me manipuler davantage en me faisant croire que tu as des sentiments pour moi ? Afin de protéger ainsi les intérêts de ta petite entreprise ?

D'un geste rageur, elle essuya ses joues ruisselantes de larmes.

— J'ai été stupide, la dernière des idiotes !

— Non, Kate, dit-il, essayant à nouveau de la retenir.

— Je m'étais interdit de tomber amoureuse de toi. Je savais que tu n'étais pas du genre à tomber amoureux. Je me doutais que tu n'étais qu'un séducteur. Et puis, tu m'as embrassée et j'ai imaginé que…

— Arrête, Kate ! Laisse-moi t'expli…

— Non. Je ne veux plus rien entendre !

Il tenta de lui bloquer le passage.

— Écoute-moi. S'il te plaît !

Elle s'arrêta, leva le menton et planta les yeux dans les siens.

— Zane t'avait demandé de rester au campement après l'accident de la tyrolienne. Vrai ou faux ? Il t'avait dit qu'il nous envoyait un véhicule pour nous récupérer le lendemain matin. Vrai ou faux ? Et pourtant, tu m'as fait croire que nous devions continuer notre parcours pour être sauvés. Vrai ou faux ?

Le visage de Josh s'assombrit de culpabilité.

— Vrai et faux. Il m'avait ordonné de rester sur place, c'est vrai, mais non, je ne t'avais pas dit que nous devions impérativement continuer pour être sauvés.

Elle se raidit.

— Tu me traites donc de menteuse ! Mais je sais ce qui s'est passé.

— Rappelle-toi, Kate. Je ne t'ai jamais dit que nous devions impérativement continuer, répéta-t-il, sûr de lui. En revanche, je t'ai demandé de me faire confiance, de me laisser t'aider à affronter tes peurs, à les dépasser… et tu l'as fait !

Elle secoua la tête.

— Te rends-tu compte que tu me décris comme une pauvre fille, un cas social, que tu as dû sauver et qui te devrait tout ?

Il secoua la tête.

— Seigneur, non, Kate. Tu n'as rien d'une pauvre fille ou d'un cas social. Tu es une femme brillante, dynamique, avec tant de vie et tant de potentiel que je ne pouvais pas te laisser les bousiller. Je sentais tes combats intérieurs et je voulais t'aider à te libérer de…

— Alors tu t'es autoproclamé psy. De quel droit ? Tu t'es pris pour mon sauveur mais je ne t'avais rien demandé. Et certainement pas de m'aider à me libérer de mes peurs !

— Euh… Dawn m'avait un peu prié de le faire…

Kate le dévisagea sans chercher à dissimuler son incrédulité et son dégoût. Josh ajouta rapidement :

— Je ne dis pas que c'est sa faute ! J'assume mes choix.

— Rappelle-toi, Josh. Pour continuer l'aventure avec toi, j'avais posé une condition : que tu sois honnête avec moi. Tu avais accepté, mais en réalité tu n'as jamais cessé de me mentir.

— Non, à partir du moment où je t'ai fait cette promesse, j'ai été honnête avec toi. Je le jure !

— Mais tu ne m'avais pas dit la vérité à propos des consignes de Zane de rester au campement, ni sur le fait que nous aurions été récupérés si nous étions restés sur place, ce matin-là.

Il détourna les yeux en soupirant.

— Non, c'est vrai. Mais, Kate…

— Au revoir, Josh.

Elle s'empara de son sac mais Josh refusait de le lâcher.

— Donne-le-moi ! cria-t-elle, ou je jure que je partirai sans lui.

— Kate, nous avons rencontré bon nombre de problèmes lors de notre voyage, des problèmes inattendus avec l'ourse et les eaux de crue, mais… peux-tu honnêtement dire que tu regrettes d'avoir poursuivi le parcours avec moi ?

— Pardon ? demanda-t-elle, abasourdie.

— Nous avons connu de bons moments aussi. Tu as relevé tous les défis que je t'ai proposés et plus encore. Tu t'es révélée dans cette aventure, Kate.

Il lui caressa la joue avec son pouce. Sa caresse la fit frissonner.

— Et je ne faisais pas semblant en t'embrassant, ajouta-t-il.

La vision de Kate se brouilla de larmes.

— Moi non plus. Je craignais de briser mon cœur une nouvelle fois. Je ne voulais pas d'une aventure sans lendemain, je savais que sortir avec toi ne pourrait mener qu'à une impasse. Mais quelque part, sans l'avoir voulu, je suis tombée amoureuse de toi, Josh.

Il releva la tête, les yeux écarquillés.

— Quoi ?

— Je suis tombée amoureuse de toi, Josh, répéta-t-elle.

Il recula d'un pas, portant les mains à sa bouche. Si elle lui avait annoncé qu'elle était porteuse d'une maladie mortelle et contagieuse, sans doute aurait-il réagi de la même façon, songea-t-elle, écœurée.

Mais elle était déterminée à aller jusqu'au bout de cette histoire.

— Veux-tu que je reste pour en parler ? demanda-t-elle. Je le ferai si tu me dis avec sincérité que tu partages mes sentiments. Que tu as envie d'un avenir pour nous. Que ces baisers que nous avons échangés signifient que tu m'aimes, toi aussi.

Il la dévisageait sans répondre.

— Sois honnête, Josh, lui rappela-t-elle. Si tu mens, je ne te pardonnerai jamais. Est-ce que tu m'aimes ?

Livide, il semblait sur le point d'être malade. Il déglutit plusieurs fois avec difficulté, s'humecta les lèvres et passa les paumes sur son jean.

Kate émit un rire amer. La terreur peinte sur le visage de Josh lui donnait sa réponse.

— C'est bien ce que je pensais.

Si elle avait cru que rien ne lui ferait plus de mal que la conversation qu'elle avait surprise entre Josh et Zane dans l'écurie, elle s'était lourdement trompée. Elle avait avoué ses sentiments à Josh, elle lui avait offert son cœur et son âme, tout risqué pour lui donner une dernière chance de se racheter et ce faisant, elle s'était exposée.

Et lui, il lui montrait maintenant son vrai visage de play-boy, de séducteur. Il ne l'aimait pas. Il charmait les femmes pour les fourrer dans son lit sans jamais rien éprouver pour elles. Il n'avait fait que jouer avec elle.

— Oh ! Josh, dit-elle dans un murmure. Tu m'avais promis de me protéger, qu'il ne m'arriverait rien, que je serais toujours en sécurité avec toi…

Posant une main tremblante sur sa poitrine, elle ajouta d'une voix remplie de larmes :

— Mais tu m'as brisé le cœur.

Elle reprit son sac et le jeta sur son épaule, les jambes tremblantes. Le chauffeur de taxi se précipita pour le lui prendre des mains et le jeter à l'arrière de sa voiture. Il semblait aussi pressé qu'elle de partir.

Sans un regard en arrière, elle ouvrit la portière et posa son sac à main sur la banquette arrière. Dawn lui sourit tristement.

— Envoie-moi un texto quand tu seras arrivée.

— Kate, attends !

Elle s'immobilisa, se tourna vers Josh. Il avait le regard paniqué, une expression douloureuse.

— Je… Tu me plais, Kate. Vraiment… Je t'apprécie beaucoup. Sincèrement. Je…

Une profonde douleur mordit de nouveau le cœur de Kate. Secouant la tête, elle s'engouffra dans l'habitacle et claqua sa portière.

Comme le chauffeur démarrait, elle lui lança :

— Conduisez-moi à l'aéroport de Denver, s'il vous plaît.

Josh regarda la voiture disparaître dans un nuage de poussière. Il ne pouvait ni bouger, ni parler, ni penser. Le ventre noué, il sentait un vide intérieur l'aspirer, l'anéantir.

Il s'interdit d'analyser les sensations dont il était la proie, devinant obscurément que les nommer le plongerait dans un monde de douleur et de chagrin. La noirceur de ce néant emplissait ses poumons, lui volait son oxygène, l'étouffait…

Finalement, l'étau qui l'étranglait céda, ouvrant les vannes, et la sinistre réalité s'imposa à lui.

Kate était partie. Elle était en colère.

« Tu m'as brisé le cœur. »

Son cerveau répétait en boucle les mots amers qu'elle lui avait lancés avant de claquer sa portière. Elle avait de bonnes raisons d'être en colère. Il lui avait menti, il l'avait déçue, même si ses intentions étaient bonnes. Il avait voulu lui montrer ce qu'il voyait en elle, la force de vie qu'elle avait enfouie sous ses peurs. Et il l'avait fait. Mais elle se sentait trop trahie pour le reconnaître.

Et cela n'avait plus d'importance, maintenant. Il avait eu la possibilité de lui dire ce qu'elle représentait pour lui et… il avait réagi comme un minable.

Dawn passa devant lui sans un mot, lui jetant un regard dédaigneux, avant de retourner dans la maison d'hôtes.

« Est-ce que tu m'aimes ? »

Une question simple et directe. Il aurait pu, dû, répondre « oui » mais il avait tout gâché avec ses hésitations. Pourquoi était-il incapable de s'engager ? Pourquoi l'idée de l'aimer et de construire une vie avec elle le pétrifiait-elle de la sorte ?

— Josh ?

S'il avait eu la possibilité de revenir en arrière, de remonter le temps pour recommencer cette conversation, qu'aurait-il pu dire pour la retenir, pour contrecarrer la douleur et la colère qu'elle avait évidemment éprouvées après avoir surpris sa conversation avec Zane ? Zane, qui l'avait poussé à dire ces paroles stupides et irréfléchies qu'il regrettait amèrement à présent.

— Josh ? Aurais-tu un instant à m'accorder ?

Il fut surpris de voir Brady surgir à ses côtés, les sourcils froncés.

— Hein ? Oh ! oui… Je… Qu'y a-t-il ?

— Bon sang, où étais-tu ? J'essaie d'attirer ton attention depuis un moment.

Josh poussa un gros soupir, espérant relâcher les tensions qui comprimaient sa poitrine.

— Désolé.

Brady lui lança un regard interrogateur mais, glissant les mains dans ses poches, il se racla la gorge.

— Je… voulais te présenter mes excuses pour hier. Pour mon père. Il se sent mal à propos de son… Quand vous êtes arrivés, Kate et toi, à la camionnette, il… Il…

— Arrête. Tu n'as pas à t'excuser, Brady. Ton père est en tort. Pas toi.

L'expression de Brady s'assombrit et il détourna les yeux.

— Je sais. Mais je…

— Mais rien. Tu as passé ta vie à le protéger. Maintenant, il faut que ça cesse. Trop, c'est trop.

Brady se balança d'un pied sur l'autre et jeta un regard inquiet à Josh.

— Que veux-tu dire ?

— Le temps des excuses est passé. Il faut faire quelque chose, intervenir. Ton père doit se faire soigner, recevoir de l'aide ou bien…

Brady redressa les épaules, le regard méfiant.

— Ou bien ?

Josh passa sa main sur son visage et il secoua la tête.

— Ce n'est plus de mon ressort.

— Écoute, il n'est pas…

— Si, Brady. Il l'est. Je n'ai ni l'envie ni l'énergie d'en discuter, là. Je viens…

Sa voix se brisa et Brady l'observa quelques instants.

— Ça ne va pas, Josh ?

Il posa les yeux sur Brady. Une réponse rassurante lui monta automatiquement aux lèvres. Mais quand il vit l'inquiétude peinte sur le visage de son ami de toujours, il n'eut pas envie de lui mentir.

— Non, pas trop.

— Que se passe-t-il ? demanda doucement Brady.

Josh prit une inspiration tremblante.

— Je crois que je viens de bousiller ma seule chance de bonheur.

Kate monta les marches menant à son appartement tout en cherchant sa clé. Elle avait réussi à trouver une place sur un vol qui avait atterri à Dallas six heures après son départ du ranch, six heures après avoir quitté Josh. Malheureusement, elle avait emporté dans ses bagages la profonde douleur et l'amère humiliation d'être tombée dans le piège qu'elle avait tant voulu éviter. D'être tombée amoureuse d'un homme qui n'était pas pour elle. Et elle ne pouvait s'en prendre qu'à elle-même.

Bien sûr, Josh l'avait utilisée et il avait trahi sa confiance mais elle seule avait commis l'erreur d'offrir son amour à quelqu'un qu'elle savait allergique à l'engagement. Josh était accro à l'adrénaline, aux sensations fortes dans tous les domaines. Qu'avait-elle été imaginer ? Qu'une femme qui avait peur de tout et détestait prendre le moindre risque intéresserait un homme qui espérait gagner sa vie en se mettant en permanence en danger ?

Refermant la porte d'un coup de hanche, elle posa ses sacs dans le vestibule. Elle rangerait ses affaires plus tard.

— Sadie ? Je suis rentrée, ma petite chatte chérie !

Dieu soit loué. Elle était revenue chez elle, à l'abri.

Tous les ennuis et les dangers qu'ils avaient affrontés lors de leur périple prouvaient qu'elle n'était pas faite pour cette existence. Ici, dans son petit appartement, elle ne risquait rien. Peut-être n'était-elle pas très heureuse mais au moins elle était en sécurité.

Kate battit des paupières. Pas très heureuse ? D'où venait cette pensée incongrue ? Certes, elle se sentait malheureuse en ce moment mais elle avait eu raison de rompre. Son chagrin et sa frustration l'attestaient.

Sadie, sa chatte noir et blanc, trottina dans le hall d'entrée, la queue en chandelle, et vint se frotter contre ses jambes.

Kate s'accroupit pour la caresser.

Sadie se blottit contre elle en ronronnant mais lorsque Kate essaya de la prendre dans ses bras, l'animal se tortilla pour se libérer de son emprise.

— D'accord, d'accord. Tu ne veux pas de câlins. Et si moi, j'en avais besoin… Y as-tu pensé ? Après une semaine d'absence, tu m'as manqué, ma minette. N'as-tu donc pas envie de me dire bonjour ?

Kate l'avait trouvée sur un parking alors qu'elle n'était qu'un chaton. Sadie avait dû se perdre et être obligée de se débrouiller pour survivre toute seule durant les premières semaines de sa vie. Voilà sans doute pourquoi elle était très indépendante et préférait toujours garder ses distances. Kate le comprenait. Si sa chatte détestait être tenue dans les bras, elle ne le prenait pas pour elle. Il n'y avait rien de personnel dans ce comportement. Mais comme elle venait d'être rejetée par Josh, la froideur du félin lui fit mal.

Cela dit, depuis qu'elle avait quitté le ranch Double M – et Josh –, tout lui faisait mal. Voir des bagues de fiançailles dans la vitrine d'une bijouterie à l'aéroport, la question de l'hôtesse au moment de l'embarquement, « Vous voyagez seule ? », et même les nombreux textos de Dawn… Tout contribuait à lui rappeler qu'elle était tombée amoureuse d'un homme qui n'avait été capable de répondre que « Tu me plais… Je t'apprécie beaucoup… sincèrement » quand elle lui avait avoué son amour, songea-t-elle en soupirant.

— Bon, dit-elle à Sadie. Lorsque tu seras prête à me dire bonjour, tu me le signaleras. Je serai dans ma chambre.

Elle monta l'escalier, jeta sa valise sur le lit, réprimant les sanglots qui encombraient sa gorge.

Ne pleure pas sur lui. Il n'en vaut pas la peine. Oublie-le et passe à autre chose.

Redressant les épaules, elle ouvrit ses bagages et commença à trier ses affaires.

Le bruit de petites pattes grimpant en vitesse l'escalier l'avertit de l'arrivée de Sadie. La chatte surgit si vite dans la chambre qu'elle dérapa sur le plancher. Elle sauta sur le lit puis sur le bureau avant de s'élancer sur les rideaux.

À la vue de l'animal transformé en tornade, Kate se mit à rire.

— Alors tu es contente de me voir, malgré tout ?

La queue en l'air, Sadie miaula avant de foncer à nouveau dans l'escalier comme un mustang au galop.

L'analogie raviva aussitôt des souvenirs de Josh l'aidant à monter sur son cheval, les mains sur sa taille pour la hisser en selle. Kate eut l'impression de recevoir un coup de poignard en plein cœur. Se laissant tomber sur son lit, elle céda aux larmes qui brûlaient ses paupières. Elle les avait tenues en échec pendant tout le voyage de retour mais maintenant, dans l'intimité de son appartement, elle n'y parvenait plus.

Attrapant un mouchoir, elle s'essuya les yeux. Mais sangloter ne suffirait pas à purger son cœur de Josh McCall et à oublier sa trahison, elle le savait.

Comme si elle sentait la détresse de sa maîtresse, Sadie cessa soudain de faire la folle et vint se frotter contre elle en ronronnant.

— Merci, Sadie.

Kate caressa le chat mais elle devinait qu'il lui faudrait plus que des câlins félins pour surmonter son chagrin.

*
* *

— Nous savons que vous avez connu beaucoup d'épreuves au cours des dernières années, Roy, dit le père de Josh, le lendemain, attablé dans la cuisine du contremaître. Mais votre consommation d'alcool est devenue problématique.

Roy serra les mâchoires et ne répondit pas, se contentant de regarder ses mains.

Assis à l'autre bout de la table, Josh suivait l'échange, les poings serrés dans ses poches. La culpabilité le ravageait. Son père avait décidé de confronter Roy parce qu'il lui avait raconté que le contremaître était en état d'ivresse au point de rendez-vous. Mais Josh avait toujours eu beaucoup d'affection et de sympathie pour le vieil homme qu'il considérait comme un deuxième père.

— Vous étiez ivre mort l'autre jour quand je vous ai envoyé attendre Josh et Kate Carrington, poursuivait Michael.

Roy jeta un coup d'œil à Josh. Ses yeux ne portaient aucune accusation mais Josh se sentit quand même mal.

— Votre consommation d'alcool aurait pu leur coûter la vie, reprenait son père avec un ton grave. Dans l'état actuel des choses, Mlle Carrington a dû prendre les choses en main pour tirer Josh de ce mauvais pas. Si elle n'avait pas été là, Josh aurait pu être emporté par la crue et se noyer.

L'allusion à Kate raviva les plaies déjà à vif de Josh. Il avait essayé à plusieurs reprises de l'appeler, de lui envoyer des SMS et des courriels pour lui présenter ses excuses, lui donner des explications, mais il n'avait pas obtenu de réponse.

« Tu avais promis de veiller sur moi, qu'il ne m'arriverait rien. Mais tu m'as brisé le cœur… »

Ses derniers mots l'avaient hanté toute la nuit. Les souvenirs des baisers de Kate, de son rire, de son courage avaient également tourné en boucle dans sa tête tout au long de la journée. À cause de son épaule blessée, il ne pouvait accomplir que la moitié de sa charge de travail au ranch, ce qui lui laissait beaucoup trop de temps pour ressasser ces deux jours avec elle et sa réaction lorsqu'elle lui avait déclaré sa flamme.

— Alors je suis viré ? demanda finalement Roy, interrompant les sombres ruminations de Josh.

Josh jeta un coup d'œil interrogateur à son père, puis à Brady, adossé au mur de la cuisine derrière son père. Avait-il raté quelque chose ? Renvoyer Roy n'avait jamais fait partie du plan.

— Je dis que l'alcoolisme est une maladie et que vous devez vous soigner, Roy, répéta Michael. Pour votre santé et votre bien-être. Si vous parvenez à vous sevrer, vous pouvez rester. Sinon… je n'aurai pas d'autre choix que de vous demander de partir.

Les yeux de Roy se plissèrent en considérant le père de Josh.

— Après toutes ces années à travailler pour vous ici ? Après toutes ces heures consacrées à votre ranch. Malgré ma loyauté sans faille, vous me…

— Papa, intervint Brady, posant une main apaisante sur l'épaule de Roy. Tu ne comprends pas. C'est à toi et à toi seul de décider. M. McCall te garde, il te donne la possibilité de te soigner, il t'aide à cesser de boire. Une fois désintoxiqué, tu retrouveras ton travail. Il propose même de continuer à payer ton salaire pendant cette cure. C'est plus que juste. C'est plus que généreux.

Roy resta silencieux, semblant digérer ce qui lui était proposé.

Enfin, il répondit doucement :

— Je n'ai pas besoin d'une cure de désintoxication.

— Papa…, gémit Brady.

— Je vais y arriver tout seul. Je suis capable de me sevrer, dit le vieil homme, buté.

— Tu me l'as déjà promis dix fois dans le passé, lui rappela Brady.

— Cette fois, j'y arriverai…

— Cette fois, interrompit Brady, tu iras en cure de désintoxication. Fais-le pour moi. Pour Connor. Pour toi. Ne vois-tu pas ce que tu es en train de devenir ?

Roy fusilla son fils du regard. Il se mit à trembler et brusquement, il éclata en sanglots et se couvrit le visage de ses mains.

Josh se tortilla sur son siège. Le chagrin et la douleur du vieux contremaître le ravageaient. Il avait envie de pleurer avec Roy. Pas seulement parce qu'il détestait le voir souffrir, mais parce que la question de Brady faisait écho en lui.

Qu'était-il devenu, lui aussi ? Était-il l'irresponsable du trio comme tout le monde le pensait au ranch ? Ou l'homme dont Kate était tombée amoureuse ?

— J'ai pris contact avec deux cliniques, annonça Brady, la main sur l'épaule de son père. Les deux proposent une cure de plusieurs semaines, les deux sont à quelques heures de route d'ici.

— Non, répéta Roy. J'y arriverai seul.

Seul. Le cœur de Josh s'emballa, une sourde panique l'envahit. Était-il condamné à passer sa vie tout seul ? L'idée de ne plus jamais revoir Kate le remplissait d'effroi et d'une infinie tristesse.

— Je sais que tu as peur, papa, dit Brady.

Roy secoua la tête pour nier. Mais son fils poursuivit :

— Les spécialistes de l'alcoolisme estiment que la première étape consiste à admettre que tu as besoin d'aide.

— Je n'ai pas peur, répliqua Roy avec défi.

Josh comprenait les réticences de Roy à reconnaître qu'il avait besoin d'aide et qu'il avait peur. Aucun homme ne voulait l'avouer. La société considérait la peur comme une faiblesse.

Josh se remémora sa réponse pathétique à la dernière question de Kate.

Pourquoi ne lui avait-il pas dit qu'il l'aimait ?

Parce qu'il avait eu peur.

En prendre conscience lui fit l'effet d'une gifle. Il avait voulu à tout prix l'aider à vaincre ses angoisses, à retrouver son côté aventurier, son esprit intrépide. Mais face à ses propres peurs, lui-même avait réagi comme un lâche.

— Le vrai courage est la capacité d'agir, de faire ce qui est juste, malgré sa peur, dit doucement Michael.

Josh jeta un coup d'œil à son père, pensant qu'il s'adressait à lui.

Mais Michael parlait à Roy.

Leur contremaître releva la tête, se frotta le visage et déglutit avec difficulté.

— J'ai laissé tomber tant de gens. Je suis désolé.

Josh se remémora les larmes de Kate alors qu'elle se détournait de lui et qu'elle montait dans son taxi. Sa déception. Son chagrin d'amour. Sa désillusion.

— Alors, fais quelque chose, papa, dit Brady. Je peux te conduire à l'une des cliniques aujourd'hui même. J'ai confiance en toi. Tu peux surmonter cette épreuve.

Kate, me fais-tu confiance ? Combien de fois lui avait-il demandé de lui faire confiance au cours de leur périple ? Et elle avait toujours répondu par l'affirmative.

Josh poussa un profond soupir. Il devait regagner sa confiance. Mais comment ? Elle ne prendrait pas ses appels, ne répondrait pas à ses courriels ni à ses SMS.

Roy ferma les yeux, inclina la tête et murmura :

— D'accord. J'irai.

Et à cet instant, Josh sut, lui aussi, ce qu'il devait faire.

17

En proie à une douleur coutumière, Josh regardait les pâturages défiler à travers la vitre de sa portière. Il avait grandi avec la certitude que ces terres resteraient dans sa famille pendant les siècles à venir, comme elles l'étaient depuis des décennies. Et pourtant, de nombreuses exploitations de la région avaient fait faillite. À cause de la sécheresse, d'investissements médiocres, de la récession, plusieurs ranchs voisins n'avaient pas été capables d'honorer les échéances de leurs emprunts et ils avaient été saisis par les banques. Ces dernières avaient bradé des domaines entiers, les troupeaux et le matériel agricole pour se rembourser et payer les autres créanciers. Adolescent, Josh avait parfois accompagné son père à ces ventes aux enchères. Au cours de l'une d'elles, ils avaient acheté l'un de leurs meilleurs taureaux reproducteurs. L'éventualité que le Double M, la propriété de sa famille depuis des générations, soit vendue et mise en pièces de cette façon lui était insupportable.

Assise au volant, Piper le tira de ses sombres pensées en lui lançant :

— Alors, que vas-tu lui dire ?

Il se tourna vers sa sœur qui avait accepté de le conduire à l'aéroport.

— Honnêtement, je n'en sais rien. J'espère que je saurai trouver les mots.

Elle parut abasourdie.

— Mais enfin, Josh ! Si tu tiens à la reconquérir, il vaut mieux te préparer un peu et réfléchir à la meilleure manière de t'y prendre, non ? Peut-être devrais-tu lui déclarer ta flamme de façon romantique ou…

— Je ne fonctionne pas ainsi. Je suis plutôt du genre à improviser.

C'était en partie vrai. Il savait en gros ce qu'il allait lui dire mais il préférait que Kate soit la première à l'entendre, pas Piper. Il laisserait parler son cœur.

— Eh bien, bonne chance, frérot. Je ne souhaite que ton bonheur. Et si Kate est celle qui t'est destinée et qui te rendra heureux…

— Elle l'est. Je suis sûr qu'elle l'est.

— J'ai longuement discuté avec Zane ce matin avant de partir pour l'aéroport, disait Dawn au téléphone alors que Kate rentrait chez elle en voiture. Comme les stages sont interrompus jusqu'à ce que la compagnie d'assurances ait donné son feu vert pour une reprise des activités, notre contrat de conseil en marketing est également suspendu.

Kate serra le volant. Elle comprenait que cette conversation était nécessaire mais elle n'avait aucune envie de discuter des McCall pour le moment.

Dawn poursuivait :

— Zane nous a réglés pour notre temps passé à travailler sur la campagne des stages d'aventures jusqu'à ce jour. Nous sommes tombés d'accord sur le montant.

— Mais tu crois que le McCall Adventure Ranch et plus généralement, le ranch Double M vont survivre au sabotage de la tyrolienne et au coup d'arrêt de l'activité ?

— Ce n'est pas notre problème, Kate. Oh ! les passagers de mon vol sont invités à se rendre en salle d'embarquement. Je te laisse, je dois me dépêcher.

Kate lui souhaita bon voyage et raccrocha. Après une journée éprouvante au bureau, elle était épuisée et elle n'aspirait qu'à passer la soirée devant une émission de télévision stupide pour tenter d'oublier le vide dans son cœur. Ses collègues lui avaient posé de nombreuses questions sur le stage d'aventures, sur l'accident de la tyrolienne, ravivant chaque fois ses souvenirs, sa douleur et sa déception.

Elle n'avait pas faim. Elle venait de s'asseoir sur son canapé avec un verre de vin et Sadie sur ses genoux, lorsque la sonnette de l'entrée retentit. Elle décida de l'ignorer mais son visiteur insista. Il pressa plusieurs fois la sonnette et finit par frapper la porte du poing. Sa voiture était dans l'allée, elle ne pouvait donc pas prétendre être absente de chez elle. Peut-être que si elle…

— Kate ? appela soudain une voix masculine derrière le battant. Es-tu là ? S'il te plaît, ouvre-moi.

Elle se sentit blêmir.

Josh ? Ici ?

Après avoir pris une gorgée de merlot dans l'espoir de se calmer, elle se dirigea vers l'entrée, les jambes tremblantes. Elle jeta un coup d'œil par le judas. Le cœur battant, elle aperçut le visage de Josh, ses larges épaules et son bras en écharpe. Quand il sonna de nouveau, une décharge d'adrénaline la traversa.

— Kate, s'il te plaît ! Donne-moi une chance de m'expliquer ! Je veux seulement…

Elle lui ouvrit et il ne finit pas sa phrase. Il avait l'air à la fois soulagé et terrifié. Mais peut-être projetait-elle ses propres sentiments sur lui.

— Bonsoir, dit-il, serrant son stetson entre ses mains.

Elle le salua d'un signe de tête un peu raide. Se rappelant soudain qu'elle avait laissé son chapeau s'envoler et disparaître dans la rivière en crue, elle marmonna :

— Tu… t'en es acheté un nouveau.

Il baissa les yeux comme s'il était surpris de voir le couvre-chef qu'il tenait à la main.

— Oui. Je veux dire non. J'en avais un autre au ranch. Puis-je entrer ? ajouta-t-il très vite.

Josh était ici. À Dallas. Chez elle.

— Comment m'as-tu trouvée ?

— Cela n'a pas été très difficile. Tout est sur Internet, tu sais.

Elle hocha la tête. Après son séminaire, combien de fois avait-elle rêvé que Jason sonnerait un jour chez elle pour s'excuser de l'avoir blessée, pour lui dire qu'il était en train de divorcer et qu'il voulait refaire sa vie avec elle ? Bien sûr, il n'était jamais venu et elle n'avait pas osé imaginer que Josh le ferait. Pourquoi risquer d'être cruellement déçue en espérant l'impossible ?

Mais Josh *était* là.

Le cœur serré, elle recula d'un pas pour le laisser passer. Comme il entrait, Sadie, toujours intimidée par les inconnus, monta en vitesse l'escalier pour se cacher à l'étage.

Josh la suivit des yeux.

— Tu as un chat ? Tu ne me l'avais pas dit. Ma mère aussi en a un. Zeke. C'est une vraie terreur et…

— Tu n'as certainement pas fait tout ce chemin pour discuter de chats, l'interrompit-elle.

Elle ne referma pas la porte. En fait, elle n'était pas certaine d'avoir envie qu'il reste. Elle ne se sentait pas d'humeur à parler du temps ou de l'état des routes, ni à l'entendre répéter qu'elle lui plaisait beaucoup mais qu'il ne l'aimait pas.

L'expression de Josh s'assombrit.

— Non, en effet.

Il prit une profonde inspiration.

— Je suis venu te dire que je suis désolé.

Elle serra plus fort la poignée de la porte. Ses jambes vacillaient. Des larmes montèrent à ses yeux et elle battit rapidement des paupières pour les refouler. Des excuses étaient un début mais c'était loin d'être suffisant. Elle retint son souffle en attendant la suite.

« Je t'apprécie beaucoup. » La réponse pitoyable qu'il lui avait servie alors qu'elle lui déclarait son amour lui revint en mémoire et les plaies de son cœur se rouvrirent.

— Kate, je sais ce que tu m'as entendu dire à Zane dans l'écurie, mais… tu n'as pas bien compris.

Elle haussa les sourcils et songea :

Vraiment ? Est-ce ainsi que tu veux mener cette conversation ?

Comme s'il regrettait déjà ce qu'il venait de dire, il ferma les paupières, secoua la tête et parut hésiter.

— Attends, ce n'est pas ce que je… Puis-je recommencer ?

Elle vit la panique dans ses yeux, les gouttes de sueur sur son front. Était-il nerveux à l'idée de ce qu'il avait à dire ? Saisie d'une brusque bouffée de sympathie pour lui, elle ferma la porte, décidant de lui accorder le bénéfice du doute.

— D'accord, entre.

Il la suivit dans le salon où elle reprit sa place sur le canapé. Elle s'empara de son verre pour boire une autre gorgée de vin.

Josh jeta un coup d'œil rapide autour de lui, un sourire nerveux sur les lèvres.

— Ton appartement est super.

— Merci, dit-elle, mais s'il te plaît, dis-moi ce que tu veux me dire. Je suis trop fatiguée pour échanger des mondanités.

Sa voix se brisa, confirmant ses dires.

Josh s'assit sur le canapé à côté d'elle et posa son chapeau sur sa table basse, le regard sombre.

— J'ai tout faux, Kate. Je me suis planté sur toute la ligne avec toi. Je l'admets. J'ai fait de mauvais choix qui t'ont fait souffrir et j'en suis vraiment désolé.

Quand il s'interrompit, cherchant ses yeux comme s'il espérait y trouver un encouragement, elle répondit :

— Alors, tu es venu de si loin pour me présenter tes excuses ?

Il se passa la main dans les cheveux, sur les cuisses, il se frotta le visage. De toute évidence, il était nerveux et Kate eut presque envie de le plaindre. Il lui faisait un peu pitié. Mais, se ressaisissant, elle redressa les épaules. Non, elle n'allait pas l'aider et s'exposer du même coup à une nouvelle rebuffade, à un nouveau rejet.

Josh s'éclaircit la gorge.

— Euh, oui. En partie. Et aussi parce que tu ne répondais pas à mes appels ni à mes textos. Mais je suis surtout venu parce que tu méritais d'entendre ce que j'avais à dire.

Elle saisit son verre d'une main tremblante. Mais une gorgée de vin ne suffit pas à calmer sa nervosité.

— À savoir ?

Comme il la regardait en s'humectant les lèvres, elle se rendit compte soudain qu'elle ne lui avait pas offert à boire. Avait-elle oublié ses bonnes manières et son sens de l'hospitalité ?

Mais Josh n'était pas un visiteur ordinaire. Peut-être qu'une fois qu'il lui aurait dit tout ce qu'il essayait de dire…

Il s'éclaircit la gorge :

— Quand j'ai quitté le ranch pour venir ici, j'avais l'intention de t'expliquer pourquoi je n'avais pas attendu Zane au campement, pourquoi je t'avais laissée croire qu'il fallait poursuivre le parcours jusqu'au bout pour avoir une chance d'être sauvés. Je m'apprêtais à te répéter que, de fait, je ne t'avais pas menti, même si je ne t'avais pas dit toute la vérité. Je voulais te rappeler que je n'avais jamais dit que nous devions à tout prix continuer le stage mais que je t'avais demandé de me faire confiance. Et que je l'avais fait parce que je te savais capable de relever les défis sportifs. Et que j'étais certain que ce stage t'aiderait à surmonter tes peurs.

Elle lui lança un regard ironique.

— C'est ce que tu avais *l'intention* de dire ? Il me semble que tu viens de le faire.

Elle posa son verre avec plus de force que nécessaire et redressa les épaules.

— Et quand t'ai-je demandé d'être mon thérapeute, Josh ? Pour que tu me mettes tout sur le dos, comme si tout était ma faute…

— Non ! Pas ta faute. Ce n'est pas ce que j'ai dit. Tu as fait preuve d'une force intérieure et d'un courage dont tu peux être fière. Tu en es consciente, n'est-ce pas ? ajouta-t-il en lui prenant la main.

Elle essaya de se libérer de son emprise mais il refusa de la lâcher.

Avec un soupir, elle hocha la tête.

— Et alors ? Dans les mêmes circonstances, tout le monde aurait fait ce que j'ai fait. Mais ça ne veut pas dire que…

— Non, Kate ! Rien ne t'obligeait à sauter de la falaise dans la rivière. Ni à traverser la rivière en crue pour sauver ce lapin. Ni à foncer vers l'ourse lorsqu'elle m'a attaqué.

Kate leva les yeux au ciel avec dérision.

— Comme si j'allais me sauver et laisser un grizzli te réduire en bouillie ! Ça ne compte pas.

— Mais si, ça compte, Kate !

Elle se revit brandissant son bâton pour frapper l'animal. Elle était terrifiée mais le besoin impérieux de protéger Josh s'était imposé à elle et avait prévalu sur tout le reste. Sans doute parce qu'elle était déjà tombée amoureuse de lui, à ce moment-là.

— J'aimerais au moins parvenir à t'en convaincre, ce soir, dit-il, interrompant ses pensées. Peut-être qu'ensuite, tu me demanderas de partir et nous ne nous reverrons jamais. Mais tu dois au moins prendre conscience de qui tu es, en réalité. Tu es tellement plus que tu ne l'imagines, Kate. Tout au long du parcours, tu as fait preuve d'un tel courage, d'une telle force !

— Je…, commença-t-elle avant de s'interrompre pour y réfléchir.

Elle se remémora les événements du stage, non pas à travers le voile sombre de son chagrin d'amour, de sa colère et de sa déception mais d'un point de vue plus personnel.

Elle se souvint de sa terreur lors de la chute de la tyrolienne, mais grâce à Josh, elle avait survécu. Sauter du haut de la falaise et partager avec Josh l'exaltation d'une sensation forte avait été un grand moment.

Retrouver son âme d'aventurière était pour elle plus qu'une victoire. Une joie profonde.

— Kate ? demanda Josh, la tirant de sa rêverie.

— D'accord, répondit-elle avec un signe de tête. J'ai progressé sur ce terrain, j'ai surmonté les peurs de mon passé, je te l'accorde. J'ai fait des choses pendant notre périple que je n'aurais jamais pensé être capable de faire. Et… je suis fière de moi, ajouta-t-elle avec un sourire.

— Tant mieux.

— Mais cela ne te dédouane pas de m'avoir menti. Et ça ne me console pas… *d'être tombée amoureuse de toi.*

Elle se mordit la langue, s'interdisant de le dire à haute voix. Elle n'avait vraiment pas le droit de reprocher à Josh de ne pas l'aimer. Personne n'était maître de ses sentiments. Et après tout, il ne lui avait jamais rien promis. Elle avait eu tort de tomber amoureuse d'un homme qui ne l'aimait pas. Mais elle ne pouvait s'en prendre qu'à elle-même.

Il se rapprocha d'elle et lui embrassa la main.

— Ce qui nous ramène aux raisons pour lesquelles je suis ici.

Il prit une profonde inspiration et son visage se tendit.

De peur ? De douleur ? se demanda-t-elle.

Kate sentit les battements de son cœur accélérer dans sa poitrine tandis qu'il poursuivait.

— Ce n'est pas tout ce que j'avais besoin de te dire. Et j'ai dû me montrer totalement honnête avec moi-même pour prendre conscience du reste et parvenir à te l'avouer.

Kate sentit un frisson la parcourir lorsque Josh mêla ses doigts aux siens.

— Dans l'avion, j'ai compris pourquoi j'avais décidé d'ignorer les ordres de Zane de rester au campement, pourquoi je refusais d'abandonner le stage, pourquoi je tenais tant à aller au bout du parcours sportif… J'avais peur. Moi, le prétendu risque-tout du trio McCall, je mourais de peur. C'est drôle, hein ? Je m'étais persuadé que je défiais Zane pour que tu surmontes tes angoisses. Mais en réalité, c'était moi qui étais terrifié.

Elle planta les yeux dans les siens.

— Tu avais peur d'échouer, de ne pas réussir à sauver ces nouvelles activités et du même coup, le ranch familial. N'est-ce pas ?

— Mon angoisse était surtout liée à ce qu'un tel échec impliquerait pour ma famille. Mon père a déjà de gros problèmes de santé, une tension trop élevée. Perdre le Double M pourrait l'achever. Beaucoup d'éleveurs de la région y ont été acculés, ils ont dû se déclarer en faillite et certains ont fini par se suicider de désespoir.

Elle blêmit.

— C'est terrible, Josh !

— Et ma mère… Le ranch est dans sa famille depuis quatre générations. Cela la briserait d'être obligée de vendre. Sans parler de nos hommes qui se retrouveraient sans travail, sans domicile. Des gens que j'aime, que je considère comme ma famille.

Le cœur serré, elle vit son inquiétude et son empathie. Le séduisant cow-boy – qu'elle avait réduit à son incapacité à s'engager, à son goût pour les sensations fortes et pour les jolies femmes – se révélait tout autre. Josh ne cessait de lui prouver qu'il était un homme profondément attentionné et protecteur qui s'intéressait aux autres.

— Ma sœur vient de rentrer au ranch pour participer aux stages d'aventures. Comme je suis à l'origine de ces nouvelles activités, je lui dois d'en faire un succès. Et Zane… Il a été plus qu'un frère pour moi, toutes ces années. Je le considère comme mon meilleur ami. Nous sommes différents à bien des égards mais nous sommes aussi comme les deux moitiés d'un même tout. Je sais combien il a investi dans cette histoire. Il y a mis du temps, de l'argent et de l'énergie, mais surtout sa passion et son cœur. Si l'entreprise échoue…

Elle posa la main sur son visage et il s'interrompit, l'air un peu perdu. Un instant, il la regarda, silencieux, comme s'il se concentrait. Finalement, il murmura :

— Toute ma vie, j'ai été le jumeau irresponsable et irréfléchi. Je suppose que cette étiquette m'arrangeait, quelque part. C'était une façon de me différencier de Zane, d'avoir ma propre identité. Mais avec les stages d'aventures, j'ai eu la chance de devenir quelqu'un d'autre, d'être celui qui nous permettrait de garder le ranch et de préserver le patrimoine familial. Je voulais me servir de mes talents sportifs pour sauver ma famille. Lorsque la tyrolienne est tombée, ma priorité était évidemment de te tirer de là. Mais une fois que tu as été en sécurité, je n'ai cessé de chercher comment rattraper la catastrophe et, du même coup, comment éviter à ma famille de faire faillite.

— Tu as fait de ton mieux. Les dégâts sur la tyrolienne causés par le saboteur ne sont pas ta faute.

Josh serra les mâchoires.

— L'idée que quelqu'un s'attaque aux miens, à mes proches, les menace de ruine et attente à leur vie… m'est insupportable.

Il secoua la tête, le regard lointain.

— Renoncer à aller au bout du parcours, jeter l'éponge, c'était laisser le saboteur gagner. C'était aussi lui remettre les clés du ranch, avec toute l'histoire de ma famille et mettre un an de dur travail à la poubelle.

Il ferma les paupières, s'efforçant de maîtriser ses émotions.

— Alors… voilà ce que je ne pouvais pas me résoudre à t'avouer plus tôt, ce que je n'ai compris moi-même qu'en venant te retrouver. Je t'ai poussée à continuer, je t'ai persuadée d'aller de l'avant, au mépris des ordres de Zane, parce que je craignais qu'autrement, ma famille aille dans le mur. C'était très égoïste de ma part. Et je suis désolé de t'avoir menti.

Kate sentit des larmes lui brûler les paupières.

— Je comprends… Tu es pardonné.

Il prit une profonde respiration et il lui sourit, comme si elle lui retirait un gros poids de la poitrine. Mais très vite, ses yeux s'assombrirent et son expression devint si douloureuse qu'elle l'effraya.

— Il y a autre chose. La véritable raison de ma venue…

18

— Vraiment ? lança Kate.

À la vue de l'appréhension qui brillait dans les yeux de Kate, Josh se sentit coupable. Son regard empreint d'inquiétude lui disait à quel point il l'avait blessée. Elle avait été trop souvent trahie dans le passé et elle en avait été fragilisée. Il devait à tout prix arranger les choses. Il lui avait fait trop de mal. Il n'était pas question d'aggraver ses souffrances. L'autre jour au ranch, il avait eu tout faux. Mais il ne réitérerait pas ses erreurs maintenant…

Il serra les mâchoires. Même si Kate le rejetait, même s'il n'obtenait rien en retour, il était décidé à lui offrir son cœur, son âme, sa vie. Sans conditions. Sans aucune réserve.

— Quand tu m'as demandé si je t'aimais…

Il s'interrompit pour déglutir avec difficulté et il reprit :

— Je n'ai pas réussi à te répondre parce que j'avais peur de ce que je ressentais, Kate. Là encore, j'étais terrifié. Et je détestais ce sentiment d'impuissance et de vulnérabilité qui m'habitait. Je ne sais rien ou pas grand-chose de l'amour. C'est pour moi un territoire inconnu. Et je craignais de ne pas être à la hauteur, de te décevoir. De te faire du mal. Avant toi, je n'ai jamais eu de véritables relations amoureuses. J'ai eu soudain l'impression qu'il me fallait sauter dans le vide et sans filet. « On ne vit qu'une fois », hein ? ajouta-t-il avec un petit sourire.

— Josh…

Il leva la main pour l'arrêter. Il avait besoin d'aller au bout de sa déclaration.

— Mais après ton départ, ma peur a changé d'objet. Elle était toujours là mais cette fois, j'avais peur de passer ma vie sans toi, d'avoir perdu la femme que j'attendais depuis toujours, la femme qui me rendrait heureux, la femme avec qui j'avais envie de vieillir.

Il vint s'agenouiller devant elle.

— Kate, je suis venu ici parce que tu méritais d'entendre la vérité… Une vérité que je ressens au plus profond de mon cœur.

Les yeux de Kate se remplirent de larmes et, ému, Josh sentit sa propre vision se brouiller.

— Kate Carrington, j'aime ton courage et ta générosité, ton intelligence et ta détermination. J'aime le fait que tu n'es pas du matin et cette petite étincelle que je vois dans tes yeux verts lorsque tu m'embrasses. J'ai envie de passer les cinquante ou soixante prochaines années à découvrir toutes les facettes de ta personnalité, tes secrets, tes qualités comme tes défauts. Donc, même si je t'apprécie beaucoup et que je tiens à toi, comme je le disais bêtement l'autre jour, je peux honnêtement dire aussi : je t'aime de tout mon être.

Une larme coula sur la joue de Kate. Il l'essuya du pouce.

— Je sais que mon avenir, celui du ranch Double M, est plutôt sombre pour le moment. Personne ne sait ce qui va se passer dans les mois à venir. Mais si tu es prête à affronter les tempêtes avec moi, je sais que je survivrai à tout si tu es à mes côtés.

La gorge serrée, il tira un petit anneau orné d'un diamant de sa poche.

— Alors, qu'en dis-tu, Kate ? As-tu envie d'épouser un éleveur ?

Elle se mit à rire et noua les bras autour de son cou.

— Oui. Mais seulement si cet éleveur, c'est toi.

Épilogue

Trois mois plus tard

— As-tu peur, Kate ?

— Je suis terrifiée. Cette fois, c'est vraiment l'Aventure avec un grand A !

Kate s'assit à côté de Josh sur le lit qu'elle partageait avec lui depuis quelques semaines. Grâce au télétravail, elle avait la possibilité d'effectuer au ranch l'essentiel de ses activités de publicitaire. Elle ne se rendait à Dallas qu'une fois par mois.

Elle se tourna vers son fiancé.

— Et toi, Josh ?

Il mêla ses doigts aux siens et porta sa main à ses lèvres.

— Je mentirais si je te répondais non. Mais c'est ce que je veux et avec toi, je suis capable de tout. Ne l'oublie jamais, mon amour.

Elle hocha de nouveau la tête, encouragée par son assurance.

— Eh bien, nous allons donc nous marier en décembre.

Main dans la main, ils s'approchèrent du calendrier mural qu'ils feuilletèrent pour atteindre la dernière page.

— Bon alors, quel samedi retenons-nous ? demanda Kate. J'ai promis à Piper de garder Connor le premier week-end de décembre afin qu'elle puisse se rendre à

Denver avec Brady pour chercher Roy à la clinique. Il aura alors fini sa cure de désintoxication.

— Et les deux semaines suivantes seront occupées à trier les troupeaux et à les mener aux foires aux bestiaux, reprit Josh. Ce qui nous laisse le samedi après Noël.

Elle eut un petit rire narquois.

— Je planifie mes noces en fonction des contraintes du ranch.

— Je suis désolé.

Kate l'embrassa en riant.

— Ne le sois pas. Il n'aurait pas pu en être autrement.

Michael s'assura que le couloir était désert et, fermant la porte de son bureau, il sortit son téléphone portable pour composer un numéro. Quand son correspondant prit son appel, il dit :

— Bonjour, ici Michael McCall. Après réflexion, j'ai reconsidéré votre offre et décidé de l'accepter. Je ne sais pas où je vais trouver l'argent mais…

Il écouta un instant son interlocuteur, secouant la tête.

— Non. Ce ne sera pas nécessaire… J'envoie le premier paiement tout de suite. À quelle adresse dois-je le faire ? Non, pas de chèque ou de virement. Je ne veux pas que ma femme l'apprenne.

Il soupira avec lassitude. Résigné. Vaincu.

— Vous souvenez-vous de ce que j'ai dit à propos des prochaines échéances ? Comment je souhaite que tout soit géré ?

Il écouta un moment. Puis il dit :

— Je vais inventer une bonne raison, un prétexte quelconque. Quelque chose de plausible.

Sa main serra plus fort le téléphone.

— Non ! C'est exclu. Personne ne doit être au courant, personne ne doit rien soupçonner. Ne faites confiance à personne. Ai-je votre parole ? Si vous en soufflez mot à qui que ce soit, notre accord sera rompu.

Il ferma les yeux et hocha la tête, satisfait de la réponse de son correspondant, même si toute cette histoire le rendait malade.

— Très bien. Je reprendrai contact avec vous lorsque tout sera réglé.

Il raccrocha et jeta l'appareil sur son bureau. Il détestait en être arrivé à cette extrémité. Il détestait cacher des choses à sa famille. Mais il était acculé, il n'avait plus le choix. À présent, il était dos au mur. Le temps était compté. Il s'agissait d'une question de survie.

Il sauverait son ranch… ou il mourrait en essayant de le faire.

Retrouvez en novembre 2019, dans votre collection

BLACK ROSE

Un garde du corps aux abois, de Julie Anne Lindsey - N°559

SÉRIE PROTECTEURS EN MISSION 1/2

Quelle terrible menace plane sur Rita, la jolie rousse qui travaille à la mairie de la ville ? Et pourquoi refuse-t-elle le soutien que la police lui offre, alors que sa maison vient d'être saccagée ? C'est la double question que se pose le détective Cole Garrett. Mais qu'importent les raisons de la réserve de Rita. Que cela lui plaise ou non, il va la protéger et enquêter pour découvrir le secret qui lui fait si peur…

Retour à Cattle Barge, de Barb Han

En reconnaissant la voix de Rory Scott, meilleur pisteur du Texas, Cadence a bien du mal à maîtriser les sentiments confus qui l'envahissent : soulagement de savoir que Rory a répondu à l'appel de ses frères et sœurs et va les protéger des menaces qui pèsent sur le ranch. Peur panique à l'idée de revoir celui qui lui a brisé le cœur cinq mois plus tôt et à qui elle ne pourra cacher qu'elle est enceinte de lui…

Un secret dans la maison, de Carla Cassidy - N°560

Eliza ne dort plus depuis qu'elle a emménagé avec ses deux enfants dans la grande demeure dont elle a hérité. Chaque nuit, des bruits étranges s'élèvent des murs. Des ombres passent sous ses fenêtres… Paniquée, elle demande l'aide de Troy Anderson, son séduisant voisin à qui elle fait une étonnante révélation : le précédent propriétaire de sa maison était un cambrioleur notoire. Un voleur de bijoux dont on n'a jamais retrouvé le dernier butin…

Au piège du silence, de Janice Kay Johnson

Les sourcils froncés, le shérif Caleb Tanner scrute le visage d'Abby Baker. *Coupable ou innocente ? Que cache ce joli visage*, songe-t-il, perplexe. Car la jeune policière qu'il est chargé de surveiller est soupçonnée de corruption. Des attaques dont elle-même ne peut se défendre car elle prétend avoir perdu la mémoire après avoir échappé à une tentative de meurtre…

Retrouvez en novembre 2019, dans votre collection

BLACK ROSE

Du fond de sa mémoire, de Carol Ericson - N°561

Asher Knight s'enfuit avec Paige à travers les montagnes enneigées du Vermont. Mais qui est Paige Sterling ? La jolie inconnue qui vient de l'aider à s'échapper de la clinique militaire où on le retenait prisonnier est-elle réellement sa fiancée ? Au cours d'une course-poursuite effrénée, il retrouve peu à peu la mémoire. Souvenirs erratiques de l'attentat qui a failli lui coûter la vie. Bribes hachées de sa vie passée : Paige… Et Ivy, leur petite fille dont elle ne lui a pas encore parlé, pour une mystérieuse raison…

La confiance brisée, de Beth Cornelison

Troublée, intimidée, fascinée… Erin a bien du mal à définir les sentiments forts qu'elle éprouve en présence de Zane McCall. Ce qu'elle sait en revanche – et qui la désespère –, c'est que cette attirance qu'elle sent partagée volera en éclats dès que Zane connaîtra la vérité sur elle. Dès qu'il saura qu'elle n'est pas journaliste mais enquêtrice et que c'est son père, patriarche du ranch, qui l'a embauchée dans le plus grand secret…

Le combat d'une mère, de Joanna Wayne - N°562

SÉRIE LES HÉRITIERS D'OAK GROVE 2/3

La terreur, oppressante, inacceptable. Alexia la ressent dans chaque fibre de son être quand un inconnu l'agresse et lui vole sa voiture… à bord de laquelle se trouve Tommy, son fils de deux ans. Ainsi, après des mois passés à tenter de lui échapper, son ex-mari semble les avoir retrouvés. Mais, pour Alexia, l'urgence est de rattraper l'inconnu qui vient de kidnapper son fils. Et pour cela elle est prête à tout. Même à monter dans la première voiture qui passe et ordonner au conducteur, abasourdi, de se lancer dans une folle poursuite…

Rencontre à haut risque, de HelenKay Dimon

Depuis que Mia Landers s'est réfugiée chez lui Holden n'a plus eu une minute de répit. Mais comment lui refuser son aide alors qu'elle est poursuivie par des criminels prêts à tout pour récupérer des dossiers compromettants. Comment la laisser affronter seule ses ennemis alors que lui-même n'a qu'une envie : effacer la terreur qui ne quitte pas son regard…

Retrouvez en novembre 2019,
dans votre collection

BLACK ROSE

Trompeuse ressemblance, de Lena Diaz - N°563

Menottée, et par Nick, son propre fiancé ! Heather n'a jamais éprouvé un tel sentiment de révolte. Car la délinquante, c'est Lily, sa sœur jumelle, pas elle ! Alors pourquoi Nick agit-il ainsi ? Bientôt, pourtant, il lui révèle le motif de son étrange attitude : si elle veut sortir de prison, elle devra se faire passer pour sa sœur, afin de duper le dangereux trafiquant de drogue qu'il compte arrêter…

Une précieuse protection, d'Anna Perrin

« Venez avec moi. J'ai été chargé de vous protéger. » Lorsque l'agent du FBI Brent Young lui apprend qu'un dangereux criminel qu'elle a fait interner en hôpital psychiatrique deux ans plus tôt vient de s'évader, le Dr Claire Lamont sent la peur la gagner. Ce fou ne lui a-t-il pas en effet promis qu'un jour il la tuerait ? Aussi n'a-t-elle d'autre choix que de suivre Brent dans le chalet perdu en pleine forêt où il a décidé de la cacher…

Composé et édité par HarperCollins France.

Achevé d'imprimer en septembre 2019.

CPI
BLACK PRINT

Barcelone

Dépôt légal : octobre 2019.

FSC
www.fsc.org
MIXTE
Papier issu de sources responsables
FSC® C108412

Pour limiter l'empreinte environnementale de ses livres, HarperCollins France s'engage à n'utiliser que du papier fabriqué à partir de bois provenant de forêts gérées durablement et de manière responsable.

Imprimé en Espagne.